Robert Irwin

Der Arabische Nachtmahr

oder

Die Geschichte der 1002. Nacht

Übersetzt und vorgestellt
von Annemarie Schimmel

Eugen Diederichs Verlag

Mit 14 Illustrationen von David Roberts
Buchschmuck von Annemarie Schimmel
Die englische Originalausgabe erschien bei Dedalus Ltd.
unter dem Titel »The Arabian Nightmare«

CIP-Kurztitelaufnahme der Deutschen Bibliothek
Irwin, Robert:
Der arabische Nachtmahr oder die Geschichte
der 1002. Nacht / Robert Irwin.
Übers. u. vorgestellt von Annemarie Schimmel.
[Mit 14 Bildern von David Roberts].
1. Aufl. – Köln: Diederichs, 1985.
Einheitssacht.: The Arabian nightmare ‹dt.›
ISBN 3-424-00863-X

Erste Auflage 1985

Umschlaggestaltung: Tilman Michalski, München
Satz: Lichtsatz Heinrich Fanslau, Düsseldorf
Druck und Bindung: May & Co., Darmstadt
ISBN 3-424-00863-X

Inhalt

»Träume kommen aus der Nacht.
Wo gehen sie hin?
Überallhin.
Womit träumst du?
Mit dem Mund.
Wo ist der Traum?
In der Nacht.«

Ein siebenjähriges Kind in einem Interview,
in: Jean Piaget, »Das Weltbild des Kindes«.

Der Arabische Nachtmahr
– ein Nachtmärchen –

Es war einmal ein junges Mädchen, das seine Dissertation und noch mancherlei andere Arbeiten über die Zeit der späten Mamluken schrieb, und während um sie im Berlin der Kriegszeit die Bomben fielen, wanderte sie in ihren Träumen durch die lieblichen Gärten in Kairos Ezbekiyya-Viertel, sah den Wettkämpfen der mamlukischen Ritter zu und lebte mit den Emiren und den Zivilbeamten, die das Geschick Kairos und im weiteren Ägyptens und Syriens bis 1517 bestimmten. Sie erschienen realer als vieles, das in der wirklichen Welt vorging, und so manche Gestalt in den Chroniken der arabischen Schriftsteller war wie ein Spiegelbild lebender Personen. Die imaginäre Karte von Kairo, seine weiten Friedhöfe, die schöngeformten Kuppeln seiner Moscheen und Grabbauten wurden zu einer Landschaft, in die man aus den Schrecken des normalen Lebens flüchten konnte.

Erst Jahrzehnte später – fast genau die sprichwörtlichen vierzig Jahre waren vergangen – hatte ich im Herbst 1984 Gelegenheit, das wirkliche Kairo zu besuchen, und so wenig die Zwölf-Millionen-Stadt heute mit den Schilderungen der mittelalterlichen Chronisten gemeinsam zu haben scheint – die Präsenz der Mamlukenarchitektur ist unübersehbar, wie etwa das schöne Mausoleum Sultan Qaitbays (der nach langer Regierung 1496 starb). Die Vergnügungsteiche sind seit langem zugeschüttet, und so auch der Kanal, der die Stadt einst durchzog, aber der von Sultan Saladin erbaute und vom letzten Mamlukensultan Qansauh al-Ghuri verlängerte Aquädukt ist zumindest in Rui-

nen erhalten, und wer sucht, findet immer wieder neue Spuren der mehr als tausendjährigen Vergangenheit Kairos – und findet die ungezählten Katzen, die sich ohne Scheu streicheln lassen.
Es war zu der Zeit meines Besuches in Kairo, als ich Robert Irwins Buch las und hier jenes traumhaft verwirrende Bild Kairos wiederfand, das ich als junges Mädchen – wenn auch nicht so farbig! – gehabt hatte. Denn meine Chroniken hatten nur selten jene breite Schicht mystischer und magischer Weltschau erwähnt, an denen das mittelalterliche Kairo – wie viele andere Orte – so reich war. Die gewaltige mystisch-magische Enzyklopädie al-Bunis war im 13. Jahrhundert hier geschrieben worden, und verstreute Bemerkungen der Chronisten lassen erkennen, wie stark die Welt der Mamluken von dem durchdrungen war, was wir heute gern als »Aberglauben« bezeichnen.
Aber wer sind die Mamluken? Wie ihr Name sagt (*mamlūk*, »einer oder etwas, das besessen wird«), waren sie Kriegssklaven, die als Kinder aus den südrussischen Steppen, dem Kaukasus und teilweise Zentralasien eingekauft wurden; die Jungen wurden dann in Kairo an den Sultan und die großen Emire verkauft und in den ritterlichen Künsten unterwiesen. Die Sultansmamluken – und sie sind es, die die eigentliche Rolle spielen – wurden in Kasernen (zunächst auf der Nil-Insel Roda, in späterer Zeit auf der Zitadelle) erzogen, nach Abschluß ihrer Ausbildung freigelassen, und konnten dann, falls sie tüchtig waren, innerhalb der streng gegliederten Hierarchie aufsteigen: sie konnten *khasskī*, »Gardist«, werden, oder einem der zahlreichen Ämter zugeordnet werden, wie dem Arsenal, der Küche, dem Marstall (der auch Jagdvögel und seltene importierte Tiere umfaßte); sie konnten besondere Ämter beim Sultan haben, wie das des *baschmaqdār*, des »Pantoffelträgers« oder *sāqī*, »Schenke«. Wer sich besonders auszeichnete oder Glück hatte, wurde zum Emir befördert, wobei die Reihenfolge von den niedrigsten Emiren, die zehn eigene Mamluken haben durften, bis zu den

höchsten Rängen, deren jeder hundert eigene Mamluken besitzen und tausend im Kampf befehligen durfte, aufstieg. Von den letzteren gab es im Idealfall vierundzwanzig; aus ihnen wurden die Träger der höchsten Ämter gewählt, wie der Statthalter von Syrien, der Waffen-Emir und auch der Dawadar, der »Tintenfaßhalter«, dessen Amt im Laufe der letzten Jahrzehnte der Mamlukenherrschaft immer wichtiger wurde, da ihm die Überwachung der gesamten Hofkorrespondenz und die Verhandlungen mit den Gesandten fremder Mächte oblagen.
Die Mamluken waren scharf vom ägyptischen Volk getrennt; sie sprachen untereinander meist Türkisch, gelegentlich tscherkessisch (daher werden sie auch oft einfach als »Türken« bezeichnet); ihr Arabisch war im allgemeinen ungenügend. Zivilbeamte standen zwischen ihnen und dem Volk; zu ihnen gehörten die Qadis, das sind die Richter, die das islamische Gesetz durchführen lassen, die Aufseher und Intendanten der verschiedenen Büros des Sultans, der Marktsuperintendent gehörte zu dieser einflußreichen Mittelschicht; eine andere Gruppe bildeten die Gelehrten, Professoren, zum Teil auch mystische Führer, deren Einfluß recht groß war. Das Volk aber lebte in seiner eigenen Welt und litt zeitweise unter den Unbotmäßigkeiten der jungen Mamluken, nahm aber jede Gelegenheit zum Feiern wahr und genoß die Tage der Nilschwemme, wenn die Teiche in den vornehmen Stadtvierteln zum Rudern freigegeben wurden. Es fand immer neue Gelegenheiten, um die Stadt zu schmücken – wenn die Mekkapilger auszogen und wenn sie glücklich zurückkehrten, wenn ein Sieg gemeldet wurde, sei es gegen aufständische Beduinen oder gegen die osmanischen Türken, die sich langsam gen Ost-Anatolien vorschoben, das damals teilweise noch von mamlukischen Statthaltern regiert wurde; sei es, daß wieder einmal ein Gesandter einer europäischen Macht in feierlichem Einzug auf die Zitadelle ritt, um Verhandlungen über politische Vereinbarungen zu führen und reiche Geschenke für den Sultan mitzubringen.

Es war schließlich auch im Volk, wo alte Träume und Vorstellungen am stärksten lebten, wo die Geister, *dschinn,* und Dämonen, *ghūl,* ebenso real waren wie die Wirkungskraft der Heiligen, zu deren Gräbern man sich um Hilfe wandte. Aber selbst die gelehrten Bücher schrieben über *shiqq,* den »halben Menschen«, der schon seit Urzeiten aktiv war, und auch die Theologen waren überzeugt, daß der Traum »ein Sechsundvierzigstel des Prophetentumes« sei: jeder Traum trägt eine gewisse Wahrheit in sich. Denn Träume kommen aus der *'Ālam al-mithāl,* jener Welt, die zwischen der göttlichen und der menschlichen Sphäre liegt und in der sich die Ideen oder Archetypen konsolidieren, die dann mit Hilfe eines starken Mystikers oder Magiers durch bestimmte Übungen hinabgezogen und in greifbare Realität umgesetzt werden können. Diese Vorstellung ist in der ganzen späteren islamischen Mystik zentral und bildet die Grundlage zahlreicher Legenden: die Macht des beschwörenden Geistes vermag der Ideenwelt die Wirklichkeit zu entreißen.
Für den mittelalterlichen Araber war Indien – besonders Sind, das Land am unteren Indus – die Heimat aller Magie, obgleich auch einige politische Beziehungen zwischen Kairo und dem Königreich von Cambay (Gudscharat) bestanden. Der indische Seiltrick erstaunte die Menschen jener Zeit ebenso wie uns noch heute, und es mag wohl sein, daß auch gewisse Yoga-Praktiken, wie das Entrollen der am Ende des Rückgrats aufgerollten Schlange der sexuellen Kraft, *kundalini,* das bis heute ein Hauptziel der mystisch-magischen Praktiken bestimmter hinduistischer Gruppen ist, in arabischen Ländern bekannt waren. Daß der Autor noch einen anderen kleinen indischen Hauch in seine Geschichte gebracht hat, wird kaum einem Leser auffallen: die beiden Zwillingsgestalten, *Barfi* und *Ladoo,* die Süßwaren verkaufen, tragen die Namen zweier indischer Süßspeisen, »Marzipan« und »Zuckermilch-Ball« ...
Vielleicht helfen diese wenigen Vorbemerkungen, den rea-

len Hintergrund des »Arabischen Nachtmahr« etwas deutlicher zu machen, damit der Leser sich ohne weitere Beschwernisse in den Strudel der Traumwelt treiben lassen kann und das Kairo der tausend-und-zweiten-Nacht mit eigenen Augen sieht.

Annemarie Schimmel

Der Weg nach Kairo

Lange Zeit ging ich früh zu Bett. Obwohl die Kunst des Lesens in dieser Gegend nicht sehr verbreitet ist, gebe ich zu, sie hingebungsvoll zu üben, ganz besonders das Lesen im Bett. Es ist angenehm, wie ich finde, dazuliegen, das Buch gegen die Knie gelehnt, und, während man fühlt, wie die Lider immer schwerer werden, in Schlaf zu gleiten, so hineinzugleiten, daß es am Morgen unklar scheint, wo die Last des Buches aufhörte und meine eigenen Träume anfingen. Eine Erzählung über die Sitten und Bräuche eines exotischen Volkes ist besonders geeignet für einen solchen Zweck.

Lange Zeit habe ich auch daran gedacht, einen Führer zu jenen Gebieten zu schreiben – oder eine Romanze –, einen Führer in Form einer Romanze oder eine Romanze in Form eines Führers, jedenfalls eine Erzählung, die im Bett zu lesen wäre. Ein Buch zu schreiben, in dem die Helden und Bösewichter des Abenteuers das Territorium, das ich beschreiben wollte, durchwandern, wäre eine Großtat – schwierig, doch nicht ganz unmöglich zu vollbringen. Ich gehe nun nicht mehr früh zu Bett, und wenn ich es tue, halten unerklärliche Ängste mich wach; doch wenn ich in der Kälte und Finsternis liege, wird mir die Form, die meine Erzählung annehmen könnte, etwas klarer.

Die Stadt Alexandria ist westlichen Reisenden und Lesern ziemlich gut bekannt. Kairo ist ganz verschieden davon, und in dem Kairo, das ich kenne, braucht der Fremde mehr als irgendwo anders einen Führer; denn obgleich die wichtigsten Denkmäler der Stadt einem klar vor Augen stehen, sind ihre Ablenkungen vergänglich, nicht so leicht zu finden, und wenn auch die Einwohner den Fremden mit einem Lächeln willkommen heißen – nehmt euch in acht: es sind alles Scharlatane und Lügner. Sie werden euch betrügen, wann immer sie können. Da kann ich euch Hilfestellung geben. Außerdem werde ich euch zeigen, wie eine Stadt nicht nur bei Tage, sondern auch bei Nacht erscheint, und ich möchte zeigen, wie sie in den Träumen und Begierden ihrer Bewohner erscheint. Sonst wäre dieser Führer etwas Totes. Es müßte jetzt warm sein, aber ich finde es sehr kalt ...

Am 18. Juni 1486.

»Kairo!« Der Dragoman zeigte mit deutlichem Stolz nach vorn, obgleich die Stadt schon seit mehr als einer Stunde zu sehen war. Über eine Stunde war der Weg schon von Beduinen- und Turkmenenzelten gesäumt gewesen, dazwischen gelegentlich die Bude eines fliegenden Händlers. In wenigen Augenblicken würden sie die Vororte von Bulaq durchqueren und dann durch das Al-Qantara-Tor die Stadt betreten. Sein wuchtiges Mauerwerk mit Schießscharten und Zinnen war nur ein Trick oder bestenfalls ein Symbol der Verteidigung, denn es verteidigte gar nichts. Seine zerfallenden Mauern waren fast völlig überflutet von Barackenbehausungen und -läden, die sich haltsuchend an sie anlehnten. Hinter ihnen erhob sich ein Wald von Minarets, Kuppeln und quadratischen Türmen.

»Kairo, das ist Babylon, die Große Hure, die Stadt mit vielen Toren, aus denen die Heere des Mohammedanismus hinausreiten, um Pestilenz und Schwert in die christlichen Lande zu tragen. Hier ist es, wo der Schwarze Papst der Sarazenen Hof hält und seine Netze knüpft, um die Zerstörung der Christenwelt zu betreiben, und von wo aus er seine Armeen von Assassinen, Ketzern und Giftmischern aussendet, uns zu zerstören. Jerusalem, Accra, Famagusta – wie viele Städte sind schon vor seinen Armeen gefallen, und wie viel mehr werden noch fallen, ehe ihr euch aufrafft? Wie viele sind nicht in ägyptische Gefangenschaft geraten und plagen sich für Pharao gleich den Kindern Israel? Es ist eine schlimme Stadt, denn viele sind hinabgezogen gen Ägypten und nicht mehr zurückgekehrt. Soldaten Christi, wir rufen euch auf ...!«

Balian dachte über die Kreuzzugspredigt nach, die er vor drei Jahren Frater Girolamo in Ferrara hatte halten hören. Kairo sah friedlich und einladend aus, ganz anders als die scharlachrote Stadt so vieler Traktate und Predigten. Es lag friedvoll in der gelben Spätnachmittagssonne.

Der Dragoman war vorausgaloppiert, um mit den Wachtposten vor dem Tor zu verhandeln. Später am Abend würde der Eingangszoll gleichmäßig auf die Gesellschaft umgelegt werden. Der Dragoman war von der Gruppe in Alexandria angeheuert worden – nicht so sehr als Führer, denn der Weg von Alexandria nach Kairo war schwerlich zu verfehlen, sondern um für die Reisegesellschaft wegen des Essens, der Unterkunft und vor allem der höllisch häufigen Wegzölle zu verhandeln. Wenige in der Gruppe hatten mehr als die allergeringste Ahnung vom Arabischen. Sie waren durch Zufall zusammengekommen und hatten sich zu einer Gruppe zusammengezogen, um sich vor den Plünderungen der Wegelagerer und der Willkür der mamlukischen Beamten zu schützen (was ungefähr dasselbe war). Furcht hatte sie drei Tage lang auf dem Weg zusammengehalten, doch höchst unterschiedliche Absichten zogen sie nach Kairo. Da war ein Kontingent von etwa einem Dutzend Venezianern. Kaufleute, zeitweise in Alexandria wohnhaft und offenbar mit dem Weg wohlvertraut. Da war auch ein Maler, den der Senat der Signoria als Zeichen seiner Hochachtung zum Sultan geschickt hatte, um während des Sommers die Konkubinen des Sultans zu malen. Da war ein deutscher Ingenieur, der eine Stellung suchte, am besten eine, die mit Bewässerung oder Hafenarbeiten zu tun hatte. Da war noch ein Engländer, der seinen Namen mit Michael Vane angab, aber sonst keine Informationen gewährte. Ein paar armenische Kaufleute, eine Delegation anatolischer Türken, ein syrischer Priester und ungefähr zwanzig Franzosen und Italiener, die, wie er, Pilger waren, vervollständigten die Gruppe.

Das Zuweila-Tor

Balian, der, während sie das Tor passierten, intensiv darüber nachdachte, ob auch Vane auf Pilgerfahrt sein mochte, war damit so beschäftigt, daß er beinahe die Mamluken am Tor übersah – nur etwa dreißig, aber besser ausgestattet und disziplinierter als die, die sie bisher gesehen hatten. Als sie in die Stadt kamen, traten sie in eine Welt von Gestank und Finsternis. Das gefiel Balian. Es erinnerte ihn an seine Heimat Norwich. Sie ritten langsam durch die fast sichtbaren Wolken von Geruch, zusammengesetzt aus Urin, Gewürzen und verrottendem Stroh. Händler saßen auf steinernen Plattformen vor ihren Vorräten, im allgemeinen schweigend, und betrachteten die Karawane der Ungläubigen ziemlich schlechtgelaunt. Über den Ladenfronten schwangen die Obergeschosse der Häuser auf großen Kragsteinen aus; aus diesen Obergeschossen wiederum ragten Holzbalkone und vergitterte Kästen hervor, so daß die Sonne, außerhalb der Tore so leuchtend, jetzt nahezu verfinstert war. Unten quietschte der Boden unangenehm unter den Tritten ihrer Maultiere; oben schwangen türkische Laternen, tropfende Musselinbeutel und große Bronze-Talismane. Überall sah man – angebunden, angenagelt oder zwischen den Gebäuden – die »Hand der Fatima« (aus deren Handfläche ein finsteres Auge starrte), ein magisches Quadrat oder Salomons Siegel. Wiederum von oben, aus den Gebäuden, hinter den Holzgittern hervor, kam das schrille Geschrei von Frauen, die die Europäer verspotteten, während auf der Straße selbst Araberkinder sich in den Konvoi drängten und unverständliche Zeichen mit den Händen machten. Die Europäer suchten ihren Weg durch all dies mit großer Vorsicht. Sie kamen als Bittsteller und wurden hier nur geduldet.
Die Atmosphäre in der Gruppe wurde merklich gelöster, als sie das Karawanserai betraten. Da waren ganz ostentativ Weinkrüge sichtbar, und in einer der oberen Arkaden hatten zwei Franziskaner eine Freiluft-Kapelle errichtet. Maultiere wurden mit viel Lärm entladen, Waren bei Agenten des Marktsuperintendenten registriert, und man

kämpfte um die besten Arkadenplätze. Balian fand für sich einen Platz bei den Venezianern in einer Ecke der unteren Arkaden, faltete seine Decke auseinander und sank in Schlaf.

Als er aufwachte, war es tiefe Nacht, aber die Szenerie im Hof war unverändert lebendig. Die meisten Venezianer waren unten und stritten sich wütend mit dem Marktsuperintendenten. Der stand unbewegt da, flankiert von zwei gewaltigen Türken, die Laternen auf großen Stäben trugen. Schwarze Sklaven rannten wild hin und her zwischen Warentruhen, um die man sich schlug. Eine Gruppe Männer versuchte vergeblich, ein Kamel zu überreden, durch dasselbe Tor hinauszugehen, durch das es hereingekommen war. Ein Schaf wurde in der Mitte des Gebäudekomplexes gebraten. Ein Franziskaner lag mit ausgebreiteten Armen, das Gesicht am Boden, vor dem Altar. Der andere redete mit einigen von Balians Pilgergefährten. Als Balian aufstand, sahen sie ihn und winkten ihn zu sich heran. Er ging hinunter und hatte dabei das Gefühl, daß sein Kopf sich in der schweren Nachthitze und dem noch immer spürbaren Rhythmus so vieler Tages- und Nachtreisen drehte.

»Schlechte Nachrichten!« Die Worte erreichten ihn auf Französisch wie auch Italienisch, als er sich der Gruppe näherte. Er hörte lieber auf den Franzosen.

»Der Bruder hat's uns erzählt. Morgen gibt's keine Visa. Die Kanzlei des Dawadars ist geschlossen; ganz unmöglich, daß irgendein Beamter des Sultans irgend jemand vorlassen wird. Es gibt ein großes dreitägiges Fest, um die Beschneidung des Enkels des Sultans zu feiern, die Freitag stattfindet. Dazu kommt noch, daß die Visumgebühr erhöht wurde und der Weg zum Sinai jetzt sehr unsicher ist.«

Dann sprach der Ordensbruder. »In letzter Zeit ist sogar das heilige Kloster von Santa Katharina bedroht worden – nicht nur von Beduinen, sondern auch von den Soldaten des Sultans. Sie sagen, die Pilger brächten kein Geld mit.«

Balian verbarg sein Vergnügen. Eine Verspätung und ein erzwungener Aufenthalt in Kairo würden ihm tatsächlich gar nicht so schlecht passen. Er genoß ein Gefühl der doppelten Identität, denn er war nicht nur als Pilger nach Ägypten gekommen. Nachdem er vor mehr als einem Jahr in England ein Gelübde abgelegt hatte, zum Katharinenkloster in der Sinai-Wüste und von dort ins Heilige Land zu ziehen, hatte er einen Auftrag vom französischen Hof erhalten. Er sollte seine Pilgerverkleidung nutzen, um als Spion durch das Mamlukengebiet zu reisen, die Anzahl der mamlukischen Soldaten, die Stärke der Befestigungen und andere interessante Dinge zu beobachten. Man glaubte, die mamlukische Regierung in Kairo fürchte die osmanischen Türken in Norden und bereite deshalb Krieg in Syrien vor. Es hieß auch, in Kairo gäbe es eine große Verschwörung – oder war das nur Einbildung? Gerüchte aus dem Osten verwirrten die christlichen Könige. Die Unbestimmtheit der ihm anvertrauten Aufgabe ließ den Umfang seiner Spekulationen immer größer werden.
»Ich werde Widersprüche und Verwirrung durchschneiden, um die Wahrheit zu entdecken.«
Träumereien von Jagden durch unterirdische Abwassersysteme, verborgene Türen, vergifteten Kerzenrauch und geheimnisvolle Signale mit duftenden Taschentüchern erfüllten seinen Sinn; vor seinem geistigen Auge stand er im Mittelpunkt eines Gespinstes von Intrige, Plan und Gegenplan. Zögernd glitt er in die Wirklichkeit zurück. Der Ordensbruder erklärte gerade, daß die Beschneidungsfestlichkeiten morgen beginnen würden. Morgen, am Hippodrom, würde die Elite der Mamlukenregimenter vor dem Sultan und der Bevölkerung von Kairo eine Parade abhalten, und da würde es Geschicklichkeitsbeweise geben in Manövern geschlossener Formationen wie in Einzelgefechten, ganz sicher eine nützliche Gelegenheit für fremde Beobachter, die kämpferischen Qualitäten dieser Sklavenregimenter in ihrer Bestform abzuschätzen, und für Balian ein Maßstab für künftige Beurteilungen.

Die anderen in der Gruppe nahmen es nicht so ruhig; sie fluchten und spuckten. Der Ordensbruder hatte ihre Frustration genutzt, um eine Stegreifpredigt über die sichtbaren und unsichtbaren Hindernisse zu halten, die sie in den kommenden Monaten als Pilger zu erwarten hatten. Er unterbrach dieses allgemeine Thema der irdischen Reise zu einem himmlichen Ziel mehrmals, um sie vor den obszönen Gefahren von Beschneidung und Tätowierung zu warnen. Balian lauschte eine Zeitlang, fasziniert von der Art, wie der Bruder die Haltung der Kirche zur Selbstverstümmelung darlegte, wandte sich dann aber ermüdet ab und kletterte wieder die Wendeltreppe zu seinem Schlafplatz hinauf. Auch die Venezianer, die im Streit mit dem Marktsuperintendenten obsiegt hatten, machten sich nun für die Nacht bereit.
Er wachte erst spät am Tage wieder auf, nachdem sich die Sonne ihren Weg in die Schatten der Arkaden erkämpft hatte. Er lag noch eine Zeitlang auf dem Rücken, versuchte ohne Erfolg sich an einen ahnungsvollen Traum zu erinnern und lauschte auf die Geräusche. Von überall über der Stadt kamen die Rufe des Muezzins, die in unharmonischem Kontrapunkt stiegen und fielen und zum Mittagsgebet aufforderten. Einige Venezianer spielten lärmend Tarock. Sonst war das Karawanserai großenteils leer. Weiter unten innerhalb der Arkade hockte Vane mit gekreuzten Beinen auf einer Matte und starrte unbeweglich in den Hofraum unten.
Ärgerlich darüber, wieviel Zeit des Tages schon vergangen war, eilte Balian aus dem Karawanserai mit der unbestimmten Absicht, in einer Taverne zu frühstücken. Erst als er außerhalb des Tores war, hielt er plötzlich inne, weil ihm einfiel, daß er wahrscheinlich außerhalb der Mauern des Gebäudekomplexes keinen Wein finden würde.
Er zögerte unentschieden, haargenau getroffen von einem breiten Sonnenstrahl, der seinen Weg durch die Bäume und Säulen auf den großen Platz fand. Der Eingang des Karawanserai, aus dem er gekommen war, lag der Mo-

schee von Ezbek gegenüber. Die weitgespannten Muster der Zweige und die Stalaktitendekoration der Stütznischen und Bogenfüllungen der großen Kolonnade der Moschee gaben dem Platz, obgleich er von hellem Sonnenschein durchdrungen war, das Ansehen einer geheimnisvollen kristallischen Unterwelt, durch die Tauben und Schmetterlinge unsicher glitten. Dutzende der Armen Kairos drängten sich zu den Fontänen und Becken in der Kolonnade und neigten und bückten sich mit aufgekrempelten Ärmeln und zurückgeworfenem Haar über das fließende Wasser, um ihre rituellen Waschungen zu vollziehen. Viele Läden waren schon geschlossen, da ihre Mieter sich zum Mittagsgebet in die Moschee begeben hatten.
Ein räudiger Bär trottete vorbei, offensichtlich unbewacht, und Balians Auge glitt zur Seite, bis sein Blick schließlich auf einem Laden ruhte, der noch offen war. Im Eingang, tief im Schatten, saßen einige Türken und der venezianische Maler, der ein Buch prüfte. Er hieß Giancristoforo Doria, wie Balian sich erinnerte. Giancristoforo blickte von seinem Buch auf und machte ermutigende Gesten, und Balian ging hinüber, um ihm Gesellschaft zu leisten. Der Laden verkaufte ein heißes schwarzes Gebräu in kleinen Porzellanschalen. Der Venezianer kaufte ihm eine, indem er lautlos dem Eigentümer ein Zeichen gab, und reichte Balian ebenso lautlos etwas getrocknetes Brot. Sie beobachteten, wie die letzten Frommen in die Moschee sickerten. Plötzlich sprach Giancristoforo.
»Kahweh«, zeigte er auf die bittere Flüssigkeit, »ihre heiligen Männer und Einsiedler trinken das, um bei ihren Andachtsübungen wach zu bleiben, aber gewöhnliche Leute trinken es auch. Es schmeckt besser als das Wasser, wenn du dich dran gewöhnen kannst.«
Giancristoforo hatte sich daran gewöhnt, denn er war einige Jahre zuvor in ähnlicher Mission in der Türkei gewesen. Das Essen, die Kleidung und die Religion langweilten ihn in der Türkei und in Äygpten, und seine Mission langweilte und erschreckte ihn abwechselnd.

»Ich hasse die sarazenischen Lande, das Land der Illusion und des Illusionismus, das Reich der geschmierten Hand und des unzuverlässigen Auges. Allen seinen Gästen wird eine unendliche Menge verschiedener Vergnügungen angeboten, aber am Schluß muß man für alle bezahlen. Man muß seine Araber kennen und muß auf der Hut sein, wenn man Verdruß vermeiden will. Die sind alle nur drauf aus, einen zu rupfen.«

»Ich bin schon früher außer Landes gewesen – Frankreich, Italien, Deutschland.«

»Ach, aber das hier ist etwas ganz anderes, und hier werden an den Ahnungslosen schreckliche Betrügereien praktiziert. Erinnerst du dich an den Tag, als wir an Land gingen?« (Balian erinnerte sich – die alten Männer, die am Strand saßen, während sich die Rosenkränze durch ihre Finger bewegten; und wie der staubige Wind sich erhob und die Palmen sich fast waagerecht unter seiner Gewalt bogen.) »Gut, an diesem Nachmittag ging ich allein den Sandstrand entlang nach Westen, zu den Sümpfen von Mareotis. Nachdem ich ein paar Stunden gegangen war, traf ich einen Mann und einen Jungen, die am Meeresrand saßen. Sie hielten mich an und bettelten unverschämt. Sie griffen an ihren Magen und höhlten ihre Wangen aus. Bettler sind der Fluch dieser Länder, und so weigerte ich mich und wollte grade weitergehen, als der Mann mich wieder festhielt, mich am Ärmel zog und sagte, er brauchte so verzweifelt nötig etwas Geld, daß er, hier und jetzt, seinen eigenen Sohn umbringen würde, wenn ich ihm nur zwei Dinar gäbe. Ich lachte ihn natürlich aus, aber nein, er meinte es ernst. Er zwang mich, mich neben sie auf den Sand zu setzen, und holte aus seinem Stoffbündel einen Topf mit Asche, ein langes aufgerolltes Seil und eine Flöte hervor. Die Asche schmierte er sich aufs Gesicht und auf das Gesicht des Jungen. Den Strick legte er vor sich und saß mit seiner Flöte dahinter. Als er anfing zu spielen, fing der Himmel an, sich mit Wolken zu bedecken. Der Mann sah mich die ganze Zeit mit einem merkwürdig suggestiven Grinsen an, und während er spielte, schlug er das Seil. Plötzlich, zu meinem Erstaunen, zitterte das und begann, sich in die Luft zu erheben, zuerst ziemlich unsicher, bis sein größerer Teil senkrecht über der Rolle stand und die Spitze sich in den Wolken verloren hatte. Dann sprach der Mann zu dem Jungen; ich vermute, daß er ihn bedrohte, denn der Junge warf sich mir zu Füßen und bat mich um Schutz. So schien es wenigstens; aber ich verstand nicht, was passierte, und tat gar nichts. Dann jagte der Mann den Jungen immer um die Rolle, bis der Junge plötzlich das Seil ergriff und so schnell er konnte hinaufkletterte. Der Mann fischte ein Messer aus seinem Bündel. Er steckte es zwischen die Zähne und folgte dem Jungen, bis auch er sich in den Wolken verloren hatte. Ich war wieder allein am Strand und saß da, ganz verblüfft über das Meer blickend. Eine lange Zeit verging. Dann merkte ich plötzlich, daß mein Wams naß wurde. Ich sah auf und erwartete Regen. Es regnete wirklich; aber die Tropfen, die auf mein Wams fielen, waren Blutstropfen. Dann kamen andere Dinge – erst eine Hand, dann ein Bein, all die abgetrennten Teile vom Körper des Jungen fielen eines nach dem anderen auf den Sand. Schließlich sah ich, wie der Vater das Seil herunterkam, mit dem Kopf des Jungen in seiner Hand. Als er unten war, flatterte das Seil schwach um ihn herum.

Ich fühlte eine geheimnisvolle Erleichterung, als ich den Araber wieder sah, und als er zwei Dinar erbat, gab ich sie ihm ohne Widerspruch. Er nahm seine Sachen, packte sie und die Überreste vom Körper seines Sohnes in ein Bündel, und als das getan war, grüßte er mich und ging mit seinem Bündel in Richtung Alexandria. Völlig sprachlos schaute ich hinter ihm drein. Am nächsten Tag jedoch sah ich den Mann und seinen Sohn draußen an einer Zuckerbäckerei sitzen und sich mit Essen vollstopfen. Es war alles Betrug gewesen. Er hatte mich nur einem Zauber unterworfen, so daß ich dachte, ich sähe ihn das Seil hinaufklettern, um seinen Sohn zu töten. Die Faszination ...«

Markt der Seidenhändler

Hier unterbrach ihn Balian und sagte, indem er auf seinen Kaffee zeigte: »Was hast du denn erwartet? Dieses Zeug kostet pro Tasse einen halben Dinar. Hättest du erwartet, daß er seinen eigenen Sohn für nur zwei Dinar umbringen würde?«
»Nein, wahrscheinlich nicht ... aber ich wurde zum Narren gehalten. Ich kann nicht sagen, was passieren würde, wenn ich diesen Illusionisten je wiedersehen sollte.«
»Aber du bist ein Maler, und ist Malerei nicht auch eine Form von Illusionismus?«
Giancristoforo war nahe daran, wütend zu werden. »Nein, bei Gott! Andere Künstler mögen vielleicht durch ihre Werke dazu verdammt sein, aber ich habe mich nie bemüht zu täuschen. Alle meine Farben sind nicht naturgetreu, meist Gold und Scharlachtöne, und ich benutze keinerlei Perspektive, denn Perspektive täuscht das Auge, und das Auge zu täuschen bedeutet, den Geist zu täuschen, und das ist so unmoralisch wie leeres Stroh zu dreschen. Gute Kunst muß auf guter Moral gegründet sein. Ich habe tatsächlich viele Vorbehalte hinsichtlich meiner augenblicklichen Mission. Der Sultan ist ein Ungläubiger und ein Barbar. Er ist wie jeder andere Türke, nur phantastischer gekleidet. Seine Konkubinen sehen alle gleich aus. Es ist schwierig, diese Weibsbilder dazu zu bringen stillzusitzen, wenn ich ihre Sprache nicht spreche und sie Angst haben, daß ich Bilder male, in denen ihre Seele eingefangen werden soll.
Ich bin weit davon entfernt, ihre Seelen einzufangen. Ich glaube gar nicht, daß türkische Huren eine haben. Die Seele eines ungläubigen Sultans mag verdammt sein, aber er hat wenigstens eine; aber Weiber haben keine Seelen. Deshalb ist es so schwierig, sie zu porträtieren, denn es gibt keine innere Essenz, die man fassen könnte, nur einen Körper, der skizziert werden kann. Und während der Leib des Mannes der Tempel Gottes auf Erden ist, ist der Leib eines Weibes nur eine deformierte Reflexion des männlichen Leibes. Als ich Bayezids Harem malte, haßte

ich das; vielmehr ich habe sie und ihre Wülste von weißem Fleisch, ihre Reptilienaugen und ihre wogenden Verlokkungen gehaßt. Ich weiß, ich werde diese ägyptischen Weiber auch hassen; die werden auch zu rund und aufgeschwemmt sein, um sich in Linie und Form befriedigend darstellen zu lassen. Natürlich habe ich nichts gegen Frauen an sich, verstehst du? Und dann gibt's da das Problem mit dem schlechten Licht innerhalb der Häuser und auf dem Markt findet man nicht die richtigen Farben und Öle. Obendrein ist da auch die Hitze. Jeder döst vor sich hin, während ich versuche, meine Arbeit zu tun.«

Er drehte sich verzweifelt um. Balian hatte ihm mit unbewegtem Gesicht zugehört. War der Mann verrückt? Oder einfach ein Homosexueller, der einen wirklich erheiternd unpassenden Auftrag auszuführen hatte? Balians Kopf drehte sich. Die Hitze wurde stärker. Der Mann namens Vane tauchte aus dem Karawanserai auf und bewegte sich rasch in eine dunkle Allee, die durch die Märkte zur Zitadelle führte. Giancristoforo deutete schlaff auf ihn.

»Der Mann da weiß eine Menge über Farben und Öle und kann auch Arabisch. Man kann eine Menge von ihm lernen, aber vielleicht ist es besser, es nicht zu tun. Er ist ein Alchemist und hat enge Freunde am Mamlukenhof. Beides macht ihn gefährlich. Eines Tages, vermute ich, wird er dem Glauben abschwören, und das wäre sehr schade, denn er weiß vieles, wogegen wir vorbereitet sein sollten.«

Giancristoforo blinzelte zum Himmel hinauf, als dächte er über seine nächste Bemerkung nach. Er machte sie nie; denn im gleichen Augenblick tauchten vor ihnen zwei Türken mit erhobenen Dolchen aus der Dunkelheit des Kaffeehauses auf, banden ihm sanft und schweigend die Arme und, zusammen mit einem dritten Türken, der sich ihnen auf dem Platz anschloß, begaben sie sich mit ihrem Gefangenen in jene Richtung, in die Vane schon gegangen war, nämlich zur Zitadelle hin. Balian war zunächst zu erschüttert, um sich zu rühren, und dann äußerst vorsichtig. Er machte keinen Versuch, ihnen zu folgen, sondern ging,

nachdem er das Buch aufhob, das Giancristoforo zurückgelassen hatte, mit erkünstelter Gleichgültigkeit zum Karawanserai zurück. Er berichtete den venezianischen Kaufleuten, was passiert war, und ihr Führer, der Konsul aus Alexandria, sagte, am Montag, wenn die Büros wieder geöffnet wären, würde dem Dawadar eine Klageschrift zugestellt werden. Aber was war passiert? Die Türken waren offenkundig Beamte oder Soldaten. Das war ihrem überlegten und sanften, aber wirkungsvollen Vorgehen anzumerken. Hatten Spione Giancristoforo von Alexandria an beschattet? Waren es seine Bemerkungen über die türkischen Huren? Oder über Vane, den Mamlukenfreund? Hatte er gegen irgendeine obskure Regel arabischer Etikette verstoßen? Oder hatte er einfach dem Ladenbesitzer eine schlechte Münze zugesteckt, als gerade zufällig die Mamlukenpolizei vorbeiging?
»Wir könnten alle so verschwinden, jeder von uns hier, und die Christenwelt würde und könnte keinen Finger krümmen, um uns zu retten«, bemerkte ein Franzose nachdenklich.
Später an diesem Nachmittag, als die Europäer sich aufmachten, um die Festlichkeiten des Tages zu besuchen, waren sie immer noch nervös und zogen unter Führung des Konsuls Alvise Trevisano los. Das Hippodrom, wo die Spiele stattfinden sollten, lag am Fuße der Zitadelle, und dort war es, wo die jungen Mamlukensklaven und ihre Eunuchen-Trainer gewöhnlich übten. Obwohl sein Interesse groß war, sie bei den Manövern zu sehen, war Balian noch zu erschüttert, um die Sicherheit des Karawanserais unmittelbar zu verlassen, und so begleitete er die anderen an diesem Nachmittag nicht. Statt dessen kletterte er aufs Dach und nahm Giancristoforos Buch mit sich. Aus irgendeinem Grund hatte er dieses Buch den anderen gegenüber nicht erwähnt.
Das Buch sah unbedeutend aus, etwa ein Dutzend große Seiten lose zusammengeheftet. Balian stellte mit Überraschung fest, daß der Titel auf der Rückseite des Buchs in

spinnenartiger arabischer Schrift stand. Er öffnete es. Die Schrift innen war auch Arabisch, in der gleichen Art von unregelmäßigem Spinnentanz, aber in winziger Schrift zwischen den arabischen Zeilen hatte irgend jemand versucht, es ins Italienische zu übersetzen. Balian las, die Stirn vor Anstrengung gerunzelt.

Er sagte: »Hüte dich vor dem Affen!«
Er sagte auch: »Manche Leute sagen, daß jeder Schädel in sich sein eigenes Meer der Träume enthält und daß es Millionen über Millionen solcher winzigen Ozeane gibt. Sie bringen als Beweis dafür vor, daß, wenn du dein Ohr gegen das Ohr eines Freundes lehnst und ganz scharf hinhörst, du das Meer gegen die Mauer des Schädels schlagen hörst. Aber wie kann das Endliche das Unendliche enthalten?«
Er sagte auch: »Wenn wir schlafen, lernen wir, uns mit dem Tode abzufinden.«
Er sagte auch: »Man ehrt die Geister des Traumes, indem man mit ihnen schläft, selbst wenn sie verkleidet sind.«
Er sagte auch: »Warum können wir nicht träumen, daß wir zwei sind? Das war ein großes Problem für die Lauteren Brüder von Basra.«
Er sagte auch: »Weite Gebiete des Gehirns sind leer. Sie sind niemals von einem Menschen durchquert worden.«
Er sagte auch: »Der Schlaf ist der natürlichste Zustand des Menschen. Adam lag lange Jahre träumend im Garten, bevor Eva aus seinem Leibe gezogen ward –, und sie weckte ihn.«
Er sagte auch: »Man sollte sich bemühen, unwichtige Träume zu vergessen. Man wirft die Sprotten in das Meer der *'Alam al-mithāl* zurück.«
Er sagte auch: »Wer in seinen Träumen feige ist, wird es auch in seinem Wachleben sein.«

Balian legte das Buch verwirrt und irritiert hin. Er konnte seinen Zweck nicht erkennen. Wer hatte eine Übersetzung versucht? Giancristoforo? Aber der behauptete, kein Arabisch zu können. Es trieb ihn wieder, über die Umstände von Giancristoforos Verhaftung nachzudenken. Der Gedanke ging ihm durch den Kopf, daß Giancristoforo vielleicht aus Versehen statt Balian, dem Spion, verhaftet worden sein könnte, aber eilends verwarf er diese Idee. Langsam döste er in eine längere Siesta hinüber. Er erwachte in einem Meer von Schweiß. Seine Reisegefährten waren vom Hippodrom zurückgekehrt, und der Ruf zum Sonnenuntergangsgebet erklang. Er saß eine Zeitlang da und langweilte sich; seine Furcht hatte sich in Ruhelosigkeit verwandelt.

Als er in den Hof hinunterkam, hörte er, daß ein anderer Ausflug vorgeschlagen wurde, nämlich ein Besuch im Dorf der Frauen. Die Pilger waren am enthusiastischsten, stellte er belustigt fest. Das Schiff war fünf Wochen bis nach Alexandria unterwegs gewesen, und es hatte sie weitere drei Tage gekostet, Kairo zu erreichen, also fast sechs Wochen ohne Frau! Außerdem konnte es ja kaum eine Sünde sein, mit einer muslimischen Frau zu schlafen! Das Dorf der Frauen lag innerhalb der Stadtmauern, im Ezbekiyya-Viertel, nahe dem Karawanserai. Das Viertel, in dem sie untergebracht waren, war auch das der Schausteller und der Verbrecher. Es war wieder ein Venezianer, der die Führung durch das Bordell-Viertel übernahm, und so suchten sie, die engen Gassen auf und ab, vorsichtig ihren Weg bei Fackelschein.

Es war eine düstere Erkundungsreise, dachte er, eher geeignet, die Seele zur Selbstabtötung zu führen, als die Sinne zu befriedigen. Die Häuser waren niedriger als die im Kaufmannsviertel, nur ein oder zwei Stockwerke hoch. Die Mauern waren meist in grellem Blau und Orange bemalt, Fresken tanzender nackter Paare, Kobras, Weinblätter, Dschinnen, Wappen und, höchst bizarr, ein Pantheon von christlichen und orientalischen Heiligen, roh gemalt, bedeckte die Wände. Der heilige Josaphat, der sein Geld wegwarf, die heilige Katharina aufs Rad geflochten und zerbrochen, und überall Thais und Pelagia, die Schutzheiligen der ägyptischen Prostitution. Wo man im Kaufmannsviertel im inneren Erdgeschoß Seile, Kamelhaar, Zimt oder Baumwolle zum Verkauf gesehen hätte, wurde hier eine andere Warenart feilgeboten: Fleisch! Fleisch, abscheulich mit apotropäischen Emblemen tätowiert; Fleisch, gemästet und in schlabbrigen Falten herunterfallend; Fleisch, von Pestnarben gezeichnet. Es saß hier, ausgestellt im Fackelschein der Innenräume. Die Frauen saßen gleichgültig da und machten keinen Versuch, Kundschaft zu anzulocken. Wieder wurde Balian an Giancristoforos Rede vom Morgen erinnert. Doch seltsamerweise wurde die Gruppe von Europäern immer kleiner, und einer nach dem anderen schlüpfte weg, um Befriedigung in den Armen von Alter, Häßlichkeit und Krankheit zu finden.

Sehr bald merkte Balian, daß er alleine blieb. Ihm war übel vor Abscheu und er war niedergedrückt von der Armut und dem dreckigen Elend. Plötzlich wurde er aus seiner Trübsal gerissen durch eine Hand, die zwischen seine Beine fuhr. Er fand sich gegen eine Frau gepreßt, die fast so groß wie er war und im türkischen Stil gekleidet – Kopftuch, enge Samtweste und gestreifter Rock. Ihr Gesicht war so kompromißlos wie ihre direkte Art, Kundschaft anzumachen: hohe Backenknochen, und die Helle der Augen durch die wirbelnd-wilde schwarze Antimon-Umrandung betont. Eine zirkassische Türkin? Sie war bemerkenswert jung für dieses Gebiet, Anfang Dreißig, und schien nicht irgendwie angeknackst zu sein. Sie ließ ihn los und machte beschwörende Zeichen mit den Händen, wobei sie auf ihr Haus deutete. Es war wirklich kaum ein Haus, denn nur die Ecken und der Boden waren aus Stein. Es war eher ein kleines Gartenhaus, eine wacklige Konstruktion aus hölzernem Gitterwerk. Sie zog ihn hinein und hinauf, hinter ein Tuch, das von der Decke hing, auf

ein Podest, das mit Matten und Teppichen bedeckt war. Während sie ihn noch immer hochmütig anstarrte, warf sie sich auf diese Matte, rollte ihren langen Rock hoch und zog die Beine an. Erregt von ihrer gebieterischen Art und der exotischen Umgebung, drang er leicht in sie ein.
Es war daher einigermaßen überraschend, daß er die Frau sagen hörte, als alles vorbei war: »Na, damit war nicht viel los!«
»Du sprichst Englisch!«
»Ich habe die Sprache von deinem Freund gelernt.«
»Er hat es dir sehr gut beigebracht, aber wer ist mein Freund?«
Sie sah zufrieden aus.
»Vane natürlich. Du bist mit ihm nach Kairo gekommen.«
»Vane ist nicht mein Freund. Wir haben niemals miteinander gesprochen, und ich weiß noch nicht mal, was er hier in Kairo macht.«
»Oh, ich hatte angenommen, daß er dich von England mitgebracht hätte, um mit ihm zu arbeiten. Verzeih meinen Irrtum. Aber ich glaube, daß du ihn schon mit der Zeit kennenlernen wirst. Die meisten Leute kennen Vane; sie kennen mindestens seine Reputation.«
»Aber du hast, mich erwartend, auf der Lauer gelegen?«
Sie fing an, etwas in einer kleinen Holzdose zu suchen, die sie neben sich stehen hatte.
»O ja, Fremde werden immer überwacht.«
»Was hast du gemeint mit diesem: ›Damit war nicht viel los?‹«
»Ich hatte einfach mehr erwartet; das ist alles.«
»Aber in Gottes Namen, was mehr wolltest du denn?«
Sie holte einen Faden aus der Dose und führte ihn von einem Nasenloch ins andere. Balian, gründlich eingeschüchtert, beobachtete, wie sie ihre Nasenlöcher reinigte. Es dauerte einige Zeit, ehe sie antwortete.
»Leute wie du saugen die Energie von anderen aus, indem sie sitzen, lauschen und immer neue Fragen stellen, ohne je etwas von sich selbst zu sagen. Was deine sexuelle Lei-

stung anlangt, so hatte ich angenommen – dummerweise, wie es mir scheint –, daß alle Engländer wie Vane wären, oder – wenn schon das nicht – du hättest vielleicht etwas von ihm gelernt. Er hat hier in Kairo einen großen Ruf als Liebhaber. Ich könnte dir einiges beibringen, vermute ich, besonders *imsaak*.«

Sie sah ihn nachdenklich an. In ihren Augen war ein sonderbares Glitzern.

»Was ist *imsaak*?«

»*Imsaak* ist die Kunst, den Höhepunkt mit so vielen Drehungen, Wendungen und Verdrehungen so lange wie möglich hinauszuzögern. Da ist's, wo die wahre Kunst liegt ... Du siehst erschöpft aus. Gott weiß, wie du nach Kairo gekommen bist; ich möchte wissen, ob du die Energie aufbringen wirst, wieder zu gehen. Dein Penis steht aufrecht, doch deine Lider zucken. Dein Körper bewegt sich, aber die Schlange in dir schläft.«

Sie preßte ihre Hände dramatisch gegen ihren Busen, ehe sie fortfuhr: »Du hast eine Schlange, die zusammengerollt am Grunde deines Rückgrats schläft. Man muß ihr vorsingen und sie so verlocken, sich aufzurichten, bis ihr Haupt zwischen deinen Augen liegt und du die Welt durch ihre Augen siehst, das heißt, aus einem Körper reiner sexueller Energie. Im Christentum ist Kopulation ganz ähnlich wie Schlaf, aber in Ägypten und in Sind ist es eine Wissenschaft. Ich könnte dir auch Carezza und die Riten sexueller Erschöpfung beibringen, aber im Augenblick wirfst du deinen Samen weg, als ob es Wasser wäre. Erst müssen wir die Schlange aufrichten.«

»Wie richtest du die Schlange auf?«

Sie hob den Finger an die Lippen. Die Augen bewegten sich von einer Seite zur anderen, als suche sie den Raum nach Spionen ab.

»Darüber kann man nicht sprechen. Das kann man nur demonstrieren. Wenn man die Schlange das Rückgrat hinauftreibt, ist es so ähnlich wie ein Seil hinaufzuklettern. Wer begriffen hat, wie man es macht und das Seil hinauf-

geklettert ist, der zieht es hinter sich her. Ich werde dich einweihen. Es wird dich Geld kosten, aber es ist's wert für dich, aus einem Schlaf zu erwachen, der halber Tod ist.«
Balian antwortete so vernünftig er konnte.
»Unser Glaube lehrt uns, daß Einweihung nicht zwischen den Schenkeln eines Weibes zu finden ist, und Perlen nicht in der Gosse. Wenn du Wissen hast, über das du nicht reden kannst, dann rede nicht darüber. Ich bin lange Zeit auf Reisen gewesen. Natürlich bin ich müde, und doch bezweifle ich, meine Dame, ob abartiger Verkehr mit dir das Heilmittel dafür ist. Hast du denn keine Familie? Wie konnte jemand wie du auf die Ebene der Huren absinken?«
Ihre lange dünne Zunge bewegte sich langsam um ihre Lippen, während sie überlegte. Es war ganz klar für Balian, daß sie verrückt war.
»Noch mehr von diesen ermüdenden Fragen! O ja, ich habe eine Familie. Wenn du Glück hast, wirst du sie niemals treffen. Aber ich bin keine Hure. Ich bin eine Prinzessin. Tatsächlich, da kommt mein Prinz, und du solltest mich rasch verlassen. Geh jetzt fort. Weg! Du mußt dich beeilen, denn die Straßen sind gefährlich zu so später Stunde. Merk dir den Weg zurück und sei wachsam – schlaf nicht allein in dieser Stadt. Jetzt zahle. Zwei Dinar, bitte.«
Balian zahlte.
»Ich heiße Zuleikha. Wir werden uns wieder treffen.«
Er wandte sich um und eilte hinaus auf die Straße.

Noch ein anderer Weg nach Kairo

Wenn meine Zuhörer von weiteren Wundern wie dem Seiltrick hören möchten, können sie das, aber der Seiltrick selbst kann nie erklärt werden. Übrigens, da dies eine Erzählung ist, die nachts erzählt werden soll, scheint es angemessen, daß sie ein starkes sinnliches Element in sich trage, um das anzuregen, was man, wie ich gehört habe, im Westen als »feuchte Träume« bezeichnet; aber vielleicht kommen wir auf solcherlei Dinge später zurück.

Kairo!« Der Führer zeigte nach vorn, wobei eine magere bronzefarbene Hand aus seinen Gewändern fuhr. Die Stadt wurde größer und größer. Balian, der neben dem Führer ritt, zog seine Kapuze herunter, unfähig, direkt in die Sonne zu starren – bis sie schließlich in den Schatten der Stadtmauern kamen. Dann passierten sie das Stadttor, und jetzt war Balian völlig verwirrt beim Anblick der vielen unerwarteten Zeichen und Merkmale der Stadt, die er an allen Seiten sah – die Teppiche, die ausgebreitet waren, um kleine Messingidole von Mahound, Apollyon und Tervagant auszustellen, die gedrehten Zuckerwerkssäulen an den Hauseingängen, die Störche, die auf Türmen und Minarets nisteten und von einem zum anderen durch den Himmel glitten, die breiten Treppen, die steil aus der Hauptstraße emporschossen, die mit Standbildern von Elefanten und Männern gesäumt war. Kinder standen auf den Dächern und winkten ihnen zu.

Aber wo sind all die Frauen? dachte Balian. Ach ja. Natürlich, die Ehemänner haben sie versteckt. Ich wurde ja erwartet!

Einige Straßen waren abgesperrt; wogegen, war aber nicht klar.

Es waren nur wenige Christen, die dieses Jahr nach Ägypten übergesetzt hatten.

Das erinnerte ihn lebhaft an das Meer in diesem Sommer, dessen grüne Oberfläche dick mit Staub bedeckt war; Spinnweben hingen von Wogen, die sich erhoben hatten, sich aber nicht brachen, und daran, wie – wenn eine Woge doch gelegentlich zusammenfiel und Schmutz und verfärbten Schaum emporjagte – sich gleichzeitig ein Schwarm summender Insekten erhob. Der ganze Horizont war verdunkelt vom Staub, der in der Luft hing. Die Kinder winkten, sagten aber nichts. Der Klang der Hufe war vom Sand gedämpft. Es war sehr still. Sie ritten weiter in die Schlünde der Stadt. Der Führer und er stiegen ab. Es war schwierig, das Gesicht des Führers zu sehen – er hätte verschleiert sein können. Der Führer zeigte ihm ein Buch, und Balian las darin.

> »Er sagte: Da sind einige, welche meinen, daß darüber zu reden, ja nur daran zu denken, schon genug ist, *es* anzuziehen und seine Angriffe zu stimulieren. Aus diesem Grunde nennen wir *es* nicht beim Namen. Doch selbst dies mag nicht genug sein. Deswegen rate ich, niemand solle dieses Buch lesen, er wisse nicht schon, was *es* ist, und die, so wissen, mögen vergessen, wenn sie können.«

Balian legte das Buch vor sich auf den Boden und erhob sich, um sich der ungewissen Gestalt vor ihm gegenüberzustellen.
»Wer bist du?«
Die Antwort kam leicht genug.
»Ich bin hier, um deine Zweifel zu befriedigen; das heißt, dich damit zufriedenzustellen, daß du nicht ich bist.«
Ein Aufstrahlen von Zähnen. Die Dinge schienen in der schlaffen Luft ein wenig zu schimmern. War das alles wirklich wahr? Das Schweigen wurde noch tiefer. Balian und sein Gefährte standen unbeweglich in der Mitte einer großen offenen Fläche. Das Schweigen verstärkte sich, bis es paradoxerweise zum Ohrensummen wurde. Fliegen und andere Insekten zogen sich spiralförmig nach oben. Balians Vision war ganz fließend geworden. Der Boden bebte ein wenig. Dann sah er, daß es Leben war, das in der Erde pulsierte, in den Ziegeln und in den Bäumen, und das

seinen Weg nach oben in großen brüllenden Energieflammen erzwang, Flammen, die sich zu umberbräunlichen, schwarzen und grünen Zungen verlängerten. Um ihn verbrannte das gesamte Universum in Ekstase.
Das Brüllen war in seinem Kopf. Und Blut. Er erwachte, und es schoß aus seinen Nasenlöchern. Auch sein Mund war voll Blut; etwas davon floß in dünnen Tröpfchen auf sein Kinn über. Er war auf dem Dach des Karawanserais, und ein Kreis von Italienern hockte ängstlich um ihn herum. Er hatte im Schlaf geredet, nein, geschrien, und sich an die Luft gekrallt. War er krank? Balian fühlte sich wirklich nicht wohl; seine Träume beschäftigten sich normalerweise eher mit Themen wie »blitzende Schwerter«, »edle und anziehende Damen«, »eine Botschaft für den Herzog«, und so weiter. Er war also krank und brauchte einen Arzt. Die Italiener riefen den anderen Engländer, Vane, vom anderen Ende des Karawanserais herbei. Vane begann, seinen Weg langsam über liegende Körper zu suchen. Es war früh am Morgen.
Vane entkleidete Balian bis zur Taille, sondierte und beklopfte ihn; er befragte ihn auch über seinen Schlaf, besonders über die Einzelheiten seiner Träume.
»Ich habe so etwas nie zuvor gesehen, aber es ist klar, daß du irgendeine Nachtkrankheit hast. Ich bin sicher, mit deinem Körper ist alles in Ordnung; es kommt nicht von den Lungen oder dem Magen; aber es ist eine Schlafkrankheit, die dich hat bluten lassen, und es ist wahrscheinlich, daß sie wiederkommt.«
Vanes Augenbrauen runzelten sich.
»Sicher eine ziemlich ernste Sache. Es könnte nämlich eine der Formen sein, die die Lemuren annehmen. Ja, das ist wahrscheinlich, wenn man an die Menge von ungeweihten Friedhöfen in Ägypten denkt.« Er machte eine Pause, sehr gut wissend, was für eine geheimnisvolle Geschichte er da schuf. Dann: »Wenigstens ist es nicht der Arabische Nachtmahr. Ich glaube nicht, daß ich irgend etwas aus eigener Kraft für dich tun kann. Ich habe zwar eine gewisse

Kenntnis von Arzneikunde, besonders von Nachtkrankheiten, aber ich würde nicht wagen, eine unbedachte Meinung zu äußern. Aber du solltest nicht noch eine Nacht verbringen, ohne einen Arzt gesehen zu haben. Es gibt da einen Meister der Nachtmedizin, einen wirklich guten, im Bulaq-Viertel der Stadt. Wenn du mir erlaubst, führe ich dich sofort zu ihm; denn ich glaube nicht, daß du viel Blut verloren hast – und woher immer es gekommen sein mag, es scheint jetzt aufgehört zu haben.«

Balian starrte ihn eine Zeitlang mit leeren Augen an; dann begann er zu denken. Zwei Leute hatten ihn schon vor Vane gewarnt; aber sie waren beide zumindest teilweise geistesgestört; also waren ihre Warnungen vielleicht eher Empfehlungen. Außerdem, falls Vane ein Spion war und falls er wirklich irgendwelche Verantwortung für Giancristoforos Verhaftung trug, wollte Balian ihn besser kennenlernen. Michael Vanes äußere Erscheinung erweckte gewißlich Neugier. Etwas über fünfzig, war er recht hochgewachsen, neigte aber dazu, seine Größe durch einen leichtgebückten Gang zu verbergen. Sein Kopf war beinahe kahlgeschoren wie der eines muslimischen Mekkapilgers, seine Nase war gebrochen, seine Haut porös und fettig und leicht pockennarbig, doch sein Gesicht war von einer Art Melancholie verdüstert, die es beinahe anziehend erscheinen ließ. Höchst ungewöhnlicherweise trug er mitten im Kairoer Sommer einen Mantel aus etwas, das wie alte Rattenfelle aussah, und dazu einen breitrandigen Filzhut. Er sah, wie Balian feststellte, schlau und zäh genug aus, um der Anführer einer Landsknechtskompanie oder aber ein Diebskönig zu sein.

Vane hatte Balians Zustimmung offenbar als selbstverständlich angenommen. »Aufgestanden! Und mach dich bereit, sehr bald fortzugehen. Ich will nämlich ganz bestimmt nicht die Beschneidung des Prinzen heut' nachmittag versäumen.« Balian kämpfte sich hoch, wusch sich an der Pumpe und versuchte dabei, seinen Mund von dem unerfreulich trockenen Geschmack schalen Blutes zu rei-

nigen. Dann brachen sie sogleich zusammen auf. Vane, der sich energisch einen Weg durch die Menge bahnte, drehte sich plötzlich um.
»Halt dich ganz dicht an mich. Selbst bei Tageslicht kann man durch einige Viertel nicht allein in Sicherheit gehen; einige werden von den Räuberzünften kontrolliert, und die stecken oft mit Mamlukenwachen unter einer Decke. Besonders gefährlich ist's für kreuzanbetende Ungläubige aus Übersee.«
Tollkühn entschloß Balian sich, Vane zu verhören.
»Ich weiß. Du hast zweifellos davon gehört, wie der Italiener, mit dem ich gestern gefrühstückt habe, von den Mamluken weggeholt worden ist, wahrscheinlich ins Gefängnis.«
Vane grinste unbestreitbar wölfisch.
»O ja, ich weiß. Ich habe dafür gesorgt, daß er verhaftet wurde.«
Er ließ das eine Weile einsinken.
»Ich meine ihn während der Reise von Alexandria her wiedererkannt zu haben. Danach wußte ich, wo ich ihn vorher gesehen hatte. Das war am Hofe des verstorbenen Sultans Mehmet in Konstantinopel, wo er angestellt war, um den Harem des Sultans zu malen. Aber es gab Gründe zu vermuten, daß die Signoria ihn zum Osmanenhof geschickt hatte, um mehr zu tun, als nur obszöne Porträts zu malen. Es war deutlich, daß er sich mit dem damaligen Prinzen und jetzigen Sultan Bayezid sehr angefreundet hatte. Nun wünscht Venedig, seine Verständigung mit dem osmanischen Sultan zu festigen und hofft auf eine gemeinsame türkisch-venetianische Expedition gegen Ägypten. Die Zeit ist gerade günstig dafür. Ägypten ist sehr verwundbar. Qaitbay ist alt und krank, ob im Kopf oder im Leib, das ist nicht klar. Vielleicht wäre er nicht einmal mehr imstande, seine Armee nach Syrien zu führen, um die Osmanen im Gefecht zu treffen. Also, da ich glaube, daß der Maler ein Spion ist, habe ich den Dawadar über meinen Verdacht informiert. Meine Hoffnung ist, daß ich

wieder einmal einen venezianischen Plan gegen den Sultan erfolgreich vereitelt habe. Aber erzähl das den andern nicht, Junge, nicht wahr? Denn wenn du das tust, dann werden wir beide, du und ich, Grund haben, es zu bedauern.«

Obgleich das, was Vane sagte, unangenehm war und die Art, wie er es sagte, grob, hatte Balian immer noch den Eindruck, daß Vane lüge. Als Balian wieder sprach, dämpfte er seine Stimme und verbarg seinen Ärger.

»Aber ist nicht der Fall des Sultanats etwas, wofür jeder Christ beten sollte? Wie sonst können die Heiligen Stätten von seiner Kontrolle erlöst werden?«

»Die Heiligen Stätten, die Heiligen Stätten! Wo hast du denn deine Augen, Junge? Die Osmanen bedrohen Belgrad. Nach Belgrad Wien, dann Salzburg und Mailand – und der Ruf des Muezzins von den Dächern von Paris! Der Kreuzzug für die Heiligen Stätten ist der Traum der Ritterschaft, aber er ist auch eine Maskerade für die Pläne geheimer Mächte. Laß dich nicht von dem Traum ausnutzen und von der Maskierung täuschen. Nichts ist einfach – aber denke daran: wer anders als die Mamluken kann die Christenheit vor den Osmanen retten?«

Für eine Weile herrschte Schweigen, während sie ihre Ellbogen gebrauchten, um ihren Weg durch Menschenverknotungen zu stoßen. Dann sprach er wieder.

»Es ist nur schade, daß dies ein so schwacher und schwächlicher Verbündeter ist. Der Sultan ist alt. Die Preise steigen, und es gibt Aufruhr wegen des Brotes. Ein Mann, der Nachtigall genannt wird, zieht durch die Stadt und zettelt Unruhe an, und es gibt auch Gerüchte über Aufstand – Aufstand der Sklaven oder der Kopten oder der Beduinen in Oberägypten, auch Gerüchte über einen neuen Messias. Der Maler mag dir leid tun, aber die Lage ist viel zu unsicher, um ein Risiko einzugehen.«

Nun waren sie tief in einem Labyrinth kleiner Straßen. Balian war von Vanes Worten ebenso verwirrt wie von der Geographie der Stadt. Sein Kopf war wie eingeschnürt von ungelösten Fragen. Wie kam es, daß ein englischer Alchemist sich so sehr in levantinische Politik eingemischt hatte? Wie eng waren seine Verbindungen mit der Zitadelle und der mamlukischen Regierung? Was hatte er in Konstantinopel gemacht? Warum war er so interessiert an etwas, das vielleicht nicht mehr als Nasenbluten war? Aber Balian stellte keine dieser Fragen. Statt dessen: »Was ist der Arabische Nachtmahr?«

»Die Geschichte – und es ist nur eine Geschichte; denn diejenigen, die es am besten wisssen, können nicht darüber sprechen – ist merkwürdig, auch unklar, und läßt einen im Zweifel, ob das nun eine Krankheit oder ein Fluch ist. Der Arabische Nachtmahr ist obszön und schrecklich, monoton und doch fürchterlich. Er kommt jede Nacht zu seinen Opfern; doch gehört es zu seinen Symptomen, daß man sich am Morgen niemals daran erinnert. Es ist daher die Erfahrung unendlicher Qual ohne das Bewußtsein, daß man sie durchlebt. Nacht um Nacht von scheinbar endlosen Qualen; und dann, am Morgen, steht das Opfer auf und tut sein gewöhnliches Tagwerk, als ob nichts passiert wäre, und freut sich auf einen richtig guten Nachtschlaf am Ende eines harten Arbeitstages. Es ist reines Leiden, ein Leiden, das den Menschen weder veredelt noch ihn etwas lehrt; sinnloses Leiden, das nichts ändert. Wer ihm zum Opfer fällt, weiß nie, daß er selbst es ist, obwohl er die Geschichte kennen mag und darüber nachdenkt – doch es wird Leute auf dem Markt geben, die ihn an gewissen Zeichen erkennen werden. Da wird hinter seinem Rücken geredet werden, denn er ist gezeichnet – vielleicht eine Art idiotischer Messias. Das ist der Arabische Nachtmahr.«

Vane sprach mit Gefühl. Balian fragte sich, ob Vanes Melancholie vielleicht ein Anzeichen dafür war, daß er glaubte, selbst ein Opfer dieser unsichtbaren Heimsuchung zu sein.

»Aber wie ich schon bemerkt hatte, das ist ganz offensichtlich nicht dein Problem. Du erinnerst dich an deinen Traum. Die Hitze neigt dazu, die Dämpfe im Gehirn zu

Moschee El Muristan

beeinflussen und die Träume des Menschen in Unordnung zu bringen. Das muß man rasch behandeln, denn ein Alptraum wie deiner mit körperlichen Nachwirkungen könnte sich, wenn er nicht behandelt wird, krebsartig ausdehnen.«

Die Straßen, durch die sie sich drängten, zeigten ein immer verfalleneres Aussehen. Vane erklärte, wenn jemand in dieser Stadt eines gewaltsamen Todes starb, bliebe sein Haus gewöhnlich unbewohnt und man ließ es verfallen; und dieses, sagte er, sei ein Stadtteil, wo sehr viel Gewalt herrschte. Schließlich erreichten sie das Haus (Vane nannte es das Haus des Schlafs), ein breites, ziemlich großartiges Haus, das seine Nachbarn in dem allerverfallensten Teil der Stadt, den Balian je gesehen hatte, weit überragte. Vane sprach mit dem Neger an der Tür und kam sehr schnell zurück.

»Er ist fort – der Katzenvater ist auf Pilgerfahrt zum Grabe von Sidi Idris gegangen; aber er wird später zurückkommen, und man bittet uns dringend, wiederzukommen, vielleicht morgen. Wir können nur hoffen, daß du diese Nacht nicht wieder heimgesucht wirst, oder zumindest, daß es nicht eine noch heftigere Form annimmt. Du solltest beobachtet werden, wenn du schläfst. Nun ja, es ist schade, aber wenigstens kommen wir nicht zu spät zur heutigen Zeremonie. Wir können von hier querdurch zum Hippodrom gehen.«

Die einleitenden Feierlichkeiten hatten schon angefangen, und die Ränge waren voll. Sie hätten auf keinen Fall einen Sitz bekommen, aber dieser Vane ging hin und sprach zum Naib al-Dschaukandar, dem stellvertretenden Polostockträger des Sultans, der sie zu der Loge führen ließ, die für privilegierte Fremde reserviert war. Sie lag direkt neben dem Pavillon des Sultans selbst und beherrschte die Spitze des Hippodroms. Neben ihnen, im Pavillon des Sultans, breitete sich ein schwerer Baldachin aus, der nicht nur groß genug war, die Hunderte von Höflingen und Soldaten zu schützen, die den Sultan begleiteten, sondern auch

noch einen kleinen Garten mit Orangenbäumen, Rosensträuchern, Springbrunnen und mechanischen Singvögeln einzuschließen.
Qaitbay saß starr aufrecht im Zentrum auf einer erhöhten Plattform, ein dünner, zerbrechlicher alter Mann, eingesunkene Wangen mit spärlichem Haar – unglaublich: die Quelle aller Macht in einem der größten Reiche der Erde! Er saß da, steif vor Stolz, aber Balian bemerkte die Ringe unter seinen Augen. Dahinter, in einem Kreis auf der Plattform, dehnte sich das Elitekorps der *khasskis* als eine Art Leibwache aus, doch ihre schweren Rüstungen konnten die klare Wahrheit nicht verbergen, daß sie sich nicht als im Dienst befindlich betrachteten; denn alle waren entspannt, manche liebkosten einander. Balian hatte schon viel von der Verweichlichung des türkischen Mamlukenhofes gehört und von dem Anstoß, den so etwas in den konservativeren Teilen der großen Städte erregte. Links von Qaitbay war eine große Absperrung aus durchbrochenem Flechtwerk errichtet, und von dort konnte der königliche Harem auf die Spiele hinabblicken, doppelt geschützt durch die Absperrung und durch ihre Schleier. Hinter den *khasskis* war die königliche Loge ein vielfarbiges Meer von schwingenden Turbanen und konischen Kappen, deren jede ein königliches Amt oder einen Rang bedeutete. Vane tat sein Bestes, sie zu identifizieren – da war der Dawadar oder Träger des Königlichen Tintenfasses, der Königliche Waffenmeister, der Wezir, der Großmufti, der Polostockhalter, der Pantoffelträger, der Königliche Oberfalkner, der Oberscheich, der Haupteunuch und so weiter und so weiter. Zwischen den Höflingen huschten gertenschlanke Pagen umher.
Im Hippodrom zielten Reiter nach den hochaufgehängten Scheiben und schossen Pfeile auf bewegliche Ziele ab. Ihnen folgten Derwische, die sich mit Schwertern hieben und glühende Nadeln durch die Wangen trieben, während sie ununterbrochen die Namen Gottes psalmodierten; diesen wiederum folgte ein Team von Polospielern. Erst am

Spätnachmittag, als der Sonnenuntergang nahte, begann die eigentliche Beschneidungszeremonie. Prinz Bahadur, einer von Qaitbays Enkeln, sollte in Gesellschaft von nicht weniger als siebzig Söhnen führender Mamlukenemire beschnitten werden.
Von einem Zeremonienmeister geleitet, ritten diese siebzig Jungen quer durch das Hippodrom, mit Gold und Silber bedeckt und als kleine Mädchen gekleidet. Vane erklärte: »Das schützt sie vor dem bösen Blick, bis die Operation vollzogen ist.«
Hinter ihnen paradierten siebzig Barbiere und siebzig Barbiers-Assistenten, alle Lobhymnen auf den All-Einigen Gott psalmodierend. Pagen rannten die Prozession in beiden Richtungen entlang, wobei sie seltsame, nicht identifizierbare Objekte auf langen Stangen trugen. Am äußersten Ende des Hippodroms waren Zelte aufgeschlagen, in die die Kinder geführt wurden. Das Militärorchester, das hinter den Zelten aufgestellt war, begann mit einer rhythmischen, jedoch stockenden Weise. Von den Frauen in der Menge kam schrilles hohes Getriller, das sich mit den aufsteigenden Gesängen der Derwische mischte. Wenn der Lärm das Ziel hatte, die Schreie der Kinder zu übertönen, hatte er keinen Erfolg. Man stellte sich siebzig Messer vor, die sich hoben und niederfielen, siebzig blutige Vorhäute. Das ganze Hippodrom pulsierte, schrie und schwankte. Die Kinder kamen noch nicht aus den Zelten hervor. Von den Zitadellenwällen dröhnte eine Kanone, ein Zeichen, daß die Zeremonie vorüber war. Die Menge begann sich zu zerstreuen.
»Morgen besuchen wir den Katzenvater. Sei bestimmt im Karawanserai, morgen um die Zeit des Mittagsgebetes.« Vane erhob die Hand zum Abschied und verschwand.
An der Pforte gab es Aufenthalt.
»Die Wachen überprüfen jeden. Sie suchen nach dem Messias«, erklärte man.
»Aber wie können sie wissen, wer das ist?«
»Es steht im Buch.«

Der knochige Finger deutet auf etwas, und Balian las.

> »Er sprach: Der Messias wird einer sein, der durch unendliches Leiden geläutert ist. Doch wird er auch einer sein, der durch das Bewußtsein des Leidens nicht geschwächt ist.«

»Aber mach dir keine Sorgen. Du bist auf Pilgerfahrt. Wir können durch ein Seitentor hinausschlüpfen.«
Sie gingen hindurch und kamen zum Hippodrom. Katharina von Alexandria lag da, mit ausgebreiteten Armen, auf das große Rad geflochten, das der Sonne zugedreht war, und um sie herum die beturbante und verschleierte Bürgerschaft von Kairo. Ein Mamluk, dessen Gesicht von einer Kettenpanzerhaube verdeckt war, holte einen Hammer aus einer Art Metallköcher hervor, den er um seine Hüfte geschlungen hatte. Er mußte aufpassen. Ein alter Mann erläuterte ihm: »Nur die Meditation äußerster Qual wird dich auf deine zukünftigen Prüfungen vorbereiten.«
Ein zahnlückiger Mund öffnete sich und lachte: »Ich erwäge meist, daß ich von Löwen gefressen werde.«
Der Mamluk wandte sich jetzt dem Pavillon des Sultans zu. Der Kopf des Hammers lag in seiner Hand. Eine Trompete erklang, und der Mamluk drehte sich abrupt herum und ließ den Hammer auf ein Kniegelenk der Heiligen fallen. In der schimmernden, heißen Luft konnte er unnatürlich deutlich das Zersplittern der Knochen hören, und das Gezisch, das durch die Menge lief. Der Hammer ging auf und ab, wobei er Katharinas Glieder mit militärischer Präzision traf. Das Rad begann, sich unter der führenden Hand des Scharfrichters zu drehen. Balian fühlte sich schwindlig und schweißtriefend und erhob die Hand, um sich die Stirn abzuwischen. Erst als er das tat, merkte er, daß seine Hände an den alten Mann gefesselt waren. Er hörte eine Stimme sagen: »Jetzt bist du dran.« Dann ergriff etwas Sanftes, Ekliges ihn von hinten.
Zuleikha schüttelte ihn. Er war in ihrem Gartenhaus. Sie

kniete über ihm, diesmal in gelbe Seide gekleidet. Er fühlte sich völlig zerschlagen.
»Ein gräßlicher Traum.«
»Aber hier bist du sicher, selbst wenn nirgendwo sonst. Ein übler Traum ist so, als ob dir von einem Fremden unaufgefordert was in den Hintern gestoßen wird. Das vergißt man am besten.«
Pause. Irgend etwas stimmte nicht, das wußte er. Sie fragte ihn nach seinem Namen. Wie hieß er doch? Er geriet in Panik, wand sich und wachte auf dem Dach des Karawanserais auf. Zumindest nahm er an, daß es ein wirkliches Erwachen war. Überall war Blut, es floß ihm aus dem Mund und strömte aus den Nasenlöchern. Vane schüttelte ihn mit einer Hand und versuchte, mit einem Taschentuch in der anderen das Nasenbluten zu stillen.
»Gut, daß du diesmal beobachtet worden bist. Sobald das Bluten aufgehört hat, müssen wir den Katzenvater besuchen. Ich habe bei dir gesessen, seit wir ins Karawanserai zurückgekommen sind.«
Balian bemühte sich krampfhaft, sich zu erinnern. Vane fuhr fort: »Du wirst vom Katzenvater nicht enttäuscht sein; ich sollte dir wohl sagen, daß ich einige Zeit Student bei ihm gewesen bin.«

Der Katzenvater empfing sie auf dem Dach seines Hauses, zurückgelehnt in einen Stapel Kissen. Er erwartete sie, aber die kleine Pilgerfahrt des Vortags hatte ihn erschöpft, und er rührte sich kaum, als Vane die Symptome beschrieb, sondern ließ die Augenlider tiefer und tiefer heruntersinken. Kahl und ausgemergelt, mit einem buschigen weißen Bart, lag er schlottrig da, die Arme über die Knie hängend, das Gesicht hochgeworfen, dem Himmel zu. Das Gesicht, das er Balian ganz kurz zuwandte, um ihn durch geschlitzte Lider zu ergründen, gab dem Besucher nicht ein Gefühl von Sicherheit; es war merkwürdig glatt, und die Haut war voll über die Fläche des Gesichts gespannt, als sei es Seide, die den Schädel bekleidete. Wohl-

genährte Katzen krochen über seine Brust und seine Beine, und eine schlief auf seiner Schulter – ägyptische Katzen mit schmalen Gesichtern und keilförmigem Kinn.
Er fing an, zu Vane zu sprechen, und Vane übersetzte für Balian in unregelmäßigen Ausbrüchen. Die Diagnose entstand langsam und war mit vielen Fragen über Balians Sitten, Gebräuche und Glaubensformen punktiert. Der alte Mann schien fast zu schlafen, während er sein Urteil abgab. Die Infektion was etwas, das man leicht in einem so heißen Land erwischen konnte, aber sie war nicht so einfach zu kurieren. Man brauchte ein bißchen Zeit.
»Aber morgen muß ich den Dawadar sehen.«
»Vielleicht übermorgen. Er sagt, du mußt ein oder zwei Nächte in seinem Haus zubringen. Sei sein Gast und Patient.«
»Morgen muß ich aber zum Büro des Dawadars gehen und ein Visum holen, um die heilige Katharina im Sinai zu besuchen. Ich kann doch nicht in Kairo herumsitzen und warten.«
»Wozu willst du zur heiligen Katharina? Da gibt's gar nichts. Trockene Gebeine. Staub und Sand. Sand und Staub, und dreckige dumme Mönche.«
Vanes Beharrlichkeit machte Balian nur nervös.
»Ich schulde der heiligen Katharina diesen Dienst. Sie hat mir in der Schlacht von Artois das Leben gerettet. Ich habe ein Gelübde abgelegt, das ich als Christ und Gentleman erfüllen muß.«
»Es ist bestimmt nicht notwendig, wegen eines Visums zum Büro des Dawadars zu gehen. Du bist krank, und für dein Pilgergelübde genügt doch die gute Absicht. Du kannst die heilige Katharina im Schlaf besuchen, oder vielleicht besucht sie dich.«
Ein Kälteschauer verbreitete sich langsam über Balians Rücken. Er saß jetzt im Schatten. Der alte Mann hatte angefangen, sich tonlos etwas vorzupfeifen, offensichtlich ziemlich weit entfernt von dem Dialog; seine Augenbälle waren nach oben gedreht, und das Weiße ließ ein Schau-

dern erkennen, während die halbgelähmten Hände vor ihm zitterten, als spielten sie auf einer unsichtbaren Mandoline.
Vane fuhr fort: »Wenn du jede Nacht so blutest, bist du tot, bevor du den Berg Sinai erreichst. Nur in einer großen Stadt wie Kairo kannst du jemanden wie den Katzenvater finden, der ein Spezialist für Schlafkrankeiten ist. In der Wüste wird die Karawane dich allein lassen, denn du wirst nur eine Last für sie sein, weil du ein Opfer des bösen Blicks sein könntest. Aber, mein Freund, der Katzenvater (und hier legte Vane seinen Arm ziemlich scheu um die ausgemergelten Schultern des alten Mannes) hat keine Angst vor dem bösen Blick und ist kein Scharlatan, falls du das denkst.«
Der Vater grinste, und Balian entschied, daß beide Scharlatane waren. Vane fuhr fort: »Er kennt sie und ist auch Meister von wiederkehrenden Alpträumen, Schlaflosigkeit, Schlafwandeln, Katalepsis, Lähmungserscheinungen, Reden und Weissagen im Schlaf, nächtlichen Samenergüssen, Harndrang, blasphemischen Träumen und den acht Klassen von Träumen, welche die Lauteren Brüder geächtet haben.«
»Und was stimmt bei mir nicht?«
»Nichts davon.« Ein absichtlich kryptisches Paar, starrten Vane und der Vater ihn höchst aufmerksam an.
»Der Katzenvater fragt, ob du gern durch sein Haus geführt werden möchtest?«
Balian nickte zustimmend.
»Dann laß uns gehen.«
Zuerst konnte Balian nicht verstehen, warum sie ihn herumführen wollten, denn es schien nichts besonders Interessantes zu sehen zu geben. Gewiß, das Haus war sehr groß; es überragte seine Nachbarn im Stadtviertel, aber ein leerer Raum mit vergilbendem Verputz an den Wänden sah ziemlich genauso aus wie der andere. Vane erklärte, daß sie alle mehr oder minder äßen und schliefen, wo es ihnen gerade einfiel. Nur wenige Räume hatten überhaupt

irgendwelche Möblierung und auch die war eigentlich nur in Spuren vorhanden – niedrige Holztische, ein paar irgendwo verstreute Polster, und einmal ein Koranpult. Sie durchquerten einen kühlen dunklen Hof, den Zypressen säumten, der aber nach Abwässern roch. Eine tiefverhüllte Sklavin huschte vorbei.

Sie besuchten den Raum des Kaffeekochs mit mannshohen Zuckerhüten; sie gingen durch das große *mandara*, den Empfangsraum, dessen Springbrunnen in der Mitte eines Bodens aus zerbrochenen Fliesen ausgetrocknet war. Während sie ihren Inspektionsgang durch leere Vorratsräume und Zellen mit unbestimmtem Zweck fortsetzten, wurde Balian sich eines schwachen Gefühls von Unbehaglichkeit bewußt; seine Augen schmerzten, und sein Herz wurde schwer. Er dachte, er würde nicht gern eine Nacht an diesem Ort zubringen. Selbst im Tageslicht war es ein wenig bedrückend. Alabasterfenster ließen ein unsauberes gelbliches Licht durch, das über rauchgeschwärzte Wände floß und Gesichter in ungewisser Beleuchtung schimmern und tanzen ließ. Schaben eilten über die Fußböden; der Katzenvater machte nun auch nicht mehr den Eindruck, daß er halbtot vor Erschöpfung war wie bei der Konsultation, hatte seine Müdigkeit offenbar abgeschüttelt und genoß es, seine Behendigkeit vorzuführen, indem er die Insekten barfüßig zu Tode tanzte. Den Harems-Trakt sahen sie nicht. Auf den Dächern waren Kräuter zum Trocknen ausgebreitet, und ein attraktives Berbermädchen ging gedämpften Schrittes umher, um die Wäsche auszulegen. Vom Dach aus konnte Balian in die Straße hinabblicken, durch die sie eingetreten waren, und er bemerkte, wie ein Mann, der am Hauseingang vorbeiging, über seine linke Schulter spuckte. Es schien nicht eine Geste von Verachtung zu sein, sondern vielleicht eher ein Sühneritual.

Erst als sie wieder in den Hof hinabstiegen, begann Balian zu spüren, daß hier doch interessante Dinge zu sehen waren. Um eine Ecke, vom Hof abbiegend, lag die Apotheke – ein fliesenverkleideter Pavillon, in dessen Wände Ni-

schen in kurzen Abständen eingelassen waren. In den Nischen war – versiegelt in Krügen oder eingewickelt in Blätter – eine erstaunliche Sammlung von Wurzeln, Blättern und Pulvern aufgereiht: weiße Nieswurz, die Menschen sterben ließ, erstickt an ihrem eigenen Auswurf; schwarze Nieswurz, die in gefährlichen Spasmen purgierte; Mandragora, die Droge der Schläfrigkeit; Knoblauch zur Herstellung von Melancholie; Qat, um die Nerven zu erregen; Kola, um Schlaflosigkeit zu produzieren; Opium für Dämmerzustände, Barsh, eine duftende Paste, die auf die Zähne aufgetragen wurde; die 49 Früchte des Zaqqum-Baumes; der schweißtreibende Kümmel; Vipernzunge (*anchusa*), die das Herz erweiterte; Seegras zum Kauen; Balsam; Fenchel; Ingwerwurzel; Asafoetida; Ambra, Spinngewebs-Pillen; Iliaster, Hanf und Asphodelen, aber auch Straußenfedern, Narwalzähne und Hopfenkissen.
Sie stiegen weiter in die Keller hinab, wo, wie der alte Mann erklärte, die Schlafräume für die Patienten lagen. Die Schlafräume boten einen phantastischen Anblick. Von jeder Seite des Treppenhauses erstreckte sich eine lange Halle in die Dunkelheit, über die Grenzen des Lichtes hinaus, das von den großen mannshohen bronzenen Kerzenständern ausging, die im Zentrum der Halle standen.
Es war erst gerade Mittag, aber trotzdem waren einige wenige Betten schon belegt. Die ruhelosen Schläfer, mit in die Seite gestemmten oder über die Matratze seitlich hinaushängenden Armen, deren Augen blicklos zur Decke starrten oder die ihr Gesicht in das Kissen gewandt hatten, wurden von den Assistenten des Vaters gepflegt – jungen Leuten zumeist, die sich lautlos von Bett zu Bett bewegten und, auf den Hinterbacken hockend oder auf die Seite gelehnt, durch zum Trichter geformte Hände den Schläfern etwas ins Ohr flüsterten und so ihre Träume hierhin oder dorthin lenkten. In der Mitte der Nacht würde die Halle ein Geraschel von Flüstern, Stöhnen und Schnarchen erfüllen, aber meist ein Maßwerk von Flüstertönen, die das Muster der Nacht diktierten. Gewaltige schwarze Sklaven

bewegten sich in der Halle auf und ab, brachten und wechselten das Bettzeug. Läuse waren hier zu Hause. Aus der Dunkelheit an einem Ende kam der Klang einer Laute.
»Deine Krankheit ist selten. Der Vater will dich umsonst behandeln.«
»Wie will er mich behandeln?«
»Ich weiß nicht. Ich bin nur ein Student seiner Methoden, aber ich habe gelernt, daß das Gehirn Gedanken absondert, so wie die Leber Galle absondert. Es könnte sein, daß hier eine Störung im sekretorischen Prozeß in den Gehirnhöhlen vorliegt, was nun wieder einen Überfluß an sanguinem Element im Körperhaushalt hervorruft, und der wiederum führt zu spontanen Blutungen.« Vane klang gleichzeitig selbstbewußt und unklar. Der alte Mann beratschlagte sich mit einem seiner Schüler.
»Auf alle Fälle wirst du heute nacht nicht alleine schlafen. Jemand wird dich beobachten. Am Morgen komme ich, um nach dir zu sehen.«
»Ich? Ich soll hier schlafen?«
»Warum denn nicht? Das ist der sicherste Platz in ganz Kairo. Er wird von einigen der mächtigsten Emire patronisiert. Im Karawanserai könnten die Venezianer dir dein Geld stehlen und die Priester die Seele, aber hier bist du sicher. Wenn du längere Zeit in der Stadt bleiben solltest, wirst du den Schutz eines Menschen wie des Katzenvaters brauchen und etwas wie das Haus des Schlafes als Zufluchtsplatz. Es hat jede Nacht Morde gegeben, und es ist von Aufstand und Revolte die Rede gewesen; aber was immer passiert, sie werden den Schlaflehrer nicht anrühren.«
Aber angenommen, er redete im Schlaf? Angenommen, er enthüllte im Schlaf, daß er zum Spionieren gekommen war? Das war ja nicht schlimm; denn der Vater und seine Schüler schienen weder Englisch noch Italienisch zu verstehen. Doch da würde er hier bewußtlos liegen, beobachtet von Fremden, möglicherweise in einer fremden Sprache träumend, und dann hilflos in einem fremden Keller

aufwachen. Etwas anderes allerdings bekümmerte ihn mehr. Was war das nur? Ja, wann hatte der Traum von der heiligen Katharina und Zuleikha angefangen? Bei Sonnenuntergang oder früher? Hatte er das im Karawanserai oder im Hippodrom geträumt? Hatte er nur von der heiligen Katharina und Zuleikha geträumt oder auch von der königlichen Beschneidung, ja von Kairo? Vane, der sah, daß er zögerte, nahm ihn beim Arm.

»Um Himmelswillen, Junge, du bringst dich um, wenn du nicht behandelt wirst. Bringst dich um oder wirst umgebracht! Ich habe gerade eben gesagt, daß es eine Störung des Sekretionsprozesses im Gehirn sein könnte. Das könnte ja sein, aber warum wirst du nur im Schlaf heimgesucht? Es ist gut möglich, daß es eine Form von Behexung ist, durch jemand, der versucht, dich im Schlaf zu vergiften. Christen, Christen aus dem Westen jedenfalls, sind in Kairo nicht beliebt, und sehr wahrscheinlich hat irgend jemand einen Zauber gegen dich verübt.«

»Ich bleibe aber nicht hier. Trotzdem, danke schön.«

Balian machte, was, wie er hoffte, eine höfliche Bewegung gegen den Vater war, kletterte ohne zurückzublicken aus dem Keller und nahm seinen Weg hinaus auf die Straße, in das blendende Tageslicht, und verlor sich in der Menge. Die Menge war ein unvernünftiges Tier, das sich langsam bewegte und sich lärmend beklagte, wenn es geführt wurde. Es bewegte sich im Tempo des Langsamsten, das bedeutet, im Tempo der sehr Alten und der Kranken. Es hieß, der größere Teil der Bevölkerung von Kairo arbeite nicht, sondern bettele oder fände sich damit ab, langsam zu sterben. Balian kämpfte gegen diese Menge mit dem vergeblichen Wunsch, daß sie sich vor ihm teile wie das Rote Meer vor Moses. Aber sie sah ihn mit störrischen toten Augen an und schob die Füße vorwärts. Er sah Gruppen von alten Männern mit verschränkten Armen, die majestätisch in den Durchfahrtsstraßen der Stadt voranschritten und alle vor sich herschoben, während ihre nackten knochigen Füße den Staub hochstießen, wenn sie sich be-

wegten. Er würde noch lernen, daß auch diese Mengen gefährlich waren; manchmal mochten verschiedenen Prozessionen an einer Stelle zusammentreffen, und dann mochten Menschen zu Tode gedrückt werden.
Aber Vanc und der Vater konnten ihm durch dieses Dikkicht nicht folgen, und schließlich entspannte Balian sich, ließ sich von der Menge tragen, wohin immer sie wollte, ziellos in seiner Bewegung, und alles Sehenswerte ansehend. Die Augen konnten einem in dieser Stadt mehr erzählen als in Venedig oder in Norwich: der grüne Turban eines Mekkapilgers, das gelbe Gewand eines Juden, die große Doppelaxt und Bettelschale eines Bektaschi-Derwischs: die Gewandung enthüllte Religion und Ziel.
So kam es, daß er, plan- und ziellos, plötzlich Yoll traf. An einer Straßenecke hatte die Menge gehalten und sich um einen *qassas*, einen Geschichtenerzähler, versammelt. Er saß auf einer Art von hölzernem Thron tief im Schatten eines vorkragenden Hauses. Zu Füßen seines Thrones saß gebückt ein Musiker, der leise zu den Worten des Geschichtenerzählers die Rebeck spielte, und ein Junge servierte Kaffee auf einem Kupfertablett. Sonst war jedes Auge auf den *qassas* gerichtet. Eine junge Frau, unverschleiert und unerhört schön, saß ihm bewundernd zu Füßen. Die älteren Männer standen oder hockten im Kreis um ihn und schubsten die Kinder an die Peripherie. Der Kreis war weit, wie Balian amüsiert feststellte, denn Spukkebrocken flogen aus dem Mund des Erzählers. Die Geschichte war hinreißend; das Klagen der Rebeck stieg und fiel, und die Arme des Erzählers fuhren wild durch die Luft und beeindruckten seine Zuhörer, die mit offenem Mund und glasigen Augen lauschten. Der Geschichtenerzähler war, ungewöhnlicherweise, ein junger Mann mit einem dicken Haarschopf, das Gesicht angespannt vor Konzentration. Schweiß hatte sich auf sein Gesicht gelegt, und Sand auf den Schweiß. Er war die schmutzigste Person, die Balian je gesehen hatte.
Er schien vollkommen in seiner Geschichte verloren, doch

als Balian sich der Gruppe näherte, zögerte der *qassas* offenbar mitten im Satz und ließ den Rebeck-Spieler weiterspielen. Während er Balian fest im Auge behielt, machte der *qassas* dramatische Gesten mit dem Daumen und wies auf sich selbst.

Die Insel Roda

Ein hübsches Bild ist das.
Jetzt – natürlich zu spät, frage ich mich, ob ich meine Geschichte an der richtigen Stelle angefangen habe. Es wäre vielleicht einfacher gewesen, damit zu beginnen, Michael Vanes Beziehung zum Katzenvater zu erklären, oder noch besser, mit der wahren Geschichte von den Ursprüngen der Tödlichen Fatima anzufangen. Habe ich überhaupt schon den Affen erwähnt? Ich kann mich nicht erinnern. Aus irgendeinem Grund dachte ich, es sei am besten, mit dem Einzug dieses unschuldigen jungen Mannes nach Kairo anzufangen. Persönlich mag ich ihn nicht besonders, und ich frage mich, was er wohl von mir denkt. Ich bezweifle, daß ich das je zu wissen bekomme. Offenbar scheint er nicht viel über andere Leute nachzudenken.
Zu spät, um neu anzufangen – außerdem ist es jetzt Zeit, mich selbst einzuführen...

Ich bin Yoll.« Der Geschichtenerzähler sprach Italienisch mit schwerem Akzent. Noch merkwürdiger war sein nächster Satz.

»Ich habe diesen Leuten deine Geschichte erzählt.«

»Meine Geschichte?«

Die Menge drehte sich, um Balian mit dankbarer Hochschätzung zu betrachten, und ließ ihn dann durchgehen, damit er sich vor den Thron des Geschichtenerzählers stellen könnte. Yoll gestikulierte ungeduldig.

»Ja, deine Geschichte. Wie du nach Kairo gekommen bist auf dem Weg zum heiligen Kloster auf dem Sinai. Wie du die Gefangennahme des italienischen Malers mit angesehen hast, wie du in der Nacht übler Omen angegriffen worden bist von Visionen, um dann in die Klauen des Katzenvaters und eines englischen Alchemisten zu fallen.« Er machte eine Pause, um zu sehen, ob Balian dachte, daß er die Geschichte richtig erfaßt hatte, und fuhr dann fort.

»Wir alle kennen die Stätten und die Leute. Es ist eine gute Geschichte. Es ist leicht für jemanden wie mich, der Information richtig bewertet, diese Erzählung aus hundert Quellen in Kairo zu rekonstruieren. Ich bin Yoll, der einzige Geschichtenerzähler in ganz Kairo, der davon lebt, wahre Geschichten zu erzählen. Manchmal bezahlen Leute mich, damit ich ihre Geschichte an öffentlichen Plätzen erzähle, vielleicht in der Hoffnung, daß sie die Menge erbauen oder Glanz auf den Namen der Familie bringen möge. Zu anderen Zeiten wähle ich einen bestimmten Menschen aus und ehre oder ruiniere ihn, indem ich seine Geschichte erzähle.« Er pausierte. »Manchmal werde ich auch dafür bezahlt, die Geschichte nicht zu erzählen.«

»Was wird denn als nächstes in dieser Geschichte passieren?«

Yoll machte wieder eine Pause, und ein breites Grinsen breitete sich über sein Gesicht aus.

»Du wirst einen Geschichtenerzähler namens Yoll treffen; der wird dir ganz außerordentlich wichtige Ratschläge geben, wenn du so freundlich bist, ein paar Minuten zu warten. Entschuldige mein Interesse an dir, aber ein guter Geschichtenerzähler bemüht sich, seinen Geschichten eine gewisse Form zu geben, selbst wenn es wahre Geschichten sind.« Ohne die Antwort abzuwarten, wandte Yoll sich wieder seiner Hörerschaft zu.

Er sprach eine, wie es schien, ziemlich lange Zeit und deutete gelegentlich auf Balian. Die Zuhörer sahen Balian mitfühlend an. Schließlich war die Rede zu Ende, und der kleine Junge ging zu den Zuhörern, um in einem Samtbeutel Münzen einzusammeln. Yoll stieg von seinem Thron hinab und ließ den Jungen ihn abbauen. Der Rebeck-Spieler war verschwunden. Die Sonne hatte sich hinter einer Wolkenbank verborgen, und der Wind erhob sich und trieb kleine Staubwirbel die Straße entlang. Es war Zeit für das Nachmittagsgebet. Die melancholischen Klagen der Gebetsrufer klangen quer durch die Stadt. »Es gibt nur einen Gott ...«

Yoll lächelte Balian an.

»Wirst du geruhen, meine Gastfreundschaft anzunehmen? Das Haus ist ein ganzes Stück entfernt, aber«, und hier tat er, als senke er die Stimme zu scheinbarem Flüstern, »da gibt es Wein.«

Balian neigte den Kopf, und Yoll schwang die Arme wild vor Vergnügen. Das Haus war wirklich ziemlich weit entfernt, aber sie redeten unterwegs nicht. Als sie endlich das Haus erreicht hatten, war es später Nachmittag, und obgleich der Himmel noch immer ein tiefes Blau zeigte, war es in den dunklen Straßen vor ihnen schon fast Nacht. Fensterläden wurden in den überdachten Märkten geschlossen, und ganze Bezirke der Stadt schienen verlassen, während andere gedrängt voll von Leuten waren, die auf und ab spazierten und einander neugierig beäugten.

Das Haus, zu dem Yoll ihn mitnahm, war klein, aber überraschend gemütlich. Man sah weder Wände noch Fußböden oder Fenster; sie lehnten vielmehr in einer Höhlung von Kissen, Teppichen und Seidenbehängen; alle waren etwas abgenutzt und aus den meisten kam die Füllung heraus. Yoll brachte einen Krug Wein und grinste.

»Ich brauche Zurückgezogenheit von der äußeren Welt für mein großes Werk. Die Geschichten, die ich auf den Marktplätzen erzähle, dienen nur dazu, Leib und Seele zusammenzuhalten. Sie sind nur dafür da, meinen Lebensunterhalt zu verdienen, sonst nichts. Du fragst, was mein großes Werk ist?« Balian fragte nicht. »Ich will dir's erzählen. Es ist wirklich was ganz Tolles, wie du hören wirst. Die Sultane und Emire haben ihre Denkmäler: die Sultan-Hasan-Moschee, das Sultan-Qalaun-Hospital, der Emir-Djaqmaq-Brunnen. Die beherrschen die Straßen unserer Stadt, und in deren Schatten müssen die unterdrückten Armen, Gottes Kinder, mit ehrfürchtigem Schauer wandeln. Die Armen hier haben keine Denkmäler. Aber ich, Yoll, bin dabei, eins für sie zu schaffen.«

Yolls Rede wurde zum Sturzbach. Er war dabei, so erfuhr Balian, ein Werk zu schreiben, genauer gesagt ein Kompendium von Geschichten, die lose miteinander verbunden waren. »Ich werde es ›Die tausend und eine Nacht‹ nennen.« Jede Nacht diktierte er einen Teil einem seiner Freunde, einem Kalligraphen. Während Balian zuhörte, begriff er etwas von Yolls ungewöhnlichem und verdrehten Listenreichtum, denn die Geschichten, die Yoll erfand, waren nicht nur dazu da, die Armen der Stadt zu unterhalten, sondern sie waren auch in einer bewußt anspruchslosen, ungrammatischen Umgangssprache ge-

Nilometer auf der Insel Roda

schrieben, durch die Yoll plante, den Eindruck zu erwekken, daß sie tatsächlich die Schöpfung der Händler und der Ärmsten von Kairo waren.
Yoll war voller Mitleid für die Menschen seiner Stadt. Doch bei allem Mitgefühl entdeckte Balian einen Zug von Verachtung für die Handelsleute und ihren Mangel an Phantasie und eine scharfe Mißbilligung ihrer Passivität und ihres Materialismus, und vor allem ihrer Ordnungsliebe. Yoll hatte nichts Ordentliches an sich.
»Diese armen Leute haben keine Stimme. Sie haben keine Träume, sie sitzen wie Lumpenpuppen neben ihren Waren, aber ich werde zu ihrer Stimme, und ich werde ihre Träume für sie erschaffen.«
Yoll folgte seiner Berufung mit manischer Intensität. Er wollte seine eigene sehr starke Persönlichkeit in die Geschichten versenken und nur ein Filter für die Gefühle und Hoffnungen – schwach wie sie waren – der Menschen von der Straße werden. Zu diesem Zweck hatte er sich angewöhnt, wenn immer er nicht arbeitete oder diktierte, durch die Alleen und Plätze der Stadt zu wandern, rückwärts und vorwärts, wobei er nichts bewußt aufnahm und doch alles irgendwie aufnahm, was durch die Luft Kairos schwebte. Dann pflegte er zu seinem Haus am Ende des Armenierviertels zurückzukehren und ließ sich mit geschlossenen Augen fortdriften, bis Bilder auf seinen Augenlidern zu tanzen anfingen und sich eine Geschichte um sie bildete. Yolls Geschichten kamen, so behauptete er, aus einem Zwielicht-Gebiet, irgendwo zwischen bewußter Schöpfung und den Wallungen reinen Unsinns.
»Nimm zum Beispiel die Geschichte von den beiden Harun ar-Raschids, die ich vor ein paar Abenden produziert habe. Die Geschichte geht so ...«
An dieser Stelle konnte Balian seine Ungeduld nicht länger bezähmen und brach in den Sturzbach ein: »Aber erzähl mir, wie kommt es, daß du Italienisch sprichst?«
»Boccaccio hat mich seit langem inspiriert. Wir mögen die Italiener.«

»Wir? Und mögt ihr auch die Engländer?«
Yoll deutete auf eine Ecke im Raum. Während sie geredet hatten, war eine Frau hereingeschlüpft. Es war die Frau, die vorne vor den Zuhörern gesessen hatte.
»Maria, die Koptin, meine Schwester. Wir sind tatsächlich beide Kopten, aber die Leute nennen mich den Dreckigen Yoll.«
Sie lächelte und setzte sich. Als das Lächeln verschwunden war, schien es, als sei es nie dagewesen. Sie war ein finsteres, schwerblütiges Mädchen, die von Zorn – oder war es Ungeduld oder unterdrücktes Begehren? – zu glühen schien, während sie an jedem Worte Yolls hing. Der Weinkrug wurde neu gefüllt. Yoll fuhr fort und antwortete auf Balians letzte Frage.
»Das werden wir sehen. Du bist der erste Engländer, den ich je getroffen habe, abgesehen von Vane.«
»Was kannst du mir über Vane erzählen?«
»Genug, hoffe ich, um dich zu überzeugen, seine Gegenwart zu meiden. Dies hier war ein glückliches Zusammentreffen. Ich mag nicht, wenn Leute, vor allem Christen, diesem Paar in die Hände fallen.«
»Diesem Paar?«
»Vane und der Katzenvater. Ich warne dich, die nehmen Menschen in Besitz, und Menschen, die unter ihren Einfluß geraten sind, mit denen kann man hinterher nicht mehr reden. Sie sind Hüter eines gemeinsamen Geheimnisses, oder das ist mindestens der Eindruck, den sie zu erwecken scheinen.«
»Kennt Vane den Katzenvater schon lange?«
»Ja, Vane ist seit langer Zeit ein regelmäßiger Gast in Kairo gewesen, und manchmal hat er sich jahrelang in der Stadt aufgehalten. Dann pflegte er im Haus des Schlafes zu wohnen. Nein, da ist irgend etwas sehr Merkwürdiges mit diesem Paar, diesem alten Knochensack und diesem Beutelschneider, diesem Piraten. O ja, als Vane zuerst nach Kairo kam, war er kaum mehr als ein kleiner Verbrecher. Nach allem, was ich weiß, hätte er ein Galeerensklave sein

können. Er hat bestimmt ein sehr rauhes Leben geführt. Er benahm sich durchaus nicht wie ein richtiger Herr und Gelehrter, der so fein über Physik und Metaphysik vortragen konnte, wie er das jetzt tut. Nein, er war ein Beutelschneider, ein cleverer und ehrgeiziger Beutelschneider, aber trotz allem ein Beutelschneider. Er ging zum Haus des Schlafs, und der Katzenvater muß wohl seine Möglichkeiten erkannt haben, denn er erzog ihn, als sei er sein eigener Sohn. Vane hat die Sprachen der zivilisierten Welt bei ihm studiert, Arabisch, Persisch und Hebräisch; er lernte Manieren, und er studierte Alchemie, Medizin, Gematria, Arzneikunde und Traumdeutung, aber mehr als dies alles lernte er, seinen Meistern zu dienen.«

»Du meinst ...?«

»Ich bin nicht sicher, was ich damit meine ... Vane arbeitet für den Sultan und seine Offiziere, wahrscheinlich als Spion. Das tut auch, denke ich, der Katzenvater. Da gibt's viel Kommen und Gehen zwischen dem Haus des Schlafs und der Zitadelle. Sie müssen wohl Informationen austauschen. Wie sie diese Informationen bekommen, ist nicht so leicht zu erkennen, vielleicht von Klienten, die kommen, um sich ihre Träume deuten und ihre Zukunft weissagen zu lassen. Du solltest versuchen, die Stadt so bald wie möglich zu verlassen. Es ist gefährlich, den Katzenvater zu kennen, sei es als Freund oder als Feind. Verzeih mir, daß ich so darauf beharre, aber ich muß dir sagen, daß die Ursprünge des Katzenvaters kaum weniger gemein sind als, wie ich vermute, Vanes Vergangenheit. Ich will dir eine Geschichte erzählen.«

Yoll trank einen großen Schluck und fuhr fort:

»Ich habe sie vor vielen Jahren von den Lippen des Katzenvaters selbst gehört, ehe er so wichtig wurde, wie er's jetzt ist. Der Katzenvater war nicht immer der Meister des Hauses des Schlafs. In seiner Jugend, als er neu in der Stadt war und es viele gab, die geschickter in den Geheimwissenschaften waren als er, lebte er davon, Zauberei zu treiben und Tränklein für kleine Geldsummen zu verkaufen.

Er spezialisierte sich auf aphrodisiasische Tränklein und Embleme; Bilder, um Männer ins Bett zu locken. Es war höchst gefährlich, sich mit diesen Emblemen zu befassen, denn er pflegte sie auf die Körper seiner Kundinnen zu malen und hatte dabei immer das Risiko zu tragen, daß die Ehemänner die Zeichen entdeckten, die auf die Körper ihrer Weiber gezeichnet waren, und dann herausfanden, wer das getan haben könnte – aber es war ein gutes Geschäft, denn die Zeichen waren machtvoll und kamen von dem Arbatel der Magie. Eines Tages kam eine Frau, die sich Fatima nannte, mit der üblichen Geschichte zu ihm: daß ihr Mann sie nicht mehr begehre; so wurden die salomonischen Zeichen auf ihren Nabel, innen auf ihre Schenkel und zwischen ihre Brüste gemalt. Er wurde gut bezahlt, und sie ging fort. Nicht lange danach, eines Morgens, entdeckte man einen Jüngling, der mit durchschnittener Kehle den Nil hinuntertrieb. So was passiert von Zeit zu Zeit, und niemand achtete besonders darauf.
Dann, wie die Tage vergingen, entdeckte man einen anderen Leichnam, und noch einen und noch einen, alles Männer, alle mit durchschnittener Kehle. Es war wie eine Pestepidemie, und als sie sich von den armen Stadtvierteln im Nordosten zu den eleganteren Gebieten unterhalb der Zitadelle und entlang des Flusses ausbreitete, erregte es doch einiges Bedenken bei der Regierung. Wachmannschaften wurden ausgesandt, um nachts durch die Straßen zu ziehen. Mehrere Male hätten die Trupps um ein Haar ein Opfer gerettet, ehe das Messer fiel. Wilde Gerüchte verbreiteten sich, und viele Leute sagten, das seien Ritualmorde, begangen von den Juden oder Kopten, und einige Mitglieder der jüdischen Gemeinde mußten für eine Zeitlang die Stadt verlassen.
Nun gut, eines Nachts wanderte der Katzenvater allein durch dies Dorf der Frauen – ob er nun hoffte, dort Geld zu verdienen oder auszugeben, kann man nur vermuten. Er trug eine Gallabiyya mit Haube im maghrebinischen Stil; die Leute sagen, daß der Katzenvater ursprünglich aus

dem Atlasgebirge kam, ganz fern in den westlichen Landen. Er ging an einer verschleierten Frau vorbei, die am Ende des Dorfes stand und offenbar Kundschaft suchte. Er ging weiter und kehrte dann zurück, denn mysteriöserweise fühlte er sich mächtig angezogen. Sie legte den Schleier ab. Sie lächelte, während sie ein langes Silbermesser aus ihren Ärmelfalten zog. Obgleich er das sah, war er fasziniert und sexuell erregt. Er konnte sehen, daß sie ihn umbringen würde, und doch konnte er nichts tun, um sich selbst fortzuziehen. Ohne zu merken, daß er sich selbst bewegte, sah er doch, daß der Zwischenraum zwischen ihnen immer enger wurde.

›Oh, du wirst doch nicht‹, krächzte er.

Als Antwort entblößte sie ihren Oberkörper und da, unglaublich, sah er dasselbe aphrodisiasische Symbol, das er selbst vor einigen Monaten zwischen die Brüste der Frau Fatima gemalt hatte. Jetzt, da das talismanische Zeichen sichtbar war, verdoppelte sich die unnatürliche Anziehungskraft. Der Vater sah, daß er nahe daran war, von einem seiner eigenen Köder zerstört zu werden. In einer verzweifelten letzten Chance rief er sie an: ›O du unseliges Weib, wer hat dir das angetan? Du bist zum Tode gezeichnet, denn du trägst das Emblem Azraels, des Engels der Auslöschung, zwischen deinen Brüsten!‹

Dann, ein plötzlicher Windstoß, und die Frau war fort, in die Dunkelheit einer der Seitengassen rennend. Er versuchte ihr zu folgen, denn er fühlte sich immer noch ganz gewaltig zu ihr hingezogen, aber sie war völlig verschwunden. In dieser Nacht hörten die Morde auf. Nur jetzt wieder, viele Jahre später, werden ein paar unerfreuliche Geschichten in den Suqs erzählt, und manche haben Angst, die Tödliche Fatima wäre zurückgekehrt ... falls es sie jemals wirklich gab«, fügte Yoll gedankenvoll hinzu. »Dem Katzenvater darf man nämlich ganz bestimmt nicht Vertrauen oder Glauben schenken. Es ist eine gute Geschichte, ich habe sie oftmals erzählt.«

»Es ist eine merkwürdige Geschichte«, sagte Balian.

»Du glaubst sie nicht?«
»Ich glaube, der Katzenvater hat sie zu einem bestimmten Zweck erzählt.«
»Der Vater ist verrückt«, fuhr Yoll ganz folgewidrig fort. »Schlaf ist ein solch angenehmer, bequemer Zeitvertreib. Ich weiß wenig und verstehe noch weniger von dem, was er tut, aber ich folgere, daß seine Wissenschaft Schlaf zu einem Test macht und zu einer Gefahr für seine Schüler und Patienten. Wenn ich schlafen gehe, möchte ich schlafengehen. Ich will meine Visionen sehen, wenn ich wach bin und sie richtig schätzen kann. Die Leute gehen zum Haus des Schlafs und suchen nach etwas, vielleicht nach einem geistigen Schatz. Die Leute hier sind verrückt mit Phantasierereien von Schätzen. Die Einwohner von Kairo glauben, daß man Schätze finden kann, wenn man sich hinlegt und in Schlaf fällt, und dann erzählen einem die Dschinnen vielleicht, wo einer ist, oder ich weiß nicht was. Es scheint, daß das, was der Katzenvater anbietet, der Weg zum Himmel für die Faulen ist.«
»Faule Leute möchten in den Himmel kommen wie jeder andere.«
»Nun gut, sie werden aber ihren Weg zum Himmel nicht mit geschlossenen Augen finden, wenn sie mit unverdautem Essen träumen. Träume lassen die Menschen wünschen, wieder zu schlafen; meine Geschichten werden die Leute wünschen lassen, wach zu bleiben. Ja, tatsächlich, sie werden den Schlaf überflüssig machen.«
Der Sturzbach war wieder in vollem Gange. Yoll glaubte, daß es möglich sein müßte, Träume aus dem dunklen Reich, das der Katzenvater beherrschte, wegzunehmen und in das Sonnenlicht glücklicher Phantasie zu bringen. So, mit unaufhörlicher Emsigkeit (Balian wurde es schwer zu glauben, daß jemand, der so viel trank, unaufhörlich emsig sein konnte) – mit unaufhörlicher Emsigkeit also arbeitete er daran, Geschichten von Lastträgern, die Prinzessinnen heirateten, von wundervollen Paradiesinseln, von in Maultiere verwandelten Schwiegermüttern und von

Schätzen, die durch eine Drehung des magischen Ringes erreichbar waren, zu produzieren. Die Quintessenz der ganzen Sache war, daß plötzlich einem ganz gewöhnlichen Menschen etwas ganz Außergewöhnliches zustoßen würde. »Eine Frau winkt aus einem unbekannten Haus ... man hört ein Tier sprechen ... ich bin ein größerer Künstler als Mutanabbi oder Mu'tazz, aber ein wesentlicher Teil meiner Kunst wird in meiner Verheimlichung liegen.« Balian dachte darüber nach, daß Yoll und der Katzenvater in ihren bizarren Plänen und Ambitionen vielleicht gar nicht so verschieden waren, aber er behielt diesen Gedanken für sich.

Yoll fuhr fort: »Wirklich und wahrhaftig, das Leben der meisten Leute hier ist so elend, daß es nur durch ein Wunder geändert werden kann. Das ist es vor allem, was meine Geschichten ihnen bieten. Aber in letzter Zeit ist die reale Welt in Wettbewerb mit dem Geschichtenerzähler getreten.«

»Was meinst du?«

»Es ist schwer zu sagen. Es gibt Zeichen, wenn man sie lesen kann. Da sind diese nächtlichen Morde, vor allem in deinem Viertel, der Ezbekiyya. Und dann ist da deine Krankheit. Nun gut, sie erzählen dir, daß es eine Krankheit ist, aber ich bin nicht so sicher.«

»Ich auch nicht. Ich denke, es ist nur Nasenbluten.«

»Ach, aber ich denke, es könnte ein Omen sein. Erst vor einer Woche ist in der Nähe der Zitadelle ein Baby zur Welt gekommen mit zwei Köpfen und vierzig Armen. Solche Sachen sind Vorboten von künftigen Unruhen, von Kämpfen und Hungersnot und vielleicht einem neuen heiligen ...«

Aber hier wurde Yoll unterbrochen. Von außen kam ein lauter, krachender Ton von Metall auf Holz, ein wiederholtes hartes Klopfen; jemand, der an die Tür schlug. Yolls Gesicht war plötzlich ganz von Furcht beherrscht.

»Wer ist das?« fragte Balian.

»Ich weiß nicht. Sie dürften nach dir suchen. Vane und der

Katzenvater. Oder vielleicht Mamluken. Aber wir bleiben nicht, da sie uns finden könnten.« Yoll lehnte sich vor, um die Kerze auszublasen.
»Das geht nicht, daß die uns hier zusammen entdecken. Haltet euch aneinander und folgt mir.«
Balian fand seine Hände von Maria gepackt, und er wurde durch Schichten seidener Vorhänge gezogen, bis sie unten an einer Treppe herauskamen, die zum Dach hinaufging. Sie rannten auf Zehenspitzen hinauf und versuchten, nicht zu laut zu atmen. Es war jetzt tiefe Nacht. Auf dem Dach drehte sich Yoll zu ihnen um. »Hier sollten wir uns trennen. Ihr geht dorthin, während ich nach unten gehe und unseren Besuchern die Tür aufmache. Ich denke, ich werde vorgeben, daß ich grade geweckt worden bin.«
Yoll schien von kindlichem Vergnügen erheitert zu sein. Er schüttelte wild den Kopf.
»Maria wird dich zu Bulbul bringen. Ich komme nach, sobald ich kann.«
Er sprach sehr rasch auf Arabisch zu Maria. Marias Lippen öffneten sich kurz, aber sie sagte nicht ein einziges Wort. Nachdem sie leicht an der Hausseite hinuntergeklettert war, gab sie Balian ein Zeichen, daß er ihr in einigem Abstand folgen sollte. Sie ging in gleichmäßigem Tempo vorwärts, eine Gasse nach der anderen. Die Straßen waren fast völlig verlassen, höchstens Lampenanzünder und gelegentlich ein Soldat. Hin und wieder, von der seltenen Aussichtsmöglichkeit eines offenen Platzes, konnte Balian die Zitadelle Qaitbays über die kleinen Lehm- und Holzhäuser zu ihrer Linken aufragend erblicken. Sie bewegten sich hinweg von den Teilen Kairos, mit denen er schon vertraut war. Plötzlich, als sie aus einer kleinen Allee kamen, stellte er fest, daß sie am Nil entlanggingen. Seine unruhige Oberfläche bewegte sich unheilfinster und glänzte im Mondlicht. Bald überquerten sie eine Brücke, die zu einer Insel im Strom führte.
»Roda.«
Es gab nur wenige Gebäude auf der Insel, und die drängten

sich meist an der Uferstraße zusammen. Sie traten in ein Wäldchen ein, das auch ein Friedhof war. Balian mußte Marias Silhouette dicht folgen, um den Weg nicht zu verlieren. Sanfte, anhaftende Dinge streichelten sein Gesicht; die Zweige der Bäume waren mit Stoffen und Lappen drapiert – die Votivopfer der Hinterbliebenen. Sogar zu dieser Stunde war der Friedhof nicht verlassen, denn verschleierte geistergleiche Gestalten mit Kerzen schossen zwischen den Bäumen umher. Maria verlangsamte ihre Schritte und ergriff seine Hand. Ihre Hand war heiß. Sie waren zu einer Lichtung gekommen, und auf der Lichtung gab es einen Klumpen von Häusern aus Lehm und Holzwerk in der Art, mit der Balian aus den ärmeren Vierteln Kairos schon vertraut war. Sie hielten vor einem davon; es war wohl das Haus von Bulbul. Ein Mann kam heraus, und Maria redete ihn an. Sie sagte sehr wenig, aber sie sprach so langsam, daß Balian genug Zeit hatte, die Gestalt vor ihm gründlich zu betrachten: zwei glitzernde helle Augen tief zu Seiten einer gewaltigen Hakennase, deren Biegung in einem noch weiteren Bogen von der Kurve seines Bauches wiederholt wurde. Seine Zunge schoß eidechsenhaft von einem Mundwinkel zum anderen, während er antwortete. Dann begann er auch mit den Händen zu reden. Arme breiteten sich ganz weit aus (aber natürlich, sei mein Gast!), eine Bewegung des Salaams gegen Balian; eine Hand, die sie hereinwinkte; Augenbrauen hochgezogen, um das Elend dieser abscheulichen Hütte zu beklagen; und schließlich ein scharfes, zögerndes Starren in Balians Augen, das mehr zu sagen schien, als man interpretieren konnte. Sie traten ein. Bulbul tanzte fast im Zimmer umher, als er sein Handwerk nachahmte und seinen Gästen Produkte seiner Kunstfertigkeit zeigte. Er war ein Briefschreiber und mehr als das, ein Kalligraph. Ja, schlug er sich an die Brust, der beste in Kairo.

Als diese Scharade vorüber war, hockte er sich in eine Ecke, um Tee zu machen – wieder eine kleine Scharade. Während er damit beschäftigt war, machte Maria Zeichen

Ägyptischer Schreiber

mit den Händen, um anzudeuten, daß sie diese Nacht hier schlafen würden. Bulbul kam wieder zu ihnen mit dem Tee und einem Zuckerhut, den er nun mit einem kleinen Hammer in Bröckchen zu zerschlagen begann. Drei Tassen Tee wurden zeremoniell getrunken. Bulbul sprach die ganze Zeit zu Maria und ignorierte Balian; ihm wandte er sich nur zu, um mehr Tee einzuschenken und ihm ein Stück Kuchen anzubieten. Maria sagte fast nichts.

Schließlich wurden Matten gebracht, und sie streckten sich zum Schlafen aus. Zumindest Maria und sein Gastgeber taten das, aber Balian lag hellwach, starrte an die Decke und verlor sich in kreisförmigen Gedanken. Er hatte schon zweimal geträumt, seit er nach Kairo gekommen war, und er fürchtete sich, wieder zu träumen. Stattdessen verlagerte er sein Gewicht von einer Seite auf die andere, während er benommen die verschränkte Symmetrie seiner Erfahrungen, Träume und Realitäten bedachte, die alle untereinander verzahnt waren: zwei Sultane, zwei schöne Frauen, zwei Bewußtseinszustände und so weiter. Hatte denn jedes Ding im Universum einen paarweise korrespondierenden Partner, eine rechte und eine linke Hand? Hatte er denn auch seinen angeschlagenen Zwilling? Er fand es schwierig, klar zu denken; seine Gedanken drehten sich langsam wie an einem Bratspieß in der heißen Nachtluft.

Dann gab es plötzlich ein Geräusch wie von einer Balgerei in der Hütte, und Balian, der seine Position ein wenig veränderte, wurde sich zweier Gestalten bewußt, die über Bulbul, Maria und ihm standen. Er fühlte sich übel, in einer panikartigen flatternden Furcht, als er die beiden Silhouetten als die des Katzenvaters und Michael Vanes identifizierte. Vane deckte die Kerzenflamme mit einer Hand ab. Der Vater wandte sich zu Vane und bemerkte mit wohlstudierter Unfeierlichkeit: »Schlaflose Leute haben richtig schreckliche Angst davor, einzuschlafen. Sie haben Angst, die Probleme, die sie im Wachzustand beschäftigen, könnten sie überfallen und verschlingen, wenn sie bewußtlos sind.« Dann kniete er sich hin und schob sein Gesicht, stinkend von schlechtem Altmänneratem, auf Balians Gesicht: »Aber du weißt nicht, ob du schläfst oder wach bist? Oder? Hallo – hast du etwa gedacht, wir würden dich nicht finden? Denkst du etwa, du könntest dich auf deine neuen Freunde verlassen? Hast du gedacht, ich beschränkte meinen Unterricht auf das Haus des Schlafes? Ich halte es für möglich, daß du dich da irrst. Wenn die heilige Katharina und die hübsche Zuleikha dich im Schlaf besuchen können, können wir das bestimmt auch, nicht wahr? Vane!«

Er schnalzte ungeduldig mit den Fingern. Vane brachte ein Glas und den Hammer, der vorher dazu gedient hatte, den Zucker zu zerbrechen. Er stellte das Glas auf den trockenen Lehmboden und ließ den Hammer geschickt darauffallen. Das Glas blieb unverändert, immer noch mit den Teeresten darin – lange genug, daß Balian aus Überraschung scharf einatmete. Da zerbrach es abrupt und verstreute Glasscherben und Teeblätter über einen weiten Umkreis. Die schlafenden Gestalten von Bulbul und Maria rührten sich nicht. Vane ließ ihn nie aus den Augen, während der Vater wieder zu sprechen begann.

»Das war deine erste Lektion, wie du feststellen kannst, ob du träumst oder nicht. Die Welt, in der du bist, kommt der Realität ziemlich nahe, aber nicht ganz, wenn man bestimmte Tests anwendet. Das Glas beweist, daß du träumst; um es genauer zu sagen – jetzt, wo ich daran denke – spreche ich zu dir in einer Sprache, die du verstehen kannst. Du bist ganz deutlich nicht mehr in der Welt der Realität, einer Welt, die von den Gesetzen Gottes und von Logik beherrscht wird. Nein, du bist in der *'Alam al-mithāl,* was übersetzt die Welt der Bilder oder Gleichnisse ist. Mit deiner Mitarbeit hoffen wir, dir beizubringen, wie du deinen Willen der *'Alam al-mithāl* aufdrücken kannst und, natürlich noch vorher, deine Krankheit zu diagnostizieren und die Wurzel der Blutungen zu entdekken. Du solltest wissen, daß, wären wir nicht zuerst hier-

hergekommen, etwas sehr viel Unangenehmeres gekommen wäre.«
In der Zwischenzeit hatte sich Vane über die beiden anderen schlafenden Gestalten gekniet und erst der einen, dann der anderen etwas ins Ohr geflüstert. Der Vater fuhr fort: »Ich meine, wir sollten dich in meinem Haus nochmals untersuchen, aber bevor wir darangehen, mußt du meine Einladung annehmen und mußt uns vertrauen, wenn wir sagen, wir wollen nichts als dich heilen und leiten. Vertraust du uns?«
»Ja, ich vertraue euch.« Balian ließ seine Zustimmung in einer Art stoßweisen Krächzens vernehmen. In Wirklichkeit fühlte er kein Vertrauen, nur reine blinde Angst vor seinen nächtlichen Besuchern.
»Es ist gut«, sagte der alte Mann ruhig und kratzte mit seinen langen Nägeln etwas Erde vom Boden der Hütte, sammelte sie in seine Handflächen und dann, während er über Balian kniete und mühsam atmete: »Sieh mich an.« Balian tat das, und der alte Mann blies ihm den Staub in die Augen.
Der alte Mann stand auf, mit raspelndem Atem. »Komm mit uns«, sagte er, und sie gingen hinaus in die Nacht. Die Luft war dicht und schwer und der indigoblaue Himmel stand über ihnen und schien fast die Spitzen der Minarets zu berühren. Balian hatte das Gefühl, durch einen Strohhalm zu atmen. Bald gingen sie ihres Wegs am Rand der Insel entlang. Der Mond war verschwunden, und in fast völliger Finsternis wurden sie vom öligen Schimmer und dem klatschenden Geräusch des Wassers gegen die lehmenen Uferbefestigungen geleitet. Manchmal stolperte er gegen etwas Weiches, das sich bewegte – einen der Tausenden von Armen in Kairo, die in den Straßen schliefen.
»Wir müssen einen Umweg machen«, sagte der Katzenvater entschuldigend, als sie über die Brücke gingen. Auf der Brücke beschleunigten sie ihre Schritte, denn der Weg war besser beleuchtet. Ihr Weg kreuzte wieder und wieder die Pfade der Nachtwächter und Lampenanzünder, der Zi-

geuner. Drei verstohlene Gestalten, quälten sie sich unter den Wällen der Zitadelle weiter.

»Dies ist das Viertel der Tataren-Ruinen und hier«, sagte der Vater, »gibt es jemand, den du treffen solltest.« Vane und Balian folgten ihm in ein Zelt. In der Mitte des Zeltes, auf einem Teppich, war eine Gestalt in einer merkwürdigen Haltung hingesunken. Irgend etwas stimmte nicht, aber was es war, das einen beunruhigte, konnte man in der Dunkelheit nicht sicher ausmachen.

»Das ist Satih. Er ist ein *kaahin,* ein Wahrsager, aber Gott hat ihn verflucht und verwandelt seine Knochen langsam in Gallert. Sein Kopf wird das letzte sein, was verschwindet. Natürlich wirst du ihn nicht im wirklichen Leben treffen; eine solche Gestalt existiert nur in Träumen.«

Balian hockte sich nieder, um einen Blick auf ihn zu werfen, erhob sich aber eiligst wieder, schluckend, weil ihm so übel wurde. Der *kaahin* blähte sich, rollte und blubberte über die Matte, wobei er sich ruhelos hierhin und dorthin bewegte. Nur der Kopf mit seinen Augen, die nicht einmal blinzelten, blieb unbeweglich im Mittelpunkt. Eine kehlige Stimme kam von dem Teppich: »Willkommen in der *'Alam al-mithāl!«*

»Satih wollte dich sehen, um herauszubekommen, ob du vielleicht der Mann bist, der am Arabischen Nachtmahr leidet. Es scheint, daß du das nicht bist«, sagte der Vater.

»Gott steh dir bei, wenn du jemals seinen Gefährten Shiqq treffen solltest«, sagte Vane.

»Das Prophetenamt ist vorüber, und nur Träume bleiben noch«, sagte Satih. Der Katzenvater kniete neben ihm, und einige Augenblicke berieten sie sich in leisen, unhörbaren Lauten.

»Satih war nicht der Grund hierherzukommen«, sagte der Vater, als sie wieder in die Nacht hinausgingen. »Wir nehmen dich mit, um hier drinnen den Dawadar zu sehen« – dabei deutete er auf die Mauern der Zitadelle, die über ihnen zu hängen schienen.

»Warum den Dawadar? Warum jetzt? Wäre es denn nicht

besser, ihn am Morgen zu sehen, wenn ich und er wach sind?« Balian war nun völlig irritiert und hatte beschlossen, den kapriziösen Phantasien dieses grotesken Paars eine logische Barriere in den Weg zu stellen.

»Weil wir dich ihm zeigen möchten und er dir einige Fragen stellen wird, das ist alles«, sagte der Vater fest.

»Nun gut, ich denke, ich bin jetzt beim Aufwachen.«

»Du Idiot! Das ist schrecklich gefährlich«, schrie Vane, als er sich auf Balian stürzte. Der Vater, beweglicher als seine Jahre vermuten ließen, folgte. Vane hielt ihn an den Beinen, während sich der Vater ingrimmig an Balians Rücken hing, als sie den Pfad, der von der Zitadelle herabführte, hinunterrollten und kletterten.

»Du wirst mich mit dir tragen müssen, wo immer du gehst!« schrie der Vater, aber Balian fing an, sich von seinen Angreifern und aus dem Staub und aus der Nacht unter der Zitadelle hinwegzuziehen.

Doch es gab nur wenig Erholung, als er sich von diesem Alptraum losgerissen hatte. In dem dämmrigen, luftlosen Raum war es schwierig zu sehen. Er schien in einem Zelt aus Haar zu liegen. Er konnte keinen Muskel regen, er konnte nicht atmen. Er dachte, seine Augen wären offen, aber es war schwierig, dessen sicher zu sein. Irgend etwas Großes, weich, aber schwer, preßte sich auf seine Brust und seine Arme, ihn erstickend und lähmend. Nur ein einziger Teil von ihm war nicht paralysiert: sein Penis. Der erhob sich und schwoll schmerzhaft an. Das Ding lag auf ihm, eng und intim, bösartig auf irgend etwas versessen. Was immer es sein mochte, Balian empfand es als etwas, das, obgleich körperlich nahe, unendlich fern von einem menschlichen Wesen und den Belangen eines menschlichen Wesens war. Es lag so eng auf ihm, daß es ihn sexuell hätte erregen sollen, aber er begriff die Augen in diesem Gesicht – wenn es überhaupt ein Gesicht war – als Löcher von reinem endlosen Nichts. Balian fing an, still zu beten. Langsam begann der Druck leichter zu werden, und Balian war wieder imstande, zu differenzieren. Da waren

Knie, die auf seine Arme drückten. Eine Frau kniete auf seiner Brust, ihre Füße zwischen seine Schenkel gepreßt, das Haar über sein Gesicht hängend. Sie beugte sich wimmernd über sein Gesicht. Langsam, als Balian mehr zu Bewußtsein kam, entschwand sie auf geheimnisvolle Weise. In dem Raum, wo sie sich aufgehalten hatte, war nichts mehr als die schimmernden grauen Perlen des ersten Morgengrauens.

Er war in Zuleikhas Gartenhaus. Sie schlief friedlich neben ihm. Warum sollte denn bei Morgengrauen jemand kommen, um auf meiner Brust zu knien? überlegte er. Vielleicht war es die Hitze. Er lag da, glänzend von Schweiß. Er schüttelte Zuleikha wach.

»Zuleikha, hast du eben gerade auf meiner Brust gekniet, oder habe ich das nur geträumt?«

Sie blickte ihn an. Ihre Augen waren weitgeöffnet und ernst.

»Wahrscheinlich ist dir jemand gefolgt, als du durch den Friedhof von Roda zurückgekommen bist. Du bist ja blöd, nachts durch einen Friedhof zu gehen.«

»Aber wer ist hinter mir hergekommen und warum?«

»Ich glaube, das war einstmals eine Frau und hat versucht, deinen Samen zu sammeln – ich hatte ihr allerdings nicht viel übriggelassen.« Zuleikha lachte träge und fügte hinzu: »Die Zahl der Toten nimmt nur langsam zu, und sie versuchen, sich fortzupflanzen. Geh jetzt wieder schlafen.«

»Aber der Gang über den Friedhof war doch nur Teil meines Traumes, oder?« Doch als er das sagte, wurde ihm etwas anderes klar.

Die Zitadelle

Wo war ich denn eigentlich, als Balian nach der Insel Roda geführt wurde?
Nun, nachdem ich meinen Verfolgern entwichen war – es gibt ja immer irgendein großes Geschrei nach irgend jemandem in dieser Stadt –, zog ich mich in ein Kaffeehaus am Nilufer zurück, wo ich mit meinen Gedanken allein zu sein hoffte. Wie sich zeigte, kam es nicht dazu; aber das ist eine andere Geschichte. Was ich jetzt sagen möchte, ist, daß ich es oft nötig habe, mich in die Einsamkeit zurückzuziehen, um meine Gedanken zu ordnen und die Sequenz der Ereignisse wieder in Ordnung zu bringen. Wenn mir an einem Tag zu viel passiert, fühle ich mich nicht recht wohl. Zu viel Material für eine meiner Geschichten ist ebenso schlecht wie zu wenig, und nach so viel Aufregung fürchte ich, daß ich nicht imstande sein werde, alles zu verdauen, und daß ich zu schwer und tief schlafen werde.
Aus den Szenen, die ich gerade beschrieben habe, wird deutlich, daß meine Schwester Maria eine sehr begehrenswerte Frau ist. Das sollte sicherlich klar sein; aber ich werde nicht weiter bei ihren Reizen verweilen. Ich teile, zumindest in einem Fall, die orientalischen Vorbehalte meiner Mitbürger. Ich finde es nicht passend, daß Fremde meine Schwester von oben bis unten beäugen und aus ihrem Benehmen schließen wollen, ob sie wohl noch Jungfrau ist, oder daß sie aus dem Glanz ihrer Augen oder der Wendung ihres Fußgelenkes abzuschätzen versuchen, wie hoch ihr Brautpreis sein könnte. Eine Frau verliert ihre

Faszination, wenn sie aufhört, geheimnisvoll zu sein. Ich werde mir große Mühe geben, daß meine Schwester, wenn möglich, überhaupt keine Rolle mehr in der ganzen Geschichte spielt, die noch zu erzählen ist . . .

Er erwachte, beinah erstickt in seinem Blut. Seine halb erdrückten Schreie brachten Bulbul und Maria fast sofort an seine Seite; aber sie taten nichts anderes als zu beobachten, wie das Blut aus seinen Nasenlöchern und seinem Mund schoß, und warteten ganz einfach, bis es geheimnisvollerweise aufhörte. Dann brachten sie ihn hinaus auf die Lichtung, und Maria ging fort, einen Krug Wasser holen, um das langsam gerinnende Blut abzuwaschen. Bulbul lehnte ihn gegen eine Seite der Hütte. Es herrschte Tageslicht, doch bedeckt. Die Luft in den Wäldern von Roda war außerordentlich feucht; sie prickelte auf der Haut. Balian fühlte sich übel und schwindlig. Seine anfängliche Erleichterung über sein Entkommen wurde sehr bald durch das Gefühl verzweifelter Hilflosigkeit abgelöst. Er war nicht imstande, sich vorzustellen, durch was für eine Art ausgefeilter Pantomime er seinen fremden Gefährten seine Erlebnisse mitteilen könnte.

Maria kam mit ihrem Eimer voll Wasser zurück, und sie machten sich daran, ihn zu säubern. Im Tageslicht und in der frischen Luft schien Maria von Wohlbehagen und sinnlicher Gesundheit zu strotzen. Er dachte bitter darüber nach, daß die beiden offenbar keine verstörte Nacht verbracht hatten. Warum sollte nur er das Opfer sein?

Schließlich, als er sich stärker fühlte, teilte er ihnen in Zeichensprache seinen Wunsch mit, sie zu verlassen und nach Kairo zurückzukehren. Aber sie wiederum machten lebhafte Zeichen, um ihm anzudeuten, daß er bleiben solle, nein müsse. »Yoll, Yoll«, wiederholten sie eindringlich.

Balian antwortete auf Englisch: »Es tut mir leid, aber ich warte nicht auf ihn oder tue irgend etwas, das mich in eure Pläne einbezieht. Ich gehe jetzt zurück ins Karawanserai. Dank für eure Gastfreundschaft.«

Balian verneigte sich ein wenig vor Bulbul, sah Maria nicht direkt an und schritt eilig davon. Maria und Bulbul erhoben sich nicht, sondern blieben sitzen und beobachteten ihn, bis er außer Sicht war.

Balian fühlte sich dem Weinen nahe, als er später am Morgen das Karawanserai betrat. Gewiß, er war Tausende von Meilen entfernt von zu Hause; doch hier gab es zumindest eine winzige Enklave von christlichen und europäischen Werten, von Gestalten, die ihm seit seiner Kindheit vertraut waren: der Kaufmann, der Ordensbruder, der Schiffskapitän, der Pilger und so weiter. Solange er innerhalb des Karawanserai wach blieb, war er, wie er fühlte, in einer Welt, die nicht von orientalischem Fatum und Träumen zauberisch verwirrt war.

Dieses Gefühl von Hochstimmung dauerte nicht lange. Er merkte, daß die anderen im Karawanserai sich Mühe gaben, ihn zu meiden; ob wegen seiner Krankheit oder weil man ihn mit Vane hatte fortgehen sehen, konnte er nicht herausfinden. Der venezianische Konsul allerdings schrie ihm beim Vorbeigehen zu: »Wo warst du letzte Nacht? Nicht herumhuren, hoffe ich?«, aber in der Lustigkeit des Konsuls lag etwas Gezwungenes. Alles war in großem Getümmel. Der öffentliche Feiertag für die Beschneidung des Sultan-Enkels war vorbei, und die Regierungsbüros machten heute wieder auf.

Nahe dem Eingang zum Karawanserai war eine Gruppe von Pilgern gerade dabei, sich für den Besuch in der Kanzlei des Dawadars zu organisieren, um die Visa für die Reise zum Katharinenkloster zu sichern. Balian, der mehr Vertrauen zu einem solchen Besuch bei vollem Bewußtsein und in Gesellschaft seiner Mitchristen hatte, schloß sich der Gruppe an. So machte er sich wieder zur Zitadelle auf. Die Gruppe bestand nicht nur aus Pilgern, wie er entdeckte; einige von ihnen waren Venezianer, die der Konsul ausgewählt hatte, um gegen die Verhaftung von Giancristoforo zu protestieren und für seine Freilassung zu plädieren.

So nahm denn eine Gruppe von zwanzig oder dreißig Leuten aus dem Westen ihren Weg durch die belebten Straßen zur Zitadelle. Der Himmel hatte sich aufgeklärt, und der Tag war strahlend. Die unregelmäßige Silhouette von Kairo hob sich scharf gegen das tiefe Blau des Himmels ab. An den Stellen, wo das Sonnenlicht in die Straßen dringen konnte, blendete es. Während sie der Zitadelle im Tageslicht näherkamen, fand Balian, daß sie der nebulösen Festung des Bösen aus der letzten Nacht kaum ähnelte. Er senkte die Augen und lauschte dem fast berufsmäßigen Geplapper der Pilger um ihn herum; die Qualität der Herbergen in Compostella, die Lage des Reliquienmarktes, die Erhöhung der genuesischen Pilgertarife und so ähnlich.

»Santa Katharina ist nur sechs Tage entfernt.«

»Draußen in der Wüste, da kann man Frieden finden.«

Balian war fast als einziger unter den Pilgern modisch in burgundischem Stil gekleidet. Den größeren Teil der Gruppe bildete eine düstere Mannschaft, wie sie da den Hügel hinaufschlurften – breitrandige Hüte, räudige Bärte und hellgraue Mäntel, auf die das rote Pilgerkreuz mit groben Stichen genäht war. Sie waren von Kopf bis Fuß mit Staub bedeckt, und sie stanken. Wenn sie schwiegen, leuchteten ihre Augen, während sie im Inneren vielleicht das Mysterium des Rosenkranzes bedachten oder auch die Wirksamkeit von Reliquien, vorwärts und aufwärts getrieben von innerem Feuer. Balian wünschte, er wäre wirklich einer von ihnen.

Auf der Spitze des Hügels gab es lange Warterei außerhalb des ersten Tores, während die Wachoffiziere berieten. Die Pilger hockten sich auf ihre Hintern. Es war die erste von vielen langen Wartezeiten an diesem Tag. Der Schweiß strömte unaufhörlich in Balians Augen und stach ihn mit

Pyramiden von Gizeh, vom Nil aus

seinem Salz. Wenn man sich in dieser Hitze rasch bewegte, würde man ohnmächtig werden. Zu seiner großen Überraschung fand Balian, daß er endlich von Emmanuel angesprochen wurde, den er für einen der zähesten und erfahrensten Pilger hielt. Emmanuel war schon zuvor in Ägypten gewesen und den Nil aufwärts gefahren, um nach seiner Quelle zu suchen, sagte er geheimnisvoll kichernd.
»Natürlich wußte dein Freund das alles.«
»Mein Freund?«
Emmanuel antwortete nicht direkt, sondern preßte die Lippen zusammen und, indem er die Hand auf Balians Schulter legte, lenkte er seine Aufmerksamkeit auf den Blick über Kairo von dem Eingangstor der Zitadelle. Über das Hippodrom, die Ställe der Mamluken, die Suqs, die Paläste der Edelleute und die Moscheen schweifte das Auge über den Nil, um auf den Pyramiden von Gizeh zu ruhen, die kaum wie feste Bauten in dem schimmernden Dunst erschienen. Emmanuel deutete auf sie.
»Die meisten Eingeborenen hier sagen, das wären Josephs Kornkammern; er hätte sie von Sklaven bauen lassen, um das Produkt der sieben fetten Jahre aufzubewahren.«
Er faßte Balian fester an der Schulter. »Aber das ist typisch für ihren Unglauben und ihre rohe Weltlichkeit. Ich bin da draußen in Gizeh gewesen und habe sogar die Nacht da zugebracht und oben auf einer davon geschlafen, nur mit einem Lappen um den Hals, um mich vor Halsabschneidern zu schützen.« Er räusperte sich. »Diese Gebäude waren niemals Kornkammern, und auch keine Menschenhand hat sie je erbaut. Nichts als Magie hätte sie aus der Erde erheben können, und diejenigen, die in ihrem Inneren herumlaufen, die suchen auch nicht grade nach dem Korn der fetten Jahre.«
Schließlich spuckte er aus, und ein glitzernder Klumpen Speichel landete ganz nahe bei Balians Füßen. Balians Hand zuckte instinktiv zu seiner linken Hüfte, wo sein Schwert gewesen wäre, hätte er sich in einem christlichen Land befunden.

Emmanuel, nicht blöd, bemerkte die Reaktion, und sein Ton wurde versöhnlicher, als er wieder zu sprechen anfing, während sie sich durch das Außentor in den ersten Hof begaben.

»Ich war gerade dabei zu versuchen, dir klarzumachen, was diejenigen von uns, die echte gläubige Christen sind, über deinen Freund Vane denken. Nun gut, es ist meine Meinung, nein, es ist mehr als nur schwacher Glaube; ich weiß, daß in den mächtigen Steindingern da draußen Tausende von Toten liegen, die die letzten Tage und die Auferstehung erwarten, aber sie wissen nichts von Verwesung oder Würmern, sondern liegen da, wandellos, und warten auf die Posaune und das Aufrollen der Himmel. Man hat nämlich in diesem Lande die Toten einbalsamiert, siehst du. Die Araber draußen in Gizeh handeln mit diesen Körpern. Vor Hunderten von Jahren sind diese Leichname in eine Einbalsamierungsflüssigkeit getaucht worden; Mumiya nennt man die. Vane ist einer von denen, die einen guten Preis für diese morbiden Sachen zahlen. Solcher Handel, wie die meisten Unternehmungen dieses Mannes, gefährdet seine unsterbliche Seele, und ich rate dir gut als Freund, halte dich fern von ihm.«

Balian antwortete, daß dies ein Rat sei, den er innigst zu befolgen imstande zu sein hoffe, und die Unterhaltung ging auf weniger schwierige Themen über. Emmanuels Wortschatz und seine Ausdrucksweise erinnerten noch immer an seine Seemannsvergangenheit, und seine Erfahrungen waren nicht weniger ausgedehnt und farbig wie sein Wortschatz. Während sie weiterhin zunächst im ersten und dann in einem zweiten großen weißen Hof standen oder hockten, hielt er weitere Vorträge über die vornehmen Ägypter, die Papst Pius besucht hatten, über den Tempel des Phönix in Heliopolis, über das Grab des Propheten in Medina, das an großen Magnetsteinen in der Luft hing, um die Leichtgläubigen zu narren.

Die Zeit ging schnell vorbei, während Emmanuels Worte über seltsame Meere, fliegende Pferde und Städte am Ende der Welt weiterliefen. Im zweiten Hof erlaubte man ihnen, in Josephs Brunnen hinabzublicken. Hier und da gab es kleine Pavillons, weißgefleckt von Taubendreck; der Zweck der Pavillons war geheimnisvoll, aber Emmanuel sagte, es wären wahrscheinlich Posten für Spione. Er fuhr fort, seine Meinung darüber abzugeben, was man gewiß und nicht gewiß über den Priester Johannes sagen konnte und über die Hilfe, die dieser große Potentat gewähren könnte, um einen neuen Kreuzzug auszurichten, und von da schweifte er wieder ab, um Balian zu erzählen, wie er den Nil aufwärts gereist war, seine Quelle suchend.

Emmanuel hatte seine Reise durch Wasserfälle und Schluchten bis hinter den letzten Katarakt fortgeführt, bis er in ein Land gekommen war, wo der Strom langsam zwischen steilabschüssigen Ufern floß und wo es daher nur wenige Trinkplätze für Tiere gab. Deswegen, sagte Emmanuel, vermischten sich die Tiere an diesen seltenen Trinkstellen, und die verschiedensten Arten kopulierten dort. Je näher er der Quelle kam, desto monströser wurden die Geschöpfe.

Schließlich erreichte Emmanuel das Glückliche Tal, wo sich das Schloß der Lachenden Derwische befand.

»Und da, an der Schwelle des Glücklichen Tales, erfuhr ich von den schlimmsten Schrecknissen, unglaublichen Plänen, die sie in ihren hirnverbrannten Schädeln aushekken. Das ist nämlich ein Orden von Männern, die sich wüstestem Hokuspokus widmen. Die machen solche Sachen, Balian kicherte und Emmanuel lächelte.

»Naja, wir lachen drüber, aber es gibt so was wie gefährlichen Unsinn. In den östlichen Landen brüten Hitze und Müßiggang unter den Bewohnern träge und tödliche Phantasien aus. Aber das war nicht die gräßliche Sache, die ich dir grade erzählen wollte. Ich habe in ihrem geheimen Buch ›Die Gallione‹ gelesen –«

wie jemanden mit Rätseln zu initiieren und über Wortspiele zu meditieren. Sie haben einen Scheich, dessen Identität so geheim ist, daß er selber nicht weiß, wer er ist.«

Aber hier mußte die Unterhaltung abbrechen, denn sie wurden nun in kleinen Gruppen in den äußersten Korridor des Palastes getrieben – wenigstens in den Schatten. Als sie einmal drin waren, wurden sie gründlich nach Waffen durchsucht. Man gab ihnen einen Dragoman, um zu übersetzen, und dann begannen sie den langen Weg aufwärts durch die schrägen Arkaden zum Audienzsaal. Normalerweise hielt Sultan Qaitbay hier Hof, aber heute präsidierte der Dawadar, um fremde Besucher zu empfangen und, falls notwendig, durchsuchen zu lassen. Tschawuschen in eleganten Uniformen, die Stäbe mit Spitzen trugen, rannten die Korridore auf und ab und riefen Instruktionen aus. Wachen schlugen ihre Piken zusammen, als eine kleine Gruppe nach der anderen den Saal betrat. Endlich wurden schwere Vorhänge beiseite gezogen und Balian und Emmanuel traten in den Saal selbst ein. Es war eine massive Höhle aus Marmor, schwarz und gelb gestreift, mit großen Girlanden von Netzwerk behangen, die vom Mittelpunkt seiner Wölbung wie das Netz einer verrückten Spinne herabhingen. Kreisförmige Räuchergefäße aus Messing drehten sich hier und da auf dem Boden. Die Plattform in der Mitte des Saales war leer; denn sie war für den Sultan reserviert an den Tagen, wenn er Audienz gab. Statt dessen saß der Dawadar ein wenig seitlich auf einem Stuhl aus Elfenbein und Horn; durch die Entfernungen im Empfangssaal erschien er winzig. Natürlich erhob er sich nicht, um die Pilger zu grüßen, als sie eintraten. Neben ihm stand sein Schildknappe, der die Wappenzeichen des Dawadars zeigte, und dahinter saß ein Orchester mit Lauten, Rebecken und Violen, das sanfte Musik spielte. Der Dragoman machte aufgeregte Zeichen, und die Pilger küßten den Boden. Sie gingen ein paar Schritte näher und küßten wieder den Boden. Und wieder. Der Boden war sehr kalt und roch nach ungesundem Räucherwerk, vielleicht Patschuli. Als Balian zum dritten Mal seinen Kopf vom Boden erhob, beäugte er den Dawadar kühl. Der Dawadar war jung und gleichgültig. Er war in die Tiefen seines

Stuhles eingesunken und ließ seine Finger mit den langen Nägeln lose über die Armlehnen baumeln. Er trug ein weißes Jacket, weiße Hosen und eine gelbe Schärpe. Sein Kopf war im normalen mamlukischen Stil rasiert, aber seine Augenlider waren mauvefarben bemalt. Er tat nichts. Die Arbeit wurde von seinem Übersetzer und einer Reihe von Schreibern in einer Ecke des Saals getan. Der Dawadar sah nur hin, offensichtlich ohne jedes Interesse. Ein Pilger nach dem anderen schlurfte fort, um sein Visum von den Schreibern zu holen, aber als Balian an der Reihe war, machte der Dawadar eine Handbewegung und murmelte dem Übersetzer etwas zu. Der Übersetzer trat vor und sagte zu Balian: »Mein Herr sagt, daß heute leider kein Visum für dich da ist. Er bittet dich, übermorgen wiederzukommen.«

Balian wußte, daß es nutzlos war, zu protestieren oder Fragen zu stellen. Jetzt betrachtete ihn der Dawadar genauer und gab sich Mühe, ein Lächeln zu unterdrücken. Balian verneigte sich und ging aus dem Saal, vorbei an der venezianischen Delegation, die noch darauf wartete, den Fall von Giancristoforos Verhaftung vorzubringen; und während er ging, war er sich bewußt, daß die Augen des Dawadars ihm folgten. Andere Bittsteller bewegten sich vorwärts. Er sagte laut zu sich selbst: »Ich muß die heilige Katharina bitten, mich von den Werkzeugen des Mysteriösen und der Verzögerung zu befreien.«

Ein müßiger Aufenthalt in Kairo, um Informationen zu sammeln, erschien ihm jetzt nicht mehr so wünschenswert.

Er ging planlos durch die Stadt, stundenlang, ehe er begann, seine Umgebung zu bemerken, und stellte fest, daß er keine Ahnung hatte, wo er war. Dann begann er zu versuchen, einem graden Pfad zu folgen, in der Hoffnung, daß er ihn zum Nil oder zu einer der Stadtmauern führen würde, aber die Wege, die sich gabelten oder sich wieder in sich zurückwanden, erlaubten ihm das nicht. Er fand, daß

Minarets und Zuwaila-Tor

er sich häufig hinsetzte und ausruhte; der Ort war wie ein Backofen, und der Schlaf hatte ihm in den letzten Nächten keine Erfrischung gebracht. Er versuchte, verschiedene Gruppen kleiner Kinder nach dem Weg zu fragen, aber seine Worte brachten nur Gesten des Unverständnisses hervor.

Die Dunkelheit kam sehr schnell. Er dachte an etwas, das Emmanuel gesagt hatte: »Eine Straße in Kairo sieht wie die andere aus, besonders nachts; aber der verwirrte Wanderer kann seine Schritte nach den Sternen richten. Doch hüte dich; denn es ist nicht unbekannt, daß die Sterne sich in ihrem Lauf verändern, mit dem Ziel, den Ahnungslosen irrezuführen.«

Also schien das nicht der Mühe wert zu sein; denn Balian war sicher, daß er einer der Wanderer war, denen die Sterne nicht hold wären und deren unglückliches Geschick Emmanuel so lebhaft heraufbeschworen hatte.

Immer wieder stellte er fest, daß er den Platz am Zuwaila-Tor überquerte, mit seiner lebhaften Mischung von Schaustellern und solchen, die sich unterhalten ließen. Aber die Bärentänzer, die Geschichtenerzähler, die Sklaven in Käfigen, die ihre Kunststücke zeigten, das Schattentheater, die Abendmusik berührten Balian nicht. Er wollte nur schlafen.

Als er zum letzten Mal auf den Platz trat, bemerkte Balian eine kleine Gasse, die er zuvor noch nicht hinuntergegangen war, und wandte sich dorthin, flüchtend vor dem Licht und der Menge. Die Dunkelheit paßte ihm wie angegossen. Den ganzen Tag war es heiß und trocken gewesen; doch hier tropften die Wände von Feuchtigkeit. Er schob sich voran, er tastete seinen Weg an den Mauern entlang und dachte bei jedem Schritt nach, warum er ihn tat. Eine Mauer endete, und er ertastete seinen Weg um eine Ecke. Er tat das mit Vorsicht. Er hatte immer eine leise Furcht, daß seine suchende Hand irgend etwas Bewillkommnendes, Weiches und Lebendiges, Unbekanntes treffen könnte. In der Dunkelheit waren Entfernungen und Hindernisse größer, das wußte er. Es war, als ob man mit der Zunge ein Geschwür im Mund spürte.

Geräusche waren jetzt beruhigend schwach. Ohne die Verbindung mit der Mauer zu verlieren, sank er auf den Boden und rollte sich in der Dunkelheit zusammen mit der Absicht, dort in der Gosse zu schlafen. Gedanken an Insekten, Hunde und vor allem Fußtritte hielten ihn zurück. Er lag am Fuß der Mauer, zitternd, und sah blicklos nach oben. Er hatte kein Geld bei sich. Er hatte nichts als seinen Körper und die Kleider, in denen er sich zum Schlaf hingelegt hatte.

Es gibt nichts, was sie nehmen könnten, höchstens mein Leben, dachte er, als er seinen Hals krümmte, um dem eingebildeten Messer eines verstohlenen Räubers zu begegnen. Kein Messer traf seine Kehle. »Niemand möchte sterben, aber wir alle möchten schlafen«, erklärte er schläfrig.

Es wurde ihm schwer, sich zum Schlaf zu sammeln. Er ruckte und zuckte. Eine sanfte Brise blies über sein Gesicht. Oder war es arabisches Geflüster? Er öffnete die Augen.

Der Mond war aufgegangen, und etwas Außerordentliches war im Gange. Er ging zurück zum Platz am Zuwaila-Tor, um es besser sehen zu können. Ein Seil war von der Zitadelle zu einem der höchsten Minarets gespannt worden. Hoch über Kairo ging ein Mann, mit sanften, weichen Schritten das Seil berührend, die Augen auf die Türme der Zitadelle gerichtet. Die Menge schrie Ooh, Aah!

Zwei zwergenhafte Männer standen vor Balian, und er hörte, wie einer zum anderen sagte: »Möchtest du nicht er sein?«

»Sei nicht blöd«, sagte der andere. »Der weiß auch nicht, daß er es ist. Guck, er schläft!«

Balian sah hin, und es stimmte tatsächlich. Die Augen des Nachtwandlers waren geschlossen, und er schlafwandelte. Wenn er aufwacht, wird er herunterfallen, dachte er.

Dann bemerkte er zwei wohlbekannte Gestalten, ihren Weg durch das Gedränge auf ihn zu bahnend, der eine in einem grauen Burnus, der andere in einem Rattenfellmantel und einem breitrandigen Hut.
Seine Angst trieb ihn an, sich aus dem Traum zu reißen. Er mußte wohl eingedöst sein, dachte er ziemlich angeschlagen. Das Spiel hatte schon angefangen. Er war immer noch tatsächlich auf dem Platz am Zuwaila-Tor, im Zelt des Schattentheaters. Vor ihm war die kerzenerleuchtete Leinwand und dahinter tanzten Silhouetten aus Pappe und Filigranwerk auf Stöcken. Das Spiel handelte, wie immer, von dem einäugigen Gauner Karagöz. Karagöz hatte eine Anstellung als Diener im Hause von Emir Fulaan gefunden und arbeitete grollend unter Aufsicht des Majordomo des Emirs, Said Ali Hanna.
Karagöz hatte, abgesehen von seinem einen einzigen Auge, eine Hakennase, war dickwänstig und mit einem enormen Phallus ausgestattet. Er sehnte sich danach, mit der Arbeit aufzuhören und das Haus zu verlassen, um sein schwerverdientes Geld auszugeben, aber der immer wachsame Ali Hanna hielt ihn bei seiner Arbeit. Eine Dame und ein Doktor, Doktor Said, kamen am Haus des Emirs vorbei und beobachteten, wie Karagöz arbeitete.
»Er arbeitet hart«, sagte die Dame.
»Wenn er nicht schwer arbeitete, wäre er nicht müde genug, um zu schlafen,« sagte der Doktor, »und er liebt den Schlaf mehr als alles andere. Er ist ein schrecklich fauler Bursche, wirklich; aber er bittet mich, ihn Ihnen zu empfehlen und Sie wissen zu lassen, daß er hoffe, ein Plätzchen in ihren zarten Gefühlen zu finden.«
»Ich hatte gar nicht gemerkt, daß er so was im Sinn hat«, antwortete die Dame.
»Das kommt, weil Sie mit der Blumensprache nicht vertraut sind. Sehen Sie den gelben Goldlack und die Weidenzweige, die er in einer Vase arrangiert? Ein Weidenzweig bedeutet eine anmutige Dame, der Goldlack bedeutet den unbefriedigten Liebhaber.«

»Nun, jetzt hat er aber aufgehört, Blumen anzuordnen.«
»Ja, aber jetzt geht er treppauf. Das ist die Sprache der symbolischen Handlung. Es bedeutet, er möchte Sex haben, und jetzt, sehen Sie! Er hebt einen Besen auf. Das ist das Zeichen für einen eregierten Penis.«
»Und was bedeutet dieser sein enormer eregierter Penis?«
»Der steht für einen Besen und das bedeutet daher, daß er mit dem Fegen weitermachen will.«
Die Schattenfiguren hüpften herum, und die Kinder schrien vor Lachen.

Balian war außerstande, es zu genießen. Konnten sie ihn hier drinnen finden? Warum nicht? Das war eine Art Traum, nicht wahr? Er kämpfte, um wach zu werden, und fand sich auf einem Bett liegend, mit geschlossenen Augen, auf schlürfende Geräusche lauschend. Er wußte nicht, wie lange er diese Geräusche vage bemerkt hatte. An einem Punkt verwandelte sich das Schlürfen in rasches, unregelmäßiges Schlagen, von schrillem Gequiek begleitet. Ohne zu wagen, sich von der Matratze zu erheben, öffnete er die Augen und wandte sie unwillig ab.
Ein Mann lag zitternd auf dem Bett neben ihm. Er schien in die Matratze einzusinken. Sobald er sah, daß Balian wach war, fing er an, mit dünner Stimme zu schreien: »Hilf mir auf, hilf mir auf!« und streckte einen Arm nach Balian aus. Balian, jetzt auf den Knien und in das schwache Licht guckend, ergriff ihn mit einigem Zögern und zog. Ein plötzliches Rütteln, und er sah, was es war, lockerte seinen Griff und fiel aufs Bett zurück. Das Geschöpf war aber auch auf und hüpfte weiter durch das Zimmer, wobei es ununterbrochen quiekte. Es mußte hüpfen. Es hatte ein Bein, eine Hand, ein Auge, einen halben Kopf und einen halben Leib. Seine irren Sprünge führten es immer um die Matratze herum, wobei es stets Balian sein Profil zudrehte; ein glitzerndes Auge, entblößte Zähne und einen Arm, den es wiederholt an seine Stirn führte und wieder in einer unerklärlichen Geste fallen ließ. Sein glänzendes Auge und

seine bleiche Haut machten den Eindruck fiebriger, nervöser Energie. Nach einer Weile verließ es den Raum, irgendwo anders hin gerufen, wie Balian vermutete.

Er schüttelte sich von der Vision frei und fand sich im Gartenhäuschen sitzend, wo er seinen Traum Zuleikha beschrieb. Zuleikha saß mit gekreuzten Beinen auf dem Boden, die Hände im Schoß zusammengelegt. Sie fand es nicht schwer, der Erscheinung einen Namen zu geben und seine Geschichte zu erzählen.

»Das war Shiqq al-Insaan, enger Freund und Gefährte von Satih ibn Rabia, den du auch getroffen hast. Als sie Kinder waren, spuckte ihre Mutter ihnen in den Mund, um ihnen Traumkraft zu geben; aber jetzt sind sie sehr alt und durch ihre korrupten Praktiken gezeichnet. Satih hat immer nur gedacht und gedacht und den Leuten Fragen gestellt, die man besser nicht beantwortete, Fragen, deren Antwort sie zerstören würde. Von intellektueller Neugier getrieben, verleugnete er seine körperlichen Instinkte in solchem Maße, daß sein Körper begann, ihn zu verleugnen und zu verwesen. So lungert er, wie du gesehen hast, auf seinem Bett aus Blättern und Palmzweigen herum, in Gedanken versunken. Jetzt fängt die Verwesung an, seine Kiefer anzugreifen, und bald wird er nur noch die Spitze seines Kopfes haben, um darin zu leben.

Shiqq ist ähnlich; Satih und Shiqq kommen aus dem Überfluß an Formen aus einer unbestimmten Schöpfung. Gott hat jedem Mann eine weibliche Seele und jedem Weib eine männliche Seele gegeben, aber Shiqq hatte seine Seele verleugnet und ist verflucht. Nach al-Idrisi kommt er vom Chinesischen Meer oder wie man auch sagt, aus den Wäldern Jemens. Die letztere Meinung ist richtiger, denn Jemen bedeutet in unserer Sprache die rechte Hand. Wenn die Pilger und Gewürzhändler, die aus Indien kommen, das Arabische Meer erreichen, dann ist Jemen zu ihrer Rechten und Afrika zu ihrer Linken. Afrika ist es, wo seine andere Hälfte lebt. Die Afrikaner nennen sie Barin Mutum, und sie gehört zur linken Hand. In Afrika ist alles anders als das, was du in islamischen Landen siehst. In Afrika dreht sich das Haar, das am Rücken oder auf dem Kopf eines Mannes wächst, nach links; in islamischen Landen geht es rechtsherum.

Du hast Glück gehabt. Shiqq ist gerissen und grausam, denn er hat kein Herz, und mit seinem Halbgehirn denkt er und redet, aber er weiß nie, was er denkt, sagt oder tut. Barin Mutum ist ebenso kapriziös und grausam wie er. Sie haben nie Langeweile, aber sie haben kein Gewissen. Shiqq ist unglücklich. Sein Penis ist zu klein; und während er mit der ihm verbliebenen rechten Hand essen kann, darf man im Lande der Araber seinen Po nur mit der Linken abwischen. Die Gesetze des Wohlverhaltens schreiben das vor, und deswegen sucht Shiqq immer nach Leuten, die er in ihren Träumen gefangennehmen kann, damit sie diese Arbeit für ihn tun.

In den letzten hundert Jahren haben Shiqq und Satih sehr an Macht zugenommen. Selbst vor zwanzig Jahren wohnten neben dem Katzenvater noch viele Lehrer vom Unsichtbaren Kollegium des Schlafes in Kairo. Da war Rabanus, der beschwörende Tricks ausübte, um die Eigenheiten der menschlichen Seele zu demonstrieren; ein Mann, genannt Der Alte, der die Traumnotation erfand, die wir noch immer benutzen; dann Haitham al-Taleb, der den ganzen Koran jede Nacht im Schlaf rezitierte und dadurch Segnungen aus der *'Alam al-mithāl* zu den Geschöpfen leitete; Sulami, der Meister der Schwarzleibigen Meditation; die Schlafläufer; die Schule der Sabäischen Interpretation und viele andere.

Sogar vor zehn Jahren waren noch einige dieser Männer am Leben; aber Shiqq und Satih besuchten sie häufig, machten sie impotent und töteten sie zum Schluß. Einige von ihnen starben jung. Nur der Katzenvater machte sich schließlich zu ihrem Meister und verwandte sie als Jagdhunde, mit denen er durch die Nacht jagt. Er zerstörte seine Kollegen einen nach dem anderen. Er ist der letzte des Unsichtbaren Kollegiums.«

»Wie sieht Shiqq aus?« fragte Balian, »auf der Seite, wo er kein Auge und keinen Arm hat?«

»Die Seite wirst du niemals sehen. Die ist in Afrika.«

»Zuleikha«, fing er an.

»Ja, weiter. Wenn man eine Frage nicht stellt, ist es immer verhängnisvoll.« Aber eine wohlbekannte Brise blies über sein Gesicht, und er wußte bereits die Antwort auf die Frage, die er stellen wollte. Er wachte in der Gosse auf, und das Blut stieg hoch und kam beim Spucken heraus.

Ein Blick über die Stadt

Eine Moschee sieht der anderen sehr ähnlich. Slumgebiete wiederholen sich in jedem Viertel der Stadt. Die Einwohner sind nicht sehr hilfreich, oder unfähig, die Richtung anzugeben. Es ist so leicht, verlorenzugehen, und oftmals wird ein Mensch, der in einer fremden Stadt umherwandert, unabsichtlich zu dem Platz zurückkommen, von dem er ausgegangen war; doch bei der Rückkehr wird er ihn nicht mehr als seinen Ausgangspunkt wiedererkennen, so daß er, wenn er sich erneut in Bewegung setzt, vom gleichen Platz aus wieder ganz neu beginnt. Ich kann weder Plan noch Karte verschaffen. Ich habe nie so etwas gehabt. Vielleicht hilft ein Überblick über die Stadt. Entfernung könnte die Dinge klarer erscheinen lassen ...

Da Balian fürchtete, sich wiederum zu verlieren – an jenem Tag und an vielen Tagen, die folgten –, machte er sich daran, die Geographie Kairos zu meistern. Eine schwierige Sache, denn die meisten Wege sahen gleich aus und wanden und drehten sich zwischen den Gebäuden ohne irgendwelchen Zweck oder Richtung; aber er peilte sich nach der Peripherie und Silhouette der Stadt zurecht. Da war zunächst die Zitadelle, auf ihre Kalksteinklippe hingesetzt, in südlicher Richtung und von fast überall in der Stadt sichtbar – eine baufällige Zusammenwürfelung von Befestigung und Vergnügungshäusern, die während der letzten drei Jahrhunderte zusammengewachsen waren.

Vor dem Zitadellenhügel waren die seltsamen, höchst sorgfältig ausgeführten Minarets der Sultan-Hasan-Moschee oft sichtbar. Weiter nach Süden, die Moschee wie die Zitadelle überragend, sah man die gelblichen Kalkklippen des Muqattam-Gebirges.

Nach Norden und Osten hin gab es die Kuppeln und Gewölbe der Totenstadt, einer Nekropole von Mausoleen und Friedhöfen. Einige der Gräber höherrangiger Mamluken waren Paläste aus Marmor und Porzellan. Tagsüber ein Platz für Vergnügungen, wurde das Gebiet nachts zum Aufenthaltsort besonders für Halsabschneider und die Allerärmsten; nächtliche Gewalt und Hunger ließ die Bevölkerung der Totenstadt anwachsen. Jenseits der Totenstadt und fast so hochragend wie der Muqattam lag eine Kette von weißen Hügeln, die von Nord nach Süd an der östli-

chen Grenze der Stadt entlangliefen. Diese Hügel waren künstlich geschaffen aus Jahrhunderten von Abfall und Müll. Wenn der Wind aus Osten blies, kroch ein Fäulnisgestank über die kalten, verlassenen Straßen der Totenstadt, und feiner weißer Staub fegte ganz bis über Kairo hin und ließ einen halb ersticken und die Augen tränen. Das konnte ununterbrochen wochenlang dauern; vor allem im Spätsommer; die Venezianer nannten dies Tremontana. Manchmal, oft des Nachts, entzündete sich einer dieser Müllhaufen ganz plötzlich und schoß Feuerflammen und Müllstrahlen wie ein großes Schauspiel in die Luft.
Genau nördlich löste sich die Stadt langsam in struppige Palmklumpen auf – jenseits der Stadtmauer. Dort lagen die Viehmärkte und die Kamelstallungen.
Der Nordwesten, das Gebiet zwischen dem Nil und der Altstadt, war noch nicht ummauert. Die Flußschiffe dockten in Bulaq, und von dort wurde ihre Fracht auf Lasttieren in die eigentliche Stadt gebracht. Die großen Emire und die Karimi-Kaufleute wohnten im Westen. Etwas mehr südlich lag die Ezbekiyya, der neueste der Vororte, die aus den Sumpfgebieten stiegen, die sich infolge der Verlagerung des Nillaufes nach Westen gebildet hatten. Hier war der Palast von Emir Ezbek (jetzt schon etwas verkommen), seine Ställe und ein großer künstlicher Teich, von Vergnügungspavillons eingefaßt, auf dessen Wassern die Boote von Prostituierten gerudert wurden. Weiter nach Süden lagen der Elefantenteich und die Insel Roda. Schließlich bezeichneten Saladins Aquädukt und der Hügel von Zeinhom – ein weiterer Müllhaufen mit Windmühlen obenauf – ungefähr die südwestliche Grenze der bewohnten Stadt; aber auf fast allen Seiten wurden die Randgebiete der Pest und den Nomaden mit ihren Herden überlassen.
Dieses Jahr war es ausländischen Besuchern nicht erlaubt, zum Westufer des Nils überzusetzen und die Pyramiden zu besuchen. Wie die Machthaber sagten, war die Gefahr,

die von den Beduinen drohte, zu groß. Selbst am Ostufer überfielen die Beduinen manchmal die Totenstadt. Was den Nil selbst angeht, so war, auch wenn man ihn nicht direkt sehen konnte, sein Lauf unterhalb von Roda zu erkennen, wenn man mit den Augen den Geiern und Milanen folgte, die über dem Fluß schwebten und immer wieder hinunterschossen, denn der Nil trug das Aas von den Schlachthäusern nach Norden zum Meer.
Das Innere der Stadt war vom Fluß und von Abfallhaufen umgeben, vom Schloß, dem Aquädukt und den verlassenen Slums. Die meisten Bazare lagen in den vollgestopften Vierteln im Nordosten, parasitengleich eingenistet zwischen dem Schutt der alten Fatimidenpaläste. Hinter den Handelsstraßen fand man kleine Höfe und große Mietshäuser, in denen Gruppen engverflochtener Religionen und Stämme zusammengepfercht waren. Das war das alte Kairo, so überfüllt, daß ein Mann und sein Maultier einen Tag brauchen mochten, um sich ihren Weg hindurchzubahnen.
Die Hauptstraße, die Qasaba, lief durch ihr Herz, hinunter vom Siegestor, zwischen den zerfallenen Palästen hindurch und hinaus durch das Zuwaila-Tor nach Süden zur Zitadelle. Die Juden-, Kopten- und Armenier-Viertel lagen innerhalb der alten Stadtmauern. Die Viertel der Schwarzen und der Tataren lagen verstreut außerhalb entlang der Qasaba.
Balian fand, daß er eine Menge Zeit in der Nähe des Zuwaila-Tors verbrachte, wo sich die Tänzer und Schausteller aufhielten. Das war auch der Platz, wohin man Verbrecher brachte, um sie zu erdrosseln oder zu köpfen, worauf ihre Körper dann außerhalb des Tores auf langen Stäben aufgespießt wurden, die sich unbehaglich unter ihrem Gewicht bogen.
Wenn man der Qasaba südlich des Zuwaila-Tors durch die Tatarenruinen folgte, dann kam man in die Zone der Kasernen und der militärischen Elite; Waffenmärkte, Pferdemärkte, Ställe, Exerzierplätze und schließlich das

Schwarze Hippodrom, wo die Mamlukensoldaten täglich in rituellen Scheinkämpfen exerzierten. Die Stadt war wie ein verwirrter Geist, ein Ausdruck archaischer Wünsche und halbversunkener Erinnerungen verschwundener Dynastien.

Gewöhnlich legte sich Balian in einem Gäßchen nahe dem Zuweila-Tor zum Schlafen hin. Eines Nachts kam Yoll und hockte sich neben ihn. Ein Äffchen hing an Yolls Nacken, die Arme dicht um seinen Hals geschlungen.

»Ach, der Engländer! Was ist denn mit dir los? Du siehst ja schrecklich krank aus!« Auch Yoll sah krank aus, gespannt und unter Streß, aber Balian sagte nichts davon, weil er fürchtete, unhöflich zu sein.

»Diese Träume! ... Yoll, habe ich den Arabischen Nachtmahr? Was ist der Arabische Nachtmahr?«

Yoll zuckte und ließ sich und seine Last auf dem Boden nieder, bevor er anfing zu sprechen.

»Der Arabische Nachtmahr ist eine Krankheit. Man sagt, er werde von einer Person auf die andere übertragen, wenn man nahe beieinander schläft. Er kommt nachts wie Rauch aus dem Mund. Man sagt, derjenige, der zum erstenmal von dieser Krankheit heimgesucht wurde, sei nach Kairo gekommen und habe keine Ahnung gehabt, was er da mitbrachte.

Man erzählt: Vor einigen Jahren gab es ein Ehepaar in Damaskus, das hatte keine Kinder. Der Ehemann war nämlich impotent und schien seine Frau überhaupt nicht zu begehren. Ob das nun Hexerei war oder eine gottgesandte Heimsuchung, kann ich nicht sagen, aber die Frau entschied, daß ihr Problem nur durch Magie zu lösen sei. Nachdem sie nun viele Nachforschungen angestellt und die Weisen der Stadt befragt hatte, erfuhr sie von einem mächtigen Zauberer und machte sich auf, um seine Hilfe zu suchen.

Nun lebte dieser Magier in einem Schloß auf einem sonnigen Hügel nahe Mekka. Der Weg von Damaskus war lang und gefährlich, aber der Magier empfing sie freundlich, als sie ankam, und zeigte ihr alle Wunder des Schlosses, bis auf eines. Er zeigte ihr den Affen, den er an einer Silberkette hielt und dem er beigebracht hatte, Schach zu spielen« – und hier zögerte Yoll zum zweiten Mal – »er zeigte ihr sein Seidenbett, das auf einem Teich aus Quecksilber schwamm, und er zeigte ihr die Adler, die er im Schloßturm züchtete und mit denen er zu jagen pflegte.

Ja, noch mehr: er stimmte zu, ihr ein magisches Aphrodisiakum in Form einer Rauchwolke in einer Flasche zu verkaufen; aber diese Lebensessenz würde viele Wochen zur Destillation brauchen, bevor sie fertig war, und der Magier mußte ein paar Wochen wegen dringender Geschäfte fortgehen. Doch, nach einiger Überlegung, fiel ihm eine Lösung ein, obschon er dabei unbestimmte böse Ahnungen hatte. Die Frau sollte im Schloß bleiben und, als Gegengabe für seine Gastfreundschaft, etwas für ihn tun, und zwar für das letzte und größte aller Wunder in seinem Schloß sorgen. Der Magier führte sie in einen Raum, den er ihr vorher nicht gezeigt hatte, und enthüllte ihr seinen Sohn.

Dieser Junge war wahrhaft ein Wunder an Schönheit: seine Augenwimpern waren lang, seine Wangen dick, seine Augenbrauen waren wie Halbmonde und sein Mund wie ein scharlachner Bogen. Dieser Junge zeigte ihr, daß er die Sprache der Vögel verstehen konnte, und die Frau wußte, daß der Magier wahr sprach, als er ihr erzählte, daß sein Sohn der Fünfte Messias sein würde.«

»Der Fünfte Messias?«

»Das ist eine Ketzerei, die in diesen Tagen sehr weitverbreitet in Kairo ist. Ihre Anhänger meinen, seit der Prophet Muhammad das Kommen des Messias und das Ende der Welt prophezeit habe, seien schon vier Messiase und vier Weltenden dagewesen, aber die große Menge der uneingeweihten Menschheit sei zu stumpfsinnig gewesen, das wahrzunehmen, und so sei alles wie üblich weitergegangen. Aber wenn der Fünfte Messias kommt, wird er Rache an all denen nehmen, die es versäumt haben, die vier unsichtbaren Messiase zu erkennen! Es ist eine schreckliche Ketzerei. Sie meinen, daß er den Kalifen und den Sultan absetzen wird, um neue an ihren Platz zu setzen. Er wird den Muslim mit dem Christen und dem Juden versöhnen, und den Löwen mit dem Lamm. Seine Anhänger sagen, er wäre auch in diesem Moment in Kairo, in Verkleidung und nur darauf wartend, bis die Zeit reif ist, sich zu proklamieren.

Um aber zu deiner ursprünglichen Frage zurückzukehren: Der Magier mit all seinen Künsten hatte die antiken Prophezeiungen über die Geburt des Messias studiert und über die Zeichen, die seine Geburt begleiten würden. Dann kaufte er eine abessinische Sklavin und, dank seiner Kenntnis der Sternkunde, ließ er sie seinen Samen zur gebotenen Zeit empfangen.

So ließ der Magier also seinen kostbaren und wunderbaren Sohn bei der Frau und machte sich auf die Reise. Aber die Frau, wie man erwarten konnte, litt unter Jahren sexueller Frustration und begehrte den Jüngling leidenschaftlich, während er sein Leben lang noch keine Frau gesehen hatte, abgesehen von seiner alten Amme. So war er sehr an dieser Frau interessiert. Die Gelegenheit führte sie zusammen, und nur wenige Tage vergingen, bevor die Frau ihn verführt hatte. Sie verbrachten Wochen himmlischer Freuden, kosten und liebten einander auf dem Bett, das auf dem Quecksilberteich schwamm.

Dann, eines Tages, sahen sie von der Zinne, daß der Magier heimkehrte. Die Frau verpflichtete den Jungen zum Schweigen; aber der Magier, kaum daß er ins Schloß eingetreten war, sah in einem Moment aus dem Gesicht des Jungen, was passiert war und wie die Tugend des Erwählten befleckt worden war. Doch er war ränkereich und sagte nichts. Statt dessen ließ er die Frau sich weiter willkommen fühlen, bis er schließlich sagte, daß die aphrodisiakische Essenz, die er ihrem Ehemann versprochen hatte, fertig sei, und ihr eine braune Flasche übergab. Die blöde Frau dankte ihm überschwenglich, sagte Lebwohl zu dem Magier und seinem Sohn und eilte zurück nach Damaskus, wo ihr Ehemann mit einiger Ungeduld auf sie wartete. In dieser Nacht öffneten sie eifrig die Flasche, und der unglückliche Ehemann atmete die farbigen Dämpfe mit enthusiastischem Schnaufen ein. Was sie dann entdeckten, war, daß der Inhalt der Flasche nichts für die Männlichkeit des Mannes getan hatte – er blieb schlappschwänzig wie immer. Was sie aber nie erfuhren – wegen der eigentümlichen Natur der Heimsuchung – war, daß zunächst der Ehemann und kurz danach die Frau von der unendlichen Qual des Arabischen Nachtmahrs betroffen waren. Und seither plagt diese schreckliche Geißel die Menschheit.«

»Was für eine lächerliche Geschichte!«

»Es ist eine gewöhnliche Marktplatz-Fabel.«

»Und der Arabische Nachtmahr – gibt es keine Heilung dafür?«

»Keine, es sei denn, daß der befleckte Messias doch noch die Aussätzigen und die Krüppel heilen könnte und auch die Macht hätte, den Fluch seines Vaters aufzuheben.«

Balian dachte eine Weile nach. Dann fragte er: »Yoll, warum hängt dir da ein Äffchen am Rücken?«

»Ach ja, da ist einer, nicht? Ja gut, da hängt 'ne Geschichte dran ...«

Aber Balian wollte nicht mehr irgendwelche Geschichten von Yoll hören und zog sich fort zu anderen Visionen. Sonne und Mond wirbelten über die Stadt, Tag und Nacht folgten einander mit betäubender Schnelligkeit, während er sich von einem zum anderen bewegte. Einige Frauen baten ihn, in einen grundlosen Brunnen zu blicken; er lehnte ab. Die Sphinx, welche die Araber »Vater des Schreckens« nennen, versperrte ihm den Eingang zu den eingemachten Schätzen in den Pyramiden. Er wurde vor das Bild einer maskierten Dame gebracht, die zwei Kinder säugte; er las in dem Buch, das Giancristoforo ihm dagelassen hatte, über das Hirn, das »von der Farbe von Lampenruß oder der Farbe der Nubier« ist. Arabische Stimmen flüsterten in seine Ohren. Er sah für einen Augenblick Vane und den Katzenvater und wich ihnen aus. Und so weiter und weiter, bis er gegen Ende der Nacht Zuleikha wiedertraf. Zuleikha, in der Tat, vergewaltigte ihn und lehrte ihn dabei die abessinische Nußknackertechnik und den schmerzhaften Kuß. Als das vorbei war, erzählte Balian ihr von seiner Begegnung mit Yoll und fragte sie: »Wenn die Geschichte von dem Magier in Mekka eine Marktfabel war, warum hat er sie mir dann erzählt?«

»Yoll erzählt gern Geschichten; aber niemand hat diese auf dem Markt gehört. Es ist eine Allegorie, die auf dich abzielt.«

»Was machte das Äffchen da auf Yolls Rücken?«

»Das war kein Äffchen. Das war ein Menschenaffe, ein ganz anderes Tier. Menschenaffen haben keinen Schwanz.«

»Ja, gut, aber was tat er da?«

»Ich wollte, du würdest nicht mehr fragen. Du gibst mehr weg, indem du so fragst, als was du aus den Antworten gewinnst. Der Affe ist Yolls Genius. Nur wird er das nicht erkennen. Du hast gut daran getan, dieses Paar zu verlassen.«

»Zuleikha, habe ich den Arabischen Nachtmahr?«

Sie blickte finster und biß sich in die Nägel, bevor sie antwortete: »An den Arabischen Nachtmahr erinnert man sich nicht, wenn man aufwacht. Du bist jetzt wach, aber du kannst dich an die Träume in der Nacht erinnern. Daraus ergibt sich, daß du kein Opfer des Arabischen Nachtmahrs bist.«

»Aber ich bin doch nicht wach. Noch nicht.«

Er wachte blutend in der Gosse auf. Doch er erinnerte sich noch an seine Träume. Langsam wünschte er, er täte das nicht. Er ging zurück zur Zitadelle, um den Dawadar zu sehen, aber es schien, daß der Dawadar an diesem Tag keine Audienz gab.

Er schleppte sich mit schwerem Kopf davon, um seine Erforschung der Stadt fortzusetzen. Da gab es ein Kairo der

Gebäude und Monumente, und ein anderes Kairo, das nichts von diesem wußte. Eine zweite Stadt befand sich in ständiger Bewegung auf nackten, hornhäutigen Füßen: Köche, Wasserverkäufer, Beilträger, Briefschreiber, Kesselflicker, Lastträger, Milchmädchen trugen ihr Gewerbe von Stadtviertel zu Stadtviertel mit sich und dienten ihren Kunden, wo immer es ihnen paßte. Nachts entstand wiederum eine andere Stadt. Viele Straßen und Viertel schlossen sich hinter starken Toren ab, um die Wege gegen die wilden Ausbrüche der unbotmäßigen Mamluken zu versperren. Andere Teile der Stadt, vor allem dem Westen zu am Nil entlang und in der Ezbekiyya, waren bis zum Morgengrauen von Tausenden von Naphthafackeln strahlend erleuchtet.

In Bain al-Qasrain, dem einzigen etwas ausgedehnteren offenen Platz in Altkairo, war es Sitte, daß die Männer und sogar einige Frauen in der kühlen Dämmerung ein wenig spazierengingen. Später, wenn respektierliche Leute nach Hause gegangen waren, wurden die Straßen den Lampenanzündern, zechenden Mamluken, Prostituierten und Schläfern überlassen. Balian war natürlich nicht der einzige, der auf der Straße schlief. Der größere Teil von Kairo, die große Masse der Armen, schlief draußen; bei Tage formten die größeren Familien zigeunerhafte Lager an Straßenecken und in verlassenen Ruinen; nachts waren sie geisterhafte, bucklige Gestalten in formlosen Stoffbündeln.

Tag um Tag drückte man sich durch brodelnde Mengen von schweißigem Stoff und glänzendem Fleisch, ein larvengleicher Auflauf von Massen und von Überreife. Doch obgleich er unaufhörlich durch die Straßen von Kairo ging, war ihm die Stadt doch fast völlig unbekannt. Die wirkliche Stadt war vielleicht anderswo: eine Welt privater Innenräume, von Wohlanstand und Familienpflichten, bewacht von den gewaltigen, nagelbeschlagenen Doppeltüren und von den Pförtnern, die von den Bänken und durch die Gitter der *maschrabiyas* Tausende von geheimen

Beeten und Gärten überwachten. Die Bittschreie der Bettler, die Rufe der Straßenhändler, die Militärorchester – das waren öffentliche Stimmen. Nur selten, spät in der Nacht und rein zufällig, hörte er einmal eine Familie streiten oder eine Frau ihr Kind beruhigen.

Tag und Nacht studierte Balian Arabisch, sowohl die Sprache der Straßenecken als auch die formellere rhythmische Prosa eines seiner Lehrer. Nicht, daß er die Sprache meisterte: eher meisterte sie ihn. Er fand sich selbst in einer Sprache denkend, in der Substantive sich unmerklich zu Verben wandelten, eine Sprache, die *Sein* in der Gegenwart nicht schätzte; einer Sprache, die eine besondere Verbform für Farben und körperliche Gebrechen hatte, einer Sprache von rhythmischer Syntax und vielschichtigen Sinn-Ebenen, mitgeteilt durch räuspernde Stopps, Kehllaute, seltsame emphatische Laute und Verdoppelungen.

Deformierte Echos und nebelhafte Bilder strahlten von kurzen Klangbündeln aus. Ein solcher Komplex, mit dem er noch sehr vertraut werden sollte, drehte sich um die Buchstabenfolge Q, R, D. *Qird* bedeutete »Affe«, aber es bedeutete auch Iblis, den Teufel. *Qarada* bedeutete »wurmzerfressen sein«, »Butter sammeln« und »schweigen«. *Qarida* bedeutete »Wolken aufhäufen«. *Qarrada* bedeutete »einem Kamel die Zecken abpflücken«, »täuschen« und »den Teufel beim Fluchen anrufen«. Schließlich *taqarrada* bedeutete »sich eng winden und verflechten«, während *maqrūd* »erschöpft« bedeutete.

Das Arabisch, das sie sprachen, so fand er, enthielt keinen Sinn, sondern wies nur auf ihn, wie ein Finger, der irgendwo anders hindeutet. Er lernte, wie er ihre Sprache notieren und interpretieren konnte, indem er ihre Gesten beobachtete und entsprechende machte. Die Stimme mochte »Ja« sagen, doch die wegzuckenden Augen sagten »Nein«. Die ausgestreckte Handfläche und Finger, die die Luft wedelten, bedeuteten Abwarten. Zeige- und Ringfinger erschienen, um den Bösen Blick abzuwehren. Ein

Finger kratzte die Seite der Nase als Warnung. Hand aufs Herz gedrückt zeigte Dankbarkeit an. Unter dem Geplapper von Sprachen, die in Neu-Babylon gesprochen wurden – Arabisch, Türkisch, Mongolisch, Italienisch, Armenisch, Berberisch und anderen – lag eine schweigende Sprache, die ihr Unterbau war. Jeder benutzte sie, doch Bulbul und Yoll am allerflammendsten.

Balian war zu einem Glied der internationalen Bruderschaft der Bettler geworden, dazu noch eines ihrer bescheideneren Mitglieder; denn innerhalb des unbehausten, besitzlosen Abschaums der Gesellschaft gab es trotz allem auch eine Elite, die Harafish, Bettlerbanden und kleine Verbrecher, die unter dem Schutz des einen oder anderen reichen Emirs organisiert waren. Es war die Aufgabe der Harafish, zugunsten ihres Emirs zu demonstrieren, falls er zur Zitadelle beordert werden sollte, ferner Informationen und Gerüchte zu sammeln und die Aktivitäten der Harafish anderer Emire zu bekämpfen.

Als Gegenleistung pflegten registrierte Anhänger dann täglich Brot an der Tür des Emirs zu erhalten. Täglich spielten auch die militärischen Orchester außerhalb der Häuser der Emire, so daß am Morgen im Gebiet um die Zitadelle die Luft von dem finsteren Donnerrollen von Trommeln und den rauhen Chören der Harafish erfüllt war.

Im Sommer war jeder dreckig und schlecht gelaunt. Wenn der Wind aus der falschen Richtung blies, bewegten sich Wolken von den stinkenden weißen künstlichen Hügeln jenseits der Stadtmauern in die Stadt hinab, und Ströme von Schmutz fluteten durch die Durchgangsstraßen und über die offiziellen Paradegelände. Dann gab es Kämpfe zwischen rivalisierenden Harafish-Banden. Manchmal wurde ein Ausländer, ein Jude oder Kopte angegriffen. Die Ernte war schlecht gewesen; es gab zahlreiche Gerüchte über Korruption, und Gewalttätigkeit brodelte.

Balian scheute das Karawanserai und seine Glaubensgenossen. Er fürchtete, daß er für sie durch Verhexung oder

Pest gezeichnet war. Er blieb niemals lange an einem Ort, weil er Angst hatte, von Vane und dem Katzenvater aufgespürt zu werden. Schlafen machte ihn noch müder, so daß er jetzt auch viel tagsüber schlief. Es überkam ihn rasch, erst in rollenden schwarzen Wogen, die seinen Blick überwölkten, und dann gewöhnlich ein bleischwerer Fall in absolute Bewußtlosigkeit. Erwachen kam ebenso plötzlich. Mit anekelnder Plötzlichkeit fand er sich dann ausgestreckt im Sonnenschein und in seinem Blut liegen. Sein Magen leer, sein Kopf schwer von Träumen, so wanderte er im Halbschlaf durch die Stadt. Doch er brauchte nun nicht länger seinen Weg am Anblick von Minarets oder Staubhügeln zu orientieren; die Neigung des Bodens unter seinen Füßen oder der Winkel des Sonnenlichtes auf einer Mauer zu einer bestimmten Tageszeit sagte ihm genug. Eines Tages wurde er sich bewußt, daß irgend etwas ihm folgte. Ein träger weißer Hund, eine Hündin mit großen Zitzen, schlurfte hinter ihm her und winselte unaufhörlich. Als Balian zusammengebrochen im Häuserschatten saß, umkreiste der Hund ihn, schwer atmend und winselnd, die Lefzen lose herabhängend, als ob er irgendwie grinste. Auf den Straßen, in verlassenen Ruinen und vollgedrängten Marktplätzen merkte Balian, daß ein schlaffer weißer Schatten hinter ihm herzog, und nachts, wenn er draußen schlief, legte auch der Hund sich in einigem Abstand hin, in der heißen Nachtluft nach Luft schnappend. Aber langsam wurde Balians Überzeugung stärker, daß er von einem Geist verfolgt wurde, und daß der Hund eine Illusion war, die nur er sehen konnte. Als er die Sache sorgfältig überlegte, sah er langsam ein, daß die weiße Hündin genau die innere Verderbnis seiner Seele spiegelte, intellektuell und geistig passiv, faul und leicht zu unterhalten. Das waren Aspekte seiner Seele, die er ebenso wenig abwerfen wie die weiße Hündin verlieren konnte. Er lag gerade ein wenig benommen von Ermüdung und Blutverlust im Schatten der Tatarenruinen. Da war auch wieder die weiße Hündin, die ihn ansah, in der Sonne wie eine

Sphinx sitzend, die Hündin, deren Speichel in den Sand unter ihrem Kopf tropfte. Plötzlich erhob sie sich mühsam auf die Füße und schlurfte unsicher auf ihn zu. Meine letzte Stunde, dachte er. Er streckte einen Arm aus, um sein Gesicht zu schützen, und fand, daß er Fell berührte. Die Hündin war real. Sie leckte ihm das Gesicht zwischen Stößen faulen Atems, der nach verdorbenem Fleisch roch, wankte hinweg und ward nie mehr gesehen.

Das ist doch ein Zeichen, dachte er. Er war seiner selbst nicht mehr sicher. Andere Stimmen, von der Nacht überlebend, riefen die ganze Zeit nach Aufmerksamkeit.

Während der endlosen Nacht bewegt sich der Mann, der am Arabischen Nachtmahr leidet, unter den Bettlaken. Er sieht, was geschieht. Er weiß, was geschieht, aber er kann nichts daran machen, denn er vergißt es. Er träumt, daß sein Penis halb durchgeschnitten wird wie eine Banane; daß rotglühende Feuerhaken von Ohr zu Ohr durch seinen Kopf gezogen werden; und daß er sich auf leeren Magen trocken erbrechen möchte. Er träumt vom Ohnmächtigwerden; er träumt, er sei bewußtlos, und bewußtlos findet er, daß er unfähig ist, den Schmerz durch Gedanken zu lindern. Die Erfahrung wird gereinigt und wiederholt. Er träumt, daß er in diesem gemarterten Leib träumt. Er träumt, daß sein Körper sich auf einem kleinen Bett hin- und herwirft und vor Qual windet, und daß sein Geist entsetzlichen Illusionen zum Opfer fällt. Er vermutet, nein, er ist furchtbar und vollständig davon überzeugt, daß die Gestalt, die sich im Bett herumwirft, träumt, sein Penis werde wie eine Banane gespalten. Wenn die Qual nicht so entsetzlich wäre, wenn er nicht schliefe, könnte er etwas dagegen tun. Wenn er nur die Gestalt auf dem Bett wecken könnte! Wenn die Gestalt auf dem Bett ihn bloß wecken könnte!

Dann schien es, daß die beiden einander wachschüttelten, im Morgengrauen vor Schmerz zitternd. Da war ein Dialog, den sie halb verstanden. Das Fürchterliche war, daß sie wußten, daß dieser Augenblick nicht selbst der Arabische Nachtmahr war, obgleich er unmittelbar wieder bevorstand; er wuchs in ihnen oder hing vielleicht in den Schatten des Raumes. Mein Bruder, mein Doppel, der bringt den Nachtmahr mit sich, dachten sie voneinander. Die Gestalt, die sich auf dem Bett herumwälzt, wendet ihre Aufmerksamkeit von ihnen ab, obgleich nur mit großer Anstrengung, denn der logische Raum wird immer kleiner.

Die Instrumente, mit denen er zu arbeiten hatte, waren sehr klein, fast unsichtbar, wie komplizierte Maßwerkarbeiten aus Fäden; und, wie Fäden, brachen sie leicht. Er unternahm ein paar Schritte – logische Schritte, wie es schien – in eine gewisse Richtung und fand, daß der Weg zusammenschrumpfte. Dann wurde die Klaustrophobie immer stärker, und er begann zu fürchten, daß das, was er tat, in jedem Fall in eine Sackgasse führen würde. Es wurde immer schwieriger, verschiedene geistige Bilder von sichtbaren Bildern zu trennen. Beide brachten Schmerz. Da war doch, erinnerte er sich ganz dunkel, ein Paradox von Schläfern, die einander träumten. Oder handelt es von einem Schläfer, der von zwei voneinander träumenden Schläfern träumte? Es war schwierig, das zu entscheiden. Wenn es solch ein Problem gab, wie war er ihm je entgangen? Er hatte ein flüchtiges Bild von einem Mann, der erst eine Tretmühle trat und dann immer stärker durch den Schwung mit herumgewirbelt wurde. Das sollte er wohl sein. Er war gewiß, daß es so war.

Es fiel ihm ein, sich zu fragen, wie es denn kam, daß er diesen ziemlich unsicheren Schluß erreicht hatte, und versuchte seine Schritte zurückzuverfolgen. Dann wußte er, daß er im Delirium lag und daß er nicht noch einmal zu erfahren wünschte, wodurch er in dieser Nacht bereits gegangen war.

Dann dachte er, daß sein Leiden noch verschärft wurde, weil es unsichtbar war, blutlos und logisch; so lag er da und versuchte, sich die Stadt vor Augen zu stellen. Kairo.

Jede Straße war etwas, das immer wieder durchquert werden mußte, jede Tür ein Geheimnis. Seine Knochen glühten vor Schmerz wie rotglühende Kohle. Es war ein schmerzhaftes Problem. Irgendwo in dieser Stadt lag er, träumend, oder vielmehr, dachte er mit ungewöhnlicher Klarheit, in einer Stadt, die ihr sehr ähnlich war. Drüben in der Ecke des Marktes unterhalb der Sultan-Hasan-Moschee sah er zwei zwergenhafte Männer Süßigkeiten verkaufen, oder war es so, daß er selbst sie erst sehen ließ? Ich werde diese Männer prüfen, dachte er, und dann sehen, ob sie die Realität wirklich nachäffen können. Er stockte und fragte sich, ob er einer solchen Antwort ihren wahren Wert geben könnte; dann ließ er sich hinübertreiben, den Männern zu. Sie sahen ihn kommen und grinsten.

»Wie ist mein Name?«

Einer von ihnen lächelte mit zahnlückigem Mund.

»Mein Name ist Barfi und seiner Ladoo.«

»Nein! Wie ist mein Name?«

»Es tut mir leid, ich habe Sie nicht richtig verstanden. Habe ich gehört, daß Sie mich bitten, Ihnen Ihren Namen zu sagen?«

»Ja.«

Barfi kratzte sich am Kopf. »Haben Sie unsere Namen gekannt, bevor wir sie Ihnen gesagt haben?«

»Nein, ich glaube nicht. Ich bin nicht sicher.« Hatte er sie gewußt, bevor er sprach? Wenn es so wäre, dann würde er bestimmt wissen, was Barfi als nächstes sagen würde. Er hatte ein entsetzliches Gefühl wachsender Unvermeidlichkeit.

»Das ist eine sehr merkwürdige Frage.«

Es schien unvermeidlich, daß er das sagen würde – und doch hatte er gewußt, daß dies genau das war, was Barfi sagen würde? Und war das überhaupt ein Versuch von irgend etwas? Und schließlich wußte er ja selber nicht immer, was er als nächstes sagen würde, ob er nun wachte oder schlief. Was wollte er denn eigentlich verifizieren?

Vielleicht würde Barfi oder Ladoo es ihm sagen. Er fühlte sich verwirrt und gelangweilt. Ein ganz bestimmter Schmerz löste sich aus dem allgemeinen Schmerzgeflecht; er mußte dringend urinieren, aber diese Prüfung sollte bis zum Ende durchgeführt werden.
Diesmal sprach Ladoo.
»Vielleicht sind Sie Yunis, der Teppichhändler.«
Barfi sah Ladoo sonderbar an. »Wir haben Yunis nie getroffen. Sind Sie Yunis, und testen Sie uns, bitte?«
Barfi und Ladoo waren näher zueinander gekommen. Sie sahen erstaunt und ängstlich aus. Er seinerseits fühlte, daß das Schicksal ihm hier eine obskure Art von Herausforderung bot. Etwas hatte angefangen, durch das man hindurch mußte.
»Ja.«
Nein, das war kein Schicksal, sondern unerbittliche und unerfreuliche Logik. Nur war sie jetzt mit sichtlicher Drohung umkleidet. Er sah sich verzweifelt nach anderen Leuten oder Tieren oder Vögeln um.
»Wenn Sie Yunis sind, benehmen Sie sich aber sehr sonderbar.«
Es mußte zu Ende gespielt werden. Der Druck in seiner Blase war qualvoll. Er konnte sich nicht vorstellen, was er darauf sagen sollte, oder wie Barfi und Ladoo auf seine Antwort reagieren würden; und einen Augenblick lang schien es ihm unmöglich, fortzufahren ohne eine Vorstellung, so vage sie auch sein mochte, wie dieses Abenteuer weitergehen könnte. Es gab keine Gruppen von Möglichkeiten und Wahrscheinlichkeiten, innerhalb derer er arbeiten konnte. Aber irgendwie brachte er es fertig, zu krächzen und dabei noch zu denken, wie sonderbar seine Stimme in der stillen Dämmerungsluft klingen mochte: »Vielleicht bin ich Yunis. Ich bin auf die Straßen herausgekommen, um menschliche Gesellschaft zu suchen.«
Was er gesagt hatte, schien so sonderbar, daß er sich nicht einmal vorstellen konnte, wie jemand in der wachenden Welt überhaupt darauf antworten könnte.

Wiederum hat alles verkehrt herum angefangen. Er überlegte flüchtig, ob er es wagen könne, vor ihnen zu urinieren. Er hätte dies von Anfang an vermeiden sollen, indem er sie nach ihrer Ware fragte. Aber vielleicht war er noch zu sehr seiner selbst bewußt. Sie sahen wahrscheinlich, daß er ein bißchen merkwürdig war, maßen aber der Sache keine große Bedeutung bei – dann hob er die Augen und sah, daß sie das doch taten. Sie flüsterten zusammen.

»Die Nächte sind schwierig für mich. Ich bitte euch, die wenigen Stunden, die noch bleiben, damit zu verbringen, mit mir zu reden. Ich wäre euch wirklich außerordentlich dankbar.«

Es hat keinen Sinn zu versuchen, hinter ihre Tricks zu kommen, dachte er. Ich weiß, daß ich sie nur träume. Ich muß doch für ihre Gesellschaft dankbar sein.

Ladoo nickte, obgleich sie noch immer argwöhnisch blickten, und Barfi fing an zu reden. Er redete über ihr Geschäft und die Gewinne, die man machen konnte, wenn man nachts arbeitete, obgleich sie gerade heute nacht nichts verkauft hatten. Und da gab es natürlich auch Gefahren, wenn man nachts arbeitete. Die Mamluken hatten ein schützendes und zugleich profitables Interesse an solchen Geschäften.

Und da waren diese gräßlichen Morde. Man sagte, die Tödliche Fatima wandele wieder über die Straßen.

»Man sagt, sie schneidet den Männern den Penis entzwei wie Bananen«, unterbrach Ladoo vergnüglich.

Der Mann strich mit der Hand über die Stirn.

»Bitte helft mir. Ich denke, ich habe den Arabischen Nachtmahr.« Dann erinnerte er sich seiner Verabredung mit dem Affen und wußte, daß die Nacht gerade erst angefangen hatte.

Vom Garten des Dawadars zum Arqana-Gefängnis

Eines der Mysterien in meiner Geschichte ist dies: wer ist der Mann, der am Arabischen Nachtmahr leidet? Der Natur der Heimsuchung nach ist es deutlich, daß jeder es sein könnte, auch du. Aber nein, ich will ja gar nicht suggerieren, daß du den Arabischen Nachtmahr hast. Das wäre zuallermindest eine Unverschämtheit und außerdem schweife ich unentschuldbar ab. Nein, was ich hier sagen wollte ist, daß die Geschichte, mit der ich angefangen habe, viel komplexer wird als ich ursprünglich erwarten konnte. Balian, der italienische Maler, die geheimnisvolle Prostituierte, der Schiffer namens Emmanuel, der Dawadar, der Katzenvater, Vane, meine Schwester Maria, mein guter Freund Bulbul – so viele Charaktere –, und da kommen noch viele andere. Wir haben noch immer nicht die Tödliche Fatima getroffen, sondern nur durch Berichte von ihr gehört. Ich werde schon ganz nervös, ob ich vielleicht nicht alle im Kopf behalten und ihre Geschichten zu einem erfolgreichen Ende bringen kann. Das Beste ist, wir machen eine Pause, damit man einige der Charaktere besser kennenlernt ...

Der Dawadar lag in seinem Garten, auf einem Stapel Kissen ruhend. Seine beiden schönen, mondgesichtigten Töchter knieten rechts und links von ihm. Als die Schatten sich durch den Garten ausbreiteten, hatten die Vögel wieder zu singen angefangen. Ein Schwan huschte durch das hohe Gras. Er war kränklich und halbbetäubt und sah sie aus kurzsichtigen Augen an. Die Hitze wurde immer noch stärker, statt abzunehmen. Die Gedanken des Dawadars brodelten in seinem Kopf. Zerstreut rieb er ein Palmblatt zwischen den Fingern, bis nur das Skelett übrigblieb. Es war wirklich zu heiß, um sich auch nur zu bewegen; doch von jenseits der Mauer konnte er die Stadt mit ihrer üblichen Unruhe vernehmen. Es war zu ermüdend, sie sich auch nur vorzustellen. Wie immer, redeten die Mädchen von Männern und Sex.

»Bint Azaz sagt, im Lande der Franken ist alles ganz anders. Die rasieren ihre Geschlechtsteile nicht, und Mann und Frau verbringen die ganze Nacht im gleichen Bett; und wenn sie sich beschlafen, liegt die Frau auf dem Rükken. Meinst du, daß es besser ist, wenn der Mann nicht beschnitten ist?«

Der Dawadar stöhnte innerlich.

Ihre Schwester gab wütend und verächtlich zurück: »Mit einem Franken schlafen! Dann schon lieber mit einem Affen. Der kriegt ihn wenigstens hoch!«

»Und was weißt du denn davon?«

Der Dawadar wurde wütend.

»Raus, raus raus! Zurück ins Haus! Los, raus!«

Er entspannte sich, und einige Zeilen von Hafiz kamen ihm in den Sinn:

O grüner Papagei, der ewig von Mysterien spricht!
Möge dein Schnabel niemals des Wassers entbehren!

Der grüne Papagei war, wie er wußte, eine Umschreibung von Opium. Er nahm noch eine Handvoll davon aus dem Bronzegefäß, das neben ihm stand, und schluckte es nachdenklich. Er betrachtete die Hinterteile seiner Töchter, während sie träge in Richtung auf das Haus verschwanden. Das Opium hatte einen bitteren, würgenden Geschmack und bedeckte seinen Mund mit trockenem Fell. Der Dawadar war überzeugt, daß Opium kein positives Vergnügen erzeugte. Es erleichterte nur die Qual, im Körper zu sein, den Blutandrang in den Adern, das Reiben der Nerven gegen die Knochen, das Ratteln des Hirnbreis in der Schädeldecke – alles Teile unseres täglichen Schmerzpegels, den man nur bemerkte, wenn das Opium ihn erleichterte. Für den Dawadar war Vergnügen die Abwesenheit von Schmerz, und »Gut« konnte nur als »Abwesenheit von Übel« definiert werden. Er lauschte den Schreien und dem Geflüster von jenseits der Mauer, den Stimmen von Kairo, dessen gefährliche Fluten rund um die Ecken des Gartens schwappten, oder die er sich manchmal auch einbildete.
»Kairo ist schlimmer als Bagdad, voll von Prostituierten und Haschsüchtigen.«
»Ein Laib Brot kostet zwei Dinar.«
»Überall in der Stadt gibt's Fremde. Wenn du glaubst, daß die nur hierher gekommen sind, um zu handeln, mußte verrückt sein!«
»Geschichtenerzähler anzuhören ist doch Zeitverschwendung!«
»Die Leute, die nach vergrabenen Schätzen suchen – was sind das für welche? Meiner Meinung nach versuchen die bloß, ihren Frauen davonzulaufen.«

»Die Lachenden Derwische sind auf dem Weg von Alexandria. Sie behaupten, daß Gott sie geschickt hat, um unseren Herrscher zu verspotten.«

»Er war jung, deshalb waren wir gar nicht so überrascht, daß wir ihn mit durchschnittener Kehle außerhalb von Bab an-Nasr gefunden haben.«

»Ich warte auf Erlaubnis vom Dawadar. Jetzt sind es schon zwei Jahre, daß ich meinen Antrag eingereicht habe!«

»Geduld ist gut.«

»Weißt du, was als nächstes passieren wird?«

Die Lider des Dawadars fingen an, schwer zu werden und dann zu zucken, als er sich bemühte, wach zu bleiben. Es gab gewisse Probleme, dachte er, die man nur bei vollem Bewußtsein bedenken konnte. Zum Beispiel der Katzenvater und seine Beschäftigung mit dem jungen Engländer, der so viel Mühe hatte, die Stadt zu verlassen. Früher oder später – der Dawadar spürte dunkel, daß das eine Geschichte war, die nur ein schlimmes Ende nehmen konnte. Der Engländer war das natürliche Opfer, der Katzenvater ein Meister, Folterknecht, Manipulator.

Der Dawadar verbrachte seine Tage meist im Opiumhalbschlaf. Er sah kaum genug Leben, um seine Träume anzuheizen: ein paar hundert Gesichter, den Blick von der Zitadelle, eine Handvoll Vorfälle, die aufbewahrt und in innerer Reflektion immer wieder benutzt wurden. Die Welt ist ganz aus *einer* Substanz gemacht – es genügt, irgendeinen Teil von ihr gründlich zu untersuchen.

Der Dawadar blickte mit halbgeschlossenen Augen durch den Garten. Seine Töchter bewegten sich noch immer hinweg von ihm, den Pfad entlang, und kleine Brocken Opium klebten noch an seinen Zähnen. Der Garten war schön, aber es gab nichts, dem er einen Namen geben konnte: es war eine Masse von Dornen und Blüten, im Zwielicht schwarz, durchschossen mit Violett; etwas, das einen schweren gemischten Duft verströmte. Im Geiste bewegte er sich zwischen seinen anonymen Zweigen und blickte zurück aus dem tiefen Schatten der Bäume, um sich selbst in der Mitte des Gartens zu sehen, eine einsame Gestalt in verletzlicher Haltung ausgestreckt, das Gesicht von idiotischem Opiumlächeln durchschnitten wie ein tiefer Schlitz in einer überreifen Melone. Die Opiumphantasie wurde schwächer, und mit einer plötzlichen Wendung fand er sich selbst wieder in der Mitte des Gartens. Er strich sich mit seinen dünnen Händen über die überwölkten Augen und über die wächserne Haut, wachträumend, wie es wohl wäre, wenn es anders wäre. Zwischen zwanzig Jahren harter militärischer Askese in den Kasernen der Zitadelle und einer mit erotischer Intrige und politischer Metaphysik angefüllten Zukunft war ein narkotisierter Haltepunkt erreicht.

Er schloß die Augen und ließ sich in Träumerei gleiten. Die Stadt zerfiel. Man konnte nicht garantieren, daß es Brot geben würde. Es war nicht sicher, nachts über die Straße zu gehen. Sonderbare Leute waren nach Kairo gekommen. Die Gelehrten der Al-Azhar-Universität sagten, daß ein Mann mit dem Arabischen Nachtmahr jetzt in Kairo war – aber woher wußten die das? Und die Ankunft der Lachenden Derwische stand unmittelbar bevor. Und da war dieser Engländer ...

Der Dawadar hatte sich geradezu professionell der Siesta verschrieben, die er für einen Schönheitsschlaf hielt. Er schrieb nämlich ein Buch über Schönheitspflege für Soldaten, Verwaltungsbeamte und andere Männer der Tat, dem er den vorläufigen Titel gegeben hatte: »Der Schlüssel zur Verschönerung und der Weg des Sich-Schmückens für die Sklaven des Sultans und die Schwerter des Glaubens«. Darin erklärte er, wie wichtig der Mittagsschlaf war, um die Muskeln zu entspannen und die Kummerfältchen zu glätten. Welche Krisis auch in einem tobte – man sollte sich stets bemühen, sein Gesicht glattzuhalten. Er wies die Leser auch darauf hin, daß der Schweißausbruch, der den Opiumschlummer begleitet, die Poren reinigt und einen hübschen klaren Teint hervorruft.

Der Themenkreis des Buches war weitgespannt, und es war zutiefst profund. Wie konnte der Mann im Sattel das natürliche Öl seiner Haut beim Kampf bewahren? War Tätowierung überhaupt zu empfehlen? Welche Art Make-up sollte man tragen, um Frauen anzuziehen, und welche Art, um andere Männer anzuziehen? Der Gebrauch von Harz als Enthaarungsmittel. Massage. Toupees. Hosenlätze. Augenschminke, Henna und Polituren. Er hatte auch die psychologischen Aspekte nicht vernachlässigt. Zum Beispiel: beim Kampf um gutes Aussehen war es, ebenso wie beim Waffengang, wichtig, sich jung zu fühlen. Es war auch wichtig, ein Elite-Gesicht zu erwerben, nach Geld auszusehen, denn Geld erregt ganz bestimmt mehr Begierde als Parfüm ... Es war schwierig. Als Pionierdenker unterschätzte er die Probleme nicht, die sich ergaben, wenn man mit diesen schweren türkischen Gesichtszügen umzugehen hatte, die oft kampfgenarbt und vom Streß der Staatsgeschäfte gezeichnet waren.
Er wachte von seiner Siesta auf, wie immer zitternd und kalt, und hatte das Gefühl, aus großen Tiefen aufzusteigen. Die gleichen Kümmernisse des Tages kehrten zurück, um ihn zu quälen. Die Stadt zerfiel. Man konnte nicht garantieren, daß es Brot geben würde. Es war nicht sicher, nachts über die Straße zu gehen. Das Ende des Sultanats war prophezeit. Die Gelehrten der Al-Azhar-Universität sagten, daß es ein Opfer des Arabischen Nachtmahrs sogar jetzt in Kairo gäbe. Aber woher wußten die das? Die Ankunft der Lachenden Derwische stand unmittelbar bevor. Und da war der beunruhigende Engländer, und irgend etwas müßte wegen dieses Italieners getan werden ...

Giancristoforo erwachte. Er sah wiederum eine dunkle, bucklige, verhüllte Gestalt, die auf ihn herabblickte, fast auf seinen Füßen stehend. Dann verschwand sie. Das war sein einziger Besucher. Schon bevor er nach Kairo kam, war er mit ihm vertraut gewesen und hatte seinen Namen gekannt: es war der Todesengel, Azrael genannt. Azrael

besuchte jeden; doch nicht jeder sah ihn. Er erschien an den schwachen Stellen im Menschenleben. Je näher er dem Fuß des Bettes war, desto näher war der Mensch dem Tod. Wenn er sich über des Menschen Kopf beugte, stand der Tod bestimmt unmittelbar bevor. Azrael zog die Seele aus dem Körper, beginnend bei den Zehen. Das war sehr schmerzhaft. Giancristoforo erwachte niemals, ohne ein schmerzhaftes Vorgefühl zu empfinden. Es war immer eine freudige Erholung, wenn er die Augen in einem leeren Raum öffnete. Aber manchmal war der Raum eben nicht leer. Azrael hatte jetzt schon ein dutzendmal vor Giancristoforo gestanden, jedesmal ein wenig näher. Näher, näher und näher, war Azrael der Schatten seines Lebens, das ständig kürzer wurde.
»Millionen, die jetzt leben, werden niemals sterben!« – so hatte man ihm erzählt. Eine bittere Nachricht; denn jetzt wußte er, daß er keiner von denen sein würde. Doch es war auch ein gewisser Trost in dem Bewußtsein, daß er hier nicht allein war und daß jemand über ihn wachte, wenn er schlief. Die Farbflecken, die den Engel gebildet hatten, tanzten plötzlich auf seinen Pupillen und lösten sich dann auf; sie ließen nur die schwachen Reflexionen einer Fackel in der äußeren Kammer übrig.
Er war in der Zitadelle, in dem unterirdischen Bereich, den man als al-Dschubb, die Zisterne, kennt; noch genauer, er hatte erfahren, daß er in jenem Teil war, der als Arqana, »Ausschwitzer« bekannt ist. Der Grund war klar. Er war vollkommen durchnäßt, doch sehr heiß. Die stinkige Hitze kroch ihm über den Leib wie sinnliche Ameisen. Wasser glitzerte an den Wänden, die sehr nahe waren. Benommen ließ er seine Hände über seinen klebrigen Körper gleiten und dann wieder hinauf, um die eng drückenden Wände dieses unnatürlichen Schoßes zu fühlen. Er fand sich unausstehlich. Er paddelte träge mit seinen Händen in den Gewässern, die ihn umgaben. Er erinnerte sich dunkel, wie er sich vor vielen Jahren – als er mit Freunden auf einem Hügel nahe Pavia in der Sonne gelegen hatte – ge-

schworen hatte, daß der intensive Genuß dieses Augenblickes mehr als genug wäre, um ihn für all das zu entschädigen, was vor ihm lag – was immer ihm in Zukunft passieren möge. Aber, wie er nun überlegte, Gott hatte ihn auf jenem Hügel nahe Pavia vor so vielen Jahren wirklich gehört und hatte seine Kampfansage akzeptiert. Und nun war seine Qual so intensiv, daß sein Leib, seine Seele und sein Leben für immer durch diesen gegenwärtigen Schmerz gebrandmarkt waren. Nichts wiegt das andere auf, dachte er. Das Ich, das lacht, und das Ich, das weint, sind zwei verschiedene Ich ...

An jenem Morgen im Kaffeehaus mußte Balian gedacht haben, daß die Hitze ihn verwirrt hätte. Er fragte sich, welcher Impuls ihn dazu geführt hatte, den recht verträumten, dümmlichen jungen Mann herüberzurufen und so intensiv mit ihm zu sprechen. Vielleicht hatte er in ihm irgendein Element gesehen, das ihnen beiden gemeinsam war. Jedenfalls war das wahrscheinlich ein Irrtum gewesen. Giancristoforo hatte damals nicht gewußt, wie genau er von dem Schlaflehrer und seinen Leuten überwacht wurde. Wahrscheinlich würde nun Balian verdächtigt werden, weil er mit ihm gesprochen hatte. Sie würden wohl auch nach diesem Buch suchen. Giancristoforo hatte es aus Vanes Gepäck entführt.

Der Titel des Buches in elegant reimendem Arabisch: »Des alten Pilgrims Traum von der Weisheit Bezoarstein – wo der wissenden Beredsamkeit Zunge rein – weidet ab der Unkenntnis Wiesenrain« hatte ihn zunächst im Ungewissen gelassen, ob er wirklich das gefunden hatte, was er suchte. Doch das Vorwort bestätigte es ihm:

> Er sagte: Der alte Pilgrim erwachte aus einem langen Traum und fragte: »Sag mir, in welchem Tiere findet sich der Bezoarstein der Weisheit?« Die Gestalt von Guter Rat erschien und sprach:
> »Der Bezoarstein ist eine Sekretion des Roch.«
> »Schön, und was ist der Roch?«

»Der Roch ist ein Vogel mit einem Namen und keinem Leib.«

Dann riet Guter Rat dem alten Pilger, nicht weiter zu fragen, aber natürlich ging die Befragung weiter. Giancristiforo erinnerte sich flüchtig, wie der Dialog und der ihm folgende Kommentar weitergingen; doch schob er das eilig in dieselbe Gegend seines Bewußtseins, in der er versuchte, nicht über seine Absichten gegenüber Gott nachzudenken. Er versuchte, an etwas anderes zu denken und dachte an den wirklichen Grund seiner Mission in Kairo. Eilig versuchte er, wieder an etwas anderes zu denken. Zweifellos würde dieser alte Idiot von einem Konsul gegen seine Verhaftung protestieren. Das einzige Ergebnis solcher Proteste würde sein, die Autoritäten anzuregen, ihn aus seiner Zelle zu holen und zu versuchen, herauszubekommen, warum er so wichtig war, und ihn dann zu befragen. Er dachte nicht gerade mit Sehnsucht an den Dawadar und seine Folterknechte. Aber es war der Katzenvater und seine Helfer, die Giancristoforo wirklich fürchtete. Doch seine Freunde in Kairo waren nicht ohne Mittel, und es war durchaus nicht unwahrscheinlich, daß seine Flucht gedreht werden konnte, ehe er vor die Inquisition der Mamluken kam, und daß er vor seinem endgültigen Treffen mit Azrael doch noch einmal den blauen Himmel sehen würde.

Im Haus des Katzenvaters

Zu Anfang habe ich meine Geschichte als Romanze beschrieben, und das ist sie auch gewissermaßen, aber es ist natürlich auch eine wahre Geschichte. Meine Zuhörer mögen fühlen, daß die Sache einen Anflug von Unwirklichkeit hat, da der Erzähler in den Träumen des schlafenden Engländers vorkommt. Aber ihr könnt ja auch in den Träumen derer, die euch kennen, aufgetreten sein. Habt ihr je darüber nachgedacht, wie ihr denen dann erscheint ...?

Vane durchquerte wieder einmal die Stadt, den Katzenvater mit seinem Arm stützend. Vögel kreuzten die Peripherie seines Blickes; sie hoben die Schwingen wie Blei und senkten ihre schweren Fächer hinunter, um die sirupzähe glimmernde Luft zu schlagen. Staub wirbelte um ihre Füße und hing in dem sirupzähen Glimmer. Die Rufe der Straßenhändler kamen von weither. Es war das Licht des Spätnachmittags; die Farben schienen nicht von unserer Sonne zu stammen. Alles war still und langsam, wie in einer Unterwasserstadt. Sie suchten nach Balian.

»Rashid meint, er hätte ihn letzte Nacht im Traum gesehen, aber er war nicht sicher, wo.«

Sie durchquerten das Ezbekiyya-Viertel und betraten die Straße der im Schneidersitz hockenden Schneider, an deren Beginn ein Mann saß, der ihnen seine Armstümpfe flehend entgegenhob. Sie gingen durch die Straße zum Markt der Parfümhändler. Dort versuchten drei Kinder mit entsetzlich fortgeschrittener Augenentzündung sie in ein bestimmtes Haus zu führen – der Grund war nicht klar. Ein Mann trat dazwischen und scheuchte sie fort. Als sie ihm dankten, wandte er sich ihnen zu und zeigte, daß ihm das halbe Gesicht in roten, verwesenden Fetzen abfiel. Als sie zur Zitadelle gingen, kamen sie an einer Katze vorbei, die in der Sonne lag. Eines ihrer Augen hing lose aus der Augenhöhle, nur durch den Nerv noch verbunden.

»Hast du je bemerkt«, fragte der Katzenvater, »wie man an manchen Tagen sehr viel mehr Verrückte oder Krüppel trifft als an anderen?«

Vane antwortete nicht. Es wäre schwierig gewesen, das nicht zu bemerken.
»Das ist eine Manifestation der Macht meines Feindes. An gewissen Tagen zieht er sie aus den Vororten und aus den Kellern in die Straßen – als Warnung, um uns zu zeigen, wie ausgedehnt sein Reich ist. Jetzt sind mehr Aussätzige und Halbgelähmte in der Stadt als Gesunde. Eines Tages wird er das Signal geben, und dann werden sie sich erheben, um uns alle umzubringen.«
Vane schauderte innerlich. Er erinnerte sich, gehört zu haben, daß die Diebeszunft sich nicht immer nur mit Geld zufrieden gäbe. Wenn sie fanden, daß ihr Opfer zu wenig bei sich hatte, nahmen sie wohl auch einen Arm und eine Nase mit und initiierten damit das Opfer in ihre Bruderschaft. Christen und Juden waren besonders verwundbar, denn sie durften im Gebiet des Sultans keine Schwerter tragen.
Der Katzenvater fand Zeichen künftiger Heimsuchungen überall. Tief in der Welt der Imagination, in einer fernen Region, wo es mehr Zeichen als Sinn, mehr Ursachen als Tatsachen gab, entwickelte sich ein Druck und ergoß sich von Becken zu Becken, bis er nun in die reale Welt zu tropfen begann. Doch der Vater wußte mehr, als er Vane über diese Dinge zu erzählen bereit war. Er ist, dachte Vane, eine ausgedörrte intellektuelle Kröte, die im Mittelpunkt eines Gewebes von unpersönlichen Beziehungen sitzt ... eine Spinnen-Kröte. Vane hatte nun zwölf Jahre mit dem Katzenvater gelebt, aber dessen Charakter und Ziele blieben ihm immer noch zutiefst rätselhaft.
Der Vater sprach niemals über seine Vergangenheit und sein Studium der Traumdeutung und verwandter Wissenschaften. Es war für ihn eine Frage des Stolzes, dachte Vane, mehr über andere Leute zu entdecken als er diesen über sich selbst enthüllte. Kalt und herb, schien er niemals entspannt zu sein, wenn Besucher kamen, ehe er sich nicht vergewissert hatte, daß er Macht über sie hatte oder sie wirklich als Schüler an sich zog. Die Schule blühte, und

Markt der Kupferschmiede

der Vater war gewißlich Meister aller Traumebenen, soweit Vane sie kannte, und doch hatte er nie das Gefühl, daß die Schüler und ihre Geheimnisse für den Vater eine allbeherrschende Beschäftigung waren. Er schien immer irgendein anderes Projekt vorzuhaben. An manchen Tagen wurde er von Mamlukenoffizieren, von Händlern und anderen Leuten besucht, aus deren Gesichtern und Benehmen es deutlich war, daß sie nicht an der inneren Welt interessiert waren. Der Vater, so unterstellte er, hatte Projekte in der Hand, Projekte von verwirrender Komplexheit, Projekte innerhalb von Projekten, die mit wieder anderen verbunden waren, Pläne, deren Mißlingen grundlegend wichtig war für den Erfolg anderer gewaltiger Pläne, und diese wiederum waren mit Scheinausfällen in andere Richtungen und mit Bluffs bedeckt, und alle bewegten sich hin zu einem überspannenden Plan, dessen Ziel andere Menschen wahrscheinlich nicht einmal ahnen konnten und dessen sich der alte Mann selbst vielleicht nur dunkel bewußt war. All das mußte aus Anspielungen zusammengesetzt werden.

Gelegentlich mochten die Pläne – falls es wirklich Pläne waren – nicht gut laufen, und der Vater saß schlechtgelaunt und nervös in einer Ecke seines Zimmers und schien Vanes Namen, ja selbst seinen eigenen Namen, kaum zu kennen. Häufiger jedoch zeigte er sich in diesen Tagen voller Zuversicht. Irgend etwas war im Entstehen und würde dem alten Mann leicht in die Hände fallen. Dann war er alert und höchst aktiv. Er schien nicht nur mit seinen Ohren zu lauschen, sondern auch mit seinen halbgeschlossenen Augen, und gab dann entscheidende, oftmals stechend scharfe Richtlinien aus.

Ob aber in gehobener oder schlechter Stimmung, etwas Hartes umgab ihn immer. Er war zu dünn und nervig, um eine gute Mahlzeit zu machen, urteilte Vane respektlos. Man konnte sich kaum vorstellen, daß er schlief, und er erlaubte auch niemandem, ihn im Schlaf zu sehen. Vane erinnerte sich an ihre erste Begegnung. Das Tor des Hauses des Schlafes war versteckt; um die Ecke, in eine Nische gehockt, hatte der Pförtner Vane zugenickt. Vane war weitergegangen und hatte dabei den Schwung der Kalligraphie über dem Tor bemerkt, in der es hieß: »O du, der du schlafen gehen willst – vertraue deine Seele Gott an, der niemals schläft!« (– ein Stück konventioneller Frömmigkeit, an das sich der Vater, wie Vane später entdecken sollte, keineswegs hielt). Ein Diener hatte undeutlich angedeutet, wo der Vater zu finden sei, und Vane war unangemeldet hineingegangen. Der Vater hatte auf dem Boden gesessen und ihm den Rücken zugekehrt.

»Ich habe dich erwartet.«

»Wie weißt du, wer ich bin?«

»Ich habe letzte Nacht geträumt, daß du kommen würdest.«

»Wie merkwürdig!«

»Überhaupt nicht. Ich habe das jede Nacht in den letzten fünfzehn Jahren geträumt.«

Das war das Modell für die kommenden Jahre; denn der Vater verwendete gewöhnlich eine Mischung von Schmeichelei und Spott bei Vanes Erziehung.

In seiner Jugend hatte Vane angefangen, in Oxford Theologie zu studieren. Er war ein begeisterter Student, aber da er auch arm war, mußte er seine Studien mit kleinen Diebstählen finanzieren. Die Folge davon war, daß man ihm vor dem Ende seines ersten Studienjahres mitteilte, daß seine verdächtige Führung und schlechte Moral ihn davon ausschlössen, je seinen Bachelor-Abschluß zu erreichen. So hatte er den Weg nach Europa genommen, um zuerst als fliegender Händler zu dienen, dann als Söldner und Mann für alle niederen Dienste; doch die Zeiten waren hart und seine Unternehmungen gefahrvoll.

Ein zeitweises gemeinsames Interesse an Grabräubereien hatte ihn mit dem Juden Elias de Medigo zusammengebracht, von dessen Lippen er erstmals gemurmelte Bemerkungen über die Schlaflehrer vernahm, die gleich Kesselflickern über die Straßen Europas und Asiens zogen. Diese

Schlaflehrer – so Elias der Kabbalist – überlebten, indem sie aus Träumen die Zukunft wahrsagten; doch lehrten sie auch die Initiierten die Kunst der bewußten Meisterung und Selbsterfüllung in Träumen. Bis dahin hatte Vanes kriminelle Karriere ihm nicht den Reichtum und die Frau gebracht, die er so verzweifelt begehrt hatte. So war er seltsam angezogen von dem Gedanken, diese Art von Erfüllung in einer geheimen Innenwelt zu erreichen.
Damit fingen Vanes Reisen an, wobei er die Donau und die Karpathen in beiden Richtungen überquerte, um die Lehrer zu suchen. Seine erste Lehrstelle war in Saloniki bei einem Türken. Dort lernte er alles, was der Türke ihn lehren konnte, einschließlich seiner Sprache. Dann zog er weiter gen Osten auf Suche nach anderen Meistern in Konstantinopel, Erzindschan, Tabriz und Chiwa. Es gab, wie er entdeckte, ein unsichtbares Netz von Meistern, die ihn von Hand zu Hand weiterreichten.
Als seine Studien weitergingen, reiste er nachts ebensoviel wie tagsüber. Die Landschaften seiner Reisen begannen sich zu vermischen – phantastische Zuckerhutberge, unterirdische Städte, tatarische Schädelpyramiden und rauchende Seen. Schließlich, in Buchara, hatte er von einem großen Meister gehört, der in Kairo lehrte und praktizierte. Melancholisch wandte er sich nach Westen zurück, nach Kairo. Er genoß die Reise und ihre Gefahren und fürchtete den Augenblick, da er dem, das er so sehr gesucht hatte – einem Meister – von Angesicht zu Angesicht gegenübertreten sollte. Als er durch die Gebiete der Turkmenen vom Weißen Hammel und vom Schwarzen Hammel zurückreiste, bemerkte er, daß die islamische Welt einer Krise zustolperte, da zwei große Reiche, das Osmanische Reich und das der mamlukischen Sultane, sich mit immer stärker widerstreitenden Zielen im Niemandsland von Anatolien gegenüberstanden. In Kairo war bereits eine Atmosphäre besorgter Unruhe deutlich.
Der Katzenvater, anders als die Schlaflehrer, die Vane vorher getroffen hatte, praktizierte öffentlich unter dem

Schutz des Sultans und einiger seiner hervorragendsten Emire, obgleich er in der Stadt im allgemeinen nicht populär war. Wenn die Zeiten hart waren, wie jetzt, wurde er zum Opfer der Predigten von Rechtsgelehrten und Derwisch-Scheichs; aber er und seine Schüler überlebten und gediehen dennoch. Es war hier im Haus des Schlafes, wo Vanes richtige Lehrzeit wirklich begann.

Der ganze Platz roch nach Katzenpisse; denn die Katzen, an denen nicht experimentiert wurde, liefen durchs Haus, wie es ihnen gerade paßte. Diejenigen, die für Experimente ausgewählt worden waren, wurden in Rohrkäfigen im Keller gehalten. Die Sklaven, die sie fütterten, trugen dicke Lederhandschuhe; denn zu jener Zeit pflegte der Katzenvater Katzen dazu zu benutzen, die Folgen von Schlafentzug zu untersuchen, und die ihnen aufgezwungene Schlaflosigkeit machte sie unberechenbar und manchmal wild. Die Sklaven sprachen nicht zu Vane; sie sahen ihn mit der gleichen angstvollen Ehrfurcht an wie ihren Meister. So waren in jenen frühen Tagen diese gequälten Kreaturen Vanes einzige Freunde.

Die Arbeit war zu Beginn hart. Der Tag wurde meist mit dem Studium der Interpretation und der Kommentare zum Traumbuch Josephs des Hebräers und der Werke von Artemidor und Ibn Sirin zugebracht; aber die Nacht war die Zeit, wo Vanes Studien besonders intensiv durchgeführt wurden. Der Vater lehrte ihn, wie er seine Träume zurückrufen konnte, indem er sie aus der Nacht zog, als seien es Fische. Er lehrte ihn, wie er den so erinnerten Traum im Kopf tragen konnte, ohne auch nur ein Detail zu verlieren. Dann lehrte er ihn, wie er deutlich und bei vollem Bewußtsein träumen konnte. Als das erreicht war, begann der Vater ihm in seinen Träumen zu erscheinen und ihn die ganze Nacht zu unterweisen. Als das zum ersten Mal passierte, hörte Vane ein rhythmisches Geflüster in der Dunkelheit. »Träume sind wie ein Meer; sie fließen hinein, um das Gehirn mit kleinen Wellen zu bedecken und ziehen sich dann wieder zurück; aber die Wellen bewegen sich aus etwas, das immer da ist – aus der Welt der Bilder, der *'Alam al-mithāl*. Statt darauf zu warten, daß die Wellen dich in einem regelmäßigen täglichen Rhythmus bedecken, kannst du, wenn du willst, hinausschwimmen, um ihre Tiefe zu entdecken.«

Als der Vater sprach, sah Vane ganz besonders klar – als stände er tatsächlich am Ufer – ein seltsames Meer, ein tiefgrünes Meer, aber gallertartig; seine Wellen endeten in zarten weißen zweigartigen Spitzen, die sanft und lockend der Küste zuwinkten. Der alte Mann stand neben ihm, voll Freundlichkeit und knisternd vor guter Laune. Er rollte seine Gallabiyya auf und watete hinein. Dabei bemerkte er: »Das Meer der Träume ist mehr als eine Metapher. Es ist ein Bild der *'Alam al-mithāl*.«

Bei diesem ersten Mal wagte Vane nicht, ihm zu folgen.

Morgens pflegte die Unterweisung weiterzugehen – während eines Frühstücks von Brotfladen, die in Honigschüsseln getunkt wurden; Bilder, in der Nacht hervorgerufen, wurden am Tag weiter ausgesponnen.

»Innerhalb des Kopfes ist eine Kerze, die Kerze der inneren Schau. Sie wirft ihre unsichtbaren Strahlen durch die Augen und bewirkt so, daß wir die Welt um uns sehen; aber diese Strahlen können auch auf andere Ziele gerichtet werden. Zum Beispiel kann man jemand in Trance versetzen und Mensch und Vieh mit Pestilenz heimsuchen. Nachts können diese Strahlen nicht durch die Augenhöhlen in die äußere Welt kommen; denn der gesamte Kopf ist von Dämpfen umhüllt, die aus dem Magen steigen. So sichert die *'Alam al-mithāl* die Erleuchtung. Nur der recht unterwiesene Mensch kann ihr Meister sein.«

Vanes Unterricht wurde fortgesetzt mit der Kunst, von Drogen hervorgerufenen oder vergifteten Schlaf zu entdecken; mit der Kunst, ohne Träume zu ruhen und zu schlafen, und mit der Kunst, die reale Welt im Kopf genau zu duplizieren – Stufe für Stufe durch mühsame Schulung des visuellen Gedächtnisses. Dann nahm der Vater ihn tiefer in den Abgrund, und Vane lernte, daß der schlafende

Geist durch viele Ebenen hinabsteigen kann: die oberste hieß die Zone des Hundes – ein verwirrender Zustand, der sich kaum vom Wachbewußtsein unterschied. Die Zone des Elefanten darunter war vollblütiger und phantastisch. Dann gab es die Zone der Eidechse, die weniger farbig, aber mehr begrifflich war, und so weiter und so weiter. In jeder Zone schien der Raum kleiner, die Farben weniger zu werden. Irgendwo im Herzen aller dieser Dinge – so lehrte ihn sein Lehrer – gab es ein Zentrum, unendlich klein und dunkel, dem man sich nur mit großer Furcht nahen konnte: die Zone des Kieselsteins. (Doch noch vor dieser lernte Vane die Zone des Affen zu fürchten.) Monate vergingen, bevor der Vater erlaubte, ihm praktisch zu assistieren. Dann begann er zu begreifen, warum der Vater so bereit gewesen war, ihn als Schüler anzunehmen. Es war nicht nur, weil Vanes muskulöser Körperbau ihm die Kraft gab, die Anstrengungen der Unterweisung zu überleben oder auch nützlich war, mit einigen weniger befriedigten Kunden des Vaters fertig zu werden! Obgleich die Schlafdisziplin in allererster Linie auf geistiger Kraft beruhte, war doch gelegentlich die Hilfe von Drogen nötig. Die Zahl der Drogen und Chemikalien, die man brauchte, war in der Tat groß; aber dasjenige, was den Vater in die fernsten Teile Oberägyptens zog, war Mumiya, und Vane begriff nun, daß die Geschicklichkeit, die der Vater am allermeisten an ihm schätzte, seine Erfahrung als Grabräuber war. (Mumiya ist eine morbide Zusammensetzung von Bitumen, Natron und Fleisch, pechschwarz. Wenn der Vater von Mumiya sprach, sagte er: »Das Fleisch ist nicht eine tote Schale, die von irgendwelchem Geist belebt ist. Es ist das Leben selbst.«) Die Jagd war gefährlich. Es gab Kämpfe mit den Beduinen und mit anderen Grabräubern. Den mamlukischen Statthaltern mußte man aus dem Weg gehen, und manchmal, wenn man dem Erfolg ganz nahe war, konnte irgendein jahrtausendealter Mechanismus innerhalb des Grabes ein verstecktes Hindernis in Bewegung setzen. Vane genoß diese Abenteuer,

und je größer der Vorrat an Mumiya im Haus des Schlafes anwuchs, desto besser wurde die Laune des Vaters.
Der Vater lockerte die Disziplin im Haus. Er ging so weit, Vane in ein Lotusland hingebungsvoller Odalisken in der Traumzone der Kobra zu leiten. Im Wachen wurde die Füllung der großen Urnen im Obergeschoß des Hauses feierlich begangen. Der Vater gab ein Mumiyafest.
Einbalsamierte Fragmente, gezuckert oder in Wein aufgelöst, wurden den jungen Leuten des Katzenvaters angeboten. Der Vater erzählte ihnen, daß sie durch den Verzehr ihrer Ahnen, die sie als Nahrung aufnahmen, die Mysterien des Todes und der Auferstehung, die Geheimnisse von Schlaf und Wiedererwachen lernten. Entsetzt lauschten sie ihm, und furchtsam kauten sie zögernd die nicht gerade appetitlichen kleinen Bröckchen. »Was für eine Wirkung wird das haben?« fragte Vane mutig.
»Mumiya bewahrt die Form des Lebens im Tod, genau wie der Traum im Schlaf eine Form von Wachen bewahrt. Deswegen intensiviert Mumiya den Traum, indem es den Traum dazu bringt, sich selbst zu reproduzieren, so daß jeder Traum einen anderen Traum im Schoß trägt. Es ist das innere Bild der Unendlichkeit. Ihr eßt Ewigkeit.«
Er lächelte wohlwollend. Sie kauten weiter. Doch nachdem die letzten Stückchen aufgegessen waren, gab es eine Explosion von Reden und Entspannung; die Männer fingen an zu tanzen und Unsinn zu treiben. Das rituelle Fest wurde zur wilden ekstatischen Feier. Zum Schluß sausten halbnarkotisierte und berauschte Jünger wüst tobend durch jeden Raum im Haus des Schlafes, stellten eine Kerze in jedem Fenster auf und hingen einen Teppich über jedes Fensterbrett. Als das getan war, stolperten Vane und die anderen hinaus, lachend und schreiend, um die Wirkung zu bewundern. Da waren zwei Fenster, aus denen kein Teppich hing, in denen keine Kerze brannte. Ernüchtert betrachteten sie die vergitterten Fenster und gingen hinein. Vane hatte noch nichts über die anderen Bewohner des Hauses erfahren.

Bedingungen des Klimas

Oder meine ich eigentlich Bedingungen, die zur Klimax führen? Nein, noch nicht, fürchte ich ...

Es würde nicht so leicht für Vane und den Katzenvater sein, Balian zu finden. Er war irgendwo inmitten der Hunderttausende der Armen und der Krüppel Kairos, die wie dürre Blätter durch die Stadt flüsterten und huschten. Sie alle waren nur halb lebendig und kaum noch vernunftbegabt. Doch alle Arten von Dingen, die keine rationale Stimme hatten, bewegten sich mit ihnen durch Kairo – Winde, Tiere, Geister, Stimmungen.
Da war der Khamsin, der Fünfzig-Tage-Wind, der aus dem Südosten blies, schwer von Staub, und auch die heiße Zunge des Simum, der von Nubien heraufkam und durch die Straßen leckte; aber da war auch der nördliche Schamal, von den Schwarzen und anderen Polytheisten als Lebensspender verehrt. Wolken von Fliegen bewegten sich auf unsichtbare Befehle hin, und Rudel wilder Hunde bildeten sich, lösten sich auf und formten sich wieder. Dann waren da die Herden, die nach Kairo gebracht wurden, meist Schafe und Ziegen; große Ziegenherden konnte man inmitten der Tataren-Ruinen finden, sie wurden gehütet von Arabern und suchten sich ein bißchen Lebensunterhalt von den Abfällen.
In den regenlosen Sommern lagen in der Stadt mehr verrottende Abfälle, als die Ziegen oder die nachts herumziehenden Exkrementensammler unterbringen konnten, und dann wurden in ihren giftigen Dünsten Dschinnen losgelassen, um auf den Windstößen mitten in die Massen zu fliegen und mit dem Khamsin und den Hundstagswinden Pestilenz zu bringen. Jeden Sommer wurden etliche Ein-

wohner durch den Wind verrückt; so war es am gescheitesten, sich mit einen Tuch über dem Gesicht in die staubigen Gassen zu begeben.
Kaum unterscheidbar von den Dschinnen waren die Stimmungen – meist turbulent und melancholisch, die ebenso rasch und unberechenbar wie ein Gewitter über die Stadt fegten. Auch die Staubteufelchen, diese kleinen Wirbelwindchen, waren gefährlich, die, um die Fußgelenke des unaufmerksamen Reisenden schnellend, ihn zu unbekannten Pfaden abzulenken suchten. Aus diesem Grunde freuten sich alle, wenn der Regen kam, denn die Regenfälle hielten die Geister unten und die Spinnen, Töchter des Regens, kamen heraus – die Luft, gereinigt von alten Leidenschaften, duftete wieder frisch.
Allmählich fand Balian, der mit stets zunehmender Schwäche umherwanderte, daß er nicht mehr imstande war, immer zwischen dem Kairo der nächtlichen Phantasien und der wirklichen Stadt zu unterscheiden. Es kam ihm vor, daß er die Stimmen von Leuten, die er auf der Straße hörte, nicht wirklich auf der Straße hörte, sondern in seinem Kopf. Die Stimmen dröhnten oder wisperten in den Gängen seines Gehirns, manche nahe den Ohren; manche fern, aber doch von innen. Es war schwierig, den Sinn dessen, was sie sagten, zu erfassen. Nur gelegentlich explodierte eine Stimme, gewöhnlich ein Wort, innerhalb des Schädels und stieß ihn wach.
Und Farben. Einmal, geblendet, verbrachte er einen ganzen Nachmittag damit, auf eine Gartenmauer im Schatten zu starren. War sie braun oder grau oder blau oder leicht orange? Was war die Farbe der Mauer und was die Farbe des Schattens? Es beunruhigte ihn, und am Ende des Nachmittags beschloß er, daß er solche Fragen nicht mehr zu stellen wagen sollte, weil er fürchtete, die Farben seiner Landschaft hinwegsickern zu sehn – also waren Blätter grün und der Himmel war blau.
Auf Menschen blickte er mit noch weniger Vertrauen, denn, substanzlos, wurde einer zum anderen. Der Mam-

luken-Emir, den er im Schwarzen Hippodrom exerzieren sah, wurde später am Tag zu einem Schuster am anderen Ende der Stadt. Der Neger-Muezzin an der Ibn-Tulun-Moschee war derselbe Neger, den Balian die Stufen eines Bades im Armenierviertel waschen sah. Da gab es überall Paare von Zwergen. Er argwöhnte halbverwirrt, daß Kairo von vielleicht 500 Leuten bewohnt war, die die Stadt auf und ab rasten und dabei Hüte, Mäntel und Bärte austauschten und immer bereit waren, ihn in neuen Verkleidungen zu treffen, zu begleiten und zu beobachten.
Er dachte, es müsse dann möglich sein, Kairo auseinanderzureißen, indem man durch die falsche Tür eintrat oder das richtige Wort sagte. Die Paläste, Häuser, Moscheen und Gärten würden sich vielleicht in brodelndem Dampf auflösen und ihre Dämonen würden schreiend in die Luft steigen. Er ließ den Staub durch die Finger laufen. In der Nähe schienen die Dinge real genug. Da gab es kein Tor und keinen Dämon, nur einen schmutzigen, kränkelnden Fremden, der im Staub vor sich hin grollte.
Die Fontänen sprudelten und ihre Wasser gluckten im Fließen.

Es war Freitagmittag; Zeit zum Hauptgebet der muslimischen Gemeinde in der Sultan-Hasan-Moschee. Der Dawadar stand nahe der vordersten Linie der Kongregation, in der gleichen Linie wie viele andere Offiziere seiner Gruppe. Sie waren unter freiem Himmel, und die Sonnenstrahlen tobten in dem geschlossenen Hof. Um sie herum stieg der Geruch von feuchtem, verschwitztem Leinen auf. Der Dawadar roch wiederholt an einem Pomander, der von seinem Ärmel herabbaumelte. Der Gottesdienst war fast vorüber. Die Predigt war im Namen des Sultans gehalten worden, und der Imam hatte vom Minbar über die Siebenschläfer gepredigt. Nun, nachdem er vom Minbar hinabgestiegen war, leitete der Imam sie in die Schluß-*rak'as* des Gebetes, führte sie in die geheimnisvollen Suren des Korans. Tausende von Leibern erhoben sich

Eingang zur Moschee des Sultan Hasan

und sanken im Einklang nieder, Köpfe berührten die Teppiche und ruckten wieder hoch.
»Wahrlich, wir haben die Welt nicht als Vergnügen und Verführung geschaffen.« Plötzlich gab es ein Kichern, zuerst fast verloren in der schweren allgemeinen Intonation der Sura; aber es hörte nicht auf, von hellem Klang und immer lauter werdend, trotz hörbarer Versuche von anderen, den Kichernden zu unterdrücken. Es kam von irgendwo nahe der hinteren Reihe. Dann fing jemand anders an zu kichern.
Der Dawadar wandte sich um, nach dem Anlaß starrend, und das tat auch der Imam; aber die Ansteckung breitete sich aus. Einige waren schon nicht mehr imstande, es zu dämpfen, sondern waren in lautes Lachen ausgebrochen. Andere hatten rote Köpfe und schüttelten sich schweigend, während sie sich anstrengten, den Lachreiz zu kontrollieren. Das Lachen wurde wilder. Als der Dawadar umherblickte, begriff er und fühlte einen leichten Nervenkitzel, der mit einem furchtbaren und gleichzeitig reizvollen Gefühl der Erwartung vermischt war. Was er hier und dort in der Gemeinde verstreut sah, waren die konischen roten und gelben Kappen der Lachenden Derwische. Mit noch viel größerer Unverschämtheit als sie üblicherweise aufbrachten, beabsichtigten sie, eine ihrer Festlichkeiten hier in der Hauptmoschee Kairos während des Festtagsgebetes durchzuführen.
Das Gebet war völlig aufgelöst. Einige hingen, sich grimmig schüttelnd, an den Säulen der Ecke des Säulenhofes; die meisten lagen auf dem Boden und schluchzten vor Lachen, wobei ihre Gesichter von geradezu abstoßender Fröhlichkeit verzerrt waren.
Auch der Dawadar bekam einen kleinen Geschmack davon, und sogar, als er sich noch fragte: »Worüber lache ich denn bloß?» fing er an zu kichern und dann hysterisch zu gackern. Er versuchte immer wieder aufzustehen, aber der Lach-Dämon, der in ihm war, warf ihn wieder und wieder zu Boden. Einen Augenblick fühlte er sich nüchtern, wäh-

rend sein tränenüberströmtes Gesicht, erniedrigt, auf die Fliesen gepreßt war. Er fand Zeit, sich zu fragen: »Worüber lachen wir bloß, es sei denn der Gedanke, über nichts zu lachen?« Wäre er nicht selber besessen gewesen, so wären die Laute und der Anblick rings um ihn wirklich erschreckend gewesen, aber so wurde er mit den anderen getrieben. Nur die Derwische standen aufrecht, lachten über ihren eigenen Spaß und kontrollierten ihn.

Schließlich waren es die Körper, die unter dem Druck nachgaben. Die Rippen und der Magen taten so weh! Das Lachen wurde tiefer, verlangsamte sich und löste sich in den verschiedenen Teilen des Hofes auf; allerdings nur langsam, denn es gab immer wieder Anfälle von Kichern, wenn ein kaum ernüchterter Mann einen anderen ansah. Aber es war fast ganz still geworden, und die Ekstase war vorüber, während die niedergeworfenen Opfer ihren neugewonnenen ruhigen Ernst genossen, als die Offenbarung kam. Ein Mann mittleren Alters, nicht ein Derwisch, erhob sein Haupt vom Boden und sagte mit einer schmerzhaft heiseren Stimme: »Ich habe meine Vision gehabt. Ich bin erwählt, euch, Bürger von Kairo, zu berichten, daß der Messias des Fünften Siegels, der letzte und abschließende Messias, hier in eurer Stadt ist, hier und heute. Er kennt den Arabischen Nachtmahr, und er ist durch unendliches Leid geläutert worden. Wartet auf ihn – er wird euch in die Zitadelle führen!«

Er hatte kaum zu sprechen aufgehört, als er von feindlichen Mamluken gepackt wurde. Die Derwische waren offenbar aus der Moschee geschlüpft, während der Mann sprach. Wieder einmal hatten sie ihre Macht demonstriert. Der Dawadar erhob sich, um wegzugehen. Er fühlte sich entsetzlich schwach. Er hatte das Gefühl, als hätte jemand anders seinen Körper gebraucht, um schwere körperliche Arbeit zu verrichten. Während er nach Hause davonstolperte, kam ihm der amüsante Gedanke, ob er wohl der Mann mit dem Arabischen Nachtmahr sein könnte. Er lächelte über sich selbst und ließ die Vorstellung fallen ...

Die nächste scheußliche Geschichte passierte drei Tage später, gegen Sonnenuntergang. Er hielt gerade eine Siesta zu Hause, als an seine Tür gehämmert und geschrien wurde und der Pförtner ein paar aufgeregte Mamlukensoldaten hereinließ.
»Friede sei mit Euch und Eurem Haus.« Sie verneigten sich vorschriftsmäßig.
»Ja. Was ist los?«
»Euer Exzellenz müssen mit uns kommen.«
»Na, was ist denn los? Wohin mit euch kommen?«
»Zu dem Teich hier, dem Ezbekiyya-Teich. Da ist 'n Mann drauf. Euer Exzellenz müssen seine Verhaftung anordnen.«
»Aber warum denn?«
Aber hier ergriffen die Soldaten ihn am Ärmel und trieben ihn den Pfad zu dem nahegelegenen Teich hinab. Die Seite des Teiches, wo sie herauskamen, war voll von Menschen. An dieser Seite des Teiches lagen die Vergnügungspaläste einiger großer Emire, und viele der Diener waren ans Ufer gekommen, um sich den Spaß anzusehen. Der Dawadar legte die Hand über die Augen, um sich gegen die Sonne zu schützen, und blickte über das Wasser dorthin, wo das Boot, das offenkundig der Mittelpunkt der Aufmerksamkeit war, scheinbar ziellos dahinschwamm. Dann fuhr er überrascht zurück und fluchte. In dem Boot waren zwei Männer; ein kleiner, frettchenähnlicher Mann ruhte auf den Rudern, und der andere saß da, spielte die Laute und sang mit lautester Stimme:

Der große Bambus ist dick und stark,
Der große Bambus ...

Er war ganz offensichtlich betrunken. Nun war der Anblick singender Betrunkener auf den Vergnügungsteichen von Kairo ja etwas ganz Gewöhnliches. Was aber den Dawadar schockierte und die anderen amüsierte, war das Aussehen des Mannes – das weiße Haar, die eingefallenen

Wangen, dünne Haarbüschel am Kinn, die schwarzen Gewänder, das reichgeschmückte Wehrgehänge und der schwarze Turban mit der gehörnten Krone. Der Betrunkene war gewiß der Sultan? Oder sein Doppelgänger? Ein Betrüger? Außer dem Dawadar waren auch andere Offiziere herbeigerufen worden, und einige Soldaten setzten ein Boot in den Teich, begleitet von den schrillen Pfiffen der höhnenden Masse von Dienern und Pöbel. Als die Gestalt im Boot das bemerkte, legte sie ihre Laute zur Seite und stand ziemlich unsicher auf, um sie anzureden.
»Dies ist die Proklamation des glänzenden, siegreichen, ruhmreichen, von Gott geliebten Saifuddin Qaitbay ibn Abdallah al-Nasiri al-Mansuri al-Azizi al-Qaimai, Sultan von Ägypten und Syrien, Herr von Nubien und Jemen, Kilikien und Barka, Schutzherr der Beiden Heiligen Stätten, der den Vorhang für das Heilige Grab besorgt, der den Kalifen schützt, der den Heiligen Krieg leitet, Meister der Araber, Türken und Perser, Helfer der Armen – möge Gott seine Herrschaft lange dauern lassen und seine Feinde vernichten! ... Hiermit: Wir denunzieren und verachten den Betrüger, der in der Zitadelle schläft, und wir versprechen allen unseren loyalen Untertanen ...«
Hier brach er ab und konnte nicht weiterreden, weil das Mamlukenboot längsseits gerudert war. Sein Ruderer sah, daß alles vorbei war, tauchte weg und schwamm zur anderen Seite, wo er durch die dicken Klumpen von Baobab-Bäumen glücklich entwischen konnte. Der »Sultan« jedoch war offensichtlich viel zu betrunken, um so etwas zu versuchen. Der Dawadar und einige seiner Kollegen ließen ihn in die Arqana bringen, um ihn zu untersuchen und zu verhören. Seine Ähnlichkeit mit dem richtigen Sultan war wirklich verblüffend, selbst wenn man ihn aus der Nähe sah. Der Dawadar fand die Erscheinung dieses Doppelgängers unheimlich und, noch mehr, zutiefst verwirrend; denn er war seit langer Zeit davon überzeugt, daß der Körper der Spiegel der Seele sei, daß der Leib in Fleisch und Substanz die Natur der Seele darstellte. Wir lieben ei-

nen schönen Körper, weil wir in ihm die Schönheit der Seele erkennen, die den Leib so unfehlbar geformt hatte. Daher waren körperliche Ähnlichkeiten nicht leicht zu nehmen. Vielleicht hatten dieser besoffene Marktschreier und der Sultan doch etwas in ihrer Natur gemeinsam. Dazu kam noch etwas anderes, Bestürzendes. Als man ihm die Kleider abnahm, entdeckte man, daß der Mann aussätzig war. Er wurde ein wenig dem Bastinado ausgesetzt, um ihn reden zu lassen (denn heftige Schläge auf die Fußsohlen sind tödlich), aber der Mann war bald ernüchtert und sagte gar nichts.

Man sandte dem Sultan eine Nachricht und fragte, ob es ihn erheitern würde, seinen Doppelgänger zu sehen, aber eine Nachricht kam zurück, die seine sofortige qualvolle Hinrichtung befahl. So wurde er auf einem Gestell zum Hinrichtungsplatz außerhalb des Zuweila-Tores gebracht, und dann holte man zum Entzücken der versammelten Bevölkerung Melsemuth aus den königlichen Schatzkammern. Melsemuth war ein Automat, eine sieben Fuß hohe Messingpuppe, die mit Federn und Rollen ausgestattet war. Der Verurteilte wurde an die Puppe gebunden, Bein gegen Bein, Brust gegen Brust, Arm gegen Arm. Dann begann die Puppe, nachdem sie aufgezogen war, ihren komischen Uhrwerktanz. Die Bewegungen und Tritte wurden immer wilder, und schließlich, wenn die Rollen abgespult waren, pflegte Melsemuth seinen Tanzpartner zu erwürgen und dann stehenzubleiben. Erst im letzten Moment, als der falsche Qaitbay an dem Automaten festgebunden wurde, brach er sein Schweigen und sprach von der Plattform zum Volk: »Gott möge euch vergeben. Ihr habt einen schrecklichen Irrtum begangen. Wenn ihr mich jetzt umbringt, wird mein Zwilling bald danach folgen. Wir teilen unser Geschick.«

Eine verzweifelte Ausrede. Melsemuth begann seine unheimlichen Hüpfschritte. Der Dawadar blieb nicht da, um das Ende der Hinrichtung anzusehen, sondern kehrte zu seinen Pflichten im Palast in finsterer Gemütsverfassung

zurück. Das Bild des Sultans, verwüstet von Lepra und Alkohol, schien etwas zu bedeuten, das über eine tödliche Posse oder blödsinnige Demonstration hinausging. Vielleicht hatte der hingerichtete Mann die Verbrechen des Staates verkörpert. Oder vielleicht war er eher ein Talisman, der die Angriffe von Sünde und Krankheit von der Person des Sultans abschirmte. »Denn jedes Ding im Universum hat eine linke und eine rechte Hand.« Gab es auch einen anderen Dawadar, seinen Genius?
Die dritte gräßliche Geschichte begann am nächsten Tag in der Zitadelle, obgleich der Dawadar deren Ergebnis erst eine ganze Weile später erfuhr und es lange dauerte, ehe er fähig war, eine Verbindung zwischen dieser Begebenheit und den beiden anderen herzustellen.

In den Tiefen der Zitadelle setzte Giancristoforo seine ungeordneten Meditationen fort, als das plötzliche Aufflammen eines von dem Wasser in seiner Zelle reflektierten Fackelscheins ihn zum Gitter seiner Tür zog. Ein Gefängniswärter stand auf der anderen Seite.
»Ein Freund hat mich gebeten, dir das zu geben. Er bittet dich, es sorgfältig zu studieren. Ich lasse dir etwas Licht hier draußen.«
Der Wärter verschwand.
Ein Freund. Das konnte bestimmt nur Yoll sein. Giancristoforo untersuchte Yolls Geschenk zweifelnd – eine kleine Holzdose mit einem Stück Papier, das in einer Seite steckte. Er las, was auf dem Papier geschrieben war:
»Hier ist deine Befreiung. Es heißt, 'Auf der Öffnung jeder Möse steht der Name des Mannes geschrieben, der hineinkommen soll.' Dies ist die Büchse der Entzückung aus Cathay. Öffne sie und finde deinen Namen.«
Er zögerte.

»Es muß getan werden, Bulbul.« Bulbul sah Yoll finster an und nickte. Unter all denen, die an diesem Tag die Verzauberung des *Sirr* versuchten, war Bulbul der einzige, der schon Erfahrung mit der Operation hatte, und so war er es, der bleich aussah.

»Bis jetzt haben wir Glück gehabt«, fuhr Yoll fort, »aber wenn wir es auch nur einen Tag länger aufschieben, dann kommen sie und bedrohen ihn mit Melsemuth, und dann wird er sprechen. Das ist gewiß. Er weiß nicht wirklich, warum er bei uns ist, und er ist ein Feigling. Er würde reden, und wenn er redet, dann sind wir verloren.«

Einige Tage zuvor hatte es wildes Gerede über Paßfälschung gegeben, über einen Garanten für seine Freilassung; man dachte daran, den falschen Qaitbay zu benutzen oder sogar das Seil, das sich noch immer vom Minaret der Sultan-Hasan-Moschee zur Zitadelle spannte, um ihn herauszubekommen, aber schließlich war der Realismus doch stärker. So nickte Bulbul wiederum; aber er fürchtete, was kommen würde, nicht so sehr wegen der Wirkung auf das Opfer, sondern wegen der Wirkung, die es auf denjenigen hatte, der den Zauber schrieb. Alle Formen von *Sirr* waren erschöpfend; einige konnten sogar tödlich sein. Bulbul hatte gelernt, jenes Gefühl zu fürchten, daß man tiefer und immer tiefer sank, durch Worte und Bilder und dann fort von ihnen, und daß man langsam, vorsichtig sich selbst dazu brachte, Stück um Stück allen Halt an der äußeren Realität aufzugeben, um die verborgene Welt zu manipulieren.

Ein paar Häuser weiter in einer Straße im gleichen Viertel hatte eine Frau die magische Handlung bereits begonnen, und irgendwo anders in der Stadt saßen drei Aussätzige auf einer Mauer und schienen die Sonne zu genießen und zu meditieren.

»Laßt uns beginnen«, sagte er.

Ein Junge, der in einer Ecke ausgestreckt lag, begann an einer Laute zu zupfen. Bulbul und Yoll hatten eine Zeichnung, ein Selbstbildnis Giancristoforos, mit dem sie arbeiteten; quer darüber war das Muster von kalligraphischen Würmern markiert. Sie saßen zusammen am Fenster und richteten ihren Blick erst auf das Gesicht, dann auf das

Muster, dann wieder auf das Porträt, vor und zurück. Das Muster und das Gesicht zogen Bulbul hinein, bis sein schwarzes Herz und das Giancristoforos als eines zu pochen begannen.

Giancristoforo starrte immer noch auf das Papier, lange nachdem er es gelesen hatte. Die Windungen der Schrift waren verschlungen und doch in sich geschlossen; es war Bulbuls Handschrift, nicht Yolls. Die Tinte schien sehr schwarz und das Papier glänzend gelb. Während er hinstarrte, sah er, daß zwischen den schwarzen Partien große Abgründe von Gelb lagen, die unter der Schrift gähnten, Sandsteinhöhlen, in denen man stand, verloren in ihrer ungeheuren Größe und voll Staunen über die schwarzen Buchstaben, die darüber rannten und tanzten.
Mit einer gewissen Anstrengung wandte er seine Aufmerksamkeit vom Papier nun der Büchse zu. Er blickte nochmals kurz auf die engen Gäßchen, die in den Zwischenräumen von Bulbuls kringeliger Schrift gebildet waren. Drei Männer mit weißen Gesichtern saßen auf einer sonnigen Mauer und strahlten ihn an. Seine Hand zögerte über der Büchse. Und sprang vorwärts, um sie zu öffnen. Das wurmgleiche Nachbild der Schrift blieb noch einen Moment auf seinen Augenbällen, schwarz gegen das Gelb der Fackelflamme. Dann merkte er, daß die Büchse leer war. Nur dachte er, er könnte ein schlürfendes Geräusch hören, so leise, daß es ein Traum hätte sein können, der in seinem Kopf flüsterte. Zögernd hob er die chinesische Büchse an sein Ohr. Dann, aus seinem Augenwinkel, meinte er einen langen gelben Wurm sich auf dem Schwanz erheben und über die Seite der Büchse ausdehnen zu sehen. Ein kurzes schielendes Bild eines Mundes, der gemacht war, um zu saugen und zu durchbohren, ein Fleck von Schwarz und Gelb, dann war es wieder weg. Er legte die Büchse hin und ließ sie leer auf einer Pfütze in der Mitte seiner Zelle herumschwimmen.
Als er sich über die schwimmende Büchse beugte, merkte

er, daß irgend etwas in seinem Innenohr quietschte und stocherte. Er steckte den Finger in sein Ohr. Was immer es sein mochte, sein Finger schien es noch tiefer hineingetrieben zu haben. Als nächstes dachte er an den Wurm, und dieser Gedanke wurde wieder verschluckt von einem scharfen, unerträglichen Schmerz. Der Schmerz breitete sich aus und verschlang alle seine Gedanken. Alles, was er wußte, wurde dem Wurm dargeboten. Er hatte den Gedanken, daß er sich in das Aas seiner Hirnschale hineinfraß und es zu Leichenflüssigkeit machte – aber auch dieser Gedanke war schnell aufgebraucht. Der Schmerz war nun hinter seinem linken Auge. Irgend etwas durchstach den Augapfel und saugte ihn aus wie ein rohes Ei. Jetzt kämpften die Vision seines linken und seines rechten Auges miteinander. Das rechte Auge sah seine Hand über der Büchse in der leeren Zelle zittern. Das linke Auge sah den Wurm im Kopf, sah ihn in der Gehirnflüssigkeit zu einer Büchse schwimmen, die auf diesen Gewässern trieb. Die Büchse öffnete sich, und ein zweiter Wurm, der sich in der Büchse zusammengerollt hatte, erhob sich über den Rand, um sich mit seinem Bruder zusammenzutun. Jetzt war der Schmerz in beiden Augen, und das Innere von Giancristoforos Schädel war seine Zelle, das Innere seiner Zelle sein Schädel. Und da war noch eine Büchse – und wenn sie aufging, ein anderer Wurm – und in dieser Büchse eine andere Zelle, die auch ein Schädel war und wieder ein Wurm, und noch einer. Die Oberfläche seiner Gedanken wurde mit Würmern bedeckt, die auf und ab drängten, schwarz und gelb, wie eine Seite arabischer Kalligraphie. Das letzte, wovon er wußte, waren die Ränder seines Hirns, wie sie sich auf und ab bewegten unter dem Druck ihres Larvenfestes.

Die Anstrengung für diejenigen, die draußen den Zauber übten, war ungeheuer, aber Bulbul war ihr Führer. Der Eintritt war, wie immer, schwierig gewesen. Da war erst einmal das Gesicht mit seinem unnachgiebigen Profil, das unsicher vor ihm aufragte, und er schlüpfte erfolglos von

Seite zu Seite am Rand des Schädels. Dann, ganz plötzlich, füllte sich das Gesicht und bekam Dimensionen, so daß Bulbul und die anderen hineintreten konnten. Sie krochen wie Würmer in die Räume von Giancristoforos Kopf und meisterten seinen Bau. Dann, mit seinem Aufbau vertraut, begannen sie mit ihrem Werk. In den späteren und faszinierendsten Etappen wurde der Ausführende sich – wenn auch immer nur ganz verschwommen – eines kleinen Etwas im Mittelpunkt des Hirns bewußt, jenseits von Gedanken und Erinnerung, ganz jenseits bewußten Ergreifens – vielleicht dem Urstoff des Bewußtseins. Man sah flüchtig, aus großem Abstand, ein Gebiet, das von inneren Blitzstrahlen erhellt war, in dem winzigkleine Männlein aufflackerten und herumrannten, die Briefe, Embleme und Zahlen inmitten von leuchtenden Stäben und Farben trugen. Es war jenseits allen Sinnes. Bulbul sehnte sich danach, in diesem Territorium jenseits des Sinnes länger zu weilen, aber von den anderen zurückgehalten, zog er sich heraus.
Der faszinierte Wärter kam sogar in die Zelle, setzte sich und beobachtete eine Zeitlang. Giancristoforo war in ständigen Zuckungen. Seine Hände krallten sich in sein Gesicht und versuchten, die Haut vom Schädel zu reißen. Der Rhythmus des Anfalls wurde langsam und unmerkbar immer rascher. Der Wärter ging zum Abendessen fort. Nach dem Essen berichtete der Wärter die Sache seinem Vorgesetzten. Der Offizier berichtete die – möglicherweise tödliche – Krankheit dem Archivar, der entzückt war. Nachdem Giancristoforo in die Arqana eingeschlossen worden war, hatte man die Akten über seinen Aufenthalt verlegt; mehr als 900 Gefangene, lebendig oder kürzlich verstorben, waren in den Kellern der Zitadelle gespeichert, und es gab noch Raum für mehr. Jeden Tag schickte der Dawadar dem Archivar Botschaften von Michael Vane, der darauf bestand, wie notwendig es sei, den italienischen Spion zu finden und zu verhören. Eine Suche war angeordnet worden, aber der Oberwärter folgte den In-

struktionen mit seinem eigenen Tempo und wie es ihm gerade paßte. Also ein glücklicher Zufall, daß die Krankheit des Italieners dem Archivar mitgeteilt worden war! Am nächsten Tag schickte der Archivar eine Botschaft an den Dawadar, und später an diesem Tag stieg der Dawadar in die Arqana hinab. Da war es natürlich zu spät. Der Fackelschein offenbarte, daß der Gefangene tot war, gekrümmt und verknotet in den engen Fesseln des Todeskampfes. »Sirr.«

Noch später berichtete der Dawadar es dem Sultan, während sie in dem fünfteiligen Garten auf- und abgingen. Wie er befürchtet hatte, war der Sultan ärgerlich. Dann, nach einer Weile beruhigenden Schweigens, kamen sie überein, daß das Haus des Schlafes nochmals konsultiert werden sollte, bevor man Verfolgung, Verhaftung und Verhör des Engländers Balian anordnen würde.

Wie man Kairo verläßt

Tut mir leid, das mit dem Verrückten im Boot, ich meine Qaitbays Doppelgänger. Aber zumindest habt ihr doch einen Eindruck von den Vergnügungen bekommen, die es beim Bootfahren auf dem Ezbekiyya-Teich gibt – falls ihr jemals nach Kairo kommen solltet ...

Balian träumte, daß er von bekümmerten Träumen erwachte, um zu entdecken, daß er auf einen Mann starrte, der über ihm hin- und herschwebte, das Gesicht nach unten, ein paar Fuß oder so unter der Kassettendekke. Der Mann war weiß, von Kopf bis Fuß, mit Haar, das aus seinem Kopf wie Zungen weißglühender Flammen herausschwang.

»Wer bist du?«

Der Mann antwortete in einem Windzug: »Mein Leib kommt aus der Nacht.«

»Wie heißt du?«

»Mein Leib kommt aus der Nacht.« Er kreiste um die Decke und sprach dann wieder: »Steh auf und komm mit mir.«

»Ich kann nicht.« Doch dann fand Balian zu seiner leisen Überraschung, daß er neben seinem Bett stand.

»Du mußt es versuchen; denn es ist möglich, wenn du nur willst. Die Luft ist schwerer als du denkst, und dein Geist leichter.«

»Ich kann nicht.«

»Beweg deine Fußgelenke hin und her und stoß deine Füße ganz schnell ab.«

Balian tat es.

»Jetzt breite deine Arme nach außen und zieh sie wieder ein. Und nochmal!«

Zuerst glitt Balian den Fußboden entlang. Dann begann er aufzusteigen. Langsam zog er seinen Weg bis hinauf zur Decke.

»Du darfst dich nicht für niedriger halten als du bist«, raschelte die flüsternde Stimme in seinem Gehirn.
Balian und der weiße Mann schwebten aufeinander zu. Der Mann deutete auf das Fenster hin zur Stadt, alles spitze Türme und Kuppeln.
»Du bist ungeschickt. Du mußt lernen, es besser zu machen. All dies sollte dir gehören.«
»Bring mir bei, richtig zu fliegen. Sei mein Meister.«
»Ich gehöre hierher. Ich will nicht dein Meister sein – oder dein Diener, wenn es das ist, was du meinst.«
Balian, der das alles sehr schwierig fand, antwortete: »Warum sollte ich denn fliegen? Ich mag es nicht.« Er war ärgerlich, aber der Mann lächelte.
»Fliegen steht nur figurativ für etwas anderes. Wenn du hier damit keinen Erfolg hast, dann wirst du irgendwo anders an anderen Dingen scheitern. Du mußt deinen Willen stärken, denn du brauchst keinen Meister. Du hast nämlich wirklich zuviele Meister. Man sagt, jeder sei dein Meister.«
Und damit flatterte der Mann oder Geist aus dem Fenster und verschwand mit ein paar niedrigen Kurven durch den Garten. Balian fiel aufs Bett zurück in Schlaf und in andere Träume.
Später fragte er Zuleikha danach. Zuleikha sagte, das einzige, was Fliegen symbolisieren könne, sei Fliegen.
»Der Mann da redet immer Unsinn. Er ist eben so'n Fluglehrer, etwas daneben, weil er sich was einbildet auf seine eigenen sehr begrenzten Fähigkeiten.« Und dann sagte sie wieder, sie wünschte, daß Balian endlich aufhören würde, so viele Fragen zu stellen, und sich lieber darauf konzentrieren sollte, seine Leistungen im Bett zu verbessern.
Er erwachte, als der Tag anbrach, und fühlte sich schwächer denn je. Die Tage wurden immer heißer und gelber; es war, als ob die beiden großen Sphären von Erde und Sonne zusammengemahlen würden.
Es war absolut notwendig, früh aufzubrechen. Es war ganz sinnlos, noch einmal zur Zitadelle zu gehen. Selbst

der Versuch, das Karawanserai nochmals zu besuchen und seine Habseligkeiten und den »Traum des Alten Pilgers« zurückzufordern, konnte gefährlich sein. Seit Balian die heilige Katharina zerbrochen auf dem Rad gesehen hatte, war seine alte Begeisterung verschwunden, ihr Heiligtum auf dem Sinai zu besuchen; außerdem konnte man ja sagen, er habe ihr schon einen Besuch abgestattet und sein Gelübde erfüllt. So beschloß er, Kairo zu verlassen und nach Alexandria zu gehen, zu Fuß und bettelnd. Er wandte sich nach Norden mit der Absicht, durch die Gärten und Obsthaine am Rande des Ezbekiyya-Viertels nach Bulaq hinauszuwandern. Es war noch angenehm kühl in den langen Schatten des frühen Morgens. Was unterschied das Morgenlicht so sehr vom Abendlicht? Ladenbesitzer sprenkelten Wasser auf den Boden vor ihren Läden, um den Staub niederzuhalten. Er konnte das Sonnenlicht auf dem Stein und das Wasser auf dem Staub richtig riechen. Balians Herz hob sich. Er ging von den Läden in enge blätterbedeckte Pfade, die von Bambus und hohen Binsen eingefaßt waren, dunkel und feucht. Er wandte den Kopf, um das Minaret von Sultan Hasan und die Türme der Zitadelle zu sehen, die im Dunst schon leise schwankten. Alles war so still. Eine Gruppe von Arbeitern machte ihm Platz auf dem engen Pfad.

Kairo jetzt zu verlassen! Es schien wie ein Traum. Vielleicht sollte er sich zwicken, um sich zu beweisen, daß es wirklich so war. Er erinnerte sich an eine Beobachtung im »Traum des Alten Pilgers«, die besagte, daß es zwei Dinge gäbe, die man im Traum nicht tun konnte: auf seine Handrücken zu blicken und sich seines Namens zu erinnern. Er würde das tun.

Er hielt in seinem Schritt nicht inne, als er auf seine Hände herabblickte – oder zumindest dachte er das. Aber als er die Augen aufschlug, sah er, daß seine Hände im Staub waren und sein Gesicht nur Zentimeter über dem Staub. Blut tropfte ihm aus der Nase auf den Handrücken. Die Sonne war jetzt hoch am Himmel, und er hatte die Ezbekiyya noch nicht verlassen. Er sammelte sich, zog sich hoch und machte sich wildentschlossen wiederum nach Nordosten gen Bulaq auf. Aber zu dieser Zeit waren die Wege heiß und staubig, und die Massen waren unterwegs und der Steinstaub ging ihm in die Augen. Druck lagerte auf seiner Brust. Seine Beine waren schwer. Er hätte doch früher losgehen sollen, statt bis Mittag zu schlafen. Der Schlaf hatte ihm nicht gutgetan. Aber Kairo zu verlassen! Wenn er nur könnte ...

Er drängte sich hoffnungsvoll voran und hatte das freudige Vorgefühl, bald die Wäldchen und Haine zu erreichen, deren er sich so lebhaft aus seinem letzten Traum erinnerte; aber sein Körper wurde schwerer, und seine Augenlider schienen so schwer wie seine Beine. Seine Augen sahen die Dinge nur noch verschwommen. Er setzte sich am Fuß einer Fontäne hin, und, da er das als unvernünftige Anstrengung ansah, legte er sich dann hin. Er würde nach der inneren Stärke suchen, dies weiterzuführen. Er fühlte, wie sein Körper sich in Hitzewogen wellte und stellte sich vor, wie seine Poren sich in schnellen, unregelmäßigen Rhythmen öffneten und schlossen. Bewußtsein löste sich auf und floß durch den Blutstrom und hing da, zitternd beim Donner seiner Knochen, bevor es schließlich in den spinnwebartigen Komplex von Gefühlen und Körpersäften fiel. Es gab kein Kraftzentrum in ihm. Nur schweren Opiumschlaf. Er schlief.

Er wachte auf und setzte seinen Weg fort und schlief und erwachte und ging und schlief wieder. Es war immer so, mehr oder minder. Manchmal dachte er, daß er diese nutzlose Wiederholung tröstlicher fand als die Aussicht, Kairo zu entfliehen. Manchmal von kleinen Staubteufeln irregeleitet, nahm er den falschen Weg. Ein paarmal wurde sein Pfad verstellt vom Katzenvater und seinen Schülern, die nach ihm ihre Netze auswarfen unter den Vagabunden, die die offenen Plätze der Stadt füllten. Er hatte auch die Mamluken gesehen, wie sie nach ihm forschten, aber die Beschreibung, die sie von ihm hatten als »einem jungen

Fremden, elegant in burgundischem Stil gekleidet«, paßte so wenig zu seinem gegenwärtigen Zustand, daß ihre Chancen, ihn zu identifizieren, gleich Null waren. Er war sogar persönlich imstande, sie in ihren Nachforschungen zu hindern.
Seine Versuche, Kairo zu verlassen, wurden immer lächerlicher und halbherziger. Die Ermahnungen des weißen Mannes kamen ihm in den Sinn, und er beschloß, aus Kairo wegzufliegen. Er stand hinter einer Mauer, wo er nicht beobachtet werden konnte, breitete seine Arme und Finger aus und, auf Zehenspitzen stehend, bewegte er rasch seine Fußgelenke – und stürzte vorwärts aufs Gesicht. »Es ist alles eine Sache des Willens«, sagte er sich, »aber kann ich wollen, daß ich den Willen habe, den ich nicht habe?« Er versuchte sich selbst zu sehen als zerlumpten Vogel, Ziel aller Blicke, über den menschenerfüllten Bazaren, in der schweren Luft schwebend und seinen Weg der Zitadelle zu flatternd – aber der Schwindel, den dies hervorrief, war so stark, daß er nicht imstande war, sofort auch nur auf die Füße zu kommen.
Einmal – das war ein kurzlebiger Triumph – ging er oder träumte, er ginge hinaus durch die Vorstädte von Kairo zu den blätterverhangenen Pfaden und Hainen der nördlichen Ecke der Stadt – aber nur, um zu finden, daß häufiger Häuser erschienen und immer dichter wurden, bis er wirklich nicht sehr weit von einem Zuwaila-Tor war, Zentrum eines zweiten Kairo, Spiegel des ersten.
»Solche Städte sind wie fallende Wassertropfen, die einander auf ihrer Oberfläche reflektieren.«
Er ging weiter. Ein Junge ließ einen Drachen fliegen und rannte einen Grat von Staubhaufen entlang, um dessen Höhe beizubehalten. Er stand still, um ihn zu beobachten. Der Anblick war so ungewöhnlich. Kinder spielten in Kairo nicht, sondern waren finstere und zwergenhafte kleine Erwachsene, versammelten sich an Straßenecken und verkauften ihre Dienste auf dem Markt als geheime Boten und nicht vertrauenswürdige Führer. Der Drachen

tanzte und stieg höher empor zwischen den braunen, stürmischen Wolken. Der Junge, der nicht aufhörte zu rennen, wandte Balian das Gesicht zu und zeigte seine Zähne mit kühnem Lächeln, wobei er auf seinen Drachen deutete. Dann verschwand er über den Staubhügelgrat und ließ Balian niedergeschlagen zurück.

»Ich kann mir eine Welt außerhalb Kairos nicht mehr vorstellen«, beschloß er ruhig, aber die Erkenntnis, daß sich seine Einbildungskraft noch weiter verengen könnte, betrübte ihn.

Kairos Abnormitäten

Jeder Besucher findet es schwierig, Kairo zu verlassen. Es entfaltet sich wie eine Geschichte, die niemals endet. Meine Zuhörer sind Fremde an diesem Ort. Er zieht sie an (falls er sie überhaupt anzieht) eben wegen seines exotischen Charakters. Ich habe mich bemüht, in meiner Geschichte die exotischen Elemente auszusuchen und zu betonen. Wie jetzt zum Beispiele diese Abnormitäten. Ich meine es nicht böse, wenn ich sie abnormal nenne. Manche Leute würden auch mich als eine Abnormität ansehen ...

Der Zwerg lag schlafend da und dachte. Zumindest dachte er, er schliefe. Er lauschte dem Rhythmus seines Schnarchens. Ja, er schlief. Aber – Moment mal. War das sein Schnarchen? Er lauschte seinem gleichmäßigen Rhythmus aufmerksamer. Das war doch bestimmt Ladoos nasales Rasseln? Oder, jetzt, wart mal, meinte er Barfi, wo er selbst doch Ladoo war, aber viel zu müde, zu dieser späten Stunde so etwas zu denken? Wenn ich nicht so klar denke, dachte er, dann bestimmt, weil ich schlafe. Nein, das ist unmöglich. Ich bin sicher, ich schlafe. Erstmal, weil ich nicht denke. Zweitens, weil ich schnarche oder, wenn nicht ich, dann jemand, den ich nicht von mir unterscheiden kann, schnarcht, so daß es auf dasselbe herauskommt. Drittens bin ich unbeweglich. Viertens kann ich nichts sehen.

Natürlich, dachte er in einem Moment nächtlicher Hellsichtigkeit, das schließt nicht die Möglichkeit aus, daß ich träume und wirklich träume, daß ich schlafe. Das ist gewiß ungewöhnlich, aber nicht unmöglich. Vorübergehende tun gut daran, dem zu mißtrauen, was ein schlafender Mensch im Traum sagt. Wenn ich mein Gefährte Ladoo (oder meine ich Barfi?) wäre, dann würde ich bestimmt nicht glauben, wenn eine Stimme aus meiner dahingelagerten Gestalt sagt: »Ich schlafe.« Ich würde mir sagen, daß der Mann, zu dem die hingelagerte Form gehört, sich entweder verstellt oder täuscht, und ich würde ihm einen guten Fußtritt geben, um seine Gedanken etwas zu klären. Die Dunkelheit war mit Schnarchen erfüllt. Er lag da und dachte über das Für und Wider eines Fußtritts nach, vielleicht von einem Freund oder möglicherweise nur eben von einem zufällig Vorübergehenden. Da war natürlich der körperliche Schmerz. Aber dagegen stand die bemerkenswerte Klärung des Geistes, die damit Hand in Hand gehen würde.

Er fuhr fort, gemütlich darüber nachzudenken, was ihm am unangenehmsten wäre, von Barfi einen Fußtritt zu bekommen oder von Ladoo? Das war vielleicht eine Art festzustellen, welcher von den beiden er war. Vielleicht. Abschließend dachte er, er würde vorziehen, von Barfi getreten zu werden. Nun, bedeutete das, daß er Barfi war und nur er, Barfi, die geeignete und passende Person war, um seinen geistigen Prozeß zu klären, oder bedeutete es, daß er wußte, daß Barfi sein, Ladoos, bester Freund war?

Dieses Geschnarch! War das wirklich seins? Wenn ja, dann hielt es ihn wach, und das war unerträglich. Es schien ihm nicht – soweit er sich an zwei in Geschmack und Empfindlichkeiten entschieden ähnliche Persönlichkeiten wie Barfi und Ladoo erinnerte –, daß einer von beiden es mit diesem Lärm auch nur eine Minute aushalten könnte. Es sei denn, sie schliefen; natürlich. Es sei denn, er und ich schlafen, verbesserte er sich. Aber auch so scheint das Schnarchen schrecklich laut zu sein. Es hätte doch bestimmt einen von uns geweckt?

»Bist du wach?« rief er in die Dunkelheit.

»Ja, ich bin richtig wach«, kam die tröstliche Antwort.

»Ich hab dich nicht geweckt, oder?«

»Ich weiß nicht genau.«

Dann wurde ihm ganz plötzlich bewußt, daß das Schnarchen aufgehört hatte, aber welcher von ihnen hatte aufgehört zu schnarchen, um an dieser Unterhaltung teilzunehmen? Das herauszukriegen, wäre eine komplizierte Sache. Aus zwei Gründen. Erstens, kein Mensch mag eine Anspielung darauf hören, daß er schnarcht. Zweitens mag er noch viel weniger gern Individuen treffen und sich mit ihnen unterhalten, die die Illusion haben, daß sie er sein

könnten. Beide Sätze konnten als beleidigend aufgefaßt werden.
»Es heißt, daß das Schnarchen eines tugendhaften Mannes Gottes Ohren angenehm ist.«
Lange Pause. Dann kam die Antwort.
»Es heißt auch, daß Gott niemals schläft.«
Ein anderer Kurs schien besser zu sein.
»Weißt du, als ich gerade aufwachte, hatte ich überhaupt keine Ahnung, wer ich war. Ich lag da in der Dunkelheit ohne Namen und Identität. Ich dachte sogar, ich wäre du! Ich war so schrecklich verwirrt, als ich aus meinen Träumen aufwachte, daß ich mir ein paar Sekunden lang keine einzige Eigenschaft vorstellen konnte, die mich von dir unterscheidet.«
»Das war sicherlich höchst betrüblich. Ich wäre bestimmt absolut niedergeschmettert, wenn mir das je passiert wäre. Sag mir, ich bitte dich, was hat dir schließlich erlaubt, die entscheidende Verschiedenheit zwischen unseren beiden Naturen zu erkennen?«
Das war schwierig. Dann erinnerte er sich, daß jetzt eine dritte Person ihren Raum teilte. In dieser Nacht, wie in anderen Nächten in letzter Zeit, hatte der Mann mit dem Arabischen Nachtmahr sie von ihrer Süßigkeitenbude am Zuweila-Tor zurückbegleitet.
Der Mann mit dem Arabischen Nachtmahr lag zitternd in einer Ecke ihres Raumes zusammengerollt. Für ihn war ihr nächtlicher Dialog nur eine Ausweitung seines Alptraums, ihre Worte und Gedanken nur Echos seines Deliriums. Denn in seinem Alptraum kann auch er nicht Barfi von Ladoo unterscheiden, oder den Unsinn, den sie reden, wenn sie aus dem Unsinn erwacht sind, den sie im Schlaf murmeln. Solche dünnen Geschöpfe aus den Dämpfen der *'Alam al-mithāl* existieren kaum. Der Schmerz wühlt in seinen Gedanken, aber ein dünner schwindelverursachender Unsinn wispert und pfeift immer weiter in seinem Schädel.
»Aber Barfi zu sein bedeutet, nicht Ladoo zu sein. Als

Barfi lebendig zu sein bedeutet, als Ladoo tot zu sein. Als Mensch lebendig zu sein, meint, als Pferd tot zu sein. Tot zu sein. Nicht zu wissen, daß man tot ist. Nicht zu sein, noch nicht einmal das Ding zu sein, das nichts von seinem eigenen Tode wußte.«
Es war die Gewißheit, daß er eines Tages tot sein würde und, wenn er tot war, nicht einmal mehr von diesem schrecklichen Zustand gequält wäre, der ihn jetzt so verwirrte. Lieber jahrhundertelang in der Dunkelheit zu liegen, als wirklich tot zu sein.
»Ja, aber während ich hier schlafe, weiß ich nicht, ob ich ein Sultan oder ein Bettler bin. Ich könnte ebensogut tot sein.«
Der Mann mit dem Arabischen Nachtmahr regt sich und wimmert.
Die Glubschaugen und Knollennasen von Barfi und Ladoo erheben sich über seinem Gesicht. Er sieht, daß die Zwerge es auf ihn abgesehen haben. Sie haben beschlossen, daß er es war, der geschnarcht hat, und nun versuchen sie, ihn wachzurütteln. Er bemüht sich, dem zu widerstehen, aber sein Bemühen bringt ihn dem Erwachen nur näher, und seine Gedanken fangen an, sich zu Bildern zu formen.
Er träumt, daß er Männer weckt, die träumen, daß sie träumende Menschen wachrütteln – alle wie eine stürzende Säule von Blinden, jeder mit der Hand auf der Schulter seines Vorgängers. Er hört den Wurm nach seinen Brüdern schreien, und die Brüder des Wurms schreien nach ihrem fauligen Festfraß.
Der Affe klirrt mit seinen Ketten. Er hat in den »Traum des Alten Pilgers« geblickt und dort gelesen, daß er nicht hätte hineinsehen dürfen. Im Wachzustand sucht man nach ihm, und, wenn er identifiziert ist und der Nachtmahr ans Tageslicht gebracht wird, dann wird er lernen, seinem Schlaf mit Schrecken entgegenzusehen. Die Nacht entschlüpft ihm.

...

Die Jagd nach Balian wurde vom Vater und Vane nur oberflächlich unternommen, denn der Vater war jetzt mit anderen Plänen beschäftigt, und man hatte Vane nicht ganz klar gesagt, warum man überhaupt nach ihm suchte. Die Pläne des Vaters schienen ihrer Erfüllung sehr nahe zu sein, und er stand neben Vane, entspannt und in Erinnerungen versunken, fast als ob, so überlegte Vane, seine Karriere sehr bald enden würde.

Sie standen vor dem Käfig mit dem Schlafwandler, nicht weit vom Zuwaila-Tor.

»Ich habe ihn geschaffen, als du in Konstantinopel warst«, sagte der Vater geradezu schnurrend vor Stolz, bevor er Vane scharf ins Gesicht blickte, um zu sehen, ob seine Gerissenheit auch geschätzt wurde, und sich zu versichern, daß Vane nicht heimlich über die Eitelkeit eines alten Mannes lächelte. Vane jedoch hatte gelernt, nie zu lächeln, solange er nicht wußte, ob der Vater es forderte.

So fuhr der Vater fort: »Einer der Ulama von al-Azhar hatte erklärt, daß Menschen ihre Träume nur in dem Augenblick vor dem Erwachen haben, wobei die Entwicklung der Handlung und das Gefühl der Dauer nur Täuschungen sind, die rückblickend beim Erwachen geschaffen werden. Ich beschloß, eine öffentliche Vorstellung zu geben, daß er unrecht hatte. Ich kaufte dieses Stück als Sklave – er heißt übrigens Habasch – und schickte Einladungen an die Doktoren der al-Azhar aus, eines Nachts im Muharram in das Haus des Schlafes zu kommen und zu sehen, wie ich die wahre Natur des Träumens vorführe. Die Vorführung fand in den Kellern statt. Ich hatte den Sklaven so betäuben lassen, daß er in einem gefühllosen Zustand war, und Husain band ihn auf dem Boden fest. Ich hatte ihm den Kopf über der Mitte des Schädels rasieren lassen.

Meine Absicht war, die Drüse herauszuschneiden, die den Menschen instandsetzt, Schlaf vom Wachen zu unterscheiden. Ich machte daher einen Einschnitt so nahe am höchsten Schädelpunkt, wie ich das in dem unruhigen

Fackelschein sehen konnte. Obgleich ich schon einmal eine Trepanation durchgeführt hatte, war es viel schwieriger als ich mich erinnerte, erst den Schädel zu durchdringen und dann den Knochen zu entfernen; aber glücklicherweise liegt die Drüse nahe der Oberfläche des Schädels, und ich war nur wenig von meinem Zielpunkt entfernt. Ich entfernte die Drüse und der Patient atmete weiterhin schwer, wie er das während der ganzen Operation getan hatte.
Eine ganze Weile geschah nichts. Wir tranken Tee, und die Doktoren redeten Quatsch über den Sitz des Geistes im Körper. Dann lenkte einer meiner Diener unsere Aufmerksamkeit auf die Tatsache, daß, während wir redeten, Habaschs Augen sich geöffnet hatten. Ich sollte besser sagen, auseinandergegangen waren, denn sie standen jetzt so weit offen wie überhaupt möglich, so daß das Weiß überall um die Pupillen sichtbar war. Die Pupillen aber bewegten sich unaufhörlich von einer Seite zur anderen, und Habaschs ganzer Körper drehte und wand sich unter seinen Fesseln. Ich ordnete an, ihn loszubinden und auf die Füße zu stellen. Das wurde getan, obgleich er das absolut nicht zu merken schien. Er stand in der Mitte des Kellers und starrte intensiv in eine Ecke, wo niemand war. Was er sagte, konnte man nicht verstehen. Er stand da, zu dieser dunklen Ecke mit solcher Überzeugung redend und lächelnd, daß meine Sklaven ihre Fackeln hineinwarfen, um sich selbst zu überzeugen, daß nichts und niemand drin war.
Es war uns auch allen klar, obschon niemand etwas darüber zu sagen wagte, daß er eine Erektion gehabt hatte. Die Doktoren der al-Azhar waren in Panik. Und auch einige meiner Sklaven. Sie dachten, er redete zu einem Dschinn.« Der Vater lächelte. »Man redet nicht mit einem Dschinn lächelnd und mit einer Erektion. Ich stand auf und erklärte, wie ich mit meinem Messer das Stück herausgeschnitten hatte, das uns daran hindert, unseren Körper ebenso wie unseren Geist beim Träumen zu benutzen.

Einige Leute sagen, daß das Traumtheater allein im Kopf stattfindet, aber mein Neger träumte mit allen Sinnen in meinem Keller. Ich glaube, die Doktoren waren zu schokkiert, um dem genau zuzuhören, was ich zu sagen hatte, und einer von ihnen brachte den Einwand vor, daß er unter Drogen stand und nicht schlief. Wir beobachteten ihn, wie er seiner unsichtbaren Dame näherkam, zurückgestoßen wurde, und danach seinen augenscheinlich erfolgreichen Versuch, sie zu vergewaltigen. Dann brach er zusammen.
Die Doktoren gingen fort und erklärten, sie seien angeekelt, aber da zeigte es sich, daß es einen Markt für so einen Anblick gab, und Habasch hat hier am Zuwaila-Tor einen guten Preis bekommen.«
»Ein interessantes Experiment«, murmelte Vane höflich.
»Eine Vorführung, nicht ein Experiment. Ich wußte, was das Ergebnis sein würde, bevor ich angefangen hatte.«
Vane blickte hin. Habaschs Käfig war der Mittelpunkt einer Gruppe von anderen Attraktionen: Schlangenbeschwörer, Eisenfresser, Yogis und ähnliches. Habasch, der Somnambulist, schlief (denn es war schon spät) auf seinen Füßen und in Bewegung, tanzend, heulend und seine Finger zum Himmel wackeln lassend. Gelegentlich brachten ihn seine schnellen, unkontrollierten Bewegungen mit einem Krach gegen die Stangen seines Käfigs, und er stand dann da, an den Stäben hängend, ganz kurz erwachend, bevor er wimmernd wieder in Schlaf zurückfiel. Manche unter den Zuschauern spotteten, andere saßen offenen Mundes da. Vane fühlte sich etwas angeekelt. Es war nicht so sehr die Grausamkeit, sondern der vulgäre Stolz seines – sicherlich gelehrten und listenreichen – Meisters, der ihm Übelkeit verursachte.
»Er war der erste der Kanäle, durch die die *'Alam al-mithāl* in die Realität brechen konnte.« Der Vater machte ausladende Handbewegungen. »Es ist besser, daß sie ihn im Käfig halten. Sein Wächter erzählt mir, daß er in letzter Zeit angefangen hat, von Mord zu träumen.«

Der Inhaber wies die Zuhörerschaft auf den Vater hin. Die Menge um sie herum blickte auf ihn und Vane mit einer Mischung von Respekt und Widerwillen. Vane vermutete, daß für sie der Vater sich durchaus nicht von jenen Chirurgen unterschied, die die Kinder von Bettlern verstümmelten, um ihnen einen Lebensunterhalt zu verschaffen. Unangenehm erregt bewegten sie sich vom Zuwaila-Tor fort.

»Der umgekehrte Fall ist ebenso interessant und ist auch von mir behandelt worden. Es ist der Fall eines Kanals, der von der *Dunyā,* der realen Welt, benutzt wird, um in die *'Alam al-mithāl* zu fließen. Ein ganz gewöhnlicher Mann wurde damit geehrt, dieser Kanal zu werden; aber er war ein Patient von mir, ein Lebensmittelhändler namens Abu'l-Mejid. Er träumt, daß er auf seiner Matratze wach liegt. Wenn er träumt, daß es draußen regnet, dann regnet es draußen, und wenn er träumt, daß jemand in den Raum gekommen ist, dann ist jemand in den Raum gekommen. Alle seine Träume sind ebenso – sehr langweilig. Er ist ein sonderbarer, stumpfer Mann und seine Träume sind merkwürdig stumpfsinnig, aber man kann ziemlich leicht sehen, meine ich, daß es Träume sind. Abu'l-Mejid träumt mit geschlossenen Augen. Wenn jemand in sein Zimmer kommt, und er träumt, daß er jemand in sein Zimmer kommen sieht, dann wird er getäuscht, denn seine Augen sind geschlossen.

Das logische Problem ist leicht zu lösen, aber der Händler kam zu mir nicht zum Unterricht in Logik. Er kam, weil sein Leben von ungeheuerer Langeweile verzehrt wurde. Ich behandele ihn immer noch: mit richtiger Ernährung hoffe ich ihm Alpträume geben zu können.«

Er machte eine Pause.

»Es ist jedoch wahr, daß viele der Störungen, die wir behandelt haben, logische Störungen sind. Man braucht dem Patienten nur den Grund zu zeigen, auf dem ein Irrtum basiert, und dann ist er wie durch ein Wunder geheilt; die geheimnisvolle Depression wird zerstreut. Du kennst sie –

Schuster Ahmad träumt, daß er Prinz Hasan ist, der wiederum träumt, daß er Schuster Ahmad ist. Sie behaupten, Leben und Traum nicht unterscheiden zu können, und sie erzählen dir, daß sie vor Paradoxen sterben.

Man kann nicht daran zweifeln, daß solche Krankheiten aus der Unangemessenheit der Bilder kommen, mit denen sie gewöhnlich denken. Sie sehen Leben und Traum als Gefäße an, und sie denken, daß entweder der Traum im Kasten des Wachzustandes eingeschlossen ist, oder daß der Wachzustand innerhalb des Traumes eingeschlossen liegt. Aber wie du weißt, sind Traum und Leben keine Kästen, und ihre Beziehung zueinander muß in ganz anderer Art gesehen werden. Deswegen war dein Training in lichtvollem Träumen so wichtig.«

»War?«

»War. Bald werden diese Geschicklichkeiten irrelevant sein. Dinge bewegen sich. Dinge müssen sich ändern.«

»Nein. Nichts passiert ja an diesem Ort. Man denkt nur immer, irgend etwas müßte nun bald passieren.«

Vane hatte gehofft, ihn damit auf ein anderes Thema zu führen, aber der Vater blickte ihn nur scharf an und pfiff lautlos durch seine übriggebliebenen Zähne. Dann: »Übrigens, ich habe nie gefragt. Hattest du Glück mit deiner kleinen Suche?«

Noch ein unentzifferbares Anstarren.

»Nein, Ihr habt niemals. Nein.«

»Gut, gut. Auch der heutige Versuch scheint unfruchtbar zu sein. Ich schlage vor, wir überlassen die Jagd nach Balian den Mamluken. Außerdem werden auch andere bald nach ihm suchen. Ich habe noch etwas in der Stadt zu tun, aber ich erwarte, dich beim Abendessen zu sehen.«

Und damit trennten sie sich.

Vane ging weiter und genoß die Kühle des Spätnachmittags. Die offenen Räume der Stadt zu überqueren war, als ginge man über ein Schachbrett, kühl und dunkel im Schatten, noch strahlend warm an den Stellen, die die Sonne erreichen konnte. Er überquerte jetzt einen dunk-

len Platz, nahe dem Bab al-Luq, wo die Häuser der reichen Kaufleute waren, als er ein Gesicht hoch oben in den dunklen Schatten eines Fensters im Obergeschoß auf sich herabstarren sah. Es war das Gesicht einer Frau, rund und voll und glänzendes Silber, als sei es der Mond. Vane hielt an. Sein Herz klopfte und schmerzte, als werde es von einer unsichtbaren Hand gequetscht und geschüttelt. Fatima, Fatima muß es sein – aber sie ist so bleich! Stumm wies die Frau am Fenster auf die Tür in der Straße drunten. Eine alte Mohrin saß an der Tür und trank Bier. Sie beobachtete ihn neugierig, als er zu ihr hinkam, und schüttelte den Kopf energisch, als er hineinging. Es war dunkel drinnen, aber Vane konnte gerade die vor ihm liegende breite steinerne Treppe erkennen und fing an hinaufzusteigen. Er war etwa ein Dutzend Stufen hinaufgegangen, als er merkte, daß jemand schweigend hinter ihm hinaufstieg, Schritt für Schritt mit ihm gleichziehend, doch mit einem sonderbaren klatschenden Laut. Vane drehte sich um, auf Schlimmes gefaßt, mit geballten Fäusten und bereit, sich notfalls auf seinen unsichtbaren Begleiter zu stürzen, aber die Gestalt hinter ihm blieb auch stehen und hustete laut. Dann, in kehligem Arabisch: »Geh grade hinauf. Sie wartet auf dich.«
Vane warf ein paar Münzen hinab und, nachdem er sich umgedreht hatte, rannte er zur Tür und in den Raum.
»Herein, Michael Vane, falscher Ritter, der nie den Ritterschlag empfing.« Die Tür schwang hinter ihm zurück.
»Heil dem Ritter der Träume!«
»Willkommen dem Assistenten des Leichenwäschers!«
»Du bist zu uns gekommen.«
»Du hast deine Hure gefunden.«
»Willkommen. Wir möchten etwas mit dir besprechen.«
»Wenn du niemals von uns geträumt hast, dann wirst du aber jetzt von uns träumen.«
»Sei ganz ruhig. Keine Lebensgefahr für dich.« Gelächter. Eine Kerze in der Mitte des Fußbodens. Glitzern von Silber und Weiß. Flatternde weiße Draperien. Zwei gefleckte

Hände, die einen Schwertgriff umfaßten. Ein pestilenzischer Gestank.
Vanes Augen gewöhnten sich an die Dunkelheit. Acht Ritter in voller Rüstung, ausgenommen die Helme, standen im Halbkreis um den Raum, auf ihre doppelgriffigen Schwerter gestützt, wobei sie fast unmerklich vorwärts und rückwärts schaukelten. Einer von ihnen, im Zentrum des Kreises, sprach.
»Ich bin Jean Cornu, Großmeister der Ritter vom Orden des heiligen Lazarus in Jerusalem.«
»So, wer seid ihr, und was soll das?«
Doch Vane wußte, wer er war und was sie waren. Er hatte die Ritter von Lazarus schon früher gesehen, vor Jahren, auf der Insel Rhodos, wo sie ihr Hauptquartier unter dem Schutz des weit größeren Ritterordens der Hospitaliter von Rhodos hatten. Der Lazarus-Orden war eine kleine Bruderschaft kämpfender Mönche, sicher weniger als hundert Ritter, und viele dieser Ritter waren sehr alt. Aber sie waren, wie Vane in der Folge entdeckte, von den Ungläubigen ganz besonders gefürchtet, denn es waren die Aussätzigen Ritter, von denen es hieß – zweifellos fälschlich –, daß sie im Kampf keinen Schmerz empfänden. Als er Jean Cornus Gesicht genau ansah, bemerkte er jetzt die glänzenden weißen Flecken, die wie Zähne in die Haut gesetzt waren.
»Heute sind wir hier versammelt, um dich zu treffen, allerdings nur kurz, denn wir haben andere Dinge in der Stadt zu tun. Wir haben dir etwas anzubieten.«
Vane schwieg.
»Fatima«, fuhr Jean Cornu sanft fort, »und wir hoffen, daß du dann auch als Gegengabe etwas für uns tun kannst.«
»Das ist möglich. Aber erzählt mir erst einmal, was hat Fatima mit euch zu tun, und wo ist sie?«
Cornus Augenbrauen zogen sich hoch, und er breitete die Arme ausdrucksvoll aus.
»Zu wem sollte sie kommen, wenn nicht zu den Brüdern

von St. Lazarus? Du hast sie schnell genug vergessen, aber die Bruderschaft ist gütiger gewesen.«

Der Geruch und die Dichte der Luft ließen ihn schwindlig werden.

»Das ist nicht wahr. Sie hat mich verlassen, ohne daß ich es wußte. Ich wußte es nicht. Ich schwöre es. Wo ist sie?«

»Du weißt und wir wissen, daß deine Schwüre wertlos sind. Sie ist im nächsten Zimmer. Unsere Botschaft wird durch sie kommen.«

Ein aussätziger Ritter bewegte sich, um ihn in jenen Raum zu leiten. Als die Tür aufschwang, schlug ein stinkender Pesthauch – so dick, daß er die Luft beinahe leuchten ließ – Vane ins Gesicht. Er prallte zurück, trat dann aber doch ein. Er mußte sich beugen, denn die Decke war sehr niedrig. Fatima stand gegen die weiter entfernte Wand gepreßt, als sei ihr Fleisch auf den zerfallenden Stuck aufgebacken. Vane sprach.

»Du wolltest mich sehen?«

»Nein, andersherum.« Ihr Mund bewegte sich schmerzlich. »Ich bin ein Bild, nicht ein Bildner und Einbildner. Du weißt, ich kann nicht sehen, denn ich existiere nur in den Augen der anderen.«

»Um Himmels willen, Fatima, dann, was willst du eigentlich? Sprich!«

»Nein. Ich will nichts. Ich kann keine Begierden haben. Meine Schwester, ja, nichts als Begierden, aber ich nicht. Ich bin nur ein Gedankenprodukt. Wäre ich wirklich, so würde ich dem Katzenvater den Tod wünschen, aber ich bin nur ein Gedankenprodukt, und wie kann ein Gedankenprodukt den Tod seines Schöpfers wünschen?«

»Wenn du ein Gedankenprodukt bist, so bist du das Produkt eines sehr schönen Gedankens«, sagte Vane und bewegte sich näher auf dieses bleiche, leidenschaftslose Gesicht zu. »Laß mich dich umarmen.«

»Nein, du würdest die Erfahrung nicht genießen.« Dann senkte sie die Augen und zog mit der linken Hand an ihrem rechten Zeigefinger.

»Aber du kannst dies als Andenken haben, bis ich wiederkomme.«
Der Finger kam herunter, und sie drückte ihn Vane in die Hand. Er wurde ohnmächtig und lag in wirren und häßlichen Träumen für wie es schien lange Zeit. Als er zu sich kam, fand er sich wieder draußen und starrte die Mohrin mit ihrem Bierkrug an. Seine Hand war leer. Er stand ziemlich unsicher auf und ging ins Haus zurück. Die schlappende Gestalt kam hinter ihm die Treppe herauf.
»Die sind alle fort, Herr. Ihr werdet nicht einen mehr hier finden.«
Das stimmte. Vane ging im Dunkeln zum Haus des Schlafs zurück.
In dieser Nacht gab es noch einen anderen, der das Haus des Schlafs besuchte ...

Die Regierung von Kairo

Ich hatte meinen Zuhörern versprochen, daß sie die Tödliche Fatima treffen würden, und das haben sie nun. Wenigstens ich habe sie nicht beschwindelt. Ich bin in ganz Kairo als ehrenhafter Handwerker bekannt und als sicherer Führer zu den Wundern dieses Ortes. Natürlich habe ich meine kleinen Schwächen – ich muß eben mal einen Augenblick unterbrechen, um ein Insekt aus meinem Ohr zu holen. Nein, es war nur Ohrenschmalz. Na guck! Ich möchte doch wissen, wo das Zeug herkommt. Da ist ganz sicher ein bißchen Straßenstaub beigemischt, aber so ein Schmalzzeug ist noch nie von der Straße gekommen. Es muß innen aus dem Kopf kommen, wahrscheinlich aus dem Gehirn. Interessant, wenn's aus dem Gehirn käme ... aber ich schwatze ja jetzt. Wie gesagt, ich habe kleine Schwächen.

Als man mich mein Geschäft als Geschichtenerzähler lehrte, wurde mir auch beigebracht, daß ich nie mit meinen Zuhörern spielen dürfte. Andeutungen und suggestive Bewegungen waren unethisch. Die Qasasyun, die Meister der Zunft der Geschichtenerzähler, waren streng. Als wir als Lehrlinge in dieser Kunst anfingen, lebten wir in dauernder schrecklicher Angst, während wir täppisch unsere Geschichten erzählten; denn es war gelegentlich bei den Qasasyun üblich, daß sie sich dick verkleidet und inkognito unter die Zuhörer von Anfängern mischten, und wenn sie entschieden, daß der unglückselige Lehrling die Hörer mit seiner eigenen Gerissenheit plagte oder, noch schlimmer, die Aufmerksamkeit auf seine eigene Person lenkte, um die Leute zu verführen, dann pflegten die Qasasyun aus der Zuhörerschaft aufzustehen, ihre Burnusse abzuwerfen und den jungen Mann mit Stöcken durchzuprügeln, damit er sowas nicht mehr tat.

Ich war mir mit ihnen darüber niemals ganz einig. Wenn meine Zuhörer taub sind, dann schrei ich sie an. Ich unterbreche gern, um zu einzelnen Leuten unter meinen Zuhörern zu sprechen, während meine Mit-Qasasyun darauf hinweisen, daß dies nicht nur ein stilistischer Fehler ist, sondern auch die Zuhörer irritiert. Manche Leute in der Zuhörerschaft können es nicht ausstehen, auf diese Weise herausgehoben zu werden. Sie bilden sich viel lieber ein, daß sie für den Erzähler unsichtbar seien. Nun waren die Qasasyun bereit, ihnen das zu erlauben; aber ich habe keine Geduld mit den Phantasien der Zuhörer. Ich weiß immer ganz genau Bescheid über meine Hörerschaft, und selbst auf die Gefahr hin, sie zu befremden, rufe ich sie an, um sie zur Alltagswirklichkeit zurückzubringen – und zu mir, dem Dreckigen Yoll.

Die Qasasyun und ich waren uns über sehr weniges einig, und ich hatte ein hartes Training. Ich fing in den Tataren-Ruinen an. Ich hatte damals noch keinen Rebeck-Spieler oder einen Jungen, der Kaffee herumreichte und Geld einsammelte, auch keinen Thron, von dem ich reden konnte – nur einen Kreis, in den Staub gezogen. Als der Affe da war, benutzte ich ihn, um Hörer anzulocken und, während ich meine Geschichten erzählte, sah ich scharf nach den Qasasyun aus. Ich konnte sie gewöhnlich selbst in ihren Verhüllungen erkennen, an der Art, wie sie versuchten, ihre Augen dämmrig und unkritisch aussehen zu lassen. Aber auch dann noch bin ich in meiner Jugend oftmals verprügelt worden, während ich mich anstrengte, die Kunst der Interpolation zu verfeinern.

Doch genug von mir. In dem Abschnitt, der jetzt folgt, erscheine ich überhaupt nicht …

Qaitbay, der Sultan von Ägypten, hatte Angst vorm Einschlafen. Während seine Elite-Khasskiya-Garden und sein Arzt über ihm wachten, pflegte er dazuliegen, mit geschlossenen Augen, willens, sich in Schlaf zu versetzen, entschlossen, nicht einen Muskel zu regen, aber innerlich krank vor Angst.

Oft in solchen Nächten stand er von seinem Schreckenslager auf und machte sich, eine Gallabiyya als Verkleidung umgeworfen, aus der Zitadelle auf, nur begleitet von seinem Giftkoster und dem schwarzen Eunuchen Masrur. Dies war eine solche Nacht. Er kam aus der Hintertür heraus, sog die Luft ein und beschloß, daß er den Katzenvater zu besuchen wünschte, und so zog das Trio nordwärts, dem älteren fatimidischen Teil der Stadt zu. Der Sultan saugte den Schmutz und das Durcheinander tief in sich ein. Direkt außerhalb der Hinterpforte kreuzte sich ihr Weg mit dem eines Aussätzigen, der ein Schwert trug. Ein wenig weiter weg, in den Tataren-Ruinen, kamen der Sultan und seine Begleiter an einem jungen Bettler vorbei, der auf einer Mauer schlief, und sie bemerkten, daß sein Mund von Blut umgeben war. Direkt außerhalb des alten Teils der Stadt, am Zuwaila-Tor, standen sie still, um einen Neger in seinem Käfig tanzen zu sehen.

Hier, nahe dem Zuwaila-Tor, wimmelte es die ganze Nacht über von Menschen. Der Sultan sah sich die Gesichter in der Menge recht nahe auf alle Einzelheiten hin an, denn er erinnerte sich, daß der Dawadar ihm neulich erzählt hatte, daß er glaubte, Gott schaffe für jedes vorstellbare Gesicht ein Individuum, das dazu paßt. »Ja«, murmelte der Sultan unter seiner Kapuze bei sich, »es mußte ja jemand mit so einem Gesicht geben.« Die Beobachtung des Dawadars hatte ihn beeindruckt; er fand sie merkwürdig tröstlich.

Während er an diese und ähnliche Dinge dachte, kam Qaitbay zum Haus des Schlafes, klopfte an und trat ein; er war sich dabei nicht bewußt, daß er, wie jedermann in Kairo, von ein paar kränklichen alten Bettlern beobachtet wurde.

Der Pförtner grüßte den Sultan sehr förmlich, als er und seine Gefährten durch die Tore des Hauses des Schlafes fegten. Dann schwangen diese Tore wieder hinter ihnen zu, denn der Katzenvater würde diese Nacht keine Besucher mehr empfangen. Der Vater kam aus den Kellern heraus, um sie zu begrüßen. Er versuchte, den Fuß des Sultans zu küssen, aber der Sultan zog den Fuß unter sein Gewand und richtete den Vater auf. Der Sultan wurde zu der Kolonnade auf der anderen Seite des Innenhofes hinübergeleitet, wo Kissen für sie ausgelegt waren, doch die Begleiter des Sultans ließen sich auf Matten nahe der Eingangstür nieder, wo sie den Rest der Nacht leise schwatzend zubringen würden. Eine Kohlenpfanne – angezündet nicht wegen der Wärme, sondern wegen des Lichtes – wurde herbeigebracht und in die Mitte des Hofes gestellt. Die Nacht war fast zu heiß zum Atmen, und die Begleiter des Sultans schwitzten leise in ihre Gewänder hinein. Der Katzenvater und der Sultan machten es sich unten bequem und betrachteten einander ein paar Augenblicke schweigend. Sie waren merkwürdig ähnlich – zwei magere, dürre, weißbärtige alte Männer, jeder an die Ausübung absoluter Macht gewöhnt.

»Friede sei mit Euch, o Sultan.«

»Und mit Euch, o Katzenvater.«

»Friede sei mit Eurem Hause.«

»Und mit dem Euren.«

»Wie steht es mit Eurer Gesundheit?«

»Gut, sie ist gut, Gott sei gelobt.«
»Dank sei Gott.«
»Und wie steht es mit Eurer Gesundheit?«
»Gut, sehr gut, gelobt sei Gott.«
»Dank sei Gott.«
»Und Euer Haus ebenfalls?«
»Alles geht gut in meinem Hause, gelobt sei Gott.«
»Lob und Dank sei Gott.«
»Und Euer Haus? Wie steht es mit Eurem Haus?«
»Gut, wie Ihr sehen könnt. Ihr ehrt es mit Eurer Gegenwart, Lob sei Gott.«
»Gottseidank. Es wird gesagt und richtig so gesagt, daß die Gastfreundschaft, die in Eurem Hause geboten wird, so reichlich und so unbeschränkt ist, daß der Gast des Hauses vergißt, daß er ein Gast ist und nicht der Besitzer.«
»Der Sultan belieben zu scherzen. Die Gastlichkeit meines Hauses, wie es so ist, ist nur der schwächste Widerschein des Widerscheins des Widerscheins der Gastfreundschaft und Großmut des Sultans, dessen Ruf auf diesem Gebiet sich bis zu den Enden der bekannten Welt erstreckt und dessen Freigebigkeit Gesprächsthema selbst bei Tieren und Dschinnen ist.«
»Gott hat mich mit vielen Dingen gesegnet, nicht zuletzt mit einem Ruf, den zu verdienen ich allzuwenig getan habe, aber gewißlich ist die größte aller Segnungen, die Er über mich ausgeschüttet hat, die Freundschaft mit dem Katzenvater.«
»Ich fürchte, daß die Vortrefflichkeit des Charakters des Sultans so überaus groß ist, daß er niemals die Gefährten finden wird, auf welche seine zahllosen Verdienste Anspruch hätten.«
»Solche Worte des Lobes von einem so gelehrten und weisen Mann sind schon mehr, als ich verdiene.«
»Es sind die Zeiten, die Menschen weise machen. Unter Eurer gütigen Herrschaft, o Sultan, hat Gott Ägypten gesegnet, und alle Menschen können weise oder reich werden, wie sie möchten.«

»Es heißt, daß die Weisen und die Reichen die Pfeiler des tugendhaften Staates sind.«
»Und es heißt, daß eine gründliche Kenntnis rechter Maximen neun Zehntel der Weisheit ausmacht.«
»Dank sei Gott.«
»Dank sei Gott.«
Ein paar Seufzer und ein ungemütliches Schweigen.
»Die Gastfreundschaft meines Hauses ist die Eure. Wäre es dem Sultan angenehm, falls ich für ihn den gleichen Trunk bereite, den er hier schon bei früheren Besuchen gekostet hat?«
Wieder eine Pause. Ein paar Katzen kamen heran, um sich streicheln zu lassen. Der Sultan wußte, daß der Vater auf den Opium-Schlaftrunk anspielte, den er immer zu sich nahm, wenn er kam, um über Nacht im Hause des Vaters zu bleiben. »Ich wäre entzückt, etwas von Eurer vortrefflichen Gastfreundschaft zu erhalten.«
Der Vater klatschte in die Hände und gab Anordnungen, die Mischung vor den Augen des Sultans vorzubereiten. Während das weiterging, hüstelte der Sultan ein wenig und sagte: »Alles ist in Ordnung mit mir und meinem Haus, dank den Segnungen und dem Schutze Gottes, des Allbarmherzigen und Allweisen«; er zögerte; »nur letzthin, das muß ich zugeben, gibt es ein paar ganz triviale Sachen, die ich zu anderen Zeiten sicherlich amüsant gefunden hätte, die mich aber jetzt ein ganz klein wenig irritieren.«
»Ah.«
»Da ist die Ankunft der Lachenden Derwische in meiner Stadt, gegen deren kindische Tricks kein Mensch gefeit ist. Wo kommen diese verrückten Leute her?«
»Ah.«
»Dann, vor ein paar Tagen, erzählten meine Offiziere mir, daß sie einen Mann verhaftet hätten, der in jeder Weise mein Doppelgänger war, mit meinem Gesicht, meinen Augen und sogar meinen Kleidern.«
»Euer Doppelgänger? Sie haben Euren Doppelgänger gefunden? Seid beruhigt, mein Fürst. Jede menschliche Per-

sönlichkeit existiert in zwei Teilen. Ich habe auch meinen Doppelgänger. Da ist der Teil von mir, der hier sitzt und mit Euch spricht, und da ist der Teil, der ich nicht bin und von dem Ihr nichts wißt. Es ist sehr selten, daß man etwas von dem anderen erfährt, aber in gewisser Weise ist Euer Leben nur ein halbes Leben ohne Euern Doppelgänger. Habt Ihr eigentlich jemals von Shiqq gehört?«
»Der Name klingt mir bekannt, aber ich kann mich nicht besinnen, daß man ihn mir vorgestellt hat.«
»Shiqq ist ein halber Mann. Er hat ein Auge, ein Ohr, einen Arm und ein Bein.«
»Ich würde diesem Monstrum gern begegnen.«
»Leider ist er keiner von Euren Untertanen. Er und sein Gefährte Satih bewohnen die *'Alam al-mithāl.* Aber vielleicht werdet Ihr ihn treffen. Die *'Alam al-mithāl* ist der Erde sehr nahe gekommen. Shiqq ist ein extremer Fall, aber auch so kann man sagen, daß ein Mensch, der schattenlos ist, nicht viel hat, das ihn auf dieser Erde halten kann.«
Der Sultan verhehlte sein Gefühl der Mystifikation nicht. »Aber dieser Mann, der aussah wie ich – meint Ihr, ich hätte ihn nicht hinrichten lassen sollen wegen seiner unverschämten Anmaßung meiner Person?«
»Oh! Ihr habt ihn hinrichten lassen!« (Der Sultan bemerkte nicht, daß der gemeine alte Mann ihn heimlich auslachte.) »Wie Ihr wißt, die Angelegenheiten des Wachzustandes gehen mich nichts an. Ich bin nicht Euer Wezir oder Dawadar. Ich bin nicht der Mann, der über Leben und Tod Eurer Untertanen zu entscheiden hat. Ich bin nur ein bescheidener Sucher, der die Geheimnisse des Lebens erkunden möchte.«
Der Trunk war nun bereit und wurde dem Sultan in einem Messingbecher gebracht. Auch einige Kuchen erschienen auf einem Teller. Der Sultan schnippte mit den Fingern, und der Giftkoster kam von der anderen Seite des Hofes, versuchte ein paar Kuchen und nippte von dem Becher. Er zog ein Gesicht und reichte ihn dem Sultan. Der Sultan

trank, während er die ganze Zeit Grimassen schnitt. Das Zeug schmeckte widerlich. Der Giftkoster kehrte an seinen Platz zurück.

»Und dann scheint da Unruhe aufzukommen über unsere Weiderechte an der Anatolien-Grenze. Die Osmanen werden sie anfechten ...«

Der Vater unterbrach ihn unhöflich.

»Ich sage Euch, mich interessiert all das gar nicht. Ich bin Euer Schlaflehrer. Erzählt mir von Eurem Schlaf und Euren Träumen.«

Qaitbay sank auf einen Ellbogen zurück. Er fühlte sich langsam etwas entspannter.

»Vater, ich habe richtig Angst zu schlafen, weil ich fürchte, ich hätte den Arabischen Nachtmahr.«

»Ihr habt ihn nicht.«

»Ich habe ihn nicht?« Die Stimme des Sultans war argwöhnisch.

»Ich kann das sagen. Das Opfer hat etwas ganz Bestimmtes in seinem Aussehen. Das Leiden, das er bringt, höhlt den Menschen aus. Ruht in Frieden. Der Arabische Nachtmahr hat Euch noch nicht berührt.«

»Da ist noch etwas anderes in meinen Träumen.«

»Ah.«

»Es geht mich nicht direkt etwas an, nur als Euer Freund. Ich träumte, ich sähe Euch aus großer Entfernung, wie Ihr aus dem Haus des Schlafes kamt. Ihr hattet mich auch gesehen und tratet näher, um mich zu grüßen. Aber ein anderer Mann kam aus dem Haus des Schlafes und kroch hinter Euch her, bis nur eine Handspanne Abstand zwischen ihm und Euch war. Ich sah, daß er ein Messer ganz fest in der Faust hielt, aber ich stand völlig gelähmt und kraftlos da, so daß ich Euch nicht retten konnte, als der Mann ganz nahe kam, um sein Messer in Euren Rücken zu senken. So rate ich Euch, lieber Freund, seid vorsichtig. Ihr habt viele Feinde, und ich könnte vielleicht nicht immer imstande sein, Euch zu schützen ...«

Der Vater unterbrach ihn hier. Er war wütend.

»Der arme alte Mann? Warum habt Ihr ihn nicht gerettet? Warum habt Ihr ihn denn nicht gewarnt? Ihr könnt es Euch doch nicht leisten, Freunde so sterben zu lassen! Was habt Ihr denn gedacht, daß Ihr tätet?«
Qaitbay war beleidigt.
»Ich habe es doch gesagt. Ich war gelähmt und außerdem war es ein Traum, ein Omen von dem Geist, der über uns wacht.«
»Tscha! Was für ein Unsinn! Zunächst einmal: Träume sind keine Omen, sie sagen keine Ereignisse vorher.« Aber innerlich war der Vater beunruhigt; denn er wußte, daß, obgleich Träume keine Ereignisse voraussagen konnten, sie doch welche erzeugen konnten und das auch tatsächlich taten. (Vane, der im Schatten verborgen horchte, war vom Traum des Sultans nicht minder beunruhigt.) Der Vater gestattete sich keinen Anflug von Unbehagen, er machte eine ärgerliche Handbewegung und fuhr fort: »Aber jener Traum handelte von etwas anderem als ihr dachtet. Der alte Mann, den Ihr ermordet gesehen habt, war nicht ich.«
»Ich?«
»Ja, Ihr. Ihr träumt immer nur von Euch selbst, wie sehr Ihr Euch auch verkleiden mögt. Ich stehe für Euch in Euren Träumen. Ich habe diese Ehre schon gehabt.«
»Dann habe ich also von meiner eigenen Ermordung geträumt?«
»Nein. Ihr habt davon geträumt, was Ihr möchtet. Ihr träumt immer nur von dem, was Ihr möchtet, wie immer verkleidet es sei. In diesem Fall steht Tod für Schlaf, den älteren Bruder des Todes, tiefen, traumlosen Schlaf. Es ist Eure Sehnsucht nach Schlaf, die Euch heute nacht hierhergebracht hat. Nichts bedeutet, was es zu bedeuten scheint; alles weist auf etwas anderes hin. Ferner, wenn Ihr Träume wie diesen im Gedächtnis behalten könnt, dann könnt Ihr keinesfalls den Arabischen Nachtmahr haben, denn seliges Vergessen folgt unweigerlich seinen Torturen. Und noch mehr ...«

»Noch mehr?« Die Augen des Sultans fingen langsam an, sich zu trüben, obgleich er noch aufrecht saß.
»Natürlich ist da noch mehr! Was für einen Zweck hat mein Unterricht denn gehabt, wenn ihr Ihr in Euren Träumen gelähmt dasitzt und beobachtet, wie Eure Freunde umgebracht und Eure Frauen vergewaltigt werden und Eure Schlösser zerfallen? Nein, Ihr müßt eingreifen, mein Fürst, und erfolgreich eingreifen. Wir wollen es heute nacht nochmals versuchen.«
Qaitbay war nach hinten in die Kissen gesunken. Er war zu müde, um auf den Zornesausbruch seines Lehrers zu antworten. Er fragte sich, ob es nicht wahr sei, daß der Vater beleidigt war, wenn er in jemandes Traum ermordet wurde.
»Ihr habt meine Zweifel wegen des Arabischen Nachtmahrs noch nicht vollständig vertrieben, o Katzenvater! Natürlich, wenn ich wach bin, weiß ich, daß Gott es nie leiden würde, daß der Beschützer der Gläubigen dessen Opfer würde. Nur in meinen Träumen habe ich diese Angst, und in meinen Träumen bin ich so verwirrt, daß ich es niemals ganz fertigbringe, mir zu beweisen, daß ich ihn nicht habe.«
»Habt Ihr nur in Euren Träumen Angst, den Arabischen Nachtmahr zu haben?« Der Vater sah zufrieden aus. »Das ist zumindest ein Zeichen für Fortschritt. Es ist ein Zeichen, daß Ihr anfangt, einen ganz schwachen Grad von Klarheit in Euren Träumen zu erreichen. Jetzt entspannt, schließt die Augen und denkt daran, im Wachen und im Schlaf: Ihr seid der Sultan.«
Qaitbay schloß die Augen nicht unmittelbar danach, und eine Zeitlang schwangen sich die Sterne ganz verrückt über ihm, ehe drogenbeladene Wolken die Sicht auf sie verdeckten und der Katzenvater neben ihm kniete und ihm etwas ins Ohr flüsterte.
Gegen Morgen, kurz vor dem ersten Gebet, kam der Vater in den Hof hinab, und nachdem er festgestellt hatte, daß die Gefährten des Sultans nicht hinsahen, gab er Qaitbay

einen Stoß in die Rippen. Dann rezitierte er dem noch immer sehr angeschlagenen Sultan das alte arabische Sprichwort: »Wer ein Drittel der Nacht schläft, hat ebenso gut getan wie der, der die halbe Nacht schläft, und wer die ganze Nacht schläft, wacht als Idiot auf.«
Nachdem sie zitternd ihre Wollgewänder um sich geschlagen hatten, gingen der Sultan und seine Gefährten hinaus in die grauen, nebligen Straßen Kairos. Und sie gingen auch nicht fort, ohne beobachtet zu werden.
Später an diesem Tag, als der Vater mit einem schwierigen und am Ende erfolglosen Versuch beschäftigt war, ein Katzenhirn zu sezieren, machte er müde eine Pause und wischte seine Instrumente ab. Er sah auf die blutige Katze: »Jedermann tötet, was er liebt.« Dann starrte er Vane spöttisch an. Vane fragte sich, wer es wohl sei, der liebte und wen er töten sollte, aber er blickte nur finster und sagte nichts. Der Vater jedoch war nicht abzulenken.
»Hast du jemals jemanden getötet, Vane?«
Vane, in Panik auf eine klare Lüge verfallend, schüttelte heftig den Kopf. Die Augenbrauen des Vaters hoben sich und er lächelte langsam: »Du solltest aber! Bring jemanden um, Vane. Es ist gut, einen Menschen zu töten. Wer einen Menschen getötet hat, schläft leicht.«
Vane antwortete hölzern, daß er es immer so verstanden hätte, daß Mörder wirklich besonders schlecht schliefen, weil sie ein schlechtes Gewissen hatten. Der Vater leugnete, daß irgendwelche Wahrheit in dieser Marktplatzfabel sei, und hielt daran fest, daß es fünf Dinge gäbe, die ein Mann tun müsse, bevor er ein richtiger Mann war: Opium rauchen, mit der Frau eines anderen schlafen, ein Handwerk lernen, die Pilgerfahrt nach Mekka machen – und einen Menschen töten.
Als der Vater an diesem Abend das Haus verließ, folgte ihm Vane, inspiriert von einem Gefühl für Spaß oder von mörderischen Instinkten (es war ihm selbst nicht klar, was es war). Der Vater ging langsam und dachte offenbar tief nach. Vane ging auf Zehenspitzen hinter ihm her und zog

dabei sein Messer aus dem Gürtel. Und so gingen sie weiter, Straße um Straße, ein alter Mann zu seinem unbekannten Ziel im westlichen Teil der Stadt, während Vanes Messer fortwährend ein oder zwei Zoll von seinem Rückgrat entfernt schwebte. Vane hatte sich entschlossen, daß, falls sich der Vater umdrehte, er mit dem Messer zustoßen würde. Er hätte ja auch gar keine andere Alternative. Dann waren sie plötzlich in dem menschenerfüllten Raum vor dem Zuwaila-Tor. Der Vater ging in die Menschenmenge, und Vane mußte das Messer wieder einstecken.

Dann kehrte er auf demselben Wege um, dem Ezbekiyya-Viertel zu, mit der Absicht, den Abend, wie schon mehrere vorhergehende Abende, mit der so gut wie sicher aussichtslosen Suche nach dem kleinen Gartenhaus zuzubringen, wo Balian, wie er sagte, Zuleikha gefunden hatte. Aber irgendwo kurz vor der Ezbekiyya sah er, oder dachte er sähe, die gelbe Kleidung und wohlbekannte Form von Zuleikha.

»Zuleikha?!«

Aber der Verwesungsgeruch gab ihm die Antwort, ehe sie sprach, wobei sie ihr Gesicht enthüllte.

»Nein. Eine Prostituierte und eine Perle sind gleich; beide täuschen euch in der Dunkelheit. Willst du mit mir gehen?«

Vane paßte sein Tempo Fatimas wackelnden Schritten an.

»Laß mich dich berühren.«

»Nein. Ich zerfalle.«

»Ist es Lepra?«

»Nein, ich wollte, das wäre es ...«

»Ich dachte, du hättest Kairo verlassen. Ich bin nach außerhalb gegangen, um dich zu suchen.«

»Nein. Ich kann Kairo nie verlassen.«

»Was machst du hier? Verkehrst du mit deiner Schwester?«

»Nein. Nach unserer Flucht haben wir uns getrennt.«

»Aber Cornu und seine Brüder sorgen für dich. Sind das deine Freunde?«

»Nein. Ich dachte das zuerst, aber wir sind nur zeitweise Verbündete. Ich mach meine Morde, und sie schützen mich, wenn ich verfolgt werde.«
»Du tötest so wie's kommt?«
»Nein. Ich bin wirklich erstaunt, Michael. Ich hätte gedacht, daß du oder dein Meister jetzt die Beziehung herausgefunden hättest. Emire und Bettler, die waren alle meines Vaters Kunden, offen oder geheim.«
»Du meinst, Großvaters.«
»Nein, seine Ideen und ihr Körper waren meine Eltern.«
»Du warst nicht immer so, so orakelhaft.«
»Nein. Die Dinge ändern sich. Der Geisteszustand meiner Schwester verschlechtert sich immer mehr und damit auch mein Körper.«
»So, du willst also den Katzenvater umbringen?«
»Nein, er ist zu stark für mich. Ich wage nicht, mich ihm zu nähern. Du mußt das für mich tun. Wenn du mich jemals geliebt hast, töte ihn. Töte ihn und übernimm das Haus des Schlafes! Töte ihn, bevor noch Schlimmeres über euch kommt. Wenn du mich je geliebt hast, tu es. Laß den alten Mann leicht ins Grab gehen.«
Vane hatte auf der Zunge zu sagen, daß er sie noch immer liebte, aber er dachte an diese Berichte von Morden, die nächtlich in Kairo passierten und die abstoßenden Einzelheiten, die man überall darüber hörte. Das scheue Mädchen, das er einst gekannt hatte, war durch eine unversöhnliche böse Ghul ersetzt worden. Sie gingen eine Weile schweigend dahin. Vane dachte daran, wie er früher an diesem Abend hinter dem Vater hergegangen war. Er empfand keine Sympathie für seinen Lehrer und er redete sich nicht ein, daß sein Lehrer ihn besonders mochte, aber der Gedanke, den Vater zu töten, empörte ihn. Er war so dünn und sehnig, die Haut ganz trocken und ledrig, und die scharfen Knochenenden stachen fast hindurch. Er hätte ihn lieber im Dunkeln getötet, wenn der alte Mann im Schlaf lag, aber der schien nie zu schlafen. Vane stellte ihn sich vor, wie er sich auf dem Boden ausstreckte, die

Augen offen und ohne Zwinkern an die Decke starrend. Sie näherten sich der brodelnden Durchgangsstraße Bain al-Qasrain. Sie drehte sich um und erhob die Hand, offenbar zum Abschied. Vane war verzweifelt.
»Komm mit mir. Ich finde einen Platz für dich, wo wir bleiben können.«
»Nein, ich habe dir doch gesagt, ich zerfalle. Ich verliere sehr schnell Farbe und Stärke.«
»Treffen wir uns wieder?«
»Nein. Such nach meiner Schwester. Du hättest sie lieben sollen. Es gelüstet sie nach dir, und sie sagt Ja zu allen Männern.«
»Finde ich deine Schwester hier?«
»Nein, nicht mehr. Aber du wirst sie oft in der Totenstadt finden, gegen Tagesende.« Und damit erhob die Mörderin nochmals ihre Hand und schlüpfte in die Menge.

Vane ging zum Haus des Schlafes zurück und richtete sich in dieser Nacht darauf ein zu träumen, daß er noch einmal in dem verborgenen Zimmer sei. Zuleikha wandte sich zu ihm und fragte, ob ihre unsichtbare Spielgefährtin erscheinen dürfe. Er nickte, und sie wandte sich der Mauer zu. Sie sang, während sie sich konzentrierte. Langsam lösten sich einige der Risse von der Wand und wedelten in der Luft wie Rauchzweiglein. Dann nahmen diese Rauchzweiglein auch langsam Form an und füllten sich mit Farbe, und Fatima, bleich und bebend, stand vor ihnen, sich formend und in der Luft zusammenziehend. Sie prüften sie mit Rätseln. Zuleikha neckte den Geist und amüsierte sich, aber Vane, fasziniert von Fatimas unbeweglichem rundem Gesicht und ihren niemals stockenden Antworten, wurde von tieferen Gefühlen angezogen. Zuleikha ließ ihre Hände fiebernd ununterbrochen über seinen Körper laufen, aber er saß da, merkte nichts, und starrte und starrte nur auf ihre imaginäre Spielgefährtin.
Er träumte auch von dem Somnambulisten am Zuwaila-Tor. Messer in der Hand, kam der Schlafwandler aus sei-

nem Käfig heraus. Die Straße fing unter den Füßen des riesigen Negers an zu schwanken, und Licht und Schatten fegten in unregelmäßigen Diagonalen durch den eingeschlossenen Raum. Einmal wandte der Somnambulist sein Gesicht um, und der Fackelschein zeigte das weitaufgerissene Weiße seiner Augen und ein feines Geflecht von silbrigem Schweiß.

Eindruck von einem Stadtgarten

Warum, so frage ich mich, kann ich Balian so ganz und gar nicht leiden? Das ist doch wirklich komisch! Ich hatte erwartet, Ohrenschmalz in meinen Fingernägeln zu finden, aber weshalb Erde? Also, ich fange nochmal an. Warum, frage ich mich, mag ich Balian so gar nicht leiden? Er ist großartiges Material für meine Geschichte, biegsam und träumerisch. Ich nehme an, daß die Tugenden, die ihn zu gutem Material für die Geschichte machen, Untugenden sind, wenn es um ihn als Person geht. Ich beurteile ihn als Mann ohne Rückgrat, passiv. Er liegt nur herum und wartet, unterhalten oder, zur Abwechslung, unangenehm überrascht zu werden. Es macht mir deshalb großen Spaß, zu erzählen, was ihm als nächstes passiert. Lehnt euch auf euren Lagern zurück, entspannt euch und hört zu: Hört, was ihm als nächstes passierte …

Balian war in Bain al-Qasrain, und suchte den Markt nach verfaulenden Früchten und Gemüse ab – ohne viel Erfolg, denn die Araberjungen waren auch da, und sie hatten mehr Erfahrung als er und stürzten sich wie Aasgeier auf die verdorbenen Bissen. Dann merkte Balian, daß jemand, eine Frau, ihn ansah und sogar versuchte, seine Augen mit den ihren zu treffen. Er hob den Kopf und sah eine junge Frau, nur leicht verschleiert, die ihn liebkosend beäugte. Die Lider zuckten kurz; sie wandte sich ab und deutete ihm mit einer kaum wahrnehmbaren Handbewegung an, ihr zu folgen.
Bald verließen sie die breite Hauptstraße von Bain al-Qasrain und gingen hinauf durch getreppte Gassen mit Kopfsteinpflaster, die immer enger und immer dunkler wurden. In diesem Teil Kairos war es, als ginge man durch ständige Nacht. Nur eine Ruine ließ gelegentlich etwas Licht und Raum ein. Die Frau eilte dahin, ohne je zurückzublicken, bis sie sich schließlich in einem kleinen Innenhof befanden. Sie klopfte an eine Tür, die tief in die Mauer eingelassen war, und rief denen dahinter etwas zu. Ein Nubier von enormem Ausmaß öffnete die Tür, und während sie eintrat, wandte sie sich um und deutete ihm an, das gleiche zu tun. Balian folgte ihr in einen Garten. Ein schön gepflegter Gang zwischen Zypressen dehnte sich vor ihm, an dessen Ende ein Sommerhaus stand. Auf den Stufen des Sommerhauses saß eine junge Dame, fast noch ein Mädchen, unverschleiert, aber ausgiebig eingewickelt in Seide und bestickte Brokate. Ein goldenes Auge hing

über ihrer Stirn und ihre Hände waren mit juwelenbesetzten Ringen bedeckt. Eine Hand stützte ihr nachdenkliches Haupt, während sie an der anderen einen Pfauenfederfächer herabbaumeln ließ.

Sie rührte sich nicht, als Balian den Garten betrat, sondern starrte schwermütig in die Ferne. Obgleich Balians Führerin verschwunden war, waren sie nicht allein im Garten, denn ein alter Mann mit einen schmutzigen weißen Turban saß vor dem Sommerhaus und sonnte sich, und der Pförtner stand dicht hinter Balian. Er begann auf die Dame zuzugehen, aber nach ein paar Schritten fiel die Hand des Pförtners auf seine Schulter.

»Warte und hör zu«, sagte der Nubier.

Ein Affe kam aus dem Schatten des Sommerhauses hervor. Er trug ein goldenes Halsband und eine Kette, stand aufrecht und kratzte sich. Er verneigte sich vor der Dame und wandte sich dann zu Balian, wobei er zwei perfekte Zahnreihen zeigte.

»Du bist ein Franke?« fragte er. Balians Kinnlade fiel vor Erstaunen herab, und die Dame kicherte.

»Paß jetzt auf das auf!« sagte der Affe und, nachdem er sich der Dame zugewandt hatte, begann er sie anzureden oder vielmehr etwas zu rezitieren, denn Balian, der sorgfältig hinhörte, fand heraus, daß der Affe persische Poesie rezitierte. Es klang höchst wohltönend und großartig. Dann näherte sich der Affe der Dame und schlug ihre Hand mit seiner Pfote, und während er den Arm um ihre Schulter schlang, flüsterte er der Dame etwas zu, was wohl Liebkosungen waren. Sie schien zuerst erheitert, dann gelangweilt, und schließlich machte sie sich los. Dann sagte der Affe, die Augen rollend, zu Balian: »Komm näher. Meine Herrin möchte wissen, wer ein besserer Liebhaber ist, ein Affe oder ein Franke. Laß uns mal sehen, ob du's so gut kannst wie ich.«

Balian fühlte, daß der Griff des Nubiers an seiner Schulter sich lockerte und ging voran. Er fühlte sich schwindlig vor Hunger und Erstaunen. Die Dame änderte ihre Stellung.

Sie sah ihn ermutigend an, aber er hatte Schwierigkeiten zu sprechen. Er hatte das Gefühl, daß er dies schon einmal erlebt hatte, in dem gleichen Garten gestanden und es schwierig gefunden hatte, zu der gleichen Dame zu sprechen. Nicht unbedingt vor sehr langer Zeit. Vielleicht erst vor ein paar Sekunden? Oder war es nicht vielleicht eher so, daß er sich eines Tages in ferner Zukunft wieder in derselben Lage befinden würde? Oder hätte es sein können, daß er erwartet hatte, genau so etwas würde jetzt passieren? Das Gefühl war unbestimmt und doch stark.
»Meine Dame«, fing er schließlich an. »Ich fühle mich geehrt, Euer Gast zu sein und würde gerne mit Euch sprechen und ausführen, was immer Ihr wünscht, doch bitte ich Euch zunächst, mir etwas zu essen und zu trinken zu geben; denn ich habe seit vielen Tagen nichts gegessen und bin schwach vor Hunger.«
Nun setzte sich der alte Mann mit dem Turban aufrecht hin und sprach: »Die Dame möchte, daß du sie mit feinen Worten und Bewegungen verführst. Sie bietet sich dir an, wenn du sie nur überreden kannst, und sie ist leicht zu überreden. Sie bietet sich nur einmal an.«
Aber Balian hatte das Gefühl, sie würde sich wieder anbieten – oder war es so, daß sie das schon getan hatte? Er wollte gern argumentieren: »Mit Vergnügen ...«
»Du kannst es doch sicher besser als ein Affe?«
»Meine Dame, ich weiß nicht, was Ihr von mir wollt, aber um Gotteswillen, gebt mir etwas zu essen.«
»Der is nich gut«, sagte der Affe, der neben ihr saß; und er fing an, triumphierend zu schnattern.
Balian versuchte, zu ihnen hin zu eilen, aber er sah aus dem Augenwinkel, wie der Pförtner sich in Bewegung setzte. Er drehte sich um, und die Faust des Pförtners traf ihn zwischen die Augen.

Als er wieder zu sich kam, war er nicht in dem schönen Garten, sondern hingeworfen neben einer Fontäne an einem öffentlichen Weg in einem völlig anderen Teil Kairos.

Sein Kopf tat ihm ganz entsetzlich weh, und er war immer noch hungrig. Werde ich diese Tür jemals wiederfinden und diese Dame wiedersehen? fragte er sich. Er konnte nicht umhin, über die Leistung des erstaunlichen Affen nachzudenken. Was bedeutete das? Er hatte gelesen, daß der selige Niko von Köln, der Philosoph, der Auffassung war, Affen und Menschen seien eng verwandt. In seinem Buch »De Senectute Naturae« hatte Niko behauptet, daß Affen von den Menschen abstammten; daß sie die barbarischen, degenerierten Nachkommen des vollkommenen Adam im Garten Eden waren. Eine gewisse Restfähigkeit zu sprechen, so behauptete Niko, war von Reisenden berichtet worden, die bestimmte Affenstämme im Herzen Afrikas beobachtet hatten ...

Diese Gedankenkette wurde durch einen Leichenzug unterbrochen. Eine Gruppe von *mashaliyat* – Gassenkehrer und Leichenwäscher – kamen den Weg herunter auf ihn zu. Ihre Schultern trugen ein Brett. Ein Leichnam in baumwollenem Leichentuch lag unsicher balanciert auf dem Brett. In der Hoffnung, eine Brotkruste von ihnen erbetteln zu können, stand Balian schwankend auf. Da er ihnen den Weg verstellte, hielten sie an und setzten ihre Last nieder.

»Es ist eine Tat der Nächstenliebe, die wir tun.« Ihr Anführer ließ seinen Daumen nach hinten springen, während er Balian anredete. »Wir begraben diejenigen, die wir draußen bei der Zitadelle finden, was da aus der Arqana rausgeschmissen wird – aber man kann dabei immer noch was rauspicken.«

Und als er das sagte, griff er in die weiten Falten eines seiner Ärmel und brachte eine kleine Dose von höchst komplizierter orientalischer Konstruktion hervor.

»Zwei Dinar für dich. Hübsches Stück Arbeit. Ich sehe schon, du hast 'n Auge für sowas.«

»Sehe ich so aus, als ob ich zwei Dinar hätte?«

Der Anführer zuckte die Achseln. »In dieser Stadt sind nur wenige so, wie sie aussehn.«

»Eine Brotrinde, ich bitte dich, oder gilt eure Nächstenliebe nur den Toten?« Sie alle schüttelten den Kopf.
»Wir haben kein Essen abzugeben. Aber komm mit uns. Wir gehen zur Totenstadt. Da findest du bestimmt Mengen von Essen.«
Etwas verwirrt folgte Balian ihnen. Als sie endlich die Totenstadt erreichten, war es Spätnachmittag, und die Sonne des Spätnachmittags wärmte Balians Knochen, während die aufkommende Brise seine Haut kühlte. Der Blick in die Totenstadt war ganz ungewöhnlich. Dutzende von Familien und Paaren hielten ihr Picknick zwischen den Mausoleen. Die *mashaliyat* mit Balian hinter ihnen trotteten zwischen den vergnügten Familien und an den Gräbern entlang. Sie versuchten, die Dose zu verkaufen, und er bettelte um Brot, beides erfolglos. Plötzlich hörten sie eine Stimme, über ihren Köpfen und links davon. Sie wurden zurückgerufen. Etwas Gelbes war undeutlich im Schatten eines Marmorpavillons zu ahnen. Erst als auch er in den Schatten trat, war Balian imstande zu erkennen, daß es Zuleikha war, die mit gekreuzten Beinen auf der Steinplattform des Pavillons saß.
»Zu mir! Zu mir, ihr Gassenkehrer! Zu mir, ihr Kotsammler!«
Die *mashaliyat* ließen ihre Last eilig fallen, wobei der Leichnam vom Brett in den Sand rollte, und eilten hinüber zu ihr. Balian hatte gedacht, sie wollte, daß die *mashaliyat* ihn zu ihr bringen sollten; aber während er hinter ihnen her stolperte, merkte er, daß sie nur Augen für die Dose hatte.
»Die Dose! Meine chinesische Büchse! Sie kommt zu mir zurück!«
Es gab eine Besprechung an der Ecke der Plattform. Sie schüttelte Münzen aus ihren gelben Gewändern in die ausgestreckten Hände der *mashaliyat*, und die Dose wurde ihr übergeben. Dann kehrten sie zu dem Leichnam zurück, und nachdem sie ihn wieder hochgehoben hatten, gingen sie weiter, dem Begräbnisplatz zu.

Grabmal der Mamluken

Schließlich wandte Zuleikha sich zu Balian. »Das ist meine Dose, weißt du. Sie war mir gestohlen worden.«
Balian sah sie an.
»Ist etwas zu essen in der Büchse?« fragte er hoffnungslos.
»Etwas zu essen in der Büchse!« echote sie kryptisch.
Sie streckte ihm die Hand entgegen.
»Du bist auch zu mir zurückgekommen. Du verfolgst mich wie ein Gespenst.«
»Ein hungriges Gespenst.«
Dann fand er, daß er mit ihr auf der Plattform saß. Zuleikha hatte einen Korb mit gezuckerten *Zellabies* bei sich. Sie rief einen der Grabwächter und bezahlte ihm etwas, damit er ihnen Kaffee bringen sollte. Balian griff nach den Zellabies, aber ihre Hand packte ihn am Handgelenk.
»Nein, du sollst erst essen, wenn du mir alles erzählt hast, was dir passiert ist.«
Er protestierte, aber er wurde gezwungen, es ihr zu erzählen, allerdings berichtete er seine Abenteuer so kurz wie möglich. Erst dann wurde seine Hand frei und konnte nach der Speise reichen.
»Ich weiß nicht. Sex mit Affen ist in bestimmten Kreisen sehr in Mode.«
Er hielt in seinem Kauen inne, um zu protestieren.
»Aber der Affe redete!«
»Richtig ... Vielleicht war es Hexerei.«
»So, dann war der Affe in Wirklichkeit ein Mann und die Dame ein Hexe?«
»Vielleicht. Aber es ist wahrscheinlicher, daß der Affe ein Zauberer war und die Dame sein Weibchen, in menschlicher Form verkleidet. Die Kenntnis der Magie ist unter den Tieren nicht unbekannt.«
»Dann hätte ich es also beinah mit einem Affen getrieben?«
»Wer anders als ein Affe würde dich denn in deinem jetzigen zerlumpten Zustand haben wollen? Aber wie üblich hast du deine Gelegenheit verpaßt, weil du zu viel fragen wolltest.«

Es wurde kalt. Die picknickenden Leute fingen an, die Totenstadt zu verlassen, und die Bettler und Vögel kamen hinterher, um die Krumen einzutreiben. Mit dem letzten Stück Süßigkeit vollgestopft, ließ sich Balian zurückfallen und schloß die Augen.

»Du glaubst, das ganze Abenteuer war ein Traum, nicht wahr?«

Schon als er fragte, glitt er langsam hinweg; doch er dachte, er höre ihre Antwort.

»Natürlich. Das war Der Affe.«

»Was ist Der Affe?«

Diesmal hörte er keine Antwort. Es war wirklich nötig, Schlaf zu finden, sei es auch nur in einem Alptraum.

Er wurde bald durch Geschrei wieder hochgerissen. Zuleikha war fort. Statt dessen war der Pavillon von Venezianern und anderen aus dem Karawanserai umgeben. Balians Nase fing wieder an, Blut zu spritzen, und er schloß die Augen, um es nicht zu sehen. Schläfrig hörte er, wie die Italiener über ihn stritten. Sie waren am Nachmittag zur Totenstadt gekommen, nachdem sie gehört hatten, daß einer der ihren, der geheimnisvoll verschwunden war, tot war und hier begraben werden sollte. Einige wollten noch weiter gehen, um sich nach ihm umzusehen. Andere jedoch dachten, daß Balian aussah, als sei er dem Tode nahe, und wollten ihn in die Sicherheit des Karawanserais zurückbringen. Balian war kaum daran interessiert. Das Gerangel dauerte eine Zeitlang. Dann fühlte er, wie starke Arme ihn emporhoben.

Eine obskure Pietà: ein narbiger italienischer Seemann, der einen vom Nachtmahr besessenen Jüngling trug, stand kurz, wie ein Schattenbild, gegen die Totenhäuser. Dann bewegte sich der Seemann hinweg und trug seine Last dem Karawanserai zu.

Vom Zuwaila-Tor zum Muqattam-Hügel

Man kann hier ebenso aufhören wie anderswo. Ich habe Geschichten aus dem Westen gehört und ihnen mit Erstaunen gelauscht, kaum fähig zu begreifen, daß das überhaupt Geschichten waren, so rasch zogen sie vorbei und eilten ihrem vorbestimmten Ende wie Bogenschüsse zu. Im müßig schlummernden Orient ist das anders. Du solltest die Geschichte, die du hörst, eher als eine Reihe von locker ineinandergeschlungenen Bettstätten – Verzeihung, ich wollte natürlich Perlketten sagen –, also als eine Gruppe von Perlen betrachten, die locker aneinandergeschlungen sind, gerade so wie diese Rosenkränze, die, wie wir sehen, gelangweilte alte Männer draußen in den Kaffeehäusern durch die Finger laufen lassen. Nein, Rosenkranz ist auch nicht ganz richtig. Man sollte es eher als eine Fadenfigur ansehen – eine von denen, mit denen Kinder spielen, indem sie mit ihren Fingern an den Knoten zupfen, um vergängliche Figuren zu schaffen. Ich habe gehört, man nennt so was »Katzenwiegen«. Katzenwiegen, Rosenkränze, Betten und Pfeile – worüber rede ich denn bloß? Worauf es ankommt, ist, daß du hier ebensogut aufhören kannst wie irgendwo anders. Ihr habt heute nacht genug gehört. Um Himmels willen, mach Schluß! Ruh dich ein bißchen aus. Schlaf. Was jetzt kommt, ist schwierig …

Eine Orange steigt auf. Eine andere kommt herab. Die Bewegungen der Jongleure sind so schrecklich langsam. Ein Akrobat dreht sich mit scheinbar unendlicher Muße über seine Stangen. Es ist schon sehr spät, und die Massen außerhalb des Zuwaila-Tors werden nun etwas dünner. Der Katzenvater geht von Bude zu Bude. Hier ist der Mann, der den Seiltrick vorführt. Hier ist der gnostische Eskapologe, der sich aus jedem Ding, in das er eingefangen sein mag, wieder losstrampeln kann. Hier ist der Mann, der über Feuer geht, der sich sonderbarerweise freut – nicht, weil er keinen Schmerz empfindet, sondern weil er ihn nur in den Füßen spürt. Hier ist der Mentalist – ein Junge, der auf einem kleinen hölzernen Schemel sitzt und öffentlich Orgasmen bekommt, einfach durch die reine Kraft des Gedankens. Hier ist ein Mann mit einem schmutzigen weißen Turban, der einen Affen an der Kette hält. Was die tun, ist nicht klar. Hier ist der Bärentänzer. Hier ist der Fakir, der seinen Zuschauern mehr Schmerz zufügt als sich selber, wenn er seine Backen und Lippen mit schwerbeladenen Nadeln durchsticht.

Und es gibt noch mehr – Basch Tschalek; der Riese in Ketten; das Schattentheater; der Mann, der Kieselsteine ißt; der Flaschenkobold; der Seiltänzer; der Hermaphrodit. Dies ist der Zirkus der Harten Prüfungen. Die Ausführenden sind meist Mongolen oder Inder. In der Nacht feiern sie die Todesmysterien ihrer Schamanen; Auferstehung und Fruchtbarkeit. Das Mädchen wird zersägt, der Junge auseinandergenommen, das Kaninchen in seinem

Sack zu Tode geschlagen – um dann mit frohem Zimbelklang wieder heil und ganz herauszukommen. Jede Nacht beweisen sich diese berufsmäßigen Helden gegen Wasser, Feuer und Stahl und führen die Fähigkeit des Menschen vor, bei Schmerz prächtig zu gedeihen. Die Zuhörer wußten, daß sie beschwindelt wurden. Denn dafür bezahlten sie ja.
Endlich erreichte der Katzenvater den Käfig von Habasch. Die Inschrift über den Stäben hieß: »Seht und befragt Habasch, den Sklaven, der im Schlaf wandelt und handelt. Todesfälle vorausgesagt. Geliebte wiedergefunden.« Als der Katzenvater den Käfig erreichte, zwängte er einen Becher durch die Stäbe. Habasch rührte sich nicht. Er sah erschöpft aus und war von dicken Narben und Quetschungen bedeckt, Verwundungen, die er immer wieder bekam, wenn er im Schlaf gegen die Stäbe schlug. Lange Zeit betrachteten sie einander schweigend. Schließlich schien der Katzenvater die Geduld zu verlieren.
»Na?«
»Der Becher sagt nicht ›Trink mich‹.«
Habasch kreuzte die Arme.
Der alte Mann schoß hoch.
»Ich sage, trink das.« Seine Augen drangen in die Habaschs. »Trink das und hör zu, was ich zu sagen habe.«
Habasch nippte zögernd an der Flüssigkeit.
»Ich habe ein Buch verloren ...«
»Ich hab's nicht genommen.« Obgleich Habasch verängstigt war, wollte er doch den Katzenvater noch etwas ärgern. Aber der Vater, zufrieden damit, daß Habasch seine Meisterschaft anerkannte, hatte wieder seine gewöhnliche heitere Miene angenommen.
»Ich habe nicht gesagt, daß du das getan hast. Tatsächlich ist das Buch Vane gestohlen worden, von einem italienischen Spion, Giancristoforo Doria, auf dem Weg von Alexandria nach Kairo. Das Buch, das er gestohlen hat, enthält die Quelle aller Geschichten und die Enthüllung des Geheimnisses des Arabischen Nachtmahrs. Zweifellos hatte

der Italiener die Absicht, es dem Geschichtenerzähler zu verkaufen, den man als den Schmutzigen Yoll kennt, oder an Yolls Patrone, aber er wurde von den Mamluken verhaftet, ehe er das tun konnte. Das Buch jedoch fiel in die Hand eines jungen Engländers. Das Gepäck des Engländers im Ezbekiyya-Karawanserai ist schon gründlich durchsucht worden, aber sowohl er als auch das Buch sind verschwunden. Nun darf das Buch nicht meinen Feinden in die Hand fallen. Du mußt es für mich finden.«
Der Neger antwortete immer noch nicht, sondern sah ihn nur ruhig an. Halsstarrigkeit wurde langsam durch Sanftmut ersetzt.
Der Katzenvater drängte weiter: »Nur du kannst mir helfen; denn du träumst, wenn du auf den Beinen bist. Der Becher, den du getrunken hast, enthält ein starkes Schlafmittel. Du wirst eine Nacht und einen Tag schlafen, und vielleicht noch eine Nacht, und während dieser Zeit wirst du in deinen Träumen Kairo durchsuchen und mir bestimmt mein Buch zurückbringen. Du fühlst dich schon ganz schläfrig.«
Habasch stimmte ihm hier nicht wirklich zu, aber irgendwie war es einfacher und angenehmer, es nicht zu bestreiten. Er ließ seine Augenlider ganz bequem herabfallen. Als der Vater sah, daß Habasch, gegen seinen Willen, tatsächlich schon fortdriftete, beschleunigte er seine Rede.
»Sobald ich sehe, daß du in den Traumzustand getreten bist, werde ich den Käfig öffnen. Das Buch zu finden, ist eine ganz einfache Sache. Es handelt sich nur darum, dem Traum den Willen aufzuzwingen. Die *'Alam al-mithāl* wünscht die Wünsche aller Menschen zu erfüllen. Ebenso wie ich meinen Willen dir aufgezwungen habe, so mußt du jetzt deinen Willen der *'Alam al-mithāl* aufzwingen. Du mußt mir das Buch hierherbringen.«
Plötzlich sank Habasch zusammen. Er schlief. Der Vater wartete geduldig. Während er wartete, goß er die Neige des Scherbet weg, denn er hatte Habasch mit Zuckerwasser und Suggestionen in Schlaf geschickt. Habaschs Au-

genbälle rollten. Er begann zu träumen. Wie von unsichtbaren Fäden gezogen, erhob er sich vom Boden des Käfigs. Der Vater dreht den Schlüssel um, öffnete die Tür und leitete den Schlafwandler vorsichtig hinaus.
Habasch stolperte aus dem Jahrmarktsplatz hinaus, während der Vater folgte.
Als er Bain al-Qasrain erreichte, fing er plötzlich an zu rennen, oder vielmehr begann er einen rennenden Mann zu imitieren, denn seine Handgelenke und Arme stießen vor und zurück, seine Knie wurden hochgehoben und sein Atem wurde scharf ausgestoßen; aber er bewegte sich, ach, so langsam. Immer die gleichen Häuser, es gab unendlich viel Zeit, diese Häuser mit ihren verrückten Fassaden zu betrachten, die gleichzeitig behelfsmäßig und überladen waren; die drachenförmigen Türen und zusammengewürfelten Dächer und diese kleinen Gänge und Arkaden, täuschende Perspektiven und zikkuratartige Wendeltreppen. Der Mond strich die Mauern mit einem fürchterlichen Weiß an, das Schmutz und Risse wie Pestbeulen zeigte.
Habasch blickte zurück und hatte ein leuchtendes, mondlichtgleiches Lächeln; denn er wußte, man folgte ihm, und er wußte, daß auf lange Sicht etwas Bestätigendes darin lag, verfolgt zu werden. Irgend jemand irgendwo wollte etwas von ihm. Der Katzenvater, der hinterherrannte, begriff das Lächeln. Der Vater hatte die Absicht gehabt, Habasch zu folgen, wenn der im Traum rannte, aber er beobachtete nun, wie sich Licht und Finsternis auf die Gebäude in dicken, eingekerbten emotionellen Strichen einfärbten; wie die Stadt unter dem Druck rissig wurde und sich neigte, wie Raum und Häuser sich beugten und buckelten und sich um die rennende Gestalt des schwarzen Mannes gestalteten; und er erkannte klar die furchtbare Energie, die er entfesselt hatte und die sich nun unkontrollierbar in die Straßen der Stadt losließ; und er wußte, er wagte dem Renner nicht weiter zu folgen. Er blieb stehen und kehrte in das Haus des Schlafes zurück.

Balian träumte von umkippenden Straßen und niederfallenden Türmen. Er schlief diese Nacht und den größeren Teil des folgenden Tages immer weiter. Seine Schlafperioden wurden immer länger. Als er aufwachte, drängten sich die Pilger um ihn.
»Möchtest du einen Arzt? Wir können einen für dich im Koptenviertel finden.«
»Ich möchte einen Priester.«
Sie nickten voll Billigung, und einer der Ordensbrüder schob sich eilends vorwärts – derselbe, den Balian an seinem Ankunftstag über die Gefahren der Tätowierung hatte predigen hören. Sie zogen sich in einen Winkel des Karawanserais zurück. Die Pilger nahmen an, daß Balian Absolution erhalten wollte, ehe er starb; doch Balian erwartete nicht wirklich zu sterben; er lebte mit fiebrigen Energien, und das Herz schlug mit schweren Hammerschlägen in seinem gespenstergleichen Körper. Er hoffte vielmehr, von seinem Gelübde, die heilige Katharina im Sinai zu besuchen, losgesprochen zu werden. Auch wollte er den Mönch herausfordern.
»Segne mich, Vater, denn ich habe gesündigt.«
»Gesegnet seist du, mein Kind. Wann bist du zuletzt zur Beichte gegangen und wann hast du der Messe beigewohnt?«
»Die Zeit ist vergangen und ich war krank; ich kann's nicht sagen. Nicht seit wir uns in Venedig eingeschifft haben.«
»Und welche Sünden hast du seit damals begangen?«
»Keine, außer läßlichen, aber es ist nicht wegen meiner Sünden, daß ich Euern Rat und den Schutz der Kirche benötige.«
»Du erdreistest dich zu sehr. Ich muß mit der Natur und Häufigkeit des Sündigens vertraut werden, ehe wir uns einigen, ob es läßlich war oder nicht.«
»Vielleicht, doch ich werde von großen Gefahren bedroht, Gefahren, die ich nicht suche noch mir schaffe. Ich bin ein Pilger, der sich während dieser sechs Monate christliches Streben und fromme Übungen gelobt hat. Doch der Teu-

fel sucht mich heim mit bösen Träumen, und seit ich in Ägypten angekommen bin, bin ich der Sünde, an Gott zu verzweifeln, oftmals nahe gewesen.«
»Was sind das für Träume?«
Balian versuchte, das Gesicht des Mönches deutlich zu sehen, bevor er wieder sprach, aber nachdem ihm das nicht gelang: »Ich träume, daß ich in eine Stadt komme, die wie Kairo aussieht, und doch vollkommen falsch ist. Ich träume davon, sie zu verlassen, oder zu versuchen, das zu tun, aber ich werde von zwei Agenten des Satans daran gehindert, die ›Katzenvater‹ und ›Michael Vane‹ genannt werden. Ich träume, ich sei wach und bin es nicht, und ich träume von einer Versucherin, einer Frau namens Zuleikha, die mich verführt und meine Keuschheit befleckt, und wenn ich aus diesen Träumen erwache, ist mein Gesicht blutüberströmt.«
»So, du träumst davon, mit Zuleikha Unzucht zu treiben ... Und hast du irgendwelchen Samenausfluß während dieser Träume oder danach?«
»Nein, ich glaube nicht.«
»Aha. Und hast du nichts Schwerwiegenderes, das dein Gewissen belastet?«
»Nein.«
»Nun, das ist gut.« Langes Schweigen. Dann: »Es steht bei St. Augustin, daß es einen dreifachen Ursprung des Traumes gibt. Erstlich gibt es Träume, die von Gott kommen und gesandt sind, uns zu leiten; zweitens, Träume, die vom Teufel kommen, mit denen dieser listenreiche Fürst uns zu verführen sucht, obschon er niemals Erfolg haben kann, auch nur die Seele eines schlafenden Menschen zu versuchen, es sei denn, in dieses Mannes Seele finde sich eine Prädisposition zum Verderben; drittens, Träume, die natürliche genannt werden, die aus den Dämpfen der inneren Phantasie kommen und die sich hin- und herneigen, je nachdem, wie ein Mensch daliegt und was er gegessen hat und mancherlei andere Dinge noch, und die bedeuten überhaupt nichts.«

»So, entweder Gott quält mich oder ich bin zum Verderben prädisponiert oder ich habe das falsche Essen zu mir genommen. Was ist es denn nun?« Balian konnte die Irritation in seiner Stimme nicht zurückhalten.
Ein Seufzer. »Du mußt wissen, mein Sohn, daß keiner der Kirchenväter und Kirchenlehrer den Traum selbst verdammt. Man lehrt uns, daß nachts, wenn die Temperatur fällt, der animalische Geist des Menschen in den innersten Teil des Leibes an den Sitz der Phantasie zurückkehrt, wo die Träume aufsteigen. Ein solcher Traum ist daher etwas Natürliches und kann als solches nicht verdammt werden. Doch natürlich zu sein bedeutet nicht, vollkommen zu sein. Genaues Studium der Heiligen Schrift lehrt uns, glaube ich, daß Jesus, der vollkommener Mensch wie vollkommener Gott war, niemals geträumt hat.
Es gibt verschiedene Gründe, dies zu glauben. Erstlich hat Jesus niemals geschlafen, und wie kann ein Mensch, der niemals schläft, Träume haben? Daß Jesus niemals geschlafen hat, dürfen wir aus der Tatsache ableiten, daß, während die Evangelien uns häufige Berichte über den Schlaf seiner Jünger geben, Er niemals als schlafend erwähnt wird; und hat nicht Jesus auf dem Tabor mit Moses und Elias gesprochen, während Petrus, Jakobus und Johannes schliefen? Und zweitens, zur Frage, ob Unser Herr jemals geträumt habe – müssen wir nicht annehmen, daß seine göttliche Natur und vollkommene Tugend ihn gegen die Kümmernisse und Fieberschauer des Leibes und die Gifte übler Speisen absicherten? Und wie sollte Er, der da kam, um die Wahrheit zu bringen, die uns frei machen wird, dem Traum zum Opfer fallen, der Täuschung ist, selbst wenn man annimmt, daß er jemals geschlafen habe, wo doch die richtigste Meinung ist, daß er das nicht getan hat? Weiterhin, während es in den Sprüchen Salomonis heißt: ›Schläfrigkeit kleidet den Menschen in Lumpen‹, ist Er nicht gekommen, uns den Reichtum des ewigen Königreichs zu bringen?«
Balian murmelte ja, er nähme an, dem sei so.

»Nun, um auf deinen Fall zurückzukommen, da muß ich dir sagen, daß sich zwei Probleme stellen: erstens, ob deine Träume ihrem Ursprung nach natürlich oder diabolisch sind; und zweitens, nachdem festgestellt worden ist, ob sie das eine oder andere sind, müssen wir, wenn wir zu dem Schluß kommen, daß sie diabolischen Ursprungs sind, fragen, warum du vom Satan für die Besuche seiner Minister auserwählt worden bist; sollten sie jedoch natürlichen Ursprungs sein, müßten wir immer noch feststellen, ob du nicht in diesen Träumen (obgleich sie zugegebenermaßen auf der moralischen Ebene sinnlos in sich selber sind) – ob du in ihnen dich nicht gewissen Verführungen hingegeben hast, die sich dir geboten haben, nicht geplant, sondern per accidens, und dann, falls dies nicht der Fall wäre und wenn die Träume als nicht-diabolischen Ursprungs zu erkennen wären, dann könnte ich dich absolvieren, unter der Annahme, daß alle anderen Bedingungen erfüllt seien. Doch falls durch irgendeinen Zufall ...«
Balian stöhnte und fing dann schnell an zu husten.
»Vater, da ist noch eine andere Frage, die ich auch mit Euch besprechen möchte. Ich möchte von meinem Gelübde, das Katharinenkloster in Sinai zu besuchen, entbunden werden.«
»Aus welchen Gründen?«
»Aus dem Grund, daß ich die Heilige schon im Traum besucht habe.«
Dann beschrieb Balian dem Bruder den Alptraum, den er über den Martertod der heiligen Katharina gehabt hatte.
»Nun, Vater, ist das nicht genug?« Es war unverschämt, aber wert, es zu versuchen. Der Bruder zögerte, dann hob er die Hand mit gespreizten Fingern.
»Nein. Aus fünf Gründen. Erstens, weil es richtiger ist zu sagen, daß sie dich besucht hat, als daß du sie besucht hast. Zweitens, weil wir keine Garantie dafür haben, daß dies ein Wahrtraum war, denn Dämonen können ebenso leicht Heilige darstellen wie Schlangen. Drittens, selbst angenommen, daß es die heilige Katharina war, die dich be-

sucht hat, so schliefst du, als sie anklopfte, und das zeigt einen Mangel an Ehrfurcht ihr gegenüber; um so mehr Grund, daß du dein Gelübde ordentlich erfüllen solltest. Viertens, wenn man annimmt, daß Verdienste für gute Werke im Traum erworben werden könnten, so kann auch der Lohn der Sünde so erworben werden, und du erzählst mir nun, daß du in deinen Träumen Unzucht getrieben hast – so reinige dich durch die Pilgerfahrt. Fünftens, ich habe nicht die Autorität, dich von deinem Gelübde zu entbinden; nur Seine Heiligkeit der Papst hat die.«
»Der letzte Grund allein hätte ja schon genügt«, murmelte Balian schwach.
»Nicht so. Jeder moralische Akt erfordert vier wirkende Ursachen und eine fünfte, die teleologisch ist, genau wie die Bibel im Ganzen auf vier Ebenen gelesen werden kann, tropologisch, anagogisch –«
Aber hier unterbrach Balian ihn.
»Nun gut, Vater, Ihr könnt mich nicht von meiner Pilgerfahrt entbinden; aber sagt mir, bin ich irgendeiner Sünde schuldig, im Wachen oder im Schlaf?«
»Es ist gut von dir, mein Sohn, daß du mich auf die Angelegenheit zurückbringst. Das Ausmaß, in dem Konkupiszens und Schuld dafür einem Mann zugeschrieben werden kann, der sich am Laster im Schlaf, oder selbst wach, sozusagen mit den Augen seines Herzens ergötzt hat, ist kompliziert.«
»Wenn ich dann schuldig gesprochen werde für jede Sünde, die ich im Bett begangen habe, dann bin ich in der Tat verdammt.« Eine Woge von Melancholie überflutete Balian.
Der gelehrte Ordensmann fuhr fort: »Gewißlich sollte ich nicht sagen, daß deine Keuschheit dadurch geschwächt worden ist, daß du im Schlaf von einer Phantasiegestalt Zuleikha verführt worden bist, und die Tatsache, daß du keinen Samen ausgestoßen hast, ist wahrscheinlich auch ein Punkt zu deinen Gunsten, obgleich ich mir das Argument vorstellen könnte, daß die Ausflüsse von Blut, die du

erwähnst, als eine andere Art nächtlicher Emissionen charakterisiert werden könnten (medizinische Evidenz der Leidenschaft von *ira* mehr als der von *voluptas)*, doch dies, so bilde ich mir ein, wäre schwer aufrechtzuerhalten, denn wie Galen uns lehrt, enthält Blut – obgleich es als eine der Lebensflüssigkeiten angesehen wird – doch nicht die Samen des Lebens selbst.«

»Dann bin ich also frei von Sünde?«

»Ah, das habe ich nicht gesagt. Ich habe suggeriert, daß es Gründe dafür geben könnte zu argumentieren, daß du nicht im Schlaf gesündigt hast; aber du selbst wirst von Sünde aufgefressen. Wir haben bemerkt, daß du, seit du zum Karawanserai zurückgebracht worden bist, einen Tag, eine Nacht und noch einen halben Tag geschlafen hast. Wir haben auch deinen Wunsch, die Pilgerfahrt abzubrechen, mit Bedauern vermerkt. Trägheit hat dich in ihren höllischen Griff bekommen, und Trägheit ist die tödlichste aller Sünden, denn daran erinnere ich dich, Christus gab uns allen ein Beispiel, indem er niemals schlief. Hat er nicht gesagt, ›Die Füchse haben ihre Gruben, die Vögel haben ihre Nester, aber des Menschen Sohn hat nicht, wo er sein Haupt hinlegen könnte?‹ Nun, um auf die Frage der Wiederholung und die damit zusammenhängende Frage der mehrfachen Ursachen zurückzukommen – warum ist es so, daß ein Bericht über dasselbe Ereignis im Wirken unseres Herrn zwei-, drei-, ja sogar viermal in der Erzählung der Evangelien gegeben wird? Das ist, weil genügende Ursachen –«

»Vater, bitte. Ich habe Angst. Habt Ihr je von dem Arabischen Nachtmahr gehört?«

Ein Ausdruck des Unbehagens überzog das Gesicht des Mönches: »Jeder in Kairo redet jetzt davon. Es ist in ihren Mündern gerade wieder so ein neues ägyptisches Märchen geworden.«

»Ist es ein Märchen?«

»Nein, vielleicht nicht. Ich habe einige Priester über den Arabischen Nachtmahr in anderen christlichen Terminologien reden hören. Nach einigen von ihnen ist das die Strafe, die angeordnet ist für die unvergebbare Sünde wider den Heiligen Geist.«

»Vater, ich habe nie begriffen, was die unvergebbare Sünde wider den Heiligen Geist war. Sicher weiß das kein Mensch?«

»Ja, und kein Mensch weiß, was der Arabische Nachtmahr ist. Da ist eine gewisse Symmetrie in der Anordung«, sagte der Mönch.

»Aber Ihr akzeptiert diesen Standpunkt nicht?«

»Ich nicht. In jedem Fall ist es nichts, wovor ein Christ Angst zu haben braucht. Es gibt nichts in unendlichem Leiden, das die Führung eines frommen christlichen Lebens verhindern kann.«

»Aber was ist der Arabische Nachtmahr?«

»Eine wahrere Geschichte leitet seinen Ursprung von Lazarus ab. Du bist mit der Geschichte der Ritter von Lazarus vertraut?«

»Ich habe noch nicht mal je von ihnen gehört.«

»Alles, was ein guter Christ wissen muß, ist, daß es einen heiligen Orden von Rittern gibt, die, obwohl entsetzlich mit Aussatz heimgesucht, für unseren Glauben gegen den Mahommedanismus kämpfen. Was wir daraus lernen, ist, daß ihr Beispiel –«

»Was sollte ein schlechter oder gleichgültiger Christ denn von ihnen wissen?«

»Mein Sohn, nimm dir ein Beispiel an ihrer frommen Hingabe und vergiß deine kleinen Schmerzen und Leiden. Das Beispiel –«

»Was haben sie denn mit dem Nachtmahr zu tun?«

»Der Nachtmahr ist unendlich. Nach den Worten von Niko –«

»Was hat das mit dem Orden von Lazarus zu tun?«

»Er gründete den Orden der Aussätzigen Ritter. Wenn ich auf Niko zurückkommen könnte –«

»Was hat Lazarus mit dem Arabischen Nachtmahr zu tun?«

»Lazarus lag zehn Tage im Grab, bevor unser Herr Jesus Christus ihn aus dem Grab hervorkommen ließ. Daraus müssen wir verstehen, daß Jesus... Nein, ich sehe, du hast keine Ohren, etwas von Unserem Herrn zu hören. Begreife also, daß, als Lazarus aus dem Grab erstand und wieder unter Menschen wandelte, er ein Insekt mit sich trug, das zehn Tage bei ihm gelegen hatte. Dieses Insekt suchte mit Vorliebe Gräber und Friedhöfe heim.
Die Gedanken aller toten Menschen werden von diesem Geschöpf verschlungen; es frißt sich durch das Gehirn und läßt sich in der Einbildungskraft nieder, obgleich der Leichnam, da er tot ist, nichts von seinem hungrigen Appetit weiß. Muß ich hinzufügen, daß man dieses Insekt nicht wörtlich nehmen darf? Wie der selige Niko meint, ist es eine Metapher und bedeutet die Ängste einer christlichen Seele, die fürchtet, durch Unwissenheit in Irrtum zu gleiten.«
»Dank, lieber Mönch. Das wollte ich gern wissen. Es ist also nur eine christliche Parabel.«
»Nur eine Parabel! Nur eine Parabel! Christliche Parabeln sind wahrer als die Wahrheit! Gibt dich keiner Illusion hin, mein Sohn. Jetzt sind aussätzige Ritter in Kairo. Der Arabische Nachtmahr ist jetzt in Kairo. Es könnte sein, daß selbst in diesem Augenblick, durch den Fluch des Lazarus, Todesqualen auf die Lagerstätten der Lebenden gelegt werden. Mitten wir im Leben sind ...«
Balian hatte das Interesse verloren. Irgend etwas hatte ihn dunkel betrübt, irgend etwas in der Art, wie der Mönch vorher den Namen Zuleikhas ausgesprochen hatte; die Sicherheit, mit der der Mönch den Namen ausgesprochen hatte, fachte seinen Verdacht an.
»Kennt Ihr die Frau Zuleikha, von der ich vorhin gesprochen habe?«
»Äh – ich sie kennen? Wieso, was kann einem Menschen wirklich sagen, daß er einen anderen Mann oder gar eine Frau kenne? Sich selbst zu kennen ist, nach Meinung der Alten –«

»Es scheint mir manchmal so, als ob jeder, der einige Bedeutung in dieser Stadt hat, jeden anderen von Bedeutung kennt, von Bedeutung, jedenfalls in meiner Geschichte.«
»Deine Geschichte! Was ist deine Geschichte, daß du so stolz darauf bist?«
»Vater, ich habe Euch erzählt, denke ich, daß meine Träume mir als wirklich erscheinen. Das ist so, weil mir mein ganzes Leben jetzt wie ein Traum erscheint, ein Schattentheater, ein Mysterium, von Puppen gespielt, ein Kartenspiel, in dem ich der Trumpf bin.«
»Ein Spiel? Ein Spiel über dich? Arroganz ebenso wie Trägheit!«
»Vielleicht, aber das ist's, was ich empfinde. Der Puppenspieler zieht an meinen Fäden; diejenigen, die meine Karte auszuspielen wissen, tun das, der Katzenvater, Yoll, wahrscheinlich auch Ihr; nur ich alleine, so scheint es, bin keiner, der spielt.«
»Dies könnte eher ein Hinweis auf übersteigerte Demut sein als Arroganz ... Wir werden sehen. Was ist das für eine Scharade, in der wir alle, wie du glaubst, mitspielen?«
»Nicht wirklich eine Scharade, aber die Prinzipien, die die Menschen hier scheiden, sind unwirklich. Vane sagt, daß er für die Christenheit arbeite und nimmt Geld vom Sultan von Ägypten. Yoll sagt auch, daß er für die Christenheit arbeite, und doch müht er sich, dem Katzenvater und Vane ihre Pläne zu durchkreuzen. Jeder – wem immer sie dienen mögen – scheint sich verschworen zu haben, mich daran zu hindern, Kairo zu verlassen. Jeder spielt sein Spiel mit mir. Ich glaube, Ihr seid auch einer der Spieler. Ihr spielt jetzt mit mir.«
Der Mönch seufzte und sagte: »Folge mir.«
Balian, der dachte, der Mönch würde ihn zu dem Altar am äußersten Ende des Karawanserais führen, tat das; aber nach einem nur kleinen Halt an der Pforte, der dem Mönch gestattete, eine Münze in die ausgestreckte Hand eines Araberjungen gleiten zu lassen und ihm etwas, das zweifellos ein Segen war, ins Ohr zu flüstern, gingen sie

nach Süden hinaus durch die Straßen der Stadt, in Richtung auf die Zitadelle. Als sie jedoch deren Außenmauern näherkamen und aufzusteigen begannen, leitete der Mönch ihn ein wenig nach Osten, an der Mauerecke entlang, und als sie dort ankamen, krabbelten sie die Abhänge des Muqattam hinauf, dem Gipfel zu, der sich über die höchsten Mauern der Zitadelle erhob. Als sie hinaufstiegen, wurden die verkümmerten kleinen Sykomoren und winzigen Palmen, die es an niedrigeren Abhängen gab, dünner und verschwanden dann ganz. Kleine Schauer aus Steinen und Sand wurden bei jedem Schritt aufgestört. Der Mönch kletterte unaufhörlich weiter, bis gerade eben unter den Gipfel, und Balian folgte, schwindlig und atemlos. Die Sonne war untergegangen, obgleich einige Wolken hoch im Westen noch von ihren Strahlen feurig erleuchtet wurden. Die Stadt aber war schon im Zwielicht versunken. Sie standen da und blickten auf sie hinab.

Es schien, daß der Mönch reden mußte; daß der Mönch selbst beichten und zugeben mußte, daß es keinen Kampf zwischen Gut und Böse in der Welt gab, daß es keine zwei Parteien gab, die kämpften, sondern nur eine: die Parteien derer, die wußten, und derer, die nicht wußten, waren ihr Spielzeug. Es schien Balian, daß dieser selbstbewußte und gelehrte Mönch ihn in die geheime Lehre zulassen müsse. Endlich sprach der Mönch tatsächlich.

»Siehst du die Stadt unter uns? Siehst du sie? In der Abenddämmerung – scheint sie dir nicht wie ein Kinderspielzeug oder ein Spielbrett, und die Leute, die sich in den Straßen drängen wie winzige Püppchen oder sogar Insekten? Hier oben, scheinen da nicht ihre Kämpfe und ihre Ideale und ihre Leidenschaften lächerlich?«

Balian nickte.

»Ich dachte, es wäre so. Mein Sohn, wenn du solche Gedanken hegst, spielst du mit Versuchungen, die ebenso groß und verdammenswert sind wie jene, die Luzifer Unserem Herrn zeigte, als er Ihm alle Reiche dieser Welt in einem einzigen Augenblick zeigte. Bedenke nun aber, daß, während der Teufel Unserem Herrn die Wirklichkeit zeitlicher Herrschaft über alle diese Reiche anbot, er dir nur das illusorische Gefühl der Überlegenheit über sie anbietet. Die Illusion ist durch die Entfernung bedingt. Du solltest eine Stadt der Seelen sehen, kein Spielbrett; du solltest Menschen sehen, nicht Insekten. Du bist jung, und deine Täuschungen sind jugendliche Anmaßung. Du denkst, die Seelen anderer Menschen haben nichts zu sagen, weil du nicht an deine eigene Seele glauben kannst. Die Dinge sind wirklich und wichtig, ob du nun denkst, sie wären es oder nicht. Die Zeit für Spiele und Geheimnisse ist vorbei. Du hast Arbeiten auszuführen. Du hast ein Gelübde getan, die Pilgerfahrt zu vollziehen. Ich bin privilegiert zu wissen, daß du auch dem König von Frankreich eine Unternehmung versprochen hast. Das mußt du auch erfüllen, denn der König muß seine Informationen über die Stärke der ungläubigen Regimenter haben. So gehe also dort hinunter und tue, was du zu tun hast. Trägheit ist dein Fluch. Es ist kein Zufall, daß du in deinem Schlaf heimgesucht worden bist.«

»Ach, aber woher weiß ich, daß ich jetzt nicht gerade schlafe, und wie kann ich wissen, ob Ihr nicht der Teufel seid, der mich in meinem Schlaf versucht?«

Der Mönch fiel auf die Knie. Balian dachte, er würde ihm die Füße küssen, aber der Mönch tat nichts dergleichen. Statt dessen fing er an, seinen Kopf rhythmisch auf den Boden zu schlagen und dabei auszurufen: »Dies ist wirklich! Dies ist kein Traum!«

Als er endlich den Kopf wieder erhob, kamen dünne Blutspuren von seinem Scheitel herabgeronnen.

»Ja, ich sehe es jetzt«, sagte Balian, verwirrt und verängstigt. Balian ließ ihn am Abhang sitzen und kletterte abgespannt zur Stadt hinab.

Ein Rundgang durch die Straßen, der in einer unterirdischen Kapelle endet

In meiner Jugend besuchte ich den Zirkus der Harten Prüfungen fast täglich. Er war einer meiner liebsten Aufenthaltsplätze – ja, das ist er noch immer. Wie habe ich diese Jongleure beneidet, die gleichzeitig so viele Bälle in der Luft halten konnten! Wie gern wäre ich ein Akrobat gewesen! Ein Akrobat oder ein Clown. Wie hübsch, jetzt wieder die Erinnerung daran hervorgerufen zu haben! Aber statt dessen bin ich ein Geschichtenerzähler geworden, und ich schweife ab …

Jetzt kam die Dunkelheit sehr schnell. Die Luft brach in unendlich viele Grau-Perlen auf. Er war in düsterer Stimmung, als er den Hügel herabkam. Ganz plötzlich, am Ende des Abhangs, merkte er, daß eine Hand auf seiner Schulter ruhte. Er drehte sich rasch um und hatte Zeit, den Anblick zweier weißgesichtiger Männer zu erhaschen, die ihm zu Seiten standen – jeder auf einer –, ehe er anfing zu rennen. Sie kamen laufend hinter ihm her. Balian wandte sich nordwärts zum Gebiet der Tataren-Ruinen und wollte noch weiter, jenseits davon, zu den belebten und menschenerfüllten Teilen der Stadt, wo, wie er hoffte, seine Verfolger gezwungen sein würden, die Jagd abzublasen.
Angstsäfte sprangen rings um sein Herz auf, und doch war er sich auch einer seltsamen Erhebung bewußt. Jetzt, da die Jagd los war, fühlte er sich freier als jemals, seit er die Stadt betreten hatte.
Wie oft war er nicht in seinen Träumen auf diese Art gejagt worden? Jagden, die unabänderlich damit endeten, daß er mit voller Blase – oder in neuerer Zeit mit Nasenbluten – erwacht war. Er hätte gelacht, wenn er genug Atem dafür gehabt hätte. Sand erhob sich in Wolken um seine Hacken. Es schien ihm, daß er sich mit erschreckender Geschwindigkeit bewegte; die Wahrheit war, daß er vom Blutverlust vieler Tage geschwächt und sein Rennen kaum mehr als ein leichter Trab war. Merkwürdig, daß das Tempo seiner Verfolger auch nicht rasch war, während sie mühsam hinter ihm herkamen, mit in der Luft flatternden weißen Gewändern.

Als Balian die Tataren-Ruinen durchquerte, lief eine Menge Kinder eine Zeitlang neben ihm her, lachend und schreiend, und sie machten es Balian völlig unmöglich, seinen Verfolgern zu entschlüpfen. Nach einer Weile verloren sich die Kinder, da sie keine Antwort von Balian erhalten konnten, aber als er sich umsah, entdeckte er, daß die Zahl seiner Verfolger sich nun auf vier erhöht hatte. Er bewegte sich jetzt durch weite leere Räume von Abfall und Dornbüschen. Den ganzen Horizont entlang konnte man das Bellen und Geifern von Rudeln wilder Hunde hören. Er wußte, daß die ihn unmöglich jagen konnten; doch ihr Lärm gab Balian das Gefühl, daß – so stark seine Heiterkeit, so rasch und listig seine Bewegungen sein mochten – die Nacht doch nur mit seiner Gefangennahme enden konnte.

Er kam jetzt in eine bewohnte Gegend, ein Viertel, wo viele der wohlhabenden Kaufleute residierten, ein Gebiet mit breiten Straßen und hohen monolithischen Fassaden, die im sterbenden Licht wie Bergwände über ihm hingen. Balian bewegte sich durch diese architektonischen Klüfte, mühsam atmend.

Wenn er nur eine Wachpatrouille finden könnte! An einer Stelle wäre er nach links abgebogen, eine Straße hinunter, die ihn zum Karawanserai zurückgebracht hätte, aber da wurde sein Weg von zwei anderen zerlumpten Jägern blockiert. Einmal bildete er sich ein, daß er einen auf einem Dach stehen und Signale geben und dadurch die Jagd lenken sah. Die Straßen wurden immer enger, oft waren es nur Durchgänge, breit genug höchstens für einen Mann, der bequem passieren konnte. Abzweigungen waren oft versperrt. Er hatte vergessen, daß weite Teile der Innenstadt, die Marktplätze und die Bazare, nachts gegen Diebe verbarrikadiert und verschlossen waren. Seine Auswahl wurde geringer. Er kam jetzt in einen Teil der Stadt, der ihm nicht vertraut war. Schließlich gab es keinerlei Wahl mehr, als er merkte, daß er eine Sackgasse hinunterrannte. Er wurde mit einem Krachen gestoppt, als er gegen ein

Eingang in ein Kairoer Privathaus

eingelegtes, in die Mauer eingesetztes Tor schlug, und er hämmerte dagegen: »Laßt mich hinein. Hilfe! Hilfe!« Dann schlug er hin, öffnete die Augen und sah hinauf, um zu erkennen, daß, schattenhaft gegen den Himmel, ein junger Mann über ihm stand. In dem dämmernden Licht stellte er fest, daß er in einem Garten war, dem Garten eines reichen Mannes mit Reihen von Tamarinden, Feigenbäumen und Johannisbrotbäumen, mit reichdekorierten Stuckmauern. Schließlich wurde sein Herzschlag langsamer. Er konnte nichts von seinen Verfolgern hören, nur Stimmen, die wohl aus den Frauenquartieren kamen, und das Zirpen der Moskitos. Es war sehr still.

»Wer ist der Mann, der zu solcher Stunde an meine Pforte pocht? Wer bittet Ismail ibn Umail um Gastfreundschaft? Waren die Nachtwächter hinter dir her?«

»Ich bin Balian von Norwich, ein armer christlicher Pilger. Ich war –«

»Oh, ein Christ!«

»Ich weiß nicht, wer hinter mir her ist. Sie müssen jetzt draußen vor Eurer Tür sein. Es sind nicht die Wächter und wirklich, ich wäre Euch sehr dankbar, wenn Ihr die Wächter riefet, um mich zu schützen.«

»Meine Mauern und meine Diener sind im Notfall genug Schutz für dich. Aber was wollen sie von dir?«

»Ich weiß nicht.«

»Du mußt irgend etwas getan haben.«

»Ich kam gerade vom Muqattam herunter, wo ich mit einem unserer Priester gesprochen hatte, als zwei Männer – aber jetzt sind es mehr – mich aufzuhalten suchten. Jedoch entging ich ihrem Griff und rannte, und mein Schicksal und mein Laufen brachten mich hierher.«

»Und sie haben dich den ganzen Weg vom Muqattam bis hierher gejagt! Wie aufregend ... Yusuf! Ibrahim! Kommt. Ibrahim, bring diesem Mann etwas zu trinken. Setz dich hierhin und trink das. Komm wieder zu Atem.« Der junge Mann klopfte Balian mitfühlend auf den Rükken. »Ich sage dir, was wir jetzt tun werden. Du ruhst dich

ein bißchen aus. Dann machen wir uns ein nettes sportliches Vergnügen. Wir lassen dich aus einer der Seitentüren hinaus und lassen dich laufen. Dann kommen Yusuf, Ibrahim und ich hinter dir her. Dann wollen wir mal sehen, wer dich zuerst packt, wir oder deine Freunde vom Muqattam-Berg. Da werden wir aber Spaß haben!«
»Mistkerl!«
Balian fuhr fort, ihm hysterisch zu fluchen, aber schon nach ganz kurzer Zeit klatschte sein Gastgeber aufgeregt in die Hände und sagte: »Komm, die Jagd ist los!« und Balian, der sich wand und um sich schlug, wurde zu einer der Seitentüren getragen und auf die Straße geworfen. Er konnte nur einen Weg, die Straße hinunter, rennen. Am anderen Ende lungerte eine Gruppe zerlumpter Männer herum, leicht gebückt, die Gesichter zum Himmel erhoben, als ob sie versuchten, ihn zu wittern. Als sie ihn sahen, jagten sie los. Die Durchgangswege zwischen den Gärten der Reichen waren sehr eng und uneben. Dieses zweite Mal fand Balian es schwierig, überhaupt zu rennen. Sein Ausruhen, so kurz es gewesen war, hatte seine Glieder steif gemacht. Einmal dachte er, er sähe Ismail hinter sich herkommen, aber nur einmal, sonst waren es immer die Männer in Weiß, die näherkamen, um ihn zu ergreifen. An jeder Ecke eine Wahl, wegschlüpfen, im Dunkel in Mauern ausweichen; jede Entscheidung war schwieriger und machte die folgende Entscheidung noch schwieriger. Er war zu müde, um sich zu verstecken, zu müde, Entscheidungen zu treffen. Seine Beine wankten jetzt unter ihm und konnten ihn nicht mehr tragen. Er warf sich gegen eine Türschwelle und hielt sich daran fest. Er rief, man möge öffnen, aber dieses Mal öffnete sich nichts. Sie umringten ihn und lockerten seinen Griff. Irgend jemand zerrte einen großen Stein herüber und ließ den auf seinen Kopf fallen. Er wurde zweimal getroffen, ehe er das Bewußtsein verlor.
Als er das Bewußtsein wiedererlangte, wurden seine Lider zurückgezogen, eine Feuerwand brannte ihm vor den Au-

gen und zwei seltsam-fremde Augen blickten in die seinen. »Er lebt!« Die Fackeln zogen sich ein wenig zurück, und als er aufblickte, konnte er sehen, daß das Muster einer Backsteinwölbung in einem architektonischen Strudel über seinem Kopf herumwirbelte und daß er in einer Kapelle war. Da es keine Fenster gab, nahm er an, sie sei unter der Erde. Ein halbes Dutzend Männer saßen um ihn herum, unter ihnen Yoll und Bulbul, aber die führende Person mußte sich selbst vorstellen.

»Ich bin Jean Cornu, Großmeister der Armen Ritter von Sankt Lazarus, erwählter Gesandter Seiner Heiligkeit des Papstes in Ägypten. Die anderen hier bedürfen keiner Vorstellung, einige, weil du sie schon getroffen hast, andere, weil sie nicht wünschen, daß dein Gedächtnis mit ihren Namen belastet werde.« Die Männer in Weiß senkten ihre Gesichter. Balian gab keine Antwort, und Cornu nahm das Wort wieder auf.

»Wir haben die Gelegenheit wahrgenommen, dich zu prüfen, während du bewußtlos warst. Eine Zeitlang dachten wir, wir untersuchten einen Toten ... Erschöpfung, Blutverlust, diese Stelle an deinem Kopf. Ich stelle mir vor, daß du ganz froh warst, ergriffen zu werden.« Cornu erhob sich und begann abgemessenen Schrittes um die anderen durch die Kapelle zu schreiten. »Hier möchte ich sagen, daß es mich schmerzt, daß meine Leute dich geschlagen haben. Ich hatte das nicht beabsichtigt, aber wir hatten nicht erwartet, daß du so vor uns weglaufen würdest. Wir kamen, um uns als Freunde und Mitchristen nach dir umzusehen. Ich hatte gedacht, ich sei der Gute Hirte, der ein verlorenes Schaf zu seiner Herde zurückbringt.«

Sein Lächeln war ohne Humor. »Wie du vermutet haben dürftest, hat der Mönch dich um unsertwillen auf den Hügel hinaufgebracht; wir wollten nicht deinetwegen ins Karawanserai kommen.«

Balian wartete, bis Cornu das Ende der Kapelle erreicht hatte und sich wieder umwendete.

»Was wollt Ihr denn mit mir?«

»Eine gute Frage! Die Antwort ist: nichts. Eine bessere Frage wäre: Was hätten wir mit dir gewollt? und die Antwort darauf hätte gelautet, daß wir dich untersuchen wollten, um festzustellen, ob du der erwartete Messias seist oder ob du den Arabischen Nachtmahr hättest oder, wenn keins von den beiden der Fall war, warum der Katzenvater soviel Interesse an dir hat.«
»Und was habt Ihr entdeckt?«
Jetzt betrat der Mönch den Raum. Seine Stirn war, wie die Balians, noch mit Blut bedeckt. Cornu ignorierte die Ankunft des Mönches ebenso wie Balians Frage.
»Es ist Gottes Werk, das wir hier tun. Zu unseren Pflichten gehört es, die Christenheit zu schützen, wenn nötig mit Waffengewalt und mit Hilfe der Kranken. Unsere gegenwärtige Aufgabe in Kairo umfaßt beides.« Er kehrte wieder um. Sein Hin- und Herschreiten machte alle nervös, wie Balian beobachtete. Nur Bulbul, der sich in eine Ecke zurückgezogen hatte, um zu schreiben, war fähig, es zu ignorieren.
»Man hat mir gesagt, daß du nach Kairo gekommen seist mit einem Auftrag, den dir die Franzosen gegeben haben, nämlich die Stärke und Aufstellung der Legionen des Sultans und die Qualität ihrer Ausrüstung auszuspionieren.«
Balian nickte.
»Was hast du getan, deine Mission zu erfüllen?«
Darauf konnte er keine Antwort geben. Cornus Lippen krausten sich unverkennbar.
»Nun gut, das ist nicht so wichtig. Es geht jetzt um größere Dinge. Ist es auch wahr, daß du mehrfach versuchtest, Kairo zu verlassen und es nicht fertiggebracht hast?«
Balian nickte. Cornu war jetzt hinter ihm.
»Warum das?«
Balian krächzte vor Nervosität.
»Der Dawadar weigerte sich, mir ein Visum zum Verlassen der Stadt zu geben. Dennoch habe ich versucht, auch ohne die Erlaubnis der Autorität die Stadt zu verlassen, aber alles ging schief. Ich habe viele Anstrengungen unter-

nommen, aus der Stadt hinauszugelangen, aber ich war allein und verlor den Weg. Manchmal versperrten mir Feinde den Weg und ich hatte keine Hilfe. Da ich krank war, wurde ich von meinen Mitchristen gemieden, doch ich bete jede Nacht zur heiligen Katharina und allen Heiligen, daß sie mir helfen mögen, diesen Ort zu verlassen. Viele Male habe ich mich aufgemacht, hungrig und armselig wie ich war, den Weg hinaus aus Kairo zu finden, aber es scheint mir, daß alle Wege sich nach innen wenden.«
Yoll, der bis dahin vorwärts und rückwärts geschaukelt hatte, brach hier ein und packte vor Aufregung die Luft mit den Händen.
»Vielleicht gehen alle Wege in Kairo nach innen! Da gibt es eine Geschichte von einer Stadt, die eingefangen wurde in einem Schweißtropfen von der Stirn eines –«
Cornu schnitt ihm ungeduldig das Wort ab.
»Wir haben auch gehört, daß der Katzenvater dir Behandlung für eine Krankheit anbot, deren genaues Wesen nicht klar ist. Du verlierst Blut, wenn du morgens aufwachst.«
»Ja.«
Yoll schlug seine Stirn gegen seine Handfläche.
»Es ist ein Stigma. Vielleicht ist er der Fünfte Messias, den wir alle erwarten.«
»Der Messias wird kommen, wenn wir ihn am wenigsten erwarten«, unterbrach ihn der Mönch kalt.
»Deswegen wird er kommen, wenn wir ihn erwarten, weil das ist, wenn wir ihn am wenigsten erwarten«, gab Yoll zurück.
»Deswegen wird er nicht!«
»Genug!« Der Mönch und Yoll betrachteten einander finster, während Cornu, sichtlich irritiert, das Wort wieder aufnahm.
»Natürlich wird der Messias kommen; die einzige Frage ist – wessen Messias wird es sein? Seiner oder unserer? Wenn es der Messias des Katzenvaters ist, dann haben wir nichts Gutes zu erwarten, und falls dieser schwächliche, zerlumpte hilflose junge Mann der Messias wäre, dann

würde sich keiner darum kümmern, ob er nun gekommen ist oder nicht.«
Dann sprach Balian, nach Worten mühsam suchend: »Natürlich bin ich nicht der Fünfte Messias, was immer das sein mag. Ich bin Balian, ein Herr aus Norwich, und ich verlange von euch, mir zu sagen, was ihr von mir wollt und warum ihr mich hierhergebracht habt. Dann, nachdem ihr meine Neugier befriedigt habt, werdet ihr mich, wie ich hoffe, fortlassen.«
»Natürlich bist du nicht der Messias. Du bist nur ein armer Pilger, doch nachdem du in Kairo angekommen warst, hast du Giancristoforo Doria getroffen, der auch, geben wir's zu, ein Spion wie du war, der für uns arbeitete und dann in der Zitadelle verschwand. Du selbst wurdest ins Haus des Schlafes gebracht, angeblich, um deine Krankheit behandeln zu lassen. Dann, etwa zur gleichen Zeit, wirst du von Zuleikha, dieser Höllenbrut, verführt; du begegnest Yoll an einer Straßenecke und du triffst Emmanuel auf dem Hügel zur Zitadelle hin. Nun, ob Freund oder Feind, alle diese Leute sind uns wohlbekannt.«
Der Mönch starrte unbeweglich auf Balian. Der abgemessene Schritt ging weiter. Balian wäre gern zusammengebrochen und hätte gebeichtet, aber er hatte nichts zu beichten.
»So? Was soll das? Ich habe sie mir nicht ausgesucht. Das war Zufall!«
»Zufall! Zufall! Zu viele Zufälle! Nun – hast du vom Arabischen Nachtmahr gehört?«
»Ja, aber ich begreife noch immer nicht, was das ist.«
»Es wird erzählt«, fing Yoll an, »daß vor langer Zeit in Arabien der Nachtmahr in einer Flasche versiegelt war –«
Aber hier unterbrach Cornu ihn.
»Das ist eine Geschichte, nichts mehr.«
Yoll fing wieder an: »Andere sagen, daß Lazarus –«
Aber wieder unterbrach Cornu ihn.
»Ich kenne diese Geschichte auch, und sie kommt aus derselben Quelle.«

Er nahm seine rhetorische Befragung Balians wieder auf. »In der ganzen Stadt reden die Leute vom Arabischen Nachtmahr, und was ist das?«

»Ich weiß es nicht.«

»Auch Yoll weiß es nicht, noch irgendeiner in diesem Raum außer mir, und ich weiß es, weil ich mit eigenen unumwölkten Augen gesehen habe, wie es nebelgleich aus dem Haus des Schlafes gekrochen kam. Der Katzenvater atmet es aus. Er sitzt in dieser seiner diabolischen Synagoge und arrangiert Dinge, Begegnungen, geheimnisvolle Wunder, Wiederholungen, und breitet sein gräßliches Gewebe über der Stadt aus. Vor nicht allzulanger Zeit redeten die Männer hier über ihre Arbeit und ihre Frauen und weideten ihre Tiere und buken ihr Brot. Sie lebten an der Oberfläche ihrer Haut und konnten immer die Sonne und die Luft fühlen. Jetzt suchen sie innerhalb ihrer ungewaschenen Körper herum und hoffen, verborgene Schätze zu finden und reden nur noch von Träumen und Visionen.

Worum es zwischen dem Katzenvater und mir geht, das ist kein Kampf zwischen Islam und Christentum – ich bilde mir ein, daß der Katzenvater den Islam ebensosehr verachtet wie unsere Religion –, sondern ein Kampf zwischen den giftigen Infektionen des Lebens, das sich, nach innen gewandt, um sich selbst dreht, und der Wahrheit, die uns frei machen wird. Ich bin gekommen, den orientalischen Traum zu bekämpfen. Träume sind nichts Wunderbares. Jeder Idiot kann träumen, während der Katzenvater und seine Kreaturen, die Lachenden Derwische, uns alle zu Affen machen. Die Regimenter der *'Alam al-mithāl* marschieren durch die Straßen, mit dem Katzenvater an der Spitze, und die Menschen tun nichts, sondern sind mit einem stumpfsinnigen Alptraum der Selbstentdeckung beschäftigt, der sie durch Traum in Traum in immer kleinere Kreise führt, und suchen nach dem Mann, der nach dem Mann sucht. Dieser verrückte Erzketzer hat sich Gottes Vorrecht, die Unendlichkeit, angemaßt; aber ich weiß für

mich selbst, daß Christus auf einem Hügel namens Golgatha gekreuzigt ward. Er ist nicht innerhalb unserer Schädel gekreuzigt worden. Vergebung kann man nicht in Träumen finden. Jeder Traum und seine Auslegung und jeder Traum über seine Auslegung bringen uns einen Schritt weiter weg von der Erlösung. Die Lachenden Derwische haben behauptet, daß im Armenierviertel ein Barbier ist, der jeden im Viertel rasiert, der sich nicht selbst rasiert und nun bitten sie jeden, hinzugehen und dieses Wunderding anzusehen. Aber was für eine einzige nützliche Sache kann dieser Mann uns über das Rasieren oder irgend etwas anderes erzählen? Die Kairener sind in Kindheit zurückgefallen.
Der Mann rasiert jeden im Stadtviertel, der sich nicht selbst rasiert. Er rasiert sich selbst, dann tut er es nicht, dann tut er es. Jetzt seht ihr ihn, jetzt wieder nicht. Versteckspiel. Und dann ist da diese kleine Dose, die die gelbe Hure Zuleikha zirkulieren läßt, zweifellos eine Konstruktion ihres Vaters.«
»Wer ist ihr Vater?«
»Der Katzenvater.«
Es war schwer zu sagen, wer erstaunter war, Balian, die Aussätzigen oder der Mönch.
»Ihr wußtet das nicht? Man könnte sogar sagen, daß er zwei Töchter hat.« Dann, als er auf Balians Lippen Fragen erscheinen sah, gab Cornu Yoll ein Zeichen. »Yoll, erzähl die Geschichte.«
Yoll schluckte, bog sich, richtete sich wieder auf, schwang hin und her und fing an.
»Also, die Geschichte: Der Katzenvater hatte und hat auch noch eine Tochter, bekannt als Zuleikha. Nach dem Tod von Zuleikhas Mutter sorgte sich der Katzenvater um die Sicherheit seiner Tochter; denn er wußte, daß die Pläne, die er schon damals ausbrütete, die Aufmerksamkeit gefährlicher und starker Feinde auf seinen Haushalt ziehen würden. Deswegen hatte er seine Tochter in einem geheimen Raum hoch oben im Haus des Schlafs eingemauert,

und ihr Name wurde von da an nie mehr öffentlich erwähnt. Nur er und ein vertrauenswürdiger Diener sahen sie. So geheim war ihre Existenz, daß Michael Vane viele Monate in dem Haus zubrachte, ehe er auch nur etwas vermutete. Sie wurde nur selten von ihrem Vater und dem Diener besucht, und da sie ein einsames Mädchen und auch ihres Vaters Tochter war, erfand sie eine merkwürdige und im Endeffekt gefährliche Art, sich zu unterhalten.

Sie schuf ein Eidolum, eine Gedankenform, nach ihrem eigenen Bild, ein kleines Mädchen. Sie nannte das Eidolum Fatima, und Fatima wurde ihre Spielgefährtin und die Vertraute ihrer Einsamkeit. Viele Kinder haben unsichtbare Spielgefährten, aber Zuleikha war kein gewöhnliches Kind und, wie sie sich täglich auf Fatima konzentrierte, nahm diese an Form und Berührbarkeit zu, bis sie im Zimmer war, ganz gleich, ob Zuleikha mit ihr spielen wollte oder nicht. Selbst der Katzenvater und sein Diener konnten sie sehen, und Fatima entwickelte eine eigenständige Persönlichkeit. Während Zuleikha stürmisch und leichtfertig war, war Fatima schwermütig und dickköpfig-schweigend. Oft weigerte sich das Eidolum, mit Zuleikha zu spielen, und saß nur da, vor sich hin brütend, und betrachtete sie nachdenklich. Jetzt, wo Zuleikha fand, daß sie einen Raum mit einer Spielgefährtin teilte, die mit ihr nicht in Verbindung stehen konnte oder wollte, empfand sie ihre Einsamkeit doppelt und fing an, sich auf ein phantastisches Innenleben zurückzuziehen, das von Einsamkeit und unterdrückter Leidenschaft angeheizt wurde. Jeder andere Mann als ihr Vater hätte gemerkt, daß sie langsam verrückt wurde.

So blieb es, bis Michael Vane kam. Selbst nachdem er die Existenz eines geheimen Zimmers festgestellt und es innerhalb des Hauses lokalisiert hatte, war er noch immer nicht imstande, den richtigen Weg dorthin zu entdecken. Deshalb kam er durch einen Windkanal hinab in diesen Raum, um die beiden Mädchen zu erstaunen und zu entzücken. Nachdem er einmal ihre Bekanntschaft gemacht hatte, wurde Vane ein regelmäßiger heimlicher Besucher, sie spielten zusammen, flirteten zusammen, und redeten endlos. Zuleikha, die schon die Hoffnung aufgegeben hatte, jemals einen Mann außer ihrem Vater und seinem stummen Vertrauten zu sehen, begann diesen brutalen Kerl Vane mit verliebten Augen anzusehen.

Aber ach! Vane hatte nur Augen für ihre stillere und zurückhaltendere Schwester, und als Zuleikha das merkte, beschleunigte sich das Wachstum ihres Wahnsinns. Sie sehnte sich danach, andere Männer zu finden, um sie zu trösten, und sie bettelte Vane an, für sie einen Weg aus dem Zimmer zu finden. Fatima, die in dem Zimmer geboren war und sich nicht einmal vorstellen konnte, wie es draußen sein mochte, tat das gleiche. Schließlich lehrte Vane, der noch von wiederholten Exkursionen mit den beiden Mädchen (oder jungen Damen, zu denen sie sich rasch entwickelten) geträumt hatte, die beiden, wie man den Windkanal hinaufklettern konnte. In der folgenden Nacht waren sie weg, ohne es ihm gesagt zu haben. Zuleikha geriet in schlechte Gesellschaft und zog um die Stadt herum mit Marabuts und masturbierte sie um des Segens ihres Samens willen. Fatima ward nicht mehr gesehen – erst kürzlich.«

»Und was war mit dem Katzenvater?«

»Der Katzenvater will nichts mehr mit Zuleikha oder mit ihrem Eidolum zu tun haben. Er hat offenbar nicht vermutet, daß Vane eine Rolle bei ihrem Entweichen gespielt hat. Es war sehr unaufrichtig von Zuleikha, dir nichts von alledem zu erzählen, doch nun kennst du die Geschichte«, schloß Yoll. »Jetzt möchten wir aber hören, was dir jüngst passiert ist.«

Balian erzählte es ihnen und verbarg nichts. Die Geschichte, die er berichtete von seiner Bezauberung auf dem Marktplatz und der Dame, die ihn zu dem Garten führte, wo er eine andere Dame traf, und von dem redenden Affen interessierte Yoll ganz besonders.

»Ich habe von einer Serie von Zufällen gehört, die dem, was du gerade beschrieben hast, merkwürdig ähnlich sind«, sagte er. »Das passierte vor ein paar Monaten. Als ich am Nilufer entlang ging, wurde ich durch Schreie und Gelächter in ein Kaffeehaus gezogen ...«

Zwischenspiel: Die Geschichte vom redenden Affen

Ich spüre es, wir sind ermüdet und ein bißchen verloren. Wir müssen anhalten und uns ausruhen, und während wir ruhen, erzähle ich euch eine Geschichte, um euch abzulenken, nur eine kurze Geschichte zur Ablenkung, nicht zu irgendeinem anderen Zweck. Aber zuerst muß ich doch bemerken: was wir wirklich brauchen, ist, ganz klar zwischen Träumen und Wachzustand und einer Traumebene und der anderen zu unterscheiden. Könnte man in dieser Angelegenheit irgendwelche Führung bekommen, dann wäre ja alles klar und die Geschichte nähme ein einfaches Ende. Aber nun gibt's in der Stadt nur eine einzige Person, die sowas tun kann, und das ist der Dreckige Yoll. Zunächst ein Zwischenspiel: dann, wenn das Zwischenspiel zu Ende ist, werde ich in aller Demut den Großen Prüfstein des Dreckigen Yoll präsentieren, der nicht nur Traum von Realität unterscheidet, sondern auch Tod von Schlaf. (Nein, er besteht nicht daraus, daß ihr euch selber zwickt. Ihr könnt ebenso leicht davon träumen, daß ihr euch selbst kneift und daß das weh tut, wie von irgend etwas anderem. Und wenn ihr tot wärt, würdet ihr nicht mal imstande sein, daran zu denken, euch selbst zu zwicken.) Also erst einmal ein Zwischenspiel, während ich meine Gedanken über das Thema zusammensuche. Noch mehr Ohrenschmalz. Urrhhh! Aber zunächst, bevor ich das Zwischenspiel beginne, noch etwas zu meinem Namen Dreckiger Yoll. Der Dreck ist in Wirklichkeit nicht meiner, sondern der des Affen. Der Affe erscheint nicht so häufig, wenn andere dabei sind, aber er ist schon lange bei mir gewesen und heitert mich in meiner Melancholie auf. Es ist der Affe, der mich dreckig macht. Er ist niemals richtig trainiert worden, und so spuckt er Futterbrocken, die er unverdaulich findet, in mein Haar und auf meine Schultern. So, dreckig mag ich wohl sein, aber ich hüte den Großen Prüfstein. Und jetzt los mit dem Zwischenspiel ...

Der Saal war riesig, und doch war er vollgestopft mit Leuten, die alle zur Decke hinaufblickten. Dort, in den Dachsparren, saß ein Affe mit einer Messingkette um den Hals. Er lachte auf seine Zuhörer herab und reinigte die Zähne sorgfältig, ehe er anfing.

›Ich will euch eine Geschichte über einen meiner Ahnen erzählen. In vergangenen Tagen in der Stadt Bagdad, unter der Herrschaft des Kalifen Harun ar-Raschid, lebte ein armer Mann namens Mansur, der sich seinen Lebensunterhalt damit verdiente, daß er allerlei Dienste als Träger übernahm, aber er sehnte sich danach, ein anderer zu sein als er war. Eines Tages auf dem Marktplatz sah er eine junge Dame, die ihm bedeutete, ihr zu folgen. Neugierig folgte er ihr, und sie brachte ihn in eine Gegend Bagdads, wo er nie zuvor gewesen war, in einen Garten, wo eine Dame ihn erwartete. Neben ihr saß ein Affe an einer Kette.

Als Mansur näherkam, grüßte der Affe ihn höchst zivilisiert in menschlicher Sprache, und Mansur war darüber sehr erstaunt. Die Dame spottete über sein Erstaunen und sagte ihm, er solle warten, während der Affe sie streichelte und liebkoste. Mansur mochte das durchaus nicht, aber Furcht hielt ihn zurück, und er saß und beobachtete, wie der Affe und die Dame Geschlechtsverkehr hatten. Dann forderte die Dame den armen Lastträger Mansur auf, dasselbe (und möglichst noch besser) wie der Affe zu machen, und als sie sah, daß er zögerte, fügte sie hinzu: »Wenn du das nicht tust, werde ich meinen Dienern Anweisungen geben, dich zu töten.«

»Gnädige Frau«, sagte der Lastträger. »Das ist alles ganz schön und gut, aber erst muß ich Ihnen etwas sagen«, und nachdem er das gesagt hatte, kam er näher und flüsterte ihr lange etwas ins Ohr. Als er damit fertig war, sah die Dame sehr verstört aus, und nachdem sie ihre Diener herbeigewinkt hatte, daß sie Mansur bedienen und ihm Speise und Trank bringen sollten, verschwand sie ins Haus und sagte, sie würde bald wiederkommen. Kaum war sie fort, da kam der Affe her und fragte Mansur, was er ihr denn ins Ohr geflüstert habe.

»Ich erzähl dir's«, sagte Mansur, »wenn du mir erst deine Geschichte erzählst.«

Der Affe nickte und begann.

»Ich war einmal ein Prinz, gut aussehend, gescheit und liebereich. Nun hatte ich viele Monate lang eine Affäre mit einer Dame des Barmakidenhauses gehabt. Lange Zeit besuchte ich sie heimlich und flehte sie oftmals an, meine Frau zu werden, doch sie wurde melancholisch und wies mich stets ab. Sie war schön und klug, aber schließlich ermüdete mich die Dame und mein erfolgloses Streben nach ihr begann mich zu erschöpfen. So sagte ich der Dame das sehr höflich und sagte ihr auch, daß sie nicht mehr zu unserem Treffpunkt im Garten der Barmakiden zurückkommen solle. Zunächst war die Dame sehr traurig und flehte mich an, meine Meinung zu ändern. Ich schlug ihr vor, andere Liebhaber zu finden, aber sie sagte, sie hätte niemals einen so kunstfertigen Liebhaber wie mich gekannt und würde nie wieder einen solchen kennenlernen. Dann, als sie sah, daß ich standhaft blieb, wurde sie wütend und bedrohte mich, meine Gestalt so zu machen, daß sie zu meinem Geist paßte, und mich in einen Affen zu verwandeln. Ich lachte und wandte mich ab; aber ich wußte nicht, daß die Dame tatsächlich in der Kunst der Hexerei erfahren war, und sobald ich ihr den Rücken zugewandt hatte, warf sie ihr Netz magischer Künste über mich und verwandelte mich in einen Affen, allerdings mit menschlicher Sprache und Intelligenz.

Sie machte mich zu ihrem Lieblingstier und verlangte von mir, in dem gleichen Garten Liebesspiele zu treiben, wo wir getändelt hatten, als ich noch ein Prinz war. Und noch mehr – die grausame Dame erfand einen sonderbaren Wettbewerb, dessen Art ich dir jetzt erzählen werde. Jeden Nachmittag pflegte sie ihre Dienerin in die Straßen von Bagdad zu senden, um kräftige junge Männer in den Garten zu locken. Dort wurden sie dann aufgefordert, ihre Liebeskünste mit den meinen zu vergleichen – mit mir, der ich an einer Kette hockte und gackerte und sie aufreizte. Die jungen Männer waren meist viel zu erstaunt, um überhaupt irgend etwas zu tun. Wenn sie die Herausforderung nicht annahmen, wurden sie bewußtlos geprügelt und aus dem Garten geworfen. Wenn sie, verlockt von der großen Schönheit der Dame, die Herausforderung akzeptierten und keinen Erfolg hatten (was allen passierte, denn ich, ein Prinz und nun ein Affe, war wirklich ein höchst geschickter Liebhaber, weil ich wenig andere Vergnügungen hatte, um mir die Zeit zu vertreiben) – dann wurden sie umgebracht und ihre Körper in den Tigris geworfen. So war es und ist es noch immer, aber du bist der erste Mann, der nicht sofort verprügelt worden ist, als er sich weigerte, so etwas zu tun. Was hast du der Dame ins Ohr geflüstert? Sag mir das Geheimnis und auch, wie ich meine ursprüngliche Gestalt wiedergewinnen kann.«

»Ich werde dir alles erzählen«, antwortete der Lastträger, »doch zuerst muß ich dir sagen – «‹

»Hier, fürchte ich, habe ich ihn unterbrochen«, sagte Yoll, »denn während alle anderen Zuhörer mit offenem Mund und wie vom Donner gerührt lauschten, konnte ich meine Angst und Neugier nicht länger bezähmen, und schließlich, mein Ruf als der allerbeste Geschichtenerzähler in ganz Kairo und vielleicht sogar mein ganzer Lebensunterhalt waren jetzt durch diesen genial redenden Affen gefährdet. So schrie ich zu den Dachsparren hinauf: ›Statt mit dieser deiner Geschichte fortzufahren, erzählst du uns besser, wer du bist!‹

Es gab Gemurmel von vielen in der Menge, die nicht wollten, daß die Geschichte unterbrochen würde, aber ich bestand darauf.
›Bist du vielleicht ein Dschinn? Ein Kobold des Satans, ausgesandt, uns zu versuchen? Oder vielleicht ein Produkt kräftigen Zaubers? Erklär das selber!‹
Nun gab es da einige zustimmende Rufe; viele in der Menge teilten ganz deutlich das Gefühl, daß hier irgendetwas Gottloses vorging, und es kam fast zum Kampf zwischen den Zuhörern, die den Affen zum Verhör zum Oberqadi bringen wollten, und denen, die diesen offenbar wunderbaren Affen seine Geschichte weiter erzählen hören wollten. Aber dann mischte sich ein alter Mann mit einem schmutzigen weißen Turban ein, der bisher in einer Ecke des Raumes gestanden hatte.
›Meine Herren‹, sagte er, ›hier ist keine Hexerei im Gange, nur Geschick, und Geschick ist das meine und nicht das des Affen! Obgleich wir beide zusammen vielleicht schuldig geworden sind, euch zu täuschen; wir hatten euch doch nur zu unterhalten gewünscht. Dieser Affe ist mein Geschöpf, und es gibt nichts Übernatürliches in ihm. Ich, nicht er, bin derjenige, der die Geschichte erzählt hat. Ich bin ein Mann, der eine der geheimen, doch natürlichen Kräfte der alten Chaldäer praktiziert; das heißt, ich bin ein Bauchredner, der letzte Bauchredner, den es noch in Ägypten gibt. Die Lippen des Affen bewegten sich, das stimmt, aber als er zu sprechen schien, war es in Wirklichkeit nur meine Stimme, die zur Decke hinaufprojiziert wurde.‹
Das Geheimnis echter Bauchrednerei, beeilte er sich hinzuzufügen, weil er offensichtlich Angst hatte, von einigen Leuten im Kaffeehaus als Zauberer angeklagt zu werden – das Geheimnis lag in der Manipulation der Magenmuskeln. Wenn man starke Magenmuskeln hatte, die völlig vom Kopf kontrolliert wurden, dann konnte man seine Stimme aussenden, indem man die Luft im Magen langsam ausstieß, und das ging, wo immer man wollte.

Am Ende dieser Erklärung zuckte der Mann die Schultern und lächelte, aber niemand im Raum, am allerwenigsten ich, war tatsächlich überzeugt von der Erklärung des ziemlich gewöhnlich aussehenden alten Mannes. Man hatte doch deutlich gesehen und gehört, daß der Affe sprach! Einige Zuhörer machten auch tatsächlich Einwände, als man plötzlich bemerkte, daß der Affe nicht mehr auf dem Dach saß. Er war verschwunden. Darüber war den Mann mit dem Turban offenbar höchst aufgeregt und, während er sagte, er ginge jetzt, um seinen Affen zu verfolgen und wiederzufinden, rannte er aus dem Saal auf die Straßen hinaus und verschwand uns auch aus den Augen. Im Saal brach ein Getobe los. Dann wandten sich Leute, die nahe bei mir standen, gegen mich und sagten, daß, da ich dafür verantwortlich sei, die Geschichte des Affen unterbrochen zu haben, ich auch fortfahren und sie in passender Form zu Ende bringen müßte; und sie fügten ermutigend hinzu, andernfalls würden sie mich ordentlich durchprügeln. Sie sagten, sie wollten wissen, was der Lastträger der Dame ins Ohr geflüstert hätte. So nahm ich die Geschichte dort auf, wo der Affe aufgehört hatte:
›Also gut‹, sagte der Lastträger Mansur, ›die Sache ist so, siehst du. Ich war auf gerade eine solche Begegnung vorbereitet, und daher, als ich die Gelegenheit hatte, flüsterte ich ihr ins Ohr: »Muß ich sterben, so muß ich sterben, doch erst, o Dame, sag mir dies:

Ich frage nach sieben, die schon benannt,
Sie irren sich nicht, sie können nicht vergessen werden, sind alt wie auch neu,
Wer in ihnen wandelt, wandelt im Leben wie im Tod.

Ich glaube, du wirst mich nicht töten lassen, bevor du mir die Antwort darauf gegeben hast.«‹
›Und tatsächlich‹, sagte der Lastträger, ›sie wußte die Antwort nicht.‹

›Und ich weiß sie auch nicht‹, sagte der Affe, der auch ein Prinz war, und kratzte sich den Kopf. ›Sag mir die Antwort. Dein Geheimnis ist bei mir gut aufgehoben; und sag mir auch, weshalb die Dame die Antwort haben muß, ehe sie dir Leides antun kann.‹
Aber gerade da kehrte die Dame zurück. Sie grüßte den Lastträger demütig und versprach ihm, er würde seine Antwort innerhalb eines Jahres bekommen; sie bat ihn, sich zu gedulden, und, nachdem sie sich vergewissert hatte, wo man ihn finden könnte, ließ sie ihn aus dem Garten geleiten.
Drei Jahre waren vergangen, und der Lastträger eilte gerade die Straße zum Freitagsgebet hinunter, als ein Mann seine Schulter berührte.
›He, Mansur, du erkennst mich gar nicht mehr, nicht wahr? Ich war der Affe in dem Garten der mörderischen Dame, bin aber jetzt in meine natürliche Gestalt zurückverwandelt worden und wieder ein Prinz.‹
Der Lastträger war höchst erstaunt.
›Wie kann das sein?‹
›Ich will dir's erzählen‹, sagte der Prinz. ›Aber erst mußt du mir erzählen, wie es kam, daß du die Dame nach diesem Rätsel gefragt hast, und du mußt mir auch erzählen, ob sie je zu dir mit der Antwort zurückgekommen ist?‹
›Ich habe sie bisher nicht gesehen‹, antwortete der Lastträger mit glücklichem Lächeln. ›Was die andere Sache angeht, so werde ich dich aufklären, aber du mußt mir erst erzählen, wie du deine richtige Gestalt und deinen Rang wiederbekommen hast.‹
›Das will ich. Es war einfach ganz plötzlich und geheimnisvoll. Eines Nachmittags lagen die Dame und ich im Gartenpavillon. Sie umarmte mich und ließ die Finger durch mein Fell gleiten, als wir einen Moment aufsahen und einen Mann bemerkten, der über uns stand, ein wenig schimmernd in der heißen Luft, die Fäuste wütend über den Kopf erhoben; es war ein sonderbar aussehender Mann. Er war jung, doch langes weißes Haar fiel auf seine

Schultern herab. Er trug einen blau-silbernen Mantel und war ein Christ; denn er trug ein großes Silberkreuz um den Hals. Er verfluchte die Dame in vielen Sprachen, stieß mich weg und gab ihr dann einen Tritt. Als er mit seinem Fluchen und Stoßen fertig war, wandte er sich mir wieder zu und untersuchte mich genauer. Es scheint, er sah meine wahre Form in meinen Augen; denn er murmelte ein paar Worte und fuhr mit der Hand über mich, und ich fand mich als Prinz wieder. Er nahm mich am Arm, führte mich zur Gartenpforte und sagte mir, ich solle Gott danken, daß ich vom Zauber dieser Hexe befreit sei. Er ermahnte mich auch, bei Androhung von Todesqualen oder noch schlimmerer Dinge, daß ich niemals mehr in den Garten zurückkehren solle. Da ich begriff, daß er ein mächtiger Magier war, grüßte ich ihn und war bereit zu tun, wie er gesagt hatte, und das habe ich getan. Dann kehrte ich zu meiner erfreuten, wenn auch etwas überraschten Familie zurück.‹

›Ah!‹ sagte der Lastträger.

›Es ist eine nicht so ganz überzeugende Geschichte‹, sagte der Prinz.

›Vielleicht kann das, was ich dir zu erzählen habe, ein wenig weiterhelfen, um sie überzeugend zu schließen‹, sagte der Lastträger. ›Siehst du, ich glaube, ich war nicht der erste, der die Dame nach diesem Rätsel fragte. Eines Abends, vor vier oder fünf Jahren, am Ende eines langen und erschöpfendes Tages, war ich zu einem Haus hinuntergegangen, wo man, dem Gesetz zum Trotz, heimlich trank. Ich wollte meine schwerverdienten Dinare beim Trinken ausgeben und vergessen, wie ich sie erworben hatte. Ich rede gern, wenn ich trinke, und ich kam zufällig mit einem Christen dort ins Gespräch – ja, der hatte langes weißes Haar und trug ein Kreuz um den Hals. Er neckte mich wegen meines Trinkens, obgleich er schon betrunkener war als ich noch wurde. Schließlich, flüsternd, enthüllte er mir, daß er ein großer Magier sei. Ich glaubte ihm das nicht und wurde ärgerlich, und dann wurde er auch är-

gerlich. Ich sagte, wenn er wirklich ein großer Magier wäre, dann sollte er in einem wundervollen Palast leben und wunderschöne Frauen um sich haben, die alle seine Wünsche erfüllen könnten, statt heimlich mit mir in dieser elenden Spelunke zu trinken. Da, zu meiner Erleichterung, wurde der Christ aus einem streitenden Betrunkenen zu einem melancholischen Betrunkenen. Seine Geschichte wäre so traurig, sagte er, daß er es nicht ertragen könne, sie mir zu erzählen, doch er würde schon irgend jemanden finden, der das tun würde. Zu meiner Überraschung wandte er daraufhin seinen Kopf unter den Tisch und rief mit lauter Stimme: »Wascho, Wascho!«
Im nächsten Moment erschien Wascho. Das war ein redender Affe – so wie du es einst warst, mein Freund‹, sagte der Lastträger und schlug den Prinzen auf die Schulter (der leise wimmerte). Nun schön, Wascho setzte sich an den Tisch und nahm sich, mit Erlaubnis des Christen, ein paar Nüsse und fing dann an: ›Mein Meister ist in der Tat ein mächtiger Magier. Ich selbst bin die Schöpfung seiner Zauberei –‹«
»Na, mal Schluß, Yoll«, sagte Cornu, der wie ein hungriges aber unentschlossenes Raubtier immerwährend um sie herumgewandelt war. »Ich hoffe, dein unsinniges Gequatsche wird irgendwo hinführen.«
»Alles wird sich mit der Zeit entfalten«, sagte Yoll.
»Ich bezweifle, daß ich Zeit dazu habe«, sagte Cornu. »Je länger ich deinen Geschichten zuhöre, desto mehr erfüllt mich Zweifel über ihre Verdienste. Es scheint mir, daß du von der großen Tradition des Geschichtenerzählens abgewichen bist und statt dessen ziellos durch unwirkliche Städte streifst, wo die Früchte menschlicher Arbeit immer unsicher sind, weil Magie alle zunichte macht; Städte, deren Bewohner immer verborgene Schätze zu versprechen scheinen, doch niemals moralische Führung, und wo des Mannes Sex von verschlingenden Weiblichkeiten bedroht und zerstört wird.«
»Aber es ist bestimmt wahr, daß die Frauen von Kairo

Ungeheuer sind, jede einzelne von ihnen«, warf der Mönch ein.

Cornu ignorierte das.

»Da ist noch etwas Schlimmeres. In der Stadt liegt das Stadtviertel, innerhalb des Stadtviertels ist eine Straße, in der Straße ist ein Haus, in dem Haus ist ein Zimmer, in dem Zimmer eine Dose, in der Dose ist ein – wer weiß, was in der Dose ist? Keiner, aber alle Leute wissen, daß am Ende einer solchen Erzählung bestimmt etwas unendlich Böses steht. Die Art, wie du deine Geschichten zusammenfügst, beunruhigt mich, Yoll. Der Affe übernimmt die Sache, und der Affe will immer Geschichten über sich selbst hören.«

Yoll antwortete auf keine dieser Bemerkungen, sah aber nervös aus. Er wollte so gern fortfahren, wagte es aber nicht.

»Ich gehe jetzt zu Bett«, sagte Cornu.

Als er fortging, neigte sich Balian zu dem Mönch, um mit ihm zu sprechen. »Als ich Euch im Karawanserai fragte, ob es nicht irgendeine merkwürdige Verschwörung um mich herum gäbe, habt Ihr mich hinauf zum Muqattam geführt und mir gesagt, es gäbe keine, und Ihr habt Euren Kopf gegen den Fels geschlagen, und nun hat der Großmeister doch gesagt, daß es eine gibt.«

»Ich lüge immer«, sagte der Mönch und legte dann den Finger auf die Lippen, denn Cornu kam zurück.

»Ich schlage vor, daß ihr alle etwas Schlaf bekommt«, sagte er, »denn die nächsten Tage und Nächte werden hart sein.«

Die Aussätzigen folgten ihm alle gehorsam. Balian, Bulbul, der Mönch und Yoll blieben zurück. Yoll bebte. Der Mönch bat ihn inständig, die Geschichte fortzusetzen; denn sie wollten doch alle so gern die Antwort auf das Rätsel hören.

Das Zwischenspiel wird abgeschlossen

Daß ich die Geschichte in diesem kalten dunklen Keller einmal erzählt habe, war schon schlimm genug. Und dann jetzt noch im Ganzen zu beschreiben, wie ich diese Geschichte erzählt habe, ist geradezu unerträglich. Wenn ich nur eine Abkürzung finden könnte ... Armer Yoll.

Als Yoll anfing zu sprechen, entspannte er sich.
»Ihr erinnert euch, ich war in einem Kaffeehaus, von einer feindlichen Zuhörerschaft umgeben, und ich war gerade dabei, die Geschichte zu Ende zu erzählen, die der Affe im Gebälk angefangen hatte, und ich erzählte euch gerade, was ich ihnen über das erzählte, was der Lastträger dem Prinzen erzählte, was ihm Wascho, der Affe des weißhaarigen Christen, erzählt hatte. Also gut –
›Mein Meister ist tatsächlich ein mächtiger Magier‹, fing Wascho an und spuckte dabei einige Nußschalen aus. ›Ich selbst bin ein Geschöpf seiner Zauberei – und so ist auch sein großartiger Palast, den er ein paar Meilen außerhalb der Stadt errichtet und mit dem besten, was Magie beschwören kann, ausgestattet hat; doch will er nicht darin leben, ehe er nicht seines Herzens Wunsch erlangt hat. Nun will ich euch erzählen, worin seines Herzens Wunsch besteht. Vor einigen Jahren ging mein Meister, in Gedanken verloren, eine Straße entlang, an deren einer Seite sich die Mauer des Gartens eines reichen Mannes erstreckte. Plötzlich sprang ihm ein Ball vor die Füße, und von der anderen Seite der Mauer kam ein kindliches Gejammer. Die Stimme eines Mädchens versprach alles und jedes, wenn bloß irgendein Vorüberkommender ihr den Ball über die Mauer wieder zuwerfen würde. Mein Meister warf den Ball nicht zurück, sondern benutzte einen Zauber, ging durch die Mauer und nahm den Ball mit. Sie waren beide stumm vor Überraschung; sie über seine Magie, er über ihre Schönheit, denn obgleich sie erst ein kleines

Mädchen und noch nicht herangereift war, so war schon sonnenklar, daß sie eines Tages die schönste im Lande sein würde. Er beschloß, sie zu seiner Braut zu machen, wenn jener Tag gekommen war. Er sagte ihr das und rühmte sich seines Reichtums und erzählte ihr, wie er seine Zauberkräfte erworben hatte; aber sie antwortete, daß, obwohl sie froh wäre, ihren Ball wiederzuhaben, sie doch zögere, ihn zu heiraten, denn er war doch um einiges älter als sie und sein Haar, allzufrüh ergraut, ließ ihn noch älter aussehen. Dann versprach er, ihr beizubringen, mächtige Magie zu treiben, wenn sie nur in sieben Jahren mit ihm kommen würde; aber sie hatte immer noch Bedenken. Also schlug mein Meister ihr dann vor, ihr all die besten Tricks seiner Kunst beizubringen und ihr ein Rätsel aufzugeben; wenn sie fähig wäre, das Rätsel am Ende der sieben Jahre zu lösen, dann wären sie quitt, andernfalls wäre sie daran gebunden, seine Braut zu werden. Nach einigem Zögern stimmte sie zu, und er gab ihr das Rätsel auf, das so lautete:

> Ich frage nach sieben, die schon benannt,
> Sie irren sich nicht, sie können nicht vergessen werden, sind alt wie auch neu,
> Wer in ihnen wandelt, wandelt im Leben wie im Tod.

Das kleine Mädchen war die Tochter eines reichen Mannes und wurde streng gehütet, aber nichts kann vor der Magie meines Meisters behütet werden, und so kam er in der Woche danach jeden Tag, um ihr seine Zauber und Beschwörungen beizubringen – wie man Schlangen beschwört, wie man die Zukunft aus Tintenflecken liest, wie man in der Luft fliegt, wie man Gold macht und – wie man Menschen in Affen verwandelt. Dann verließ er sie, sagte ihr, sie solle sich und ihre neuerworbenen Kräfte genießen, und warnte sie, treulich auf ihn zu warten, wenn er nach sieben Jahren zurückkehren würde, um herauszufinden, ob sie das Rätsel gelöst hatte, und sie mitzunehmen, falls nicht. Der Grund, weshalb ich euch diese Geschichte erzähle‹, sagte Wascho, ›ist, daß die sieben Jahre des Wartens fast vorüber sind und daß mein Meister trinkt, um seine Furcht zu beruhigen, daß das Mädchen vielleicht das Rätsel gelöst hat. Aber das Rätsel ist schwierig. Ich weiß die Antwort nicht, und ich habe seit sieben Jahren darüber nachgedacht.‹

Und damit verschwanden er und sein Meister. Paff! Ganz plötzlich, wie fortfliegende Rauschwaden. ›Natürlich‹, sagte der Lastträger, ›als ich, wie es zufällig geschah, von der Dienerin der Dame in den Garten gebracht wurde, erkannte ich, wer sie sein mußte, und flüsterte ihr das Rätsel ins Ohr in der Hoffnung, mich zu retten, indem ich ihr Furcht einflößte. Die sieben Jahre sind fast vorüber, und sie kennt die Antwort immer noch nicht.‹

›Aber ich‹, sagte der Prinz. ›War es –‹«

»Warte, Yoll«, sagte Balian. »Du sagtest vor ein paar Minuten, daß der Christ dem Mädchen im Garten erklärte, wie er seine magischen Kräfte gewonnen hatte. Ich würde diese Geschichte gern hören.«

»O ja«, sagte Yoll. »Man sollte diese Dinge nicht übereilen. Ich muß euch diese Geschichte erzählen.«

Dann, zur Überraschung aller, sprach plötzlich Bulbul, der bis jetzt still in seiner Ecke gesessen und seine Feder hatte kratzen lassen.

»Hör meinen guten Rat, Yoll, und erzähl diese Geschichte nicht. Denk daran, was passiert, wenn Cornu aufwacht und zurückkommt und findet, daß du immer noch Geschichten erzählst. Sei vorsichtig!«

Yoll kämpfte mit sich.

»Gut, ich will es so kurz wie möglich machen. Die Geschichte, die der Christ dem Mädchen im Garten erzählte, war diese:

›Vor vielen Jahren ging ein Christ – es war unser Christ –, der studierte, um ein gelehrter, heiliger Mönch zu werden, in die Wüste nahe Damaskus, um zu fasten und meditieren. Dann bemerkte Iblis – der auch als Schaitan oder Gottes Affe bekannt ist –, daß dieser Mann durch Fasten und Einsamkeit schwach geworden war, und ging aus, ihn früh am Morgen in der Wildnis zu versuchen. Die einfachste List war, wie er wußte, oft am wirkungsvollsten; so machte er sich gar nicht die Mühe, sich oder seine Ziele beim Besuch des Eremiten zu verkleiden. Statt dessen kam er gleich zur Hauptsache und bot dem Christen drei Wünsche an, was immer er möchte, wenn er nur der Anbetung und dem Gehorsam abschwören würde, den er dem Einen Gott schulde, und statt dessen Iblis anbete. Der Christ saß da und dachte lange, lange nach, bevor er schließlich sprach: »O Iblis, du bietest mir an, ich könnte alles Erdenkliche in drei Wünschen begehren. Doch, wie auch schlichte Menschen wissen, haben Wünsche oft die Tendenz, sich gegen den zu kehren, der sie äußert. Die Sachen sind nicht immer so einfach wie sie aussehen.«

Iblis zuckte die Schultern (die mit gräßlichen Schuppen bedeckt waren). »Gewiß, o Christ, so ist es oftmals gewesen; aber vielleicht bist du so klug oder so tugendhaft, daß du dieses Problem umgehen kannst.«

Der Christ dachte wieder nach.

»So sei es denn.«

Iblis grinste in sich hinein (ein gräßliches Grinsen; denn seine Lippen waren dick und blasig und seine Zähne schwarz); aber es war Iblis, der nicht verstand. Dann schwor der Christ dem Einen Wahren Gott mit lauter Stimme ab und verneigte sich in förmlichem Gehorsam vor Iblis. Iblis war höchst erfreut und forderte den Christen auf, nun mal loszuwünschen.

»Mein erster Wunsch«, sagte der Christ: »Ich wünsche, daß du mir einen Kieselstein bringst.«

Höchst mystifiziert, suchte Iblis in der Wildnis herum und fand einen Kieselstein nahe seinem Fuß, den er ihm übergab.

»Als nächstes wünsche ich eine Eidechse.«

Noch verwirrter, fand Iblis rasch eine Eidechse, die sich übrigens unter dem Stein verborgen hatte, den er grade

von seinem Platz aufgehoben hatte, und übergab sie ihm. Der Christ machte sich nicht die Mühe, den Stein oder die Eidechse anzusehen, sondern hielt sie ganz fest in den Händen und wünschte nun zum dritten Mal: »Schließlich, o Iblis, wünsche ich, daß du Gott denselben Dienst und denselben Gehorsam erweisest, dem ich gerade abgeschworen habe.«
Iblis war entsetzt. Er wies den Christen darauf hin, daß es traditionsgemäß eine Konvention gab, die das Ausmaß dessen bestimmte, was gewünscht und erfüllt werden konnte.
Der Christ erwiderte, daß man von ihm als einfachem Einsiedler in der Wüste mit wenig Erfahrung im Umgang mit Dschinnen schwerlich erwarten könne, daß er solche Konventionen kenne. Außerdem habe er sich bei seinen ersten beiden Wünschen größte Mühe gegeben, Iblis' so wenig Mühe wie möglich zu machen. Ferner: mit seinem dritten Wunsch habe er wirklich nur etwas zum Besten von Iblis' Seele und seines geistigen Wohlergehens gewünscht. Deshalb dachte er, darauf bestehen zu müssen, daß Iblis ihm gewähre, was er gewünscht hatte.
Iblis war völlig entsetzt und sah, daß er ganz eingefangen war. Verzweifelt bot er dem Christen noch drei Wünsche an, wenn der ihn bloß von der letzten fürchterlichen Verpflichtung lösen würde. Nachdem er die Versicherung von Iblis bekommen hatte, daß keinerlei Beschränkungen in seinen Wünschen bestehen würden – ausgenommen zu wünschen, daß Iblis gottesfürchtig werden sollte –, stimmte der Christ mit gespieltem Zögern zu.
Im ersten des neuen Satzes von Wünschen wünschte er, daß er von seinem Eid des Abfalls von Gott und seiner Dienstbarkeit gegenüber Iblis gelöst werde. Iblis mochte das nicht, war aber gezwungen, zuzustimmen. Zweitens wünschte er zu Gott, daß sein lieber Freund Iblis immer bei guter Gesundheit bleiben möge. Iblis war damit überaus zufrieden und sagte das dem Christen, wobei er sich die verhornten Hände rieb.

»Das ist das Geringste, was ich für dich tun kann«, entgegnete der Christ, »denn ich möchte meinen dritten Wunsch dir überlassen.«
Rasch wie ein Blitz, bevor der Christ es widerrufen konnte, widerrief Iblis, vor Freude mit den schuppigen Flügeln schlagend, alles, was vorher gewünscht worden war, aber er sprach natürlich viel zu schnell; denn die Worte waren noch nicht ganz aus seinem Munde gekommen, da merkte er, daß er nicht mehr bei guter Gesundheit war. Ja, er wurde derartig rasch kränker, daß er dachte, er sterbe. Nun, verzweifelter denn je, bot er dem Christen drei weitere Wünsche an, wenn er nur diesen letzten Wunsch zurücknehmen dürfe, den er ihm gegeben hatte. Der Christ lächelte und war einverstanden. Jetzt wünschte der Christ, daß das Christentum die wahre Religion sei. Nun gibt es einige, die meinen, daß bis zu dieser Zeit der Islam die wahre Religion gewesen sei, und jetzt ersetzte das Christentum den Islam. Es gibt andere, die meinen, Iblis habe keine Kraft, diesen Wunsch zu erfüllen, denn all seine Kraft kam von Gott, und Gott kann nicht erlauben, daß er in die Existenz gewünscht werde. Eine Minderheitsgruppe erwiderte darauf, daß, obgleich Gott nicht wünschen kann, zu existieren oder nicht zu existieren, er doch diese Macht an andere Geschöpfe delegieren kann. Die Meinung der Mehrheit jedoch ist, daß dies nur eine Geschichte ist.
Wie dem auch sei, der Christ fand, daß er noch weitere drei Wünsche hatte (vergeßt nicht, daß Iblis ihm einen zurückgegeben hatte); aber weil die Sonne nun so hoch am Himmel stand und da es ihm langsam etwas langweilig wurde, Iblis zu necken (denn es war alles nur Neckerei), wünschte er, daß Iblis ihm eine Geschichte zum Zeitvertreib erzählen solle. So erzählte Iblis dem Einsiedler eine Geschichte, und die war so –«
»Yoll!« Das war Bulbul, warnend.
Yoll sah aufgeregt auf.
»Nun gut also, weil die Zeit drängt, will ich die Geschichte

auslassen, die Iblis dem Einsiedler erzählte, obgleich das 'ne gute ist, die heißt ›Die Geschichte von den beiden Zwergen, die ausgingen, nach Schätzen zu suchen.‹ Dann, als die Geschichte zu Ende war, fühlte sich der Christ genügend ausgeruht, um wieder einen Wunsch zu äußern.«
»Das wird er wohl«, sagte Bulbul, »denn die Geschichte von den beiden Zwergen ist sehr lang.«
»Dann bat der Christ mit dem zweiten seiner vier Wünsche, daß er Iblis und Iblis er werden möge. Das geschah sofort, aber, da die beiden daraufhin nicht nur die äußere Erscheinungsform des anderen, sondern auch Geist, Seele und Erinnerungen des anderen erwarben, gab es für das Auge des Uneingeweihten keinen großen Unterschied zwischen ihnen.
Dann, mit seinem dritten Wunsch wünschte der Christ (oder sollte ich ihn lieber Iblis nennen?), noch drei Wünsche zu bekommen. Iblis könnte dagegen protestiert und gesagt haben, daß dies Betrug sei, und hätte den Wunsch zurückweisen können, obgleich es darüber keine Konventionen gab, aber er war nicht im geringsten verwirrt, welcher von den beiden er nun eigentlich war, und er überlegte, daß ein neuer Satz Wünsche Ergebnisse bringen könnte, die ihm günstig waren, und deshalb erhob Iblis (welcher von beiden es auch war – aber nein, laß ihn Iblis sein) keinen Einwand. Der Christ wünschte dann etwas im Geheimen, was ich zu einem späteren Zeitpunkt enthüllen werde. Und dann wünschte er, ein Zauberer mit fast unbegrenzten Kräften zu werden. Darauf verschob er seinen nächsten Wunsch bis zu einem späteren Datum, verließ die Wüste und kehrte in die Städte der Menschen zurück, um seine neugewonnenen Kräfte zu seinem eigenen Nutzen auszuüben.
Iblis beobachtete ihn, wie er die Wildnis verließ und umarmte seinen haarigen Leib voll Entzücken. Wie die Geschichtenerzähler meinen, war der Grund für das Vergnügen Iblis' folgendes: Der Christ, der in die Wüste ausgezogen war, war tatsächlich ein kluger und tugendsamer

Mann gewesen, und die ersten drei seiner Wünsche zeigten deutlich seine Selbstlosigkeit, aber, wie seine späteren Wünsche beweisen, war er fortschreitend der Gerissenheit seines Intellektes und seiner Arroganz zum Opfer gefallen, die ihn irreführten. So schien es Iblis, und in der Tat war auch Gott auf den Christen ärgerlich.
Das war es, weshalb Gott den Christen, obgleich er nun unbegrenzten Reichtum und fast unbegrenzte Zauberkräfte zur Verfügung hatte, einsam werden ließ und ihn von Stadt zu Stadt trieb, erschöpft und ruhelos. Dies war die Situation dieses verfluchten Mannes, als er in den Garten der Tochter des reichen Mannes kam. Dort, dachte er, hätte er einen Gefährten und eine Genossin gefunden.
Jetzt, um auf die Begegnung zwischen dem Lastträger und dem Prinzen zurückzukommen.
›Ich weiß die Antwort auf das Rätsel‹, sagte der –«
»Halt, einen Augenblick«, unterbrach der Mönch, »was war denn mit den übriggebliebenen Wünschen?«
»Auf die kommen wir noch zurück«, erwiderte Yoll. »Jetzt –«
»Etwas anderes«, unterbrach Balian, »du hast uns zu Anfang der Geschichte erzählt, daß sie im alten Bagdad spiele, aber später hast du gesagt, daß der Lastträger dem Prinzen sagte, daß seine Begegnung mit Wascho, dem redenden Affen, in einem Kaffeehaus am Nilufer stattgefunden habe.«
»Ach, nur ein Versprecher«, erwiderte Yoll. »Ich meinte den Tigris. Jetzt, wenn man mir gestattet, weiter zu erzählen –
›Ich kenne die Antwort auf das Rätsel‹ sagte der Prinz. ›War das alles nur Zufall, all das, was uns passiert ist? Ich werde dir etwas erzählen, was zu sonderbar ist, um Zufall zu sein. Ich muß euch erzählen, daß ich, während ich in der Verkleidung eines Affen lebte, die Affensprache gelernt hatte, und ich erinnere mich noch daran. Nun schön, vor ein paar Wochen ging ich durch einen der öffentlichen Gärten in der Stadt, als ich hörte, wie ein paar Äffchen auf

einem Bananenbaum sich müßig damit amüsierten, einander Rätsel aufzugeben. Das eine, das den Äffchen am meisten Spaß machte, war das, was du mir eben wiederholt hast. Zur Enttäuschung des Äffchens, das das Rätsel gestellt hatte, wurde es von den beiden anderen ganz leicht gelöst. Die Antwort, die sie gaben war: »Die sieben Tage der Woche«. Hätte ich das nur gewußt! ... Das Geschick ist wahrlich seltsam. Obgleich die Dame mich so schlecht behandelte, tut sie mir jetzt eigentlich leid.‹
›Vielleicht aber ist das Abenteuer noch nicht zu Ende‹, sagte der Lastträger und ergriff den Arm des Prinzen. ›Laß uns eilen; vielleicht sind wir noch früh genug da, die Dame vor dem Zaubermeister zu retten‹, aber obgleich der Lastträger und der Prinz durch die Stadt rannten – als sie dorthin kamen, wo die Dame, der Garten und das Haus hätten sein sollen, war das alles verschwunden. Der Zauberer war vor ihnen dagewesen. Noch Jahre danach wollte der Prinz das nicht zugeben, sondern wanderte durch die Straßen der Stadt, um den Garten und die Dame darin zu suchen, und er beklagte die Jahre, die er in tierischer Gefangenschaft verbracht hatte.«
»Das ist das Ende der Geschichte?«
»Bestimmt nicht«, erwiderte Yoll. »Was den christlichen Zauberer und die Dame anlangt, war es so: Nachdem der Christ die Dame gezüchtigt und nach dem Rätsel gefragt hatte, dessen Antwort sie nicht vorbringen konnte, verließ er sie zu ihrer Überraschung und verschwand aus dem Garten. Und, um es kurz zu machen, müde, desillusioniert und von Gott verflucht, kehrte er in die Wildnis zurück und wünschte als erstes, daß die Dame, die ihn so enttäuscht hatte, ihr Haus und ihr Garten vernichtet werden sollten. Dann wünschte er feierlich, durch die Jahre zurückzukehren, und daß alle seine Wünsche mit Ausnahme des letzten null und nichtig sein sollten; daß er niemals Iblis getroffen hätte und sich an nichts von dem, was vorgefallen war, erinnern möge. Alle Wünsche wurden erfüllt. Was den Christen anging, war also überhaupt nichts pas-

siert, oder, wenn es passiert war, dann in weniger als einem Augenblick. Er meditierte weitere vierzig Monate in der Wildnis, ehe er nach Damaskus zurückkehrte und im Klostergarten zu arbeiten begann.
So, um Schluß zu machen, ich hatte meine Geschichte erzählt; und meine Zuhörer waren nun einverstanden, mich gehen zu lassen. Ich habe nie wieder eine Spur von dem Bauchredner und dem Affen gesehen.«
»War das dieselbe Geschichte, die der Affe im Kaffeehaus erzählt hätte, wenn du ihn hättest weiterreden lassen?« fragte Balian.
»Ich weiß nicht. Ich glaube nicht.«
»In vieler Hinsicht ähnelt es sehr stark meinem eigenen Abenteuer.«
»Ich habe es euch erzählt, um zu zeigen, wie die Natur die Kunst nachäfft«, erwiderte Yoll.
»Ich verstehe den Zweck dieser Geschichten in Geschichten nicht.«
Yoll gab sich Mühe, überrascht auszusehen und entgegnete: »Aber gewiß ist eine Geschichte in einer Geschichte das Modell für deine eigene Lage, denn was ist eine Verschwörung anderes als eine Geschichte innerhalb einer Geschichte? Und was ist ein Spion anderes als ein Mann, der in diesen inneren Plan, in die verborgene Wahrheit einzudringen sucht? Ich dachte deshalb einfach, daß Geschichten in Geschichten deinem Temperament entsprechen würden.«
»Meinem Temperament?«
»O ja!« Yoll fummelte herum und kratzte sich vor Aufregung, als er sprach. »Du warst ein Spion dem Temperament nach lange bevor die Franzosen dich als einen solchen herauspickten. Du tust nichts als allein herumzuwandern, zweifelnd und unsicher, und die Leute reden mit dir. Du scheinst nichts zu tun, aber diese großen träumerischen Augen nehmen alles in sich auf. Lange bevor du kamst, um die Mamluken auszuspionieren, spioniertest du das Leben aus. Dein Gesicht ist wie eine Maske; daher

zeigt es deinen Beruf an – Jäger nach Verschwörungen. Aber Verschwörungen sind nur die Phantasien einfacher Leute, die nach einfachen Erklärungen für Ereignisse suchen, die in Wirklichkeit sehr verschlungene Ursachen und Zwecke haben. Du wirst nicht nur einen einzigen Schlüssel finden, um die Ereignisse in dieser Stadt aufzuschließen.«

Balian konnte keinen Sinn darin finden.

»Um auf die Geschichte zurückzukommen – wo hast du das gelernt, oder hast du es gemacht –«

Das abgeschlossene Zwischenspiel wird fortgesetzt

Oh, einmal eine ganz andere Geschichte zu erzählen, die Geschichte vom Kalifen Wathiq zum Beispiel! Diese hier ist länger als ich mich erinnert hatte. Jedoch werde ich wie ein Pfeil vorwärts, schneller, zu ihrem vorbestimmten Ende, sausen. Es wird keine Ablenkungen mehr geben, denn es gibt noch viele Dinge in dieser Stadt, die ich euch zu zeigen wünsche, zum Beispiel Kairos berühmte Hühnerfarm. Die Eier werden auf warmen Ziegeln ausgebrütet. Jeder fremde Besucher unserer Stadt macht seine Bemerkungen darüber. Das Ausmaß des Unternehmens ist erstaunlich. Man tritt in irgendeinen der Dutzende von großen Schuppen, und sofort beim Eintreten wird das Auge auf eine ganze Allee von Hühnerkörben in reglementierten Reihen gezogen, die hoch auf Regalen aufgetürmt sind. Das Gegacker der Hühner ist betäubend, und es gibt Hunderte von Hühnern in wohlausgerichteten Reihen, die alle Eier legen, und es gibt Tausende von Eiern, die erwärmt und auf den warmen Ziegeln ausgebrütet werden. Ich glaube nicht, daß ihr irgendsowas im Westen haben könnt! Ihr werdet sehen! Ihr werdet staunen!
Zunächst aber muß ich die Geschichte zu Ende bringen. Sie erheitert euch wohl, obgleich ich kein Vergnügen mehr daran finden kann. Es ist kalt und dunkel hier unten. Ich schwitze und mein Speichel tropft. Ich sehe schwarze Flekken, mein Magen dreht sich um, meine Kehle ist so dicht als sei ein Menschenfinger daraufgedrückt, aber wir wollen hier nicht anhalten, um die Melancholie meiner Anatomie aufzuzeichnen. Vorwärts mit der Unterhaltung ...

Aber hier warf der Mönch eilig ein: »Ja, um auf die Geschichte zurückzukommen: wie kommt es, daß ein paar Äffchen imstande waren, das Rätsel zu lösen, das der Dame, dem Prinzen und dem Lastträger eine Niederlage beigebracht hatte?«
Bulbul stöhnte, aber Yoll erwiderte: »Ach, wie konnte ich nur den allerwichtigsten Teil der ganzen Geschichte vergessen!« Er schlug sich an die Stirn und fuhr fort: »Als das Abenteuer vorbei war – das heißt, als der Lastträger und der Prinz entdeckt hatten, daß die Dame und der Garten verschwunden waren, gingen sie denselben Weg zurück und begannen zu reden.
›Du scheinst ein gescheiter Bursche zu sein‹, sagte der Prinz. ›Wie kommt es, daß du nur ein niedriger Lastträger in dieser Stadt bist, wo doch dem intelligenten Bürger alle Türen offenstehen?‹
›Was das angeht, o Prinz, lebe ich jetzt in der Hoffnung, daß du mir ein besseres Geschick bringen wirst‹, antwortete der Lastträger, ›aber als Antwort auf deine Frage laß mich dir eine Geschichte erzählen –‹
(Das ist zufälligerweise eine lehrhafte Geschichte der Lachenden Derwische«, fügte Yoll als Interpolation hinzu).
»Der Lastträger begann. ›Vor langer Zeit, einen weiten Weg von hier, im entfernten Ruknabad, an einem bestimmten Tag, ging der Sultan dieser Lande aus, um in den Wäldern zu jagen. Die Jagd war unbefriedigend, bis gegen Ende des Tages der Sultan und seine Jäger eine Wölfin nahe ihrer Höhle umzingelten und töteten. In der An-

nahme, er könne ihre Jungen finden, durchsuchte einer der kühneren Jäger das Lager. Er fand keine Welpen. Was er fand, war ein kleiner Junge, dreckig, verkümmert, scharfnägelig. Es schien, daß die Wölfin ihn aufgezogen hatte. Der Sultan und seine Höflinge waren höchst verwundert, und der Sultan ordnete an, daß das Wolfskind zum Palast gebracht und mit seinen eigenen Kindern aufgezogen werden solle.

Der Junge wurde in den Palast gebracht, aber es zeigte sich, daß es unmöglich war, ihn mit den Söhnen und Töchtern des Sultans aufzuziehen, denn er war schmutzig, mit schlechtem Benehmen und gewissenlos. Er weinte oft, doch sprach er nicht. Die Menschen staunten weiterhin über dieses Geheimnis, aber schließlich wurde er verschlossen in den Ställen des Sultans gehalten. Einige Jahre vergingen, und der Wolf-Junge, der von Abfällen lebte, die ihm die Stallknechte des Sultans hinwarfen, war beinahe vergessen.

Dann, eines Nachts, waren der Sultan und sein Hofstaat in dem großen Saal des Palastes beim Abendessen, als der Haushofmeister die Aufmerksamkeit des Herrn und der Gäste auf einen Riß im Marmorboden lenkte. Während der Sultan darauf starrte, erweiterte sich der Riß und, kaum daß er weit genug war, zog sich ein Dschinn mit viel Gepuff und Gestöhn herauf und hockte sich unbequem in die Mitte des Speisesaals. Sogar da rieb sich sein Kopf noch an der Decke. Ohne zu warten, daß man ihn fragte, begann der Dschinn zu reden.

»O Sultan, Ihr habt ein Geheimnis in Eurem Palast. Ich spreche von dem Jungen, der von der Wölfin aufgezogen wurde. Kein Mensch kennt seinen Ursprung. Er muß ihn selbst herausfinden. Die Wahrheit gehört ihm allein. Wenn er das Geheimnis seiner Geburt wissen möchte, muß er sich auf die Suche machen. Innerhalb eines Monats sollte er herauskommen, um mich zu finden. Ich lebe in einer gezähnten Höhle in den Bergen an der nördlichen Grenze Eures Reiches. Ich werde ihn dort erwarten.«

Der Sultan rief etwas aus, aber der Dschinn wartete nicht, um zu hören, was der Sultan sagen wollte. Er sank wieder in die Tiefen der Erde hinab, wobei er den Riß sorgfältig hinter sich schloß.

Alles war völlig fassungslos, nachdem diese fürchterliche Erscheinung versunken war. Der Knabe wurde aus dem Stall geholt, und man erklärte ihm, was der Dschinn gesagt hatte. Er gab kein Zeichen, daß er verstanden hätte, aber die Diener des Sultans stachen und stießen dann den dickköpfigen und scheinbar schwachsinnigen Jungen aus dem Palast und zeigten ihm die Richtung zu den Bergen nördlich von Ruknabad. Der Knabe hatte jedoch ungefähr verstanden, was die Diener ihm sagten; er zögerte nur, die Bequemlichkeit der Ställe aufzugeben.

Doch er machte sich auf durch die Wälder von Ruknabad, wobei er sich auf allen vieren durch die Bäume bewegte, weil er fand, daß er auf diese Art schneller vorwärts kam. Die Pfade im Wald gabelten sich und dreiteilten sich, verzweigten und vereinigten sich. Der Junge vermutete, daß er, obgleich er mit seinem Wolfstrab recht schnell reiste, vielleicht in falscher Richtung gehen könnte. Aber da war keiner, den er hätte fragen können, bis eines Abends eine Maid aus der Dunkelheit der Bäume trat und ihm im Wege stand. Der Junge konnte keine Worte finden, um sie zu fragen, wo die Höhle des Dschinns wohl zu finden sei; deshalb zeichnete er das Bild einer gezähnten Höhle auf den Boden. Die Maid betrachtete es, und da sie den Sinn mißverstand, zog sie ihre Röcke hoch und führte ihn in ihre geheime Höhle. Am nächsten Morgen ließ er die Maid schlafend zurück und ging auf seinem Weg weiter, nicht klüger als zuvor.

Später an diesem Tag aber traf er eine Wölfin, und er fand, daß er sich ihr verständlicher machen konnte, wenn er sich knurrend und grunzend unterhielt, und daß sie willens und fähig war, ihn zu der Höhle des Dschinns zu führen, hoch in der dünnen Luft der Berge oberhalb der Wälder. Und das tat sie.

Die Höhle des Dschinns war wirklich gezähnt, denn ihre Öffnung war eingeschlossen von Stalaktiten und Stalagmiten. Der Junge trat vorsichtig zwischen ihren Fangzähnen hinein und stand dem Dschinn gegenüber, der in einem großen Wall von Bettwäsche lag; die glimmte und rauchte infolge der ungeheuren Hitze, die der Körper des Dschinns verströmte. Der Dschinn sah erfreut aus, als er ihn erblickte, und brachte von tief unter den Laken einen leicht angesengten Brief hervor und sagte: »Jetzt solltest du wissen, daß es alle Arten von Dschinnen gibt, gute und böse, gelehrte und ungelehrte. Einige Dschinnen kennen sogar den Koran auswendig. Ich bin keiner von diesen. Ich kann noch nicht mal lesen. Aber ich habe hier in meinen Klauen einen Brief, der die Wahrheit über dich und deine Eltern enthält. Nimm ihn hinab in das Dorf dort unten und laß ihn dir vorlesen. Alles, was ich als Gegengabe für meine Freundlichkeit, dir den Brief zu übergeben, erbitte, ist, daß du direkt zu mir zurückkommst und mir sagst, was drin steht, denn deine Geschichte könnte interessant sein, und ich mag nichts lieber als eine gute Geschichte.« Dann drehte sich der Dschinn mit Schmerzen in seinem Bett herum, und der Junge, nachdem er eine Zeitlang in sich hineingebrummt hatte, als käue er nachdenklich wieder, machte sich auf, hinab zum Dorf. Eine Nacht und der größere Teil eines Tages gingen vorüber, ehe der Wolf-Junge zurückkam und wieder vor dem Dschinn stand. Er blutete und war mit blauen Flecken bedeckt.
»Na, was ist denn passiert?« fragte der Dschinn und erhob sich von seinem dampfenden Bett. Der Junge brummte und gestikulierte wütend. Der Dschinn konnte seine Erheiterung nicht verbergen.
»Ach ja! Ich hatte vergessen, das du nicht fähig bist zu sprechen. Wie enttäuschend! Du leidest an dem, was wir Dschinnen Aphasie nennen. Das ist eine Krankheit, in der der Leidende unfähig ist, seine Gedanken und Erfahrungen in Worte zu kleiden. Wie solltest du reden können, wo Sprache doch etwas ist, das man von seinen Eltern lernt?

Du kannst nicht sprechen. Deswegen kannst du das Rätsel deiner Herkunft nicht lösen. Andererseits ist das Rätsel noch nicht gelöst. Deswegen kannst du nicht sprechen. Da ist wirklich ein Knoten! Wie können wir den lösen? Nun ja, die Wahrheit ist, daß du Angst hast, deinen Ursprung zu entdecken. Der Knoten liegt in dir. Du schweigst und hast in all diesen Jahren geschwiegen, damit du nicht entdecktest, wo dein Vater ist, und den Mann wiederträfest, der dich als Baby der Gnade des Waldes und des Wolfes überlassen hat. Aber dein Schweigen ist überflüssig. Ich kann dir jetzt sagen, daß dein Vater tot ist.«

Der Dschinn wartete, um zu sehen, welche Wirkung seine Worte haben würden. Der Junge schluckte und schluckte. Er schien fast zu ersticken. Dann polterten die Worte heraus. Lange Zeit waren das nichts als Flüche. Schließlich war er genügend abgekühlt, um dem Dschinn seine Geschichte zu erzählen und sogar ein gewisses Vergnügen darin zu finden, sie auszudrücken.

»Ich habe mich zu dem Dorf aufgemacht, wie Ihr mir gesagt hattet. Der Tag war heiß, so wurde ich immer durstiger, je tiefer ich den Berg hinabstieg. Ich hatte das Dorf schon fast erreicht, als ich an einer Kreuzung einen alten einäugigen Mann traf. Er hatte, wie ich bemerkte, eine Wasserflasche an seinem Gürtel hängen. Ich machte Zeichen, er solle mir doch etwas Wasser geben. Er verstand, was ich meinte, und erwiderte in Worten: ›Warum denn?‹ Ich zeigte ihm meine vertrocknete Zunge und spielte ihm meine Verzweiflung vor.

›Was geht mich das an? Aber du hast irgendwas an dir. Ich werde dir das Wasser geben, doch erst mußt du mir dieses Rätsel lösen:

> Ich frage dich nach sieben, die schon benannt.
> Sie irren sich nicht, sie können nicht vergessen werden, sind alt wie auch neu,
> wer in ihnen wandelt, wandelt im Leben wie im Tod.‹«

Der Dschinn schnaufte. »Ich stelle mir vor, daß er sogar mit seinem einen Auge gesehen hat, daß du aussiehst wie ein Idiot, und er muß kalkuliert haben, daß du, selbst falls du durch irgendeinen außergewöhnlichen Zufall die Antwort gekannt hättest, sie nicht hättest aussprechen können. Was passierte dann?«
Der Junge machte ein finsteres Gesicht, ehe er fortfuhr. »Ich starrte ihn verzweifelt an. Dann fiel mir ein, daß, selbst wenn ich ihn nicht dazu bringen konnte, mir etwas Wasser zu geben, er mir doch den Weg ins Dorf ersparen könnte. So drückte ich ihm den Brief, den du mir gegeben hattest, in die Hand und sah ihn hoffnungsvoll an. Er überflog den Brief und gab ihn mir zurück. Er war wütend.
›Du hast das Rätsel beantwortet‹, sagte er. Dann sah er ganz verschlagen drein. ›Ich habe dir das Wasser versprochen, aber ich habe dir keinen Becher versprochen‹, und damit goß er das Wasser auf den Boden, mir vor die Füße, wo es im Staub vertröpfelte. In wildem Zorn sprang ich ihn an und versuchte, ihm mit den Zähnen die Kehle auszureißen. Dann entdeckte ich, daß meine Zähne weder lang noch scharf genug dafür waren, so erwürgte ich ihn statt dessen. Ich sah entsetzt auf den ersten Menschen, den ich je getötet hatte. Dann fuhr ich mit der Hand über seinen Körper, um herauszufinden, ob da irgend etwas von Wert bei ihm zu finden war. Da war nichts, außer einem Brief. Ich nahm diesen Brief und auch meinen, den ich ihm gezeigt hatte, und ging auf das Dorf zu. Dort gab ich zu verstehen, daß ich zu jemandem gebracht werden wollte, der lesen konnte, was ich in der Hand hatte. Man brachte mich zu dem öffentlichen Briefschreiber, der alle Briefe im Dorf schrieb und las. ›Zeig's mir‹, sagte er. Dann, nachdem er sie eine Zeitlang schweigend gelesen hatte, sagte er: ›Das ist sehr interessant.‹ Darauf ging er fort und sammelte das halbe Dorf um sich. Dann, als er befriedigt war, daß er eine genügend große Zuhörerschaft hatte, begann er, es uns allen vorzulesen:

›*Mektub.* Es ist geschrieben. Dies ist eine Geschichte über das Geschick und seine Seltsamkeit ... Ich habe niemals meine Eltern gekannt. Ich war ein Findelkind, und soweit meine frühesten Erinnerungen zurückgehen, bin ich unter den Affen des Waldes aufgezogen worden. Dann, eines Tages, als ich noch ein kleines Kind war, wurde ich von menschlichen Wesen entdeckt, als ich am Waldrand saß, und wurde von ihnen zu einer nahen Stadt gebracht. Da war ein Schullehrer in der Stadt, der bei der großen Moschee dort angestellt war, und ich wurde seiner Fürsorge anvertraut. Soweit es innerhalb meiner beschränkten Fähigkeiten möglich war, lernte ich von diesem Mann Sitten und Sprache der menschlichen Wesen. Schließlich kam die Zeit, wo ich ein Handwerk oder einen Beruf lernen sollte. Doch zeigte es sich, daß es schwierig war, einen Meister zu finden, der mich nehmen wollte, denn meine geheimnisvolle Abstammung sprach gegen mich, und ich war wirklich mürrisch und offenkundig nicht gerade sehr gescheit. Aber eines Tages gingen mein Lehrer und ich im Bazar umher, um einen passenden Meister zu finden, als ein Mann zu uns kam, der sagte, er suche noch Besatzung für sein Schiff, mit dem er fortsegeln wollte, um mit den Inseln östlich von Sumatra Handel zu treiben.
Der Schulmeister und er wurden rasch einig, daß ich, der da ziemlich blöd herumstand, für die Fahrt angeheuert werden sollte. Der Vertrag wurde signiert, und der Kapitän zahlte meinem Meister etwas Geld. Mein neuer Meister leitete mich zu den Docks. Wenn ich nur damals gewußt hätte, was ich später erfahren sollte, hätte ich mich umgedreht und wäre zurück in die Wälder entflohen, um dort in wilder Zufriedenheit von Nüssen und Früchten zu leben; aber ich war jung; ich dachte, daß meine ermüdende Ausbildungszeit vorbei war, und mir schien die Aussicht auf Abenteuer willkommen. Ich folgte dem Kapitän aufs Schiff. Der Kapitän war ganz zufrieden mit dem Handel, den er mit dem Schulmeister abgeschlossen hatte. Da es klar war, daß der Kapitän nicht über Reichtümer verfügte

und man auch vermutete, daß sein obskures Unternehmen gefährlich war, hatte er Schwierigkeiten gehabt, eine Besatzung auf die Beine zu stellen. Die Crew, die er schließlich zusammengebracht hatte, bestand meistens aus Verbrechern, Krüppeln und (wie ich) etwas Blöden.
Der Kapitän war ein alter Mann, grimmig und verbittert. Er war besessen, wie ich in der Folge lernen sollte, von einem Bewußtsein früherer Sünden und von einem gegenwärtigen Ziel, obgleich alle beide mir damals verborgen blieben. Die Crew diente ihm nur zögernd. Es war unter der Mannschaft übel bekannt und wurde ohnehin in der ganzen Stadt beredet, daß der Kapitän keinerlei Interessen am Handel mit den Inseln östlich von Sumatra oder irgendwo sonst hatte. Statt dessen, so ging das Gerücht, hatte er vor, das Schiff bis zum Ende der Erde zu führen, um ein geheimes Ziel zu verfolgen. Soviel sagte er uns an dem Tag, als wir die Anker auswarfen. Er redete uns vom Achterdeck an.
›Ich bin auf einer Seelensuchfahrt‹, sagte er.
Dumm wie ich damals war, kannte ich das Wort nicht (ich kenne seinen Sinn gewißlich jetzt!), deshalb fragte ich: ›Was ist eine Seelensuchfahrt?‹
›Eine Seelensuchfahrt ist, etwas fragend zu suchen, während man ständig auf Fahrt ist, nichts weiter‹, erwiderte er.
›Was für Fragen stellst du denn da?‹ fragte jemand anders aus der Besatzung, aber er wurde ärgerlich und wollte uns Schiffsjungen nichts mehr enthüllen. Der einzige Mann, dem er wirklich vertraute, war der Schiffsmaat.
Wir lichteten Anker. Was für eine Reise das war! Für mich ging sie wie im Traum dahin. Ich wurde bestimmt, aus dem Krähennest auszuspähen, und ich saß da, Tag für Tag, entzückt ausschauend oder herabblickend. Draußen blickte ich über das reine, grenzenlose Blau. Es gab keinen Horizont. Die Luft in diesen äquatorialen Gegenden war warm und gallertartig. Sie hatte eine natürliche Tendenz, sich zusammenzuziehen und Bilder zu formen, genau wie die Erde in der Tiefe durch ihre generativen Kräfte Steine

formt. Zumindest hatte mein Meister in der Moschee mir das so beigebracht. Erziehung ist etwas Wunderbares! So sah ich Luftspiegelungen – Züge oder Kamele und Schlösser in der Luft, schwebende Inseln, Schiffe, die an der Unterseite des Himmels auf dem Rücken segelten, weitgespannte chromatische Lichthöfe und ausgedehnte Leviathans. Einmal dachte ich, ich sähe unser eigenes Schiff, das im Winde fuhr und zu unserem Heimathafen zurücksegelte. Zweifellos war das meine Erwartung, die die Wirklichkeit vorausnahm. Es war nur schwer, klarzusehen.
Nach unten hin ließ ich meine Augen spielen, indem ich den verwickelten Mustern der Takelage mit ihren Knoten und Segeln nachging, die bis zum Deck hinunterreichten, wo die arme Crew der tierischen Kerle unter den Augen des Kapitäns hart arbeitete. Ausgezeichnet durch meine eigene äffische Behendigkeit, zwischen Sparren und Leinen zu leben, konnte ich auf sie hinabblicken und immer weitere Horizonte betrachten. Diese Tiere da unten, die sich so abquälten – konnten sie und ich durch die geheimnisvolle Absicht unseres Kapitäns veredelt werden?
Nur einmal kam es dazu, daß meine einsamen Meditationen unterbrochen wurden. Eines Tages legten wir in einem Hafen an der Küste von Balutschistan an, um Stürme zu vermeiden. Es war dort, daß ich den Gipfel meines Glücks erreichte und es war auch dort – obgleich ich das damals nicht wußte –, wo die Saat meiner augenblicklichen Schwierigkeiten gesät wurde. Auf Landurlaub im Hafen, wurde ich von einem Balutschi-Mädchen angesprochen.
›Du hast ein Gesicht wie ein Affe‹, sagte sie. ›Versteh mich nicht falsch. Deine Augen sind groß. Deine Wangen schwellen und glühen vor Gesundheit. Dein ganzes Gesicht hat eine so animalische Unschuld. Dein Gesicht ist wirklich schön. Nochmals, versteh mich nicht falsch; ich bin keine Hure. Ich bin ein anständiges Mädchen aus guter Familie in dieser Gegend, aber ...‹
»Und hier«, sagte der Wolf-Junge zu dem Dschinn, »hier weigerte sich der amtliche Briefschreiber, weiterzulesen.

Er behauptete, da sich Frauen und Kinder unter den Zuhörern befänden, sei das nicht proper. Es gab unter den Zuhörern eine hitzige Debatte wegen seiner Prüderie. Es endete damit, daß der Briefschreiber mehrere Seiten übersprang und dann die Geschichte an folgender Stelle wieder-aufnahm:

›Am nächsten Morgen bestätigten wir nochmals jene Versprechen und gingen wieder an Bord, um weiter ostwärts zu segeln. Wenn ich bloß gewußt hätte, welche Absichten mein Kapitän hatte oder unter welchen Umständen ich zurückkehren würde! Als wir die Küste von Balutschistan verließen –‹«

»Halt mal einen Moment, Yoll«, sagte Balian. »Nur weil der Briefschreiber nicht bereit war zu enthüllen, was zwischen dem Affen-Jungen und dem Balutschi-Mädchen vorging, heißt das nicht, daß du es uns nicht erzählen könntest.«

»Die Tradition erzählt es nicht«, sagte Yoll. Dann, nach einer sehr langen Pause, »obgleich der Verstand es vermuten kann. Um aber zu der Erzählung des Affenmenschen zurückzukehren, wie sie von dem Briefschreiber vorgelesen und von dem Jungen wiedererzählt wurde:

»Als wir die Küste von Balutschistan verließen und die Vögel, die nach den Abfällen des Schiffes getaucht hatten, zurückblieben, kam es unter den Leuten zu Spekulationen über unser unbekanntes Ziel, östlich von Sumatra. Es gibt ja viele sagenhafte Berichte unter den Seefahrern über das, was am Rande der Welt liegt, und jede einzelne Überlieferung hatte mindestens einen Verfechter in der Mannschaft. Einige sagten, die Welt sei von einer Bronzemauer umgeben. Andere sagten, wir würden segeln, bis wir eine Welt träfen, die eine Spiegelwelt der unsrigen sei und wir würden uns selbst begegnen, wie wir von der anderen Seite kämen. Einige glaubten, daß am Rande der Welt eine Ur-Dunkelheit sei, aus der alle Formen geschaffen sind. Andere sagten, daß da nur ein übelriechendes Meer ohne Küste sei.

Schließlich wurde der Obermaat nach seiner Meinung gefragt. (Obgleich er offensichtlich der nächste Vertraute unseres schweigsamen und geistesgestörten Kapitäns war, hatte er es doch fertiggebracht, einen bemerkenswerten Einfluß auf den Rest der Mannschaft zu gewinnen.) Er gab seine Meinung zögernd ab.

›Solche Fragen sind nutzlos. Zu fragen, wie es am Rande der Welt aussieht, ist, wie zu fragen, was ihr nach eurem Tod fühlen werdet. Es ist, als versuchtet ihr, den Rand eines Traumes mit der Hand zu greifen.‹

Der Kapitän verharrte in seinem Schweigen. Ich war zufrieden. Für mich gab es keinen Grund, daß unsere Reise jemals enden sollte. Ich wünschte, sie hätte nie geendet! Trotzdem aber, natürlich, war ich es, der als erster das Ende unserer Reise signalisierte, obgleich die Insel, als ich sie zuerst von meinem hohen Aussichtspunkt aus sah, klein und ziemlich gewöhnlich aussah. Der Kapitän gab Anweisung, ein wenig entfernt von der Insel Anker zu werfen, und gab die Instruktionen zum Landen in fieberhafter Aufregung. Als wir näherkamen, wurde deutlich, daß die ganze Insel nur aus Fels und Erde bestand. Nur ein einsamer verdorrter Baum, der sich aus dem nackten Boden erhob, stand gegen den Himmel, wie ein sich erweiternder Riß im Blau.

So betraten wir also diese enttäuschend platte kleine Insel.

›Das ist die Insel am Ende der Welt‹, sagte der Maat.

Der Kapitän nickte nur. Die Mannschaft, darunter ich, brandete um ihn herum.

Nach der langen Reise und all unseren Mühen war das alles? Einen Augenblick schien es, als wollten wir ihn sogleich hier auf der Stelle lynchen. Das hätte auch nur wenig Unterschied gemacht, wie sich dann zeigen sollte. Aber hier intervenierte der Maat und beantwortete unseren noch unausgesprochenen Gedanken.

›Ja, das ist alles. Und es ist mehr als genug. Dies ist das Ende der Reise und ihre Belohnung. Seht ihr den Baum dort drüben?‹

Wie hätten wir nicht? Es war ja das einzige auf der Insel. ›Das ist der Baum der Inkubation. Ein Verborgener Meister bewohnt die Insel. Er ist allweise, aber er ist auch unsichtbar. Der Baum da drüben ist gewissermaßen das Tor, das einen in seine Gegenwart zuläßt. Der Held, der nach verbotenem Wissen suchend fragt, darf in seinem Schatten ruhen. Wenn er dann eingeschlafen ist und träumt, darf er dem Verborgenen Meister nahen und jede Frage stellen, die er will – hier unter diesem Baum und an keinem anderen Ort in der Welt.‹
Hier schritt der Kapitän vorwärts und nahm unter dem Baum Platz. Er war nervös, aber entschlossen. Er bereitete sich zum Schlaf vor, hier und jetzt, obgleich es Stunden dauerte, bis es ihm gelang, wirklich einzuschlafen. Aber wir – von uns schlief keiner; sondern wir beobachteten, wie er schlief und wunderten uns. Er wachte spät am nächsten Morgen auf. Wir drängten uns aufgeregt um ihn. Er war noch immer schlaftrunken. Er erzählte uns seine Geschichte ganz entspannt, und es schien mir auch, daß er jetzt zu uns mit der Autorität eines, der Erfüllung gefunden hat, sprach:
›Es schien mir, daß ich schliefe, und während ich schlief, wuchsen Blätter aus diesem verdorrten Baum, und ein Wald ähnlicher Bäume wuchs um ihn herum, und ein Berg erhob sich über dem Wald. Ich blickte umher, und ein enger Pfad zeigte sich, der sanft auf den Berg hinaufführte. Ich beschloß, auf den Berg zu steigen und machte mich in froher Stimmung auf. Der Pfad war kühl und schattig, und paradiesische Vögel sangen von den Bäumen. Später machte mir die Sonnenhitze zu schaffen. Der Aufstieg wurde steiler. Ich hörte die Laute großer Tiere, die durch das Laubwerk brachen, und manchmal dachte ich daran, umzukehren. Nacheinander traf ich eine Wildkatze, eine Kobra und etwas Singendes, das nicht ganz ein Menschenwesen war und mich vom Pfad fortzulocken suchte; aber ich ging energisch weiter, entschlossen, den Gipfel zu erreichen, und alle wandten sich schließlich ab und flohen.

Um es kurz zu machen (wir hatten tatsächlich unseren Kapitän noch nie so fließend reden hören), endlich, gerade eben unter dem Gipfel, kam ich an einer Höhle an, und da, an deren Eingang, saß ein verehrungswürdiger Weiser, nackt und ungeschmückt, ausgenommen eine Krone tanzender Lichter.
Er hatte mich von ferne kommen sehen.
»O du, der du nach Wissen suchest, sprich! Frag, was du willst, stell irgendeine Frage, sei sie auch noch so obskur, obszön oder schwierig. Sprich!«
»Verehrungswürdiger Weiser, wo ist mein Sohn? Werde ich ihn jemals wiederfinden?«‹
Hier schwieg der Kapitän plötzlich. Wir warteten. Schließlich fragte einer von uns: ›Na, und was hat er dann gesagt?‹
›Ach, ich habe nie daran gedacht, daß er eigentlich irgend etwas hätte sagen sollen! Ich hatte meine Frage gestellt, und deshalb wandte ich mich gleich um und kam zurück, den Berg wieder hinunter, und als ich meinen ursprünglichen Baum gefunden hatte, wachte ich auf!‹
Das war zuviel. So weit gekommen zu sein, zu einer Insel am Ende der Welt gesegelt zu sein, so vielen Gefahren getrotzt zu haben – alles auf Anordnung eines Mannes, der jetzt, wo er gesprochen hatte, sich als der größte Idiot von uns allen bewies! In unserer Wut schlugen wir ihn tot (und ich gebe zu, daß mein Stein mindestens so schwer war wie der irgendeines anderen).
›Was für eine Verschwendung‹, sagte der Maat und blickte bedauernd auf die Leiche des Kapitäns.
›Was war denn die Geschichte dieses Mannes, das möchte ich wissen?‹
›Wer war denn dieser sein Sohn?‹
›Jetzt werden wir es niemals erfahren.‹
Schreie erhoben sich von allen Seiten. Der Maat beruhigte den Aufruhr: ›Vielleicht nicht; aber ich sollte euch wohl sagen, daß ich beobachtet habe, daß er ein Buch in einem messingbeschlagenen Kasten in seiner Kabine verschlos-

sen hat. Vielleicht gibt es da irgendeinen Hinweis. Der Schlüssel ist in seiner Tasche.‹
Wir fanden den Schlüssel, eilten zum Schiff zurück und öffneten den Kasten. Der Maat ergriff das Buch und fing an zu lesen. Er las es ziemlich leicht. Damals schien mir, als sei er schon mit dem Inhalt vertraut. Das, woraus er las, war kein Logbuch, wie wir eigentlich erwartet hatten, sondern die Geschichte vom früheren Leben des Kapitäns. Es war folgendermaßen –«
»Nun sollte ich erwähnen«, sagte der Wolf-Junge, »daß der Briefschreiber sehr langsam gelesen hatte und daß es zwischendurch viele Pausen gegeben hatte, um die Wunder der Geschichte zu diskutieren. Es war daher jetzt spät, und der Briefschreiber sagte, er sei erschöpft. Er wollte sich deshalb zurückziehen und den Rest der Geschichte privat lesen und morgen früh, wenn wir alle erfrischt wären, würde er sie uns wiedererzählen. Damit mußten sich seine Zuhörer zufriedengeben, und die Menge zerstreute sich. Man gab mir eine Mahlzeit (meine erste aus gekochtem Fleisch, wie es so kam) und ich fiel sofort in Schlaf. Am nächsten Morgen, sobald ich erwacht war, eilte ich zu dem Haus des öffentlichen Briefschreibers. Diesmal war das ganze Dorf dort versammelt. Der Schreiber hatte schon zu ihnen gesprochen, und es gab ärgerliche Blicke in meine Richtung. Der Briefschreiber, den ich vorher für einen liebenswürdigen Typ gehalten hatte, warf mir die beiden Briefe zu Füßen und sagte dabei: ›Diese Briefe gehören dir zu Recht, und die Geschichte gehört dir. Aber ich bin nicht bereit, dir noch irgend etwas davon vorzulesen!‹ Dann, auf sein Zeichen hin, fingen Steine zu fliegen an. Das ganze Dorf verfolgte mich mit Steinen, und ich hatte Glück, mit dem Leben davonzukommen. Und so bin ich hier mit allen meinen Wunden und blauen Flecken und mit einer unvollendeten Geschichte.« Der Wolf-Junge sah den Dschinn erwartungsvoll an.
»Gib mir den Brief«, sagte der Dschinn und fing an, in dem längeren der beiden Briefen das zu lesen, was der

Schreiber ausgelassen hatte, aber ehe er noch mehr als ein paar Worte in der Geschichte des toten Kapitäns gelesen hatte, stoppte ihn der Wolf-Junge.

»Warte mal! Da stimmt was nicht. Du hast mir gesagt, bevor ich mit dem Brief, den du mir gegeben hast, aus der Höhle wegging, daß du nicht lesen könntest.«

»Ach ja, das habe ich«, erwiderte der Dschinn. »Nun, während du weg warst, habe ich mir das Lesen beigebracht. Ich entdeckte, daß meine Unfähigkeit, das zu tun, in Wirklichkeit eine nervöse Störung war. Ungeduld und Besorgnis warnten mich, als ich mit einem solchen Dokument konfrontiert war. Dann litt ich daran, die einzelnen Elemente nicht in die richtige Reihenfolge zu kriegen. Ich war nicht imstande, Buchstaben, Wörter, Sätze und Abschnitte auf einer Seite in die richtige Reihenfolge zu bringen. Jedoch, ich glaube, jetzt meistere ich diesen Trick!«

Der Wolf-Junge sah nicht überzeugt aus; aber der Dschinn nahm die Geschichte wieder auf und fuhr fort, mit überraschender Kompetenz zu lesen:

»Das, woraus er las, war kein Logbuch, wie wir eigentlich erwartet hatten, sondern die Geschichte vom früheren Leben des Kapitäns. Es war folgendermaßen: ›Nun, wenn ich diese Erzählung niederschreibe, sind wir, schätze ich, noch etwa eine Woche von der Insel entfernt, und ich blicke zurück auf die seltsame Folge von Ereignissen, die mich dorthin führt, und ich versuche auch, da ich hier in meiner Kajüte sitze, mir vor meinem geistigen Auge vorzustellen, wer meine Geschichte lesen wird, und unter welchen Umständen. Aber vielleicht ist es sinnlos zu spekulieren. Die Geschichte, die ich zu erzählen habe, ist eine Geschichte von Bergfesten, von Zigeunermädchen, von Menschen, grausamer denn irgendein fleischfressendes Tier des Dschungels. Es ist eine Geschichte vom verborgenen Paradies und von vergeudeter Jugend. Es ist eine Geschichte von – aber warum fortfahren. Bildet euch selbst euer Urteil –‹

(Während ich dem Maat lauschte, der die Geschichte unseres verblichenen Kapitäns vorlas, fiel mir auf, in was für einem feinen literarischen Stil unser Kapitän geschrieben hatte, und ich beschloß, dort und damals, daß – sollte ich je eine ähnliche Erzählung schreiben – ich diesen Stil nachahmen wollte, soweit das mit meinen beschränkten Fähigkeiten möglich war.)

Doch zurück zu dem Buch, das der Maat vorlas:

›Es ist meine Abstammung, in der das Geheimnis meines Lebens liegt, und in der Enthüllung dieses Mysteriums ist meine Geschichte zu finden. Ich kannte weder einen Vater noch eine Mutter; zumindest konnte ich mich ihrer nicht erinnern. Ich war ein Findling in der Wildnis, und ich wurde unter Bären aufgezogen. Ich kann mich über meine Pflegeeltern nicht beklagen; sie waren ebenso gütig wie – nein, gütiger als irgendein Menschenwesen, das ich seither getroffen habe. Der Tag kam jedoch, als ich lernte, aufrecht zu gehen und eines Menschen Fragen zu stellen. Wie war ich geboren und warum war ich verschieden von den anderen Jungen? Wer waren meine natürlichen Eltern? Schließlich sagten die Bären mir, daß ich nun ihrer Obhut entwachsen sei und daß ich, wenn ich die Antworten wissen wollte, zu dem schwarzen Bären gehen sollte, der einen bestimmten Teich am Rand der Wildnis aufzusuchen pflegte.

Ich sah keinen Bären, als ich dort ankam, nur einen Mann, der in dem tiefen Teich fischte.

»Du bist gekommen, um mir Fragen zu stellen.«

»Ich bin gekommen, um den Bären zu fragen.«

»Das bin ich. Ich bin ein Dschinn. Ich erscheine den Bären als Bär und den Menschen als Mensch.«

»Dann bin ich also ein Mensch?«

»Natürlich bist du das. Ist das alles, was du wissen wolltest?«

»Wer waren meine Eltern?«

»Ist das wirklich so wichtig? Die Kindheit des Menschen ist immer animalisch, ganz gleich, wie er aufgezogen wird. Die Antwort liegt ohnehin in dir selbst. Als du geboren wurdest, war deine Mutter bestimmt da. Dein Vater wahrscheinlich ebenso. Du hast einfach deine Erinnerungen an sie unterdrückt.«

»Wie kann es meine Erinnerung sein, wenn ich mich nicht daran erinnern kann?«

»Wenn die Erinnerung nicht zu dir kommt, dann werde ich dich zu ihr bringen.«

Damit ergriff der Dschinn mich in einem Wirbelwind und setzte mich in einiger Entfernung von einem niedrigen Tempel mit Kolonnaden ab, der in der Sonne lag, und wies auf ihn.

»Das ist das Erinnerungstheater. Es ist kein Schauspielhaus, sondern ein Gebäude, das intellektuellen Übungen und Vorführungen angepaßt ist. Es wird ideal sein, um deine genealogischen Nachforschungen anzustellen. Ich muß dich jedoch vor zweierlei warnen. Erstens: was immer du tun magst, laß dich nicht von der Frau an der Tür verführen. Zweitens: innerhalb des Theaters darfst du essen, aber nicht trinken.«

Dann verließ der Dschinn mich. Er hatte mir nicht warnend gesagt, daß die Dame am Tor nackt sein würde, und sie lächelte so süß, daß ich fand, es sei vorzuziehen, zuerst in sie einzudringen und erst dann in das Theater.

Schließlich aber trat ich in das Erinnerungstheater ein. Hier, in Hieroglyphen auf konzentrisch aufeinanderliegenden Holzreihen, waren die Archetypen aller Planeten, Tiere, Schiffe, Maschinen, Steine, Körperbewegungen, rhetorischer Tropen und Topoi klassifiziert und kreuzklassifiziert. Ich umkreiste den Saal nervös. Dann durchschritt ich ein anderes Tor und betrat die Kammer des Unwillentlichen Gedächtnisses. Oh, was für Schrecken! Was für monströse Bilder wurden mir dort qualvoll entzerrt – das Klumpfüßige Ungeheuer, der Rattenmann, der Geier, die Sphinx und der Gehörnte Prophet. Dort jedoch war es, wo ich die Wahrheit über meinen Ursprung hörte, denn inmitten des Lärmes der Ahnenstimmen hörte ich meinen Vater zu mir sprechen.

»Höre aufmerksam zu, mein Sohn, denn die Geschichte, die ich erzählen will, ist lang und schwierig ...«
Ich ging voran zu einem Tisch im Mittelpunkt des Saals, wo Essen und Trinken aufgestellt waren, und ich aß und trank, während ich lauschte. Die Stimme rauschte immer weiter in meinem Kopf.
»Wirklich, ich bin ganz verwirrt, wo ich beginnen könnte. Vielleicht sollte ich in der Mitte anfangen? Ja, das scheint das beste. Hör also aufmerksam zu ... Die Nacht war dunkel und stürmisch und ich hatte die Hoffnung schon fast aufgegeben, als ich ein fernes Licht sah. Ich kämpfte mich den ungeschützten Berg hinauf, um zwei dunkle, haarige Männer an einem Feuer in einer Höhle sitzen zu finden. Ich fragte sie, ob ich bei ihnen Unterkunft haben könnte. Sie gestatteten das und boten mir sogar Essen an, da ihre Gesetze der Gastfreundschaft sie dazu verpflichteten. Während wir aßen, zitterte ich innerlich, ob wohl die Geschichte meiner Kindheit unter den Leoparden hier auch bekannt wäre. Dann stieß einer von ihnen auf, wandte sich zu mir und sagte: ›Erzähle!‹«
Der Maat, der, wie ihr euch erinnert, auf der Insel diese Erzählung des toten Kapitäns der Crew vorlas (mich eingeschlossen), schlug die Seiten um und starrte verbittert darauf. Dann blätterte er weiter und weiter um, bis er den größten Teil des Buches schweigend durchgesehen hatte. Wir standen erwartungsvoll um ihn herum. Dann fluchte er.
›Jetzt, bei Salomons Siegel und bei den Siebenschläfern in der Höhle! Diese Geschichte geht endlos weiter! Ich kann und ich will nicht all dies lesen. Ich schlage vor, das meiste auszulassen und zum Schluß zu kommen.‹«
Hier unterbrach der Wolf-Junge das Lesen des Dschinns.
»Die Geschichte kann aber, wörtlich genommen, gar nicht ins Endlose gehen, denn Gottes Schöpfung ist endlich.«
»Richtig, aber der Mensch hat seitdem die Unendlichkeit erfunden«, erwiderte der Dschinn und kehrte voll Ungeduld zu der Geschichte zurück –

»Wir alle protestierten, aber der Maat bestand darauf und nahm seine Lektüre auf der letzten Seite wieder auf –
›Als ich herauskam, schloß die Frau die Tür hinter mir. Ich erkannte sie zunächst nicht und starrte sie dann voll Erstaunen an. Sie war gealtert, ihr Leib war erschlafft, und sie hatte tiefe Linien im Gesicht.
»Ja, ich bin dieselbe Frau. Das Gedächtnis spielt komische Tricks. Du bist vierzehn Jahre lang in dem Theater gewesen. Während du drin warst, hast du gegessen und getrunken?«
Ich nickte. Sie lachte so lange, bis es ihr wehtat, noch mehr zu lachen. Ich wartete, daß sie aufhören sollte.
»Du hast den Zwieback der Erinnerung gekaut und aus der Flasche von Nepenthe gesoffen«, keuchte sie, »oder, um klarer zu sprechen, du hast die Vergangenheit ins Gedächtnis gerufen und die Zeit vergessen.«
Ich starrte sie fassungslos an, doch sie fuhr fort: »O ja, und während du da drin warst, habe ich ein Kind empfangen und geboren.«
»Was ist mir ihm passiert?«
»Oh, ich habe es am Waldrand gelassen. Ich hab ja schließlich meinen Job hier.«
Etwas entfernt stand der Dschinn, der den Bären als Bär, den Menschen als Mensch erschien.
»Du warst lange weg. Du warst sicherlich nicht so dumm, meine Warnungen zu ignorieren?«
»Wenn du mir diese Warnungen nicht gegeben hättest, hätte ich wohl nie gemerkt, daß die Frau bereit war, sich verführen zu lassen, oder gewußt, daß der Trank dort war, um mich zu versuchen.«
»Ach ja, gut«, erwiderte der Dschinn. »So geht's oft mit den Sachen. Ich will dir jetzt noch eine andere Warnung mitgeben, allerdings eine, von der ich hoffe, daß du sie besser befolgst als die vorherigen. Dein Sohn lebt. Er war von Affen am Waldrand weggeholt worden und ist von ihnen als einer der ihren aufgezogen worden. Es ist vorausgesagt, daß er dich töten wird. Es scheint mir, daß deine

einzige Chance ist, ihn zu identifizieren und ihn erst zu töten.« – »Aber wie kann ich ihn finden? Es ist unmöglich für mich; denn ich weiß nichts von ihm.«
»Ich weiß nicht. Ich kann dir nicht helfen. Nur ... es gibt da eine Insel am Rande der Welt, wo ein Verborgener Meister zu finden ist, dem man jede Frage stellen kann.«
Damit endete unsere Unterhaltung. Jahre sind vergangen, ehe ich genügend Vermögen gesammelt hatte, um ein Schiff zu chartern, das mich zu meinem Bestimmungsort tragen sollte. Doch ich arbeitete schwer, und obwohl ich nichts mehr von dem Dschinn sah, hatte ich ihn und seine letzte Warnung doch immerfort im Sinn, und ich habe immer noch die Erinnerung an das gräßliche Geschick meines Vaters, um mich anzuspornen. Das Schiff, das ich gechartert habe, scheint seefest genug, obgleich die Besatzung der Abschaum der Menschheit ist und absolut unzuverlässig. Nur der Maat weiß etwas von meiner Geschichte und von dem Zweck dieser Reise; er scheint ein ehrlicher und verläßlicher Bursche zu sein. Ich fühle es in meinen Knochen, daß ich jetzt dem Erfolg ganz nahe bin. Während ich das schreibe, höre ich den Jungen im Krähennest rufen: »Land ahoi! Land ahoi!« –
›Nun, das ist es.‹
Und mit diesen Worten warf der Maat das Buch mit leichtem Schwung ins Meer, und die Fluten schwemmten es spurlos hinweg. Ich war mißtrauisch, und ich glaube nicht, daß ich der einzige war. Enttäuscht und verärgert über den Maat, kehrten wir aufs Schiff zurück und setzten Segel heimwärts. Der Maat übernahm das Kommando des Schiffes, und er war ein recht kompetenter Meister, ja allzu kompetent, denn er brauchte nur zu pfeifen, dann kam ein Wind angeeilt, wie ein gehorsamer Hund, und trieb uns nach Sumatra hin und zu den Ländern des Westens. Dann, eines Tages gegen Ende der Reise, wies einer von der Besatzung darauf hin, daß wir keinen Fisch gefangen hatten, seit wir die Insel verlassen hatten, und daß alle Vögel das Schiff mieden.

›Was kann das bedeuten?‹

›Das kann nur bedeuten, daß dieses Schiff unter der Führung einer bösen Macht steht‹, erwiderte ein anderer aus der Crew. Er sprach aus, was wir alle dachten. In dieser Nacht krochen wir in die Kapitänskajüte hinab, wo der der Maat jetzt schlief. Als wir noch zögerten, schnupperten wir, wie der Geruch von etwas Angesengtem durch die Tür sickerte. Wir brachen hinein und fanden, daß die Bettwäsche infolge der Hitze des Körpers des Maats gerade in Flammen aufgehen wollte, und daß der Maat niemand anders als ein Dschinn war. Wir warfen uns auf ihn und versuchten, ihn zu überwältigen, aber er nahm seine gräßliche natürliche Gestalt wieder an und flog als Sturm hinweg. Donner und Blitze krachten um das Schiff. Das Schiff sank. Tod war ein Becher, der allen der Besatzung gereicht wurde. Nur ich wurde gerettet. Ich ging in einem Wirbel unter, der sich in den Strudeln des sinkenden Schiffes bildete, tiefer und tiefer, bis es schien, daß dieses Meer keinen Grund hatte und daß ich nie mehr hinaufkommen und mein Brustkorb durch den Wasserdruck wie ein Papierball zusammengequetscht werden würde. Ich hatte gehört, daß manchmal ein Ertrinkender im Todesaugenblick sein ganzes vergangenes Leben vor seinen Augen ablaufen sieht. Man dürfte eine solche Erfahrung mit Interesse erwarten. Jedoch, ich muß euch sagen, daß mir nichts dergleichen passierte und daß, falls es so gewesen wäre, ich in viel zu unbequemen Umständen gewesen wäre, um so etwas irgendwelche Aufmerksamkeit zu widmen. Das, glaube ich, waren meine Gedanken zu der Zeit, wo der Wirbel mich meinem Ende näherbrachte, als sich die Richtung der Spirale plötzlich umkehrte und ich wie ein Korken auf die Oberfläche des Wassers geschleudert wurde. Ich ergab mich den Gezeiten und dem Unbewußtsein. Als ich zu mir kam, fand ich mich an der Küste von Balutschistan ans Ufer geworfen. Da war ich, nackt und halbtot, am Tiefpunkt meines Geschicks, auf dem gleichen Sand, wo ich zuvor mein größtes Glück erfahren hatte.

In Erinnerung an die Versprechen, die wir uns gegeben hatten, ging ich dem Hafen zu. Kurz vor meinem Ziel traf ich einen freundlichen Bürger, der mich aufnahm und bekleidete und, als ich mich erholt hatte, meine Fragen beantwortete. Er wußte von dem Mädchen, von dem ich sprach, allerdings nicht die ganze Geschichte, und deshalb dachte er, ich sollte sie nicht von seinen Lippen hören. Ich sollte statt dessen zu einem bestimmten Dorfheiligen auf einem Hügel gehen, und er gab mir Anweisungen, wie ich ihn finden könnte. Irgend etwas in der Art, wie er von meiner Balutschi-Liebe sprach, erfüllte mich mit Besorgnis. Deshalb eilte ich, sobald ich konnte, zu diesem Dorfheiligen.

Der Heilige grüßte mich herzlich. Er schien mir bekannt. Und das war die Geschichte, die er erzählte:

›Ich erinnere mich gut an das Mädchen. Sie hat diese Gegend verlassen, aber ehe sie das tat, kam sie mit einem Traum zu mir, den sie ausgelegt haben wollte. Es war ein einfacher Traum. Sie hatte mehrfach geträumt, in ein bodenloses Loch hinunterzufallen. Die Konstruktion, die sie darauf errichtete, war, daß sie in den Höllenpfuhl fiele und daß sie wegen unausgesprochener Sünden verdammt sei. »Unsinn, mein liebes Kind«, sagte ich, »gewiß, es ist wahr, daß der Traum nichts Gutes verheißt. Ein Traum vom Fallen kann nur einen Sinn haben. Es bedeutet immer, daß die Träumende eine gefallene Frau ist, aber es ist das Urteil deiner Familie und Gesellschaft, das du fürchten mußt, und nicht das Gottes; denn Gott ist erbarmungsvoll und betrachtet diese Dinge anders.‹«

Hier unterbrach Balian Yoll.

»Die Auslegung des Dorfheiligen war absurd, denn ich träume oft vom Fallen, aber das bedeutet doch nicht, daß ich ein gefallenes Mädchen bin.«

Yoll zuckte die Achseln und fuhr fort:

»›Ich gab ihr den Rat, die Orte zu verlassen, wo sie bekannt war, und in den wilden Wald zu fliehen, wo sie vor der Verdammung durch die Gesellschaft sicher sein würde. Sie weinte; denn sie wollte ihre Eltern nicht gern verlassen und wollte auch nicht alle Hoffnung aufgeben, ihren Liebhaber noch einmal zu sehen. Schließlich aber, obgleich sie meinen Rat nicht völlig verstand, nahm sie ihn an, und ich sollte sie nie wiedersehen.‹

Ich wandte mich zum Weggehen, aber er hob die Hand, um mich anzuhalten.

›Bleib noch. Es gibt da noch etwas. Es war für mein Auge klar, daß sie hochschwanger war. Nur ihre Unschuld hatte diese Tatsache vor ihr verborgen. So kam es, daß, als ihre besorgte Familie eine Suche in die Wege leitete und diese Suche damit endete, daß ihr Leichnam, tot am Waldrand ausgesetzt, entdeckt wurde – daß man Zeichen fand, daß sie ein Kind geboren hatte, doch die Suchenden fanden nirgendwo eine Spur von dem Baby. Hier endet meine Geschichte!‹

Ich schluchzte. Ich wurde irgendwie abgelenkt. Plötzlich bemerkte ich die Quelle meiner Ablenkung – dieser vertraute angesengte Geruch! Wir kämpften wild (er kratzte mir das Auge aus), aber schließlich konnte ich ihn nicht festhalten; denn ein Dschinn kann von Form zu Form schlüpfen, und er verließ bereitwillig die angemaßte Form eines Dorfheiligen, um meinem Griff zu entfliehen.

Ich dachte nach. Sie war tot, wenn der Dschinn die Wahrheit gesagt hatte; aber es war möglich, daß mein Kind lebte. Nur wenn ich mein Kind finde, kann ich dem, was bisher ein sinnloses Leben gewesen ist, etwas Sinn verleihen. Jedoch war ich verwirrt, weil ich nicht wußte, wie ich meine Suche durchführen sollte. Am Ende dachte ich an diejenigen, die sich während meiner Kindheit um mich gekümmert hatten. Ich kehrte zu den Affen zurück. Ich bat meine Pflegeeltern um Hilfe und Rat. Sie erwiderten, daß sie zunächst die Meinung der Ältesten einholen wollten.«

(»Und worüber ich staune«, warf Yoll, gewissermaßen in Klammern, ein, »ist diese Faszination von Geschichten von redenden Tieren. Vielleicht ist es das Kind in uns. Kinder werden unter dem Einfluß einer Art von animalischem Magnetismus geboren und geben der Liebe die Gestalt eines großen zottligen Bären und der Furcht die eines großen Insekts.«)

»Ich vermute, daß diejenigen, die nicht das Privileg gehabt haben, unter Affen so zu leben wie ich, sich nicht vorstellen können, daß die Affengesellschaft von Ordnung und Hierarchie regiert wird und daß wichtige Beschlüsse von einem Ältestenrat gefaßt werden. Ich wartete tagelang, daß der Rat zusammentreten würde, und dann noch eine Woche, ehe sie mir ihre Antwort gaben, und was sie gaben, war ziemlich wenig. Sie gaben mir ein Rätsel und rieten mir, meine Suche nicht aufzugeben, bis ich jemanden gefunden hätte, der es lösen könnte. Das Rätsel lautet folgendermaßen:

Ich frag dich nach sieben, die schon benannt,
Sie irren nicht, sie können nicht vergessen werden,
sind alt wie auch neu,
Wer in ihnen wandelt, wandelt im Leben wie im Tod.

So, als Waisenkind und Fremdling, wandere ich ewig über die Erde, frage alle Leute nach dem Rätsel und suche nach meinem Kind.«

Der Dschinn hatte ausgelesen.

»Es tut mir jetzt leid, daß ich ihn umgebracht habe«, sagte der Junge, »aber ich versteh's nicht. Warum war er ärgerlich und warum hat er das Wasser weggekippt?«

»Das andere Stück Papier, das ich dir gegeben hatte und das du ihm gezeigt hast, enthielt die Antwort auf das Rätsel. Deswegen war er so ärgerlich, und als der Briefschreiber alles richtig zusammensetzte, ließ er dich mit Steinen aus dem Dorf jagen.«

»Ich versteh das nicht. Ich kann das wirklich nicht verstehen.«

Dann nahm der Dschinn das zweite Dokument weg und sagte ihm auch die Antwort auf das Rätsel und tat so, als wolle er sich umdrehen und schlafengehen. Die Antwort auf das Rätsel löste nichts, und der Wolf-Junge war immer noch äußerst verwirrt, aber damit hatte er sich zufriedenzugeben. Er dachte intensiv nach, verdrängte das Geschehene und fand so den königlichen Weg, der zum Palast des Sultans führte. Da erzählte er dem Sultan und dem Hofstaat seine Geschichte ungefähr so, wie ich sie euch erzählt habe. Es gab viele Fragen und viel Diskussion.

»Das ist wirklich ein Puzzle und ein Wunder!« rief der Sultan von Ruknabad aus. »Was bedeutet das bloß alles?«

»Es bedeutet«, sagte der weiseste seiner Höflinge und der einzige, der vollständig dem gefolgt war, was sich zugetragen hatte, »daß dieser Junge ein Idiot ist, der Sohn eines Idioten und der Enkel eines Idioten.« Dann, nach einer Pause, fügte er hinzu: »Ist er dadurch weiser?«

Das Urteil des Höflings war entscheidend, und der Wolf-Junge ward aus dem Palast und Land des Sultans für immer verbannt.‹

›Ich bin absolut durcheinander‹, sagte der Prinz, der dachte, daß der Lastträger fertig war. ›Was hat das alles mit irgend etwas zu tun?‹

›Du bist ungeduldig‹, erwiderte der Lastträger. ›Du hast ja das Ende noch nicht gehört. Das Ende von all diesem war, daß nach vielen Abenteuern und Mißgeschicken der verbannte Jüngling sich in Bagdad niederließ und dort ein Lastträger wurde. Und jetzt muß ich dir sagen, daß ich dieser Jüngling war!‹

›Du hast ein reiches und farbiges Leben gehabt‹, gab der Prinz zu und verfiel in Gedanken. Dann, nach einer Weile, sprach er wieder.

›Jetzt, wo ich deine Geschichte gehört habe, fällt mir ein, daß du das Rätsel und seine Lösung die ganze Zeit gekannt hast, selbst bevor du Wascho und den Magischen Christen getroffen hattest und lange bevor du die Dame in dem Garten trafst?‹

›Aber ja, gewiß‹, antwortete der Lastträger lächelnd.

›Aber du hast nichts damit angefangen?‹

›Das stimmt. Es ist mir nie eingefallen, daß ich irgend etwas damit anfangen sollte.‹
›Du bist wirklich ein Idiot‹, schloß der Prinz. ›Ein solcher Idiot, daß du – ganz zu schweigen davon, daß ich dich irgenwie befördern würde – glücklich sein kannst, mit dem Leben davonzukommen.‹«
Yoll stieß diese letzten Worte unter krampfhaften Zukkungen aus und hielt an.

Der Abschluß der Fortsetzung des Abschlusses des Zwischenspiels

Höchst unangenehm. Ich scheine diese Geschichte wirklich völlig durcheinanderzuwerfen. Mir ist schon ganz übel vor Beschämung und Müdigkeit, und gottseidank war kein rivalisierender Meister von den Qasasyun dabei, um das alles mit anzusehen. Wenn bloß Balian aufhören könnte, Fragen zu stellen. Ich muß höflich sein, aber ich bin sicher, daß sein Beispiel die anderen auch antreibt. Ich habe Angst, in der nächsten Episode nicht so gut wegzukommen ...

Alles schwieg. Dann: »Aber Yoll, ich verstehe das überhaupt nicht. Die Geschichte, die du uns erzählt hast, erklärt nicht, wieso die Äffchen die Antwort auf das Rätsel von den ›sieben schon Benannten‹ kannten.« Das war Balian.

Der Mönch stimmte bei. »Ja, es bringt nur ein weiteres Zeugnis dafür, daß sie das Rätsel kannten.«

»Und wie kam es, daß der Christ im Garten das Mädchen nach demselben Rätsel gefragt hat?«

Diesmal schlug sich Yoll mit beiden Fäusten an den Kopf. »Oh, was für ein in der Wolle gefärbter Dummkopf ich doch bin! Ich habe die Pointe der ganzen Geschichte vergessen! Also gut, gehen wir ein wenig zurück.«

Yoll schwieg, um sich zu erinnern. Er hatte gesabbert, und ein Tropfen hatte den untersten Teil seines Kinns erreicht, wo er zitternd herunterhing. Dann, als er anfing zu sprechen, fiel er herunter.

»Ihr werdet euch erinnern, daß der Mann, der unter Affen aufgezogen worden war, als er anfing, nach seinem Sohn zu suchen, sich an den Rat der Affen wandte. Was ich hätte tun sollen, war, klarzumachen, an wen und unter welchen Umständen nun die Affen sich wandten. Das werde ich jetzt zu tun versuchen.

Ihr werdet euch auch erinnern, daß ich mich etwas früher bemüht hatte, die Geschichte von den ›Beiden Zwergen, die nach einem Schatz suchten‹ zu erzählen, aber davon abgebracht wurde, weil diese Geschichte so übermäßig lang ist.«

»›Die Geschichte der beiden Zwerge‹ ist nicht wie eure anderen Geschichten kurz und einfach. Sie ist sogar ganz außerordentlich kompliziert und lang! Sie ist auch als ›Zunge des Labyrinthes‹ bekannt. Bitte erzähl sie uns jetzt nicht!«

»Das tue ich auch nicht«, erwiderte Yoll. »Ich wollte nur einfach eure Aufmerksamkeit auf die Länge dieser Geschichte lenken, so daß ihr dann versteht, warum, als Iblis dem Christen in der Wüste diese Geschichte erzählte, in der Mitte eine Pause war, um einige Themen der Geschichte zu diskutieren. Wie Iblis und der Eremit nun einmal geschaffen waren, gingen sie eilends dazu über, theologische Probleme zu debattieren. Es geschah während dieses Gedankenaustauschs, daß Iblis dem Christen erzählte, daß er, Iblis, die Welt und alles darin geschaffen habe.

›Ich, nicht Gott, habe dich geschaffen‹, rühmte sich Iblis. ›Ich umfasse den Menschen und alle seine Werke. Ich bin allmächtig und allwissend.‹

Der Christ bestritt das, und die Debatte, die dann folgte, führte dazu, daß Iblis den Christen aufforderte, ihm ein Rätsel oder ein Puzzle aufzugeben, das er nicht würde lösen können, sonst würde der Christ förmlich die Allwissenheit des Iblis bekennen müssen und auch, daß die Welt von dem Bösen Prinzip geschaffen war. Als die Herausforderung akzeptiert war, nahm Iblis die ›Geschichte von den beiden Zwergen‹ wieder auf. Ich finde wirklich, ich muß euch eine Idee von dieser Geschichte geben, denn –«

»Nein, Yoll.« Bulbuls Nein war fast ein Knurren.

»Nun, schon gut, als diese Geschichte schließlich zu Ende war, kehrte der Christ zurück, um mit den drei Wünschen zu spielen, die Iblis ihm gewährt hatte (in der Art, wie ich es erzählt habe). Was ich in meiner Erzählung ausgelassen hatte, im Interesse der Einfachheit (was für mich immer eine herausragende Überlegung ist), war, daß, als der Christ nach seiner ersten Begegnung mit Iblis die Wüste verließ und die Karriere eines Einsiedlers für die eines

mächtigen Magiers aufgab, da verbrachte er viele Monate damit, nachzudenken und nach dem Problem zu forschen, das Iblis' Prätentionen enthüllen würde. Dann kehrte er ein Jahr später in die Wüste zurück mit dem, was er für ein nicht zu lösendes Rätsel hielt und das das Nötige tun würde, um Iblis völlig zu verwirren. (In diesem Sinn sagen wir, ›Jede Frage ist die Antwort auf die Frage eines anderen‹.) Ehe ich euch jedoch erzähle, was passierte, als der Christ Iblis zum zweitenmal traf, muß ich euch erzählen, wo er ein solches Rätsel fand, und das bringt es mit sich, daß ich euch ein wenig von der Geschichte Waschos erzählen muß.
Nun, Wascho war ein magischer Affe, durch die Zauberworte des Christen geschaffen. Der Christ hatte ihn sehr gern und gab ihm sehr viel Freiheit, aber der Affe brütete traurig in seiner Freiheit. Er wußte, daß er durch Zauber geschaffen war und durch Zauber wieder aufgelöst werden konnte. Seine Existenz war so flüchtig und unsubstantiell wie die einer Seifenblase. Wenn der Christ ihn satt hatte, würde er ihn auflösen, aber Wascho wollte nicht den Weg des Rehkitzes gehen, das von Glas lebte, oder des Homunkulus, der Witze erzählte – aber was für Aussichten hatte *er*, das Produkt von ein paar Handbewegungen des Zauberers? Mit solch düsteren Gedanken beschäftigt, schwang er sich eines Tages von Baum zu Baum, als er sich plötzlich in einem Gartenhain fand, wo er nie zuvor gewesen war. Eine junge Dame lag unten auf dem Rasen ausgestreckt. Sie pfiff dem Affen und gab ihm ein Zeichen, er solle zu ihr kommen. (Nun, damit ich keine falschen Erwartungen erwecke, sollte ich sagen, daß diese Dame nicht dieselbe Person war wie das Mädchen in dem Garten, das der Christ später treffen sollte. Nein, keineswegs!) Wascho tat, wie ihm geheißen war, sprang auf den Rasen, verbeugte sich tief und redete sie mit höflichen Worten an. Die Dame lächelte.
›Ich habe nach einem Schachpartner gesucht‹, sagte sie. ›Du siehst passend aus. Möchtest du dich nicht setzen und

mir etwas über die Umstände erzählen, in denen du dich befindest, während wir spielen?‹
Wiederum tat Wascho, was ihm geheißen war, und in allerkürzester Zeit fand er, daß er ihr von seinem Dahinbrüten über Sterblichkeit und seiner Furcht, durch Entzauberung wieder ausgelöscht zu werden, erzählte. Die Dame hatte Mitgefühl und war hilfreich.
›Was du tun solltest‹, riet sie ihm, ›ist zu versuchen, ihm deutlich werden zu lassen, daß er, indem er einen so großartigen und intelligenten Affen wie dich geschaffen hat, mehr geschaffen hat, als er selber wußte; etwas, das mehr ist als ein bloßes Echo seines Geistes. Fordere ihn mit einem unlösbaren Rätsel.‹
›Ich weiß aber keins.‹
›Ich gebe dir eins.‹ Und das tat sie.
Der Affe hatte seine Zweifel, aber er ging nach Hause, hockte sich vor seinem Meister nieder und verkündete, daß er, Wascho der Magische Affe, ein Rätsel erfunden hatte, daß sein Meister niemals zu lösen imstande sein werde. Zur Überraschung des Affen zeigte sich der Christ an der Aussicht auf ein unlösbares Rätsel höchst interessiert. Sofort wurde ein Pakt geschlossen. Falls der Christ das Rätsel nicht lösen konnte, versprach er, den Affen nie wieder fortzuzaubern. Damit hätte Wascho Unsterblichkeit erhalten. Dann rezitierte der Affe:

›Ich frage nach den sieben, die schon genannt.
Sie irren sich nicht, können nicht vergessen werden,
sind alt wie auch neu.
Wer in ihnen wandelt, wandelt im Leben wie im Tod.‹

›Darüber muß man nachdenken‹, sagte der Christ. ›Komm jeden Abend hierher, bis ich dir entweder die Antwort auf das Rätsel gegeben habe oder es aufgegeben habe. Übrigens, was fängst du eigentlich den ganzen Tag mit dir an?‹
›Jeden Tag gehe ich weg, um in einem Garten mit einer

jungen Dame Schach zu spielen. Nichts kann anständiger sein. Pflanzen sind leidenschaftlicher als sie.‹
Der Christ nickte geistesabwesend und entließ ihn.
Jeden Abend kam der Affe zum Haus des Magischen Christen zurück, und jeden Abend schickte der Christ ihn fort, ohne Antwort. Das ging so eine Woche lang. Schließlich gestand der Christ seine Niederlage.
›Ich gebe auf. Was ist die Antwort?‹
›Ich habe keine Ahnung‹, gab der Affe zu (denn die Dame hatte ihm die Antwort nicht mitgeteilt), ›ich habe nur an das Rätsel gedacht, nicht an die Antwort.‹
›Du Idiot!‹ schrie der Magier. ›Jeder Dummkopf kann sich ein Rätsel ausdenken, das keine Lösung hat. Und ich vertue hier jeden Tag dieser Woche –‹
›Das ist es‹, sagte der Affe rasch. ›Die sieben Tage der Woche.‹
Er war gerettet. Als der Christ sich einigermaßen beruhigt hatte, gab er zu, daß das Rätsel gut sei.
›Ich habe etwas geschaffen, das klüger ist als ich!‹ rief er.«
(Hier unterbrach Yoll sich: »Ich verstehe sein Erstaunen nicht; denn wer hätte nicht schon von einem Geschichtenerzähler gehört, der dümmer ist als die Geschichte, die er erfindet?«)
»Was er geschaffen hatte, war ein Ungeheuer, denn ihr Pakt bedeutete, daß, als der Christ seinen magischen Kräften abschwor und später starb, der Affe überlebte, und seitdem hat er außerordentlich an Gestalt und Kraft zugenommen. Was den Christen anlangt: etwas weniger als ein Jahr danach kehrte er in die Wüste zurück und legte das Rätsel dem Iblis vor, der die richtige Antwort in Blitzesschnelle gab. Der Christ war völlig gebrochen und fand sich gezwungen, Iblis' Allwissenheit anzuerkennen. Obgleich er noch Wünsche an der Hand und viele Abenteuer zu erdulden hatte, hing seit jenem Augenblick ein dunkler Schatten über seinem Geist. Wenn auch das Rätsel ihm schon zweimal Schlimmes gebracht hatte – Wascho hatte seine Freiheit gekriegt und Iblis den Streit gewonnen –,

mußte der Christ das Rätsel natürlich noch ein drittes Mal verwenden, bei der Dame im Garten, mit dem gleichen unglücklichen Ausgang. So, das war die Geschichte von dem Rätselwettstreit zwischen dem Affen, dem Christen und dem Teufel.«

Yoll sah sich triumphierend um. Doch jetzt war Balian schon darin erfahren, Unstimmigkeiten zu entdecken.

»Ich bin immer noch verblüfft. Woher bekam die Dame im Garten das Rätsel? Und wie hat sich das Rätsel unter den Affen und Äffchen verbreitet?«

»Aha! Ja, da müssen wir ein bißchen zurückgehen, wenn du darauf bestehst, daß jedes winzigkleine Detail genauestens dargestellt wird!

Also laß uns zu den Affen zurückkehren, die versprachen, dem Mann zu helfen, der sein Kind suchte. Ihre Ältesten trafen sich zur Ratsversammlung hoch in den Bergen. Es war sehr kalt, kalt genug, um –«

Hier ließ Bulbul etwas zwischen Brummen und Gähnen hören, das die nächsten paar Worte wirkungsvoll übertönte.

»– ganz zu schweigen die eines gewöhnlichen Äffchens. Nach kurzer Zeit kamen sie zu dem Schluß, daß ein Kopf, der weiser war als der ihre, benötigt wurde, um ihrem Pflegekind bei seiner scheinbar unmöglichen Suche zu helfen. Dann sprach einer, der weit gereist war: ›Uns fehlt die philosophische Verfeinerung und Erfahrung des menschlichen Wesens – geben wir das ruhig zu. Jedoch, als ich in Bagdad war, wo ich Bananen aus den Gärten stahl, sah ich flüchtig einen unserer Art, der uns sicherlich helfen kann, denn er saß in einem Garten und sprach nicht nur mit einer Dame, sondern spielte sogar Schach mit ihr.‹

Die anderen stimmten zu, daß dies in der Tat ein bemerkenswerter Affe sein müsse, und eine Delegation wurde mit gebührender Eile nach Bagdad gesandt. Sie fanden ohne jede Schwierigkeit den Affen im Garten und legten ihm das Problem dar. Je länger Wascho lauschte, desto überzeugter wurde er, daß die Suche des Mannes hoffnungslos war. Jedoch wollte er weise erscheinen. Deshalb, mit jener schlimmen orakelhaften Obskurität, die so viele Charaktere in dieser Geschichte plagt, rezitierte er das Rätsel von den ›Sieben schon benannten‹ und fügte hinzu: ›Sagt ihm, durch Städte und Dörfer zu wandern und alle, die er trifft, nach diesem Rätsel zu fragen. Nur wenn er jemanden finden sollte, der dieses Rätsel lösen kann, sollte er die Suche aufgeben. Dann sei seine Suche beendet.‹

Damit meinte Wascho, ›Er wird seinen Sohn niemals finden‹; denn zu jener Zeit hatte er das Rätsel gerade erst von der Dame im Garten gelernt, und ihm schienen die Lösung des Rätsels und das Verlangen des Mannes gleich zu sein, nämlich unmöglich.

Aber die Affen, die ihm zuhörten, nahmen das so, als meine er, die Person, die das Rätsel löse, werde der Sohn des Mannes sein.

Aber der Mann, der das Rätsel und die Botschaft, die die Affen zurückbrachten, hörte, nahm an, es bedeute, falls er jemals einen fände, der das Rätsel lösen könnte, sollte er nur gleich aufgeben, denn es würde ein Zeichen dafür sein, daß seine Suche hoffnungslos war. Deswegen sein Verdruß, und deswegen warf er den Becher weg, als das Rätsel von dem Jungen gelöst wurde, der unter Wölfen aufgewachsen war.

Aber Iblis, der hinter all diesem steckte, ersann es mit dem Gedanken, daß es gelöst werden würde und daß der Sohn nur auf Kosten des Todes des Vaters gefunden werden konnte.

Es war ein tödliches Durcheinander von Bedeutungen.

Nun laßt mich auf Iblis' Rolle in der Geschichte hinweisen. Die Dschinnen in der Geschichte waren alle verschiedene Erscheinungsformen von Iblis, denn obwohl sein Name und seine Erscheinungen Legion sind, ist seine böse Essenz doch eine. Iblis war der Dschinn in der gezähnten Höhle, der Maat auf dem Schiff, der Dschinn, der am Teich fischte, der Dorfheilige auf dem Hügel – alles Iblis. Er verkleidete sich auch als schachspielende Dame im Garten, um den Christen zu Fall zu bringen. Der Grund, warum Iblis das Rätsel löste, war, daß er es zuerst selbst erdacht hatte. Die Geschichte handelt also ganz und gar von seiner Erfindungskraft und seinem Eingreifen.«

»Aber warum hat Iblis denn die Kette von Ereignissen zusammengewirkt, die dazu führte, daß Wascho das Rätsel an den Affenrat weitergab und von da an den Mann, der unter Affen aufgezogen war, während er sich gleichzeitig ausdachte, daß der Wolf-Junge das Rätsel seines Vaters lösen sollte? Waren das alles nur reine Possen?» fragte Balian.

»Nein, obgleich es sicherlich wahr ist, daß Iblis Spaß daran hat, die Menschen zu quälen. Nein, die Antwort hat etwas mit dem Schicksalsglauben zu tun. Kennt ihr die berühmte alte Geschichte von dem Mann, der nach Bagdad ging, um seinem Tod auszuweichen?«

»Bitte nicht, Yoll«, warf Bulbul hastig ein.

»Schon gut, Iblis wollte die seltsamen Wege des Schicksals illustrieren. Was ist Schicksal anderes als ein Muster? In Iblis' Augen hat das Menschenleben keinen Sinn. Deswegen wollte Iblis ihm zumindest ein gewisses Muster geben. Iblis hat einen ordentlichen Geist und ihm gefällt das Rätsel, das kondensierter Gedanke, präsentiert in syllogistischer Form, ist.

Also, so kam es jedenfalls, daß Wascho des Teufels Rätsel an den Affenrat weitergab, und Affen und Äffchen haben es seither als kostbares Gut bewahrt.«

Balian war unruhig.

»Du hast gesagt, es sei eine Lehrgeschichte der Lachenden Derwische. Welche Botschaft ziehen sie denn aus all diesem?«

Yoll fuhr sich mit den Fingern durchs Haar (was schwierig war, denn sein Haar war von Schmutz verklebt), bevor er erwiderte: »Einige haben als Moral verstanden, daß es bedeute: ›In manchen Geschichten gibt es eine Strafe, wenn man die Frage stellt; in anderen Geschichten gibt es eine Strafe, wenn man die Frage nicht stellt. Deswegen haben sowohl Handeln wie Nicht-Handeln üble Folgen.‹ Andere haben es als Fabel über die Verwirrung eines Kindes über den Geschlechtsakt angesehen. Ich selber habe immer gefühlt, daß es eine ziemlich geheimnisvolle Parabel über den Übergang von mündlicher zu schriftlicher Kultur ist, aber das ist wahrscheinlich nur mein professionelles Vorurteil.«

»Das ist alles sehr tief, Yoll«, sagte der Mönch nach einigem Zögern: »Jedoch kommt eine solche Fülle von Bedeutungen und Auslegungen im Ende auf nichts heraus.«

Balian wollte die Frage nicht stellen, aber schließlich mußte er es doch: »Zwei Sachen verwirren mich immer noch, Yoll. Was passierte dem Mädchen im Wald – der, die mit dem Wolf-Jungen schlief, als er sich auf die Suche machte, und: hätte Iblis nicht noch einen anderen Wunsch gehabt?«

Bulbul weinte, aber Yoll erwiderte: »Ach ja, ›Die Abenteuer der Maid im Wald und des Sohnes, den sie gebar‹. Die Geschichte ist ein klein wenig verwickelt, aber ich muß sie euch erzählen.«

Und das tat er.

Wunder über Wunder wurde vor ihnen Schicht um Schicht entkleidet – es war eine Geschichte von fliegenden Pferden, spukgeplagten Burgen, gefangenen Prinzessinnen, finsteren flugunfähigen Vögeln, berauschenden Elixieren und von Affen, berechnenden Affen, mörderischen Affen, Gespensteraffen, gekrönten Affen und Affen, die sich selbst verschlangen – aber, o Gott, wie sich Balian nach Schlaf sehnte!

Endlich schlief er. Er träumte, daß ein Gesicht von fülligem, herabhängendem Fleisch über dem seinen hing. Mit einem Ruck begriff er, daß dies Zuleikha war, gewaltig hergemacht, um wie ein rotgeschminktes altes Weib auszusehen, und daß sie darauf wartete, daß er aufstände.

»Komm her«, sagte sie, »wir wollen uns amüsieren.«

Sie traten aus Zuleikhas Gartenhaus, und er bemerkte überrascht, daß es Frühnachmittag war; es gab eine Ruhe-

Tanzmädchen

pause beim Handel, und die Ladenbesitzer sprenkelten Wasser auf die Straße, um den Staub zu binden. Sie eilten aus der Marktgegend hin zu den Villen und Vergnügungspalästen, die sich um den Elefantenteich erstreckten.
»Hilf mir auf«, sagte Zuleikha.
Balian gab ihrem Hinterteil einen Schubs. Sie bewegte sich hin- und herwedelnd hoch, streckte ihm dann eine Hand hin, und ganz plötzlich saßen sie auf der Mauer, die den Garten eines dieser Paläste umgab. Es war ganz so entzükkend, als wären sie wieder ungezogene Kinder. Er fragte sich, ob sie wohl den Obstgarten ausräubern würden. Lautlos glitten sie in das Gesträuch hinab. Während sie durch die Tunnel krochen, die von den sich überkreuzenden Zweigen gebildet wurden, fing es an zu regnen. Im Zentrum des Gartens lag eine Gestalt auf Kissen hingebreitet. Balian erkannte die scheinbar geschlechtslose Gestalt des Dawadars.
Der Regen war so schwach, daß er den Dawadar nicht störte, der dort in blinder Träumerei lag. Geisterhafte Regenbogengespinste erschienen in den Büschen. Dampf stieg aus dem messingnen Räuchergefäß, welches das Opium des Dawadars warm und feucht hielt.
Ein schwatzendes Geräusch kam von den Bäumen hinter Balians Kopf. Als er aufsah, erblickte er einen Affen und neben ihm auf dem gleichen Ast den Mann mit dem schmutzigen weißen Turban und Gewand. Der Mann sprang herab, um zu ihnen zu kommen. Er und Zuleikha begannen miteinander zu flüstern. Von der anderen Seite des Gartens kam das Geräusch von Gelächter, und nach einer Pause kamen zwei Mädchen auf Zehenspitzen hinter einer Pergola hervor. Zuleikha wies auf sie. »Khatun und Zamora«, flüsterte sie. Die beiden Mädchen stahlen sich zu der Opiumschale des Dawadars hin und, nachdem sie ein paar Händevoll davon weggenommen hatten, krochen sie wieder verstohlen hinweg, dem Obstgarten zu, wo sie es aßen. Am Rande des Gartens fand ein kurzer Kampf um die Hängematte statt, ehe sich Zamora darin niederließ,

und mit schwachen Hin- und Herbewegungen einschlief. Khatun kam wieder in den Blumengarten und ging allein die Wasserläufe entlang. An der Kreuzung der Wasserläufe war ein Fischteich. Khatun machte halt, lehnte sich nachdenklich darüber und beobachtete einen Fisch.
Zuleikha wandte sich zu Balian.
»Wart und paß auf. Du kommst bald an die Reihe.«
Dann trat sie aus den Büschen hervor und fing an, mit bewußtem Hinken auf das Mädchen zuzugehen. Khatun weinte, und ihre Tränen rannen in das Bassin. Zuleikha kam näher, bis sie hinter dem Rücken des Mädchens stand und sich niederbeugte, um in den Teich zu blicken. Khatun wandte sich nicht um, sondern sprach direkt zu der Spiegelung.
»Altes Weib, was machst du denn hier?«
»Ich bin gekommen, um dich oder deine Schwester zu suchen. Ich bin hier, um all eure Wünsche zu befriedigen.«
»Du siehst nicht so aus, als ob du alle meine Wünsche befriedigen könntest«, sagte Khatun und sah die verschleierte kurze und dicke Gestalt bedeutungsvoll von oben bis unten an.
»Ich meine, ich könnte dir alles beschaffen, wonach du dich sehnst.«
»Das ist ja was anderes. Bist du eine Opiumvision?«
»Wenn du willst. Warum weinst du?«
»Unser Vater hält uns in diesem Garten gefangen. Er will uns nie heiraten lassen.«
»Es ist ganz richtig gesagt worden: ›Wenn ein schönes Mädchen anfängt zu menstruieren, muß man sie entweder verheiraten oder begraben.‹« Zuleikha rezitierte das Sprichwort mit heiserem Krächzen und machte kleine obszöne Bewegungen mit den Fingern.
»Das stimmt. Die Männer und die Zeit gehen an dem Garten vorüber.« Khatun verlor sich eine Zeitlang in melancholischen Gedanken und wandte sich dann an Zuleikha.
»Was ist es, was du mir verkaufen oder anbieten kannst?«
»Ich biete dir, was du begehrst – Männer.«

»Gibt ein schäbiges altes Weib wie du Männer weg, so wie andere Leute Brotkrusten an die Elenden und an solche, die es verdienen?«
»Ich biete dir sieben Männer an. Auf wen immer du bis zu dieser Anzahl zeigen willst, den werde ich für dich holen und in den Garten bringen, während dein Vater schläft. Ich kann diesen Ort zu einer richtigen Männerfalle machen.«
»Alte, du versprichst mir all dies? Weshalb?«
»Ich habe einen Freund«, und hier pfiff Zuleikha und der Mann mit dem Turban kam aus dem Gebüsch. Khatun sah ihn mißtrauisch an. »Und er hat einen Freund. Sein Freund ist sehr häßlich, haarig, mit unregelmäßigen Zähnen.«
Der Mann mit dem Turban schielte zu den Büschen zurück. Empört sah Balian den Affen an. Der Affe blickte bescheiden zu Boden.
»Und als Bezahlung dafür, daß ich mit den sieben schlafe, die ich begehre, muß ich dann mit dem einen schlafen, den keiner begehrt?«
»Nein, so machen wir das nicht. Wir wollten ein Pfandspiel vorschlagen. Wenn die sieben willens sind und wenn du sie nacheinander zum Orgasmus bringen kannst, dann haben wir ohne Bezahlung für dich gearbeitet. Wenn du es aber nicht fertigbringst, wirst du mit unserem Freund schlafen.«
»Das ist lächerlich. Sie werden alle mit mir schlafen; denn ich bin schön.«
»Natürlich bist du das.«
»Ich glaube, ihr seid Dschinns. Dschinns haben großen Spaß an solchen Spielen.«
»Wenn du willst.«
»Einen Mann, den ich will.« Sie klatschte in die Hände. »Da drüben ist ein Gitterfenster, das auf die Straße geht. Ich werde meine Wahl von da aus treffen.«
Der Mann mit dem Turban setzte sich auf die Stufen, während Zuleikha hinter Khatun hereilte und ihr dabei zurief:

»Noch etwas. Was immer du tust, sag nichts zu diesen Männern, oder der Zauber ist gebrochen. Und denk daran, du kannst siebenmal wählen. Tu's nicht zu schnell.«
Der Dawadar bewegte sich unbehaglich im Schlaf. Das Gitterfenster war ziemlich entfernt, und von nun an fing Balian nur einzelne Bruchstücke ihrer aufgeregten Unterhaltung auf.
»Eins ist ganz besonders wichtig. Er darf keinen dicken Hintern haben.«
»Ich meine immer, Hände sind am wichtigsten.«
»Es ist unmöglich, im voraus zu sagen, ob er Haare auf der Brust hat.«
»Ich sollte eine repräsentative Auswahl treffen.«
Von Hitze betäubt, saß er lauschend in den Büschen. Die Sonne stand jetzt niedrig hinter den Häusern, aber die Wärme des Tages stieg aus der Erde auf. Der Affe auf dem Baum schmatzte stumpfsinnig an einer Banane herum. Die Zeit verging, die Dämmerung fiel, und die Rosen ließen ihren Duft in den Schatten strömen. Schließlich –
»Wie wär's mit dem da? Wenn ich den vorbeigehen lasse, finde ich dann einen anderen ebenso guten? Den da!« Khatuns erste Wahl war getroffen.
Zuleikha eilte durch eine Hintertür hinaus. Khatun kehrte um und wartete am Fischteich. Zuleikha kam zurück und führte einen Jüngling mit verbundenen Augen an der Hand. Die Binde wurde gelüftet und seine schönen Gazellenaugen enthüllt. Schweigend zogen er und Khatun sich zu dem Sommerhaus zurück. Als der Jüngling wieder herauskam, stand der Mann mit dem Turban hinter ihm und schlug ihn mit seinem Stock bewußtlos.
Der Prozeß wurde wiederholt. Der zweite der Erwählten war ein indischer Kaufmann, der dritte ein drahtiger Beduine, frisch vom Lande. Schließlich erhob sich Balian, gelangweilt, aus den Büschen und machte sich verstohlen daran, den Garten genauer zu untersuchen. Nachtwandlerisch wurde der Laut seiner leicht aufsetzenden Füße von dem betäubendem Gezirp der Zikaden ertränkt. Im Gar-

ten, im Halblicht, wurde sein Auge überall entzückt auf die Spinnweben und auf Fäden und Verflechtungen von Laubwerk gezogen, das ihm vom Himmel herabzuhängen und die wachsenden Dinge an die Sterne zu binden schien. Schlingpflanzen und Weinranken waren an Wänden und Spalieren den Sternen zu hochgebunden, und ihre pflanzlichen Leidenschaften von geheimen Konstellationen angeregt. Die Düfte der jetzt unsichtbaren Blumen atmeten ihm esoterische Tugend zu, und er hatte das Gefühl, als bewege er sich durch einen dunklen Regen astraler Einflüsse. Die offenen Flächen des Gartens wurden beherrscht von der wächsernen Maske, dem schlafenden Antlitz des Dawadars, das, in Mondlicht gebadet, wie das schreckliche Totem dieser Stätte erschien. Balian vermied dieses Gebiet und kroch lieber von Dickicht zu Dickicht – Platanen, Pappeln und Zypressen – dem Obstgarten zu. Im Obstgarten, zwischen den rauhen Bäumen mit ihren versilberten Orangen, war Zamoras Hängematte angebunden. Er stand an einer Seite davon, nur das Profil erleuchtet, wie ein Halb-Mann. Es war tollkühn, so etwas zu tun. Was würde passieren, wenn sie aufwachte? Khatun rief nach Zuleikha, ihr einen schwarzen Mann zu bringen. Zamora erwachte. Die Augen schienen sich nicht recht einzustellen, aber die Lippen öffneten sich und sprachen: »Wer bist du? Wo sind die Diener? Bist du eine Opiumvision?«
Er fühlte ein leichtes Herzflattern vor Angst, doch er beruhigte sich damit, daß er sich versicherte, in diesem sonderbaren Traum sei nichts zu verlieren.
Es kam gar nicht darauf an, was er sagte.
»Wenn du willst. Ich bin hier, um all deine Begierden zu befriedigen.«
»Ich habe keine Begierden. Ich will mich nicht mehr bewegen oder jemals irgend etwas tun.«
Und sie sah tatsächlich sehr zufrieden und entspannt aus. Es scheint, ich habe keinen Erfolg als nächtliche Geistererscheinung, dachte er. Irgendwo in der Ferne schrie Kha-

tun: »Aber ich will einen Franken, ich will einen ungläubigen Franken!«
Zamora und Balian tauschten ein Lächeln rätselhafter Komplizenschaft aus – das heißt, Balian lächelte mit ihr, wußte aber nicht, warum. Zamora faßte ihn jetzt deutlicher ins Auge.
»Du bist keine Opiumvision. Reib deine Hände aneinander.«
Er tat es. Fäden oder Würmer aus Schmutz erschienen im Schweiß seiner Hände. »Das habe ich mir gedacht. Du gehörst zu Erde. Wie Gemüse sind wir alle von der Erde geboren und teilen ihre einfachsten Bedürfnisse. Bevor du mich aufwecktest hatte ich jedoch eine wirkliche Vision. Eine Frau stand vor mir. Ihr Gesicht war weiß wie eine Asphodele, und sie trug ein Messer in der Hand. Sie gab mir ein Rätsel auf. Das Rätsel war dies:

Meine Schwester war meine Mutter,
Mein Vater erzeugte mich nie.
Niemals ein Kind und niemals erwachsen –
Wer bin ich?

Kannst du das lösen?«
Er schüttelte den Kopf.
»Du bist nicht viel wert, wenn's ans Rätsellösen geht«, murmelte sie.
»Bin ich ein Affe, der Rätsel lösen kann?« versuchte er mit ihr zu disputieren, aber sie glitt schon wieder in Schlaf. Er stand noch da und betrachtete ihr überwölktes Gesicht, als eine Stimme, die aus der Richtung des Sommerhauses kam, auf Englisch rief: »Ich kenne dich.«
Ein Geräusch von Balgerei und ein heftiger dumpfer Schlag waren zu hören. Balian begann, der Mauer zuzulaufen, aber Zuleikha erhob sich in der Dunkelheit vor ihm.
»Halt. Alles ist in Ordnung.« Doch er meinte, ihr Gesicht sähe angestrengt aus.

»Sie will aber noch immer einen Franken«, fuhr sie fort, »das muß deine Gelegenheit sein.«

Während sie dem Sommerhaus zu gingen, kamen sie an der Gestalt eines Mannes vorbei, der tief im hohen Gras lag. Die Gestalt hatte etwas sehr Sonderbares und gleichzeitig etwas sehr Bekanntes an sich. Er war nicht imstande, die Quelle seiner Beunruhigung zu erkennen; denn Zuleikha jagte ihn voran und zischte ihm ins Ohr: »Rede nicht. Denke daran, was ich dir beigebracht habe. Laß dies die Vollendung deiner Lektionen sein. Es ist nun endlich Zeit, die Schlange loszulassen.«

Das Sommerhaus war strahlend erleuchtet von Laternen. Sie traten ein, und sie stellte ihn Khatun vor.

»Er ist dünn, ich weiß, aber sieh seine Augen an, und er hat *imsaak* studiert und ist unbeschnitten.«

Khatun sah aufgeregt aus, brachte es aber fertig, zustimmend zu nicken. Nahebei examinierte er sie näher. Sie sah aus wie die Dame mit dem Pfauenfächer. Die Ähnlichkeit war da, aber, enttäuschenderweise, nicht die Identität. Ein halbes Echo. Er warf seine Lumpen ab.

»Sieh das genau an!«, sagte Zuleikha zu dem Mann mit dem Turban. Er grunzte. Sie holte eine Sanduhr aus den Falten ihres Gewandes hervor. Nach der ersten Umarmung merkte Balian kaum noch etwas von dem Mädchen, da er mit den Ritualen begann, die Schlangenkraft zu entrollen. Bogen um Bogen steigt die Kobra auf, am Unterleib entlang und durch den Brustkorb, sich in schmerzhaften rhythmischen Stößen der Wirbelsäule entlang windend. Wenn sie den Schädel betritt, breitet sich ihre Haube aus und ihre Kinnbacken öffnen sich. Ihr Kopf erfüllte Balians Kopf wie eine Hand einen Handschuh.

Er merkte, wie er durch die Augen der Schlange in zwei gesonderte Gärten blickte. Es gab keine Perspektive. Er war völlig losgelöst. Khatuns Augen waren zunächst von Ekstase weit geöffnet, dann fielen sie zu. Das Stundenglas drehte sich wieder und wieder um. Gelegentlich hörte er den Affen schwatzen. Er lauschte den Schreien der Kot-

Sammler, während sie auf dem Weg draußen entlanggingen, und den Lauten der Eulen, die im Garten jagten. Schließlich wurde sie ohnmächtig. Er fühlte, wie die Kraft der Schlange in ihm wuchs. Sie zwang seinen Rücken, gerade zu werden, und sein Mund öffnete sich weit in schrecklichem Grinsen. Schließlich öffnete sie die Augen und schrie, als sie versuchte, ihn abzuwerfen.
»O Gott, hört das denn niemals auf?«
Dann rief der Dawadar ihr etwas zu, und da waren Diener, die überall herumrannten. Balian war nicht imstande, sich nach eigenem Willen zu bewegen. Der Mann mit dem Turban betäubte ihn halb, und er und Zuleikha zusammen zogen ihn von dem Mädchen los. Jetzt war die Hintertür bewacht. Balian wurde über die Mauer gestoßen, fast geworfen. Der Mann mit dem Turban war der letzte, der herüberkam. Er stand auf der Mauer und deklamierte:
»Das Tamburin ist gebrochen und die Liebenden verstreut. Ha! Ha! Ha!«
Dann, als er herunterkam und sich ihnen anschloß, sagte er: »Das wird Seiner Exzellenz etwas zu denken geben.«
Die Diener des Dawadars waren nicht weit hinter ihnen. Die Straßen waren ungewöhnlich verlassen. Wieder einmal wurde er verfolgt und rannte nachts durch die Straßen. Wieder war es eine verschobene Wiederholung, denn dieses Mal hatte er zwei Gefährten auf seiner Flucht, nicht zu erwähnen den Affen, der neben ihnen hertrabte. Sie rannten nach Süden, der Zitadelle zu. Es war nur eine kurze Entfernung, und sie kamen am Fuß der Zitadelle heraus, am Hippodrom, und der Grund dafür, daß die Straßen so leer waren, wurde deutlich.
»Wir sind gerettet«, sagte Zuleikha. »Hier werden sie uns niemals finden.« Große Menschenmassen hatten sich schon rings um das Hippodrom versammelt. Ein feuriger Ball von langsam brennendem Holz flackerte quer durch die Pechschwärze. Männer zu Pferde donnerten wild durcheinander durch das Dunkel. Der Sultan und seine Offiziere spielten bei Fackelschein Polo. Das Hippodrom

war von livrierten Pagen eingefaßt, die abwechselnd Fakkeln und Reserveschläger trugen. An den einander gegenüberliegenden Enden des Feldes waren die Zielposten, mit ihren gelb-schwarzen spiraligen Rinnen, oben mit Pech bedeckt, das strahlend in die Nacht aufschien. Jedesmal, wenn es ein Tor gab, erklang ein Gong. Jedesmal, wenn der Sultan ein Tor schoß, erklangen Trompeten. Am Ende jeder *chukka* ritten Musiker quer über das Feld und schlugen Kesselpauken. Nachts war das Spiel gefährlich, und die Menge fieberte.

Sie waren sicher in der Menschenmenge. Der Druck hielt Balian aufrecht. Zum Klang von Poloschlägern und Musik glitt er wieder in Träumereien. Hier in Kairo sind sie Spezialisten darin, Zeit zu verschwenden, dachte er. Im Rückblick empörten ihn die Spiele und Geschichten der Nacht. Er dachte daran, wie Emmanuel zu ihm gesagt hatte: »In den östlichen Landen brüten Hitze und Müßiggang unter den Bewohnern träge und tödliche Phantasien aus.« Plötzlich wurde ihm klar, was so merkwürdig an der Gestalt war, die im Garten des Dawadars im Gras gelegen hatte. Und was so vertraut war. Es war Emmanuel.

Dann stand er alleine in Bain al-Qasrain. Er war von der Menge umgeben, aber die Menge schlief. Ihre Millionen von Augen waren geschlossen. Die Menge schlief im Stehen, im Knien, im Sitzen. Kairo hatte aufgehört. Selbst der Wassertropfen, der aus dem Eimer des Wasserverkäufers fiel, hing mitten in der Luft vor lauter Lethargie. Balian gab dem Wasserverkäufer einen kleinen Stups. Der Mann bewegte sich unbequem im Schlaf und murmelte etwas, schlief aber weiter. Balian bewegte sich durch die schlummernde Hauptstraße und wandte sich leise, auf Zehenspitzen, um die schlafende Masse nicht zu erwecken, der Zitadelle zu. Nichts störte ihn. Gekreuzte Piken versperrten die Tore der Zitadelle, von nervenlosen Händen gehalten, und Balian stieß seinen Weg durch sie hindurch. Auf dem Gipfel blickte er zurück und sah die Stadt zwischen einem Akt und dem nächsten in zeitloser Starre hängen. Er nä-

herte sich dem Thronsaal. Im Thronsaal verkündeten die völlig gelösten Haltungen der Höflinge dem kriechenden Engländer, wie vulgär, verteidigungslos und unwissend der Schlaf war. Er ging auf Zehenspitzen hinauf zum Thron und griff nach der Krone auf Qaitbays Haupt, um sie für sich selbst zu nehmen, als eine Donnerstimme durch die im Schlaf versunkenen Hallen hallte –
»Jetzt gehört alles mir!«
Eine gigantische behaarte Hand griff nach ihm, schwang ihn hoch und erhob ihn über die Zitadelle. Balian sah sich hinaufstarren in die Augen des Afffen der Melancholie.
»Nun hast du sie alle im Schlaf gesehen«, sagte der. »Sie altern, ohne reif zu werden. Sie wollten lachen, und ich ließ sie lachen, aber sie waren ein unzugängliches Volk.«
»Waren?«
»Waren.«
Die behaarte Hand setzte ihn auf einen staubigen, verfallenen Weg nieder.
»Während du deine Zeit mit verzauberten Träumen und Geschichten vertrödelt hast und sie schliefen, sind Millionen von Jahren vergangen, und Kairo ist gestorben. Werden diese Steine sprechen?«
Balian schüttelte stumm den Kopf.
»Die Steine werden sprechen.« Die kehlige Stimme dröhnte in der Einöde. »Nichts ist je ganz und gar zerstört worden. Wenn du tief genug gräbst, wirst du die Ursprünge von Kairos jahrtausendealter Hysterie entdecken. Eine Stadt ist wie ein vernünftiger Geist. Die Quellen ihres Falls sind zu finden in vergangenen Bildern und Worten, Bruchstücken von Säulen und halb verwischten Inschriften. Wenn du gräbst, wirst du die Wege entdecken, die wieder in sich zurückführen, steinerne Basiliken und Gorgonen, und überall die Arabeske – kristallinische Muster aus Stuckblättern, organisches Leben, das sich zum Tod wendet –, die über die Gebäude kriecht wie giftiger Efeu. Hier leben die Ruinen und die Ursachen für diese Ruinen zu gleicher Zeit.«

Balian, der auf dem staubigen Horizont wandelte, war in Panik.
»Ich will zurückgehen.«
»Natürlich wirst du das.«
Und das tat er, oben von der Ebene des Affen, um noch einmal dem schlafwandelnden Seiltänzer zu begegnen, Karagöz, Shiqq und Satih, Barfi und Ladoo und schließlich Zuleikha. Zu Zuleikha bemerkte er: »All meine Ängste kommen daher, daß ich nie weiß, wo ich aufwachen werde.«

Er wachte im Keller auf. Blut markierte das Ende seines Weges wie ein roter Schlußpunkt.
»– entschlossen, daß, falls er ihn nicht haben könnte, niemand ihn haben sollte, und so warf der Magier die abgetrennten Glieder des Knaben über die Festungsmauern des Sultans.«
Den Mund von weißem Schaum eingefaßt, redete Yoll noch immer, aber es war Cornus Wiedereintritt in den Keller, der Balian geweckt hatte. Cornus schorfbedeckte weiße Finger legten sich mit deutlicher Zuneigung um Yolls Hals. Dann drückten sie zu. Wie ein vor Angst hypnotisiertes Kaninchen beobachtete Balian, wie Yoll erwürgt wurde. Die Augen starrten und das Gesicht wurde blau. Er wäre Yoll zu Hilfe gekommen; aber da er sah, daß weder Bulbul noch der Mönch irgend etwas taten, tat er auch nichts. Als alles vorbei war, sah Cornu Balian auffordernd an.
»Ich mußte das tun. Er war ein krankes Tier; ganz bestimmt war er das. Der Affe hatte ihn, und der Affe ist das Geschöpf des Katzenvaters.«
Unter seiner Kapuze blinzelte der Mönch Balian zu. Balian war zu entsetzt, um zu reagieren.
»Diesmal hätte er sich zu Tode geredet«, fuhr Cornu fort, »und er beherrschte euch, aber ich habe Arbeit für euch alle. Die Zeit ist nahe. Wachet deshalb, denn ihr wisset nicht, wann der Herr des Hauses kommen wird, am

Abend oder zur Mitternacht, oder wenn der Hahn kräht oder am Morgen.«
»Ihr habt Arbeit für mich?«
Die durchdringenden Augen betrachteten Balian.
»Gewissermaßen. Ich möchte, daß du zum Katzenvater gehst und dich seiner Behandlung unterwirfst.«
»Ich will aber nicht dorthin zurückkehren.«
»Du hast kaum eine andere Wahl. Früher oder später wird der Vater oder Vane dich fangen. Die Jagd ist los. Du kannst dem Katzenvater sagen, daß wir dich untersucht und freigelassen haben! Das dürfte ihm etwas zu denken geben.«
Der Mönch bereitete Yolls Körper fürs Begräbnis. Bulbul schrieb immer noch. Balian kletterte aus der Dunkelheit des Kellers ins Zwielicht. Es war tiefe Nacht, als ein Begleiter ihn zum Haus des Schlafes brachte. Er klopfte an die Tür, so laut er konnte, wobei er sich die Fingerknochen aufschrammte, aber da niemand seinem Klopfen antwortete, fiel er zu Füßen des Tores in Schlaf. Der Begleiter ließ ihn dort liegen.

Die Schätze von Kairo

Ich wünschte, der Aussätzigen-König hätte sich Gedanken darüber gemacht, was er da tun wollte, als er mich strangulierte. Es ist eine Maxime bei den Qasasyun, daß »ein Toter keine Geschichten erzählt«, und es ist unglücklicherweise wahr, daß der Tod des Erzählers mitten in seiner eigenen Erzählung ganz besondere Probleme aufwirft. Niemand hat den Lehrsatz der Qasasyun in diesem Punkt angefochten. Der Tod disqualifiziert einen, weiterhin Mitglied der Zunft zu sein.

Um zu dem zurückzukehren, was ich sagte, als ich diese ganze Geschichte anfing (und ich hatte nicht beabsichtigt, daß es die Geschichte meines Todes sein sollte) – in letzter Zeit, wenn ich mich früh ins Bett zurückzog, um zu lesen und dann zu schlafen, hielten mich unerklärliche Ängste wach. Jetzt werde ich beschreiben, was mich schlaflos und mit geröteten Augen auf meinem Lager festhielt:

Die Augenlider werden schwer, der Kopf sinkt zurück, das langweilige Buch fällt mir aus den Händen, die Augen schließen sich. Der Atem geht in einen langsamen, tiefen Rhythmus über – und hört dann scheinbar auf. Am Morgen, wenn ich nicht zur gewohnten Stunde aufstehe (gewöhnlich weckt mich der Ruf des Muezzins beim Frühgebet), tritt ein besorgter Freund wie Bulbul – oder wahrscheinlicher meine Schwester Maria – ein und versucht, mich aufzuwecken, schüttelt mich, und wenn sie finden, daß ich nicht reagiere, horchen sie auf mein Herz und dann auf meinen Atem. Beide scheinen aufgehört zu haben. Der erste Schrei ertönt, und mein Gesicht ist feucht von den

Tränen eines anderen. Dann das laute trillernde Wehklagen der Klageweiber, die Begräbnisriten, die zusammengedrängte Gruppe, die auf meinen ins Leichentuch gehüllten Körper hinabblickt. Hände voll Staub werden auf meinen Körper geworfen, dann Spaten voll. Die Sonne verschwindet.

Und erst dann liege ich wach und fühle, wie die feuchte Erde auf mich drückt. Ja. Lebendig begraben! Meine Schreckensschreie werden in der ungeheuren Beschränkung des Raumes erstickt. Meine blutigen Hände stoßen sich frei vom Leichentuch und krallen sich mit den Nägeln in die Erde. Oh, wer ist es, der, wenn er alles dies vor sich sieht, sich leicht dem Schlaf hingeben könnte? Und wo ist der Mensch, der eine sichere Garantie dafür hat, daß er nicht so erwachen wird?

Wer hat denn überhaupt eine Garantie, daß er wieder aufwachen wird? Diese leere Phrase »er starb friedlich im Schlaf« ... Näher betrachtet, was könnte denn fürchterlicher sein als durch den Schlaf zu sterben; zu sterben, ohne sich dessen bewußt zu sein? Doch dies sind tiefgründige Dinge. Was ich sagen wollte, war, daß eine lebhaft vorgestellte und morbide Phantasie mich dazu geführt hat, mich ans Wachen zu klammern. Manchmal pflegten ganze Nächte in der Gesellschaft solcher Vorstellungen zu vergehen, so daß ich aufstand und das Haus verließ, noch ehe der Ruf des Muezzins die Dämmerung durchschnitt, und dann ging ich zum Zuwaila-Tor, wo ich mit den Persern zusammen ein erstes Frühstück hatte.

Noch mehr, es war in der schlaflosen Finsternis vor der Dämmerung, wenn ich weitere Pläne zur Belehrung meiner Zuhörer ausdachte – eine Warnung vor den Gefahren feuchter Träume, eine Debatte, ob es besser wäre, den Arabischen Nachtmahr zu haben und es nicht zu wissen oder, andererseits, tot zu sein und es zu wissen; ein Besuch in Kairos einzigartiger und revolutionärer Hühnerfarm, eine Vorführung von Yolls Großem Prüfstein – die Möglichkeiten schienen endlos. Alles aus. Wer hätte ahnen können, daß meine morbidesten und entlegensten Phantasien wahr werden würden? Ich bestimmt nicht. Ich fürchtete etwas, aber ich glaubte meinen Furchtgefühlen nicht. Beinahe wahr. Ich finde einen gewissen Trost darin, daß Erwürgen und nicht Schlaf meinem Übergang ins Grab vorausging.

Aber ich schweife ab. Unvermeidlich bin ich ein wenig abgelenkt durch mein Ende. Die Geschichte ist noch nicht abgeschlossen. Geduld. Geduld kommt von Gott; Eile kommt von Iblis. Derjenige, der es eilig hat, wird die Schätze nicht finden, die Kairo enthält ...

Der Katzenvater war in jener Nacht zu dem großen offenen Platz vor dem Zuwaila-Tor gegangen. Dort hatte er Stunde um Stunde gewartet. Kurze Zeit vor Tagesanbruch sank die Temperatur plötzlich scharf ab, und die Schausteller verließen ihre Buden, um sich um ein gemeinsames Freudenfeuer zu sammeln. In der intensiven Kälte kam der dampfende Atem aus ihren Mündern wie tote Seelen. Sie beobachteten den Katzenvater mit solcher Gleichgültigkeit, daß es schon an Feindseligkeit grenzte. Zauberkünstler fühlten nie etwas anderes als Mißtrauen gegenüber einem Magier. Der Katzenvater stampfte im Kreis herum und versuchte, sich warmzuhalten.

Endlich erschien der schwarze Mann. Habasch rannte nicht mehr, sondern stolperte niedergeschlagen seinem Käfig zu. Als er näherkam, bemerkte der Vater, daß eine Stelle seines Kopfes dunkel mit Blut verklebt war. Er beobachtete auch, daß Habasch zwar duselig und verwirrt war, aber nicht mehr träumte. Zusätzlich aber sah er mit Entzücken, daß Habasch ein Buch in der Hand trug. Der Vater lächelte gütig.

»Ich sehe, daß du zerschlagen, aber triumphierend zurückgekehrt bist.« Er zögerte. Habasch hatte seine Glückwünsche ignoriert und sich an ihm vorbei zu dem Käfig gedrängt. Er schlug auf das Stroh hin. Disorientiert und von aller Energie ausgesogen, sah er aus, als sei er dankbar, wieder im Käfig zu sein. Der Vater folgte ihm besorgt hinein.

»Was ist passiert? Wer hat dich angegriffen? Wo hast du das Buch gefunden?«

»Ich weiß nicht genau. Es ist schwierig, mich zu erinnern. Ich rannte durch die Stadt, um nach Eurem Buch zu sehen. Ein altes Weib verstellte mir den Weg und versprach mir das Buch, wenn ich täte, was sie sagte. Sie führte mich in einen Garten. Da war eine Dame, die sagte, ich solle mit ihr schlafen, und ein Affe ...«
»O nein, doch nicht schon wieder der Affe und die Dame im Garten! Aber wenigstens hast du das Buch ...«
Der Katzenvater entwand das dicht genähte Manuskript aus Habaschs Griff. Ihm fiel irgend etwas Sonderbares daran ins Auge. Ungläubig las der Vater die Widmung auf der Rückseite. »Dieser Traktat ist demütig gewidmet von Seiner Exzellenz dem Dawadar, dem Sultan der Sultane, Qaitbay, in der Hoffnung, daß er, der über die Lande Ägypten und Syrien und über die Herzen und Augen seiner Untertanen mit silbernem Haar und altersloser Schönheit herrscht ...« Der Katzenvater sah auf die Vorderseite des Buches, um den Titel zu lesen »Der Schlüssel der Verschönerung und der Weg des Sich-Schmückens für die Sklaven des Sultans und die Schwerter des Glaubens«.
»Du Idiot! Das ist nicht das richtige Buch!«
»Wie hätte ich das wissen sollen? Ich kann nicht lesen.«
»Irgend etwas ist schiefgegangen. Was ist schiefgegangen? Wir müssen herausfinden, was schiefgegangen ist. Du mußt noch einen Drink haben und wieder schlafen.«
Habasch beäugte den Becher zweifelnd.
»Keine Angst. Ich will dich diesmal nur befragen.«
Habasch legte sich zurück und trank. Währenddessen erhob der Vater seine Hände in theatralischem Entsetzen und deklamierte, als habe er die Absicht, unsichtbare Mächte zu beeindrucken.
»Mein Plan ist durchkreuzt worden, aber irgendwie werde ich es schon finden.«
Habasch schlief, und als sein Schlaf tiefer wurde, wurde sein Atem mehr und mehr zu einem Schnarchen.
Es war Zeit, die Befragung zu beginnen.
»Gibt es einen Geist aus der *'Alam al-mithāl*, der bereit ist

Grabmal der Kalifen

zu sprechen und meine Fragen durch die Lippen dieses meines armen umnachteten Sklaven zu beantworten?«
»Ich.« Die Stimme war so schwach, daß der Vater sein Ohr fast an Habaschs Lippen legen mußte.
»Sag mir dann, wer hat mein Buch genommen?«
»Wenn Träume selbst wünschen, daß man sich ihrer erinnert, dann würde man sich ihrer erinnern. Wenn sie wünschten, verstanden zu werden, dann würden sie verstanden. Das Buch ist in die *ʿAlam al-mithāl* zurückabsorbiert worden. Es ist nicht länger ein Buch über den Traum, sondern ist zu einem Traum über ein Buch geworden. So ist der paradoxische Schlaf.«
»Aber ich habe das Buch geschrieben!«
»Es war dir in Seancen diktiert worden. Mit automatischer Hand hast du das Geflüster der *ʿAlam al-mithāl* niedergeschrieben. Wir studieren die, die uns studieren, und wir nehmen zurück, was uns zu Recht gehört.«
»Mein Buch! Mein Lebenswerk!« Der Vater rang die Hände.
»Du Betrüger! Du Schwindler! Deine Pläne gehen viel weiter.«
Der Vater hörte auf, die Hände zu ringen, und die Stimme fuhr fort.
»Auch die chinesische Dose wird am Ende wieder absorbiert werden. Du bist wie deine Katzen. Die vergraben ihre Exkremente. Du hast deine Schätze im Haus des Schlafes verborgen und gehortet, aber alle sind verwundbar. Ja, in diesem Augenblick sind Diebe in das Haus des Schlafes eingedrungen. Ich schlage vor, daß du die Sache mit dem Buch läßt und nach Hause eilst, um zu retten, was zu retten ist.«
»Ich danke dir, und darf ich fragen, wem ich für diesen Rat zu Dank verpflichtet bin?«
»Warum trittst du nicht in die *ʿAlam al-mithāl* ein und findest es heraus?«
Das schnarchende Atmen hörte auf, und Habasch fiel in einen sanften natürlichen Schlaf. Der Vater eilte davon.

Eine zerlumpte Gestalt lag schlafend quer vor dem Eingang zum Haus des Schlafes. Der Katzenvater schob den Körper mit dem Fuß vom Eingang fort und eilte hinein, voll ungewisser Vorgefühle.

Früher in dieser Nacht waren Barfi und Ladoo über die Dächer in das Haus des Schlafes gekommen. Sie sahen sonderbar aus, da sie ihre Körper eingeölt und dann die Oberflächen mit Staub bedeckt hatten, ehe sie sich aufmachten. Auch da, in den Stunden nach Mitternacht, gab es an diesem Ort noch eine beachtliche Anzahl von Aktivitäten: Gongs erklangen, Sklaven mit Fackeln gingen von einer Ebene zur anderen, zwei Katzen kämpften im Innenhof. Barfi und Ladoo blickten auf all das mit einigem Unbehagen hinab. Zumindest während der Nacht hatten sie jedoch eine gewisse Möglichkeit, in irgendeinem dunklen Winkel zusammenzuschrumpfen, wohin die Fackeln nicht dringen konnten. Als sie den Dachrand erreicht hatten, schwangen sie sich darüber und hinab in den oberen Kreuzgang.
Plötzlich war alles still! Der Katzenkampf endete mit einem kurzen schrillen Geschrei, das Dröhnen der Gongs hörte auf, und die Sklaven verschwanden in den Keller. Nein, fast still. Es gab noch das Zirpen der Grillen, und Barfi und Ladoo, die sich fragten, ob es das Herz des anderen war, das sie pochen hörten. Es gab keinen Mond und nur den allerschwächsten Schimmer von Morgendämmerung. Sie hielten sich an der Hand und schoben sich durch die Dunkelheit voran. Die Geographie des Hauses war geheimnisvoll. Barfi zerrte an der Klinke und machte die erste Tür auf. In einem Augenblick schien das Abenteuer zu Ende zu sein. Irgend etwas fuhr ihm ins Gesicht, die Tür schlug krachend zurück, und in der Ecke gab es ein wütendes Gekrabbel. Aber nur einen Augenblick lang. Sie hatten einen Vogel gestört, der in dem Raum eingefangen war. Barfi drehte sich um und zog die Tür des sonst leeren Raums wieder zu. Dann konnten sie kaum noch das Ge-

flatter seiner Flügel hören, und selbst dieses schwache Geräusch hörte unvermittelt auf. Dieser erste Raum war am schlimmsten. In einem anderen Zimmer lag ein Mann und schlief, in einen Teppich gewickelt. Sonst waren die Zimmer leer, ausgenommen Schachteln mit allem möglichen Kram und einem gelegentlichen Haufen Bettzeug. Es würde wohl notwendig sein, den Rahmen ihrer Erkundungen auszudehnen.

Es war ein Kardinalprinzip für Ladoo, daß sie einen Schatz finden würden, wenn sie es am wenigsten erwarteten. Er versuchte daher hingebungsvoll, seinen Geist von allen Erwartungen zu leeren, und als er kroch und im Dunkel nach seinem Weg herumfummelte, einen Schatz suchend, versuchte er, nicht an Schätze zu denken. Die geistige Gymnastik, die darin lag, lenkte seinen Geist bis zu einem gewissen Maß von den Schrecknissen des Hauses ab. Aber er zitterte doch noch, sogar wenn er manchmal in seinem Programm des Nicht-Bemerkens so erfolgreich war, daß er mitten beim Durchsuchen einer Kiste anhielt und sich anstrengte, sich daran zu erinnern, was er eigentlich glaubte, hier zu machen.

Barfis Denken war ähnlich, bloß in eine andere Tonart übersetzt. Wenn Schätze zu finden nur eine Frage von gelegentlichem Suchen war, dann konnte jeder Dummkopf verborgene Schätze finden. Barfi hatte jedoch beobachtet, daß die öffentlichen Plätze der Stadt mit hungrigen Dummköpfen angefüllt waren. Daher wurde es notwendig nachzudenken. Nun würde ein Schatz nicht am unwahrscheinlichsten Platz im Haus versteckt sein, denn, wie Barfi einsah, war das Unwahrscheinlichste gewissermaßen das Wahrscheinlichste. So würden Schatzsucher, die ebenso gerissen wie er waren, den unwahrscheinlichsten Platz ausgeschlossen und ihre Gedanken dem zweitunwahrscheinlichsten Platz zugewandt haben. Deshalb würde ein so gerissener Mann wie der Katzenvater auch eine solch deutliche Stelle vermieden haben. Aus dem gleichen Grund würde er auch den drittunwahrscheinlichsten

Platz vermeiden! Aus Furcht vor solch gerissenen und schlauen Leuten wie er und Ladoo ohne Zweifel waren, würde der Katzenvater einen Schritt nach dem anderen schließlich darauf beschränkt worden sein, seinen Schatz an dem allerdeutlichsten Ort zu verstecken – der gewissermaßen auch der am wenigsten deutliche Ort war. So war Barfi, als er die Räume mit Ladoo durchsuchte, mit ähnlichen einträglichen Gedanken erfüllt.

Gelegentlich berieten sie sich im Flüsterton, einem Flüstern, das so leise war, daß sie einander kaum hören konnten. Das geschah seltener, um ein paar vernünftige Vorschläge auszutauschen, aber öfter, um irgendein neues Angstbild zu errichten, das dem einen oder dem anderen eingefallen war. Ladoo suchte nach irgend etwas, von dem er nicht wußte, was es war, und Barfi suchte nach Stellen, die er für weder besonders wahrscheinlich noch unwahrscheinlich hielt. Barfi stellte sich vor, daß sie in der nächsten großen Kiste, die sie aufmachten, den Katzenvater finden würden, der drinnen hockte und sie mit beschuldigenden Blicken anfunkeln würde. Ladoo wurde fast um den Verstand gebracht, wenn er dachte, er könne unwissentlich die Hand auf eine der Katzen legen, die, wie er wußte, im Haus umherschwärmten. Aber die Suche ging weiter. So groß ist die Macht des Traumes vom Geld.

In einem anderen Zimmer: eine zersplitterte Kiste und staubbedeckte Lumpen lagen über dem Boden verstreut. Barfi und Ladoo beäugten den Abfall hoffnungsvoll. Vanes Geschick als Grabräuber war in ganz Kairo berühmt.

»Ein Sarkophag aus den Tagen der götzendienerischen Ägypter, und, guck mal!« – er deutete auf die zusammengeschrumpfte menschliche Gestalt, die teilweise vom Holz begraben war: »Ein Leichnam!«

»Da gibt's Geld für uns in diesem Körper. Er ist in Judenpech getaucht.« Sie stießen ihn scheu an. »Das ist's, wo Mumienstaub herkommt. Wir können das verkaufen.«

»Willst du mir sagen, daß diese widerlichen Überbleibsel einen hohen Preis erzielen würden?«

»Ja, solche Sachen werden von den Apothekern hoch bezahlt. Das Judenpech trocknet um den Körper herum, und sein Lack bewahrt die Lebenssäfte innerhalb des Körpers. Es wird von denen, die es sich leisten können, gegessen, um ihr Leben zu verlängern, und ganz allgemein für ihre Gesundheit.«

»Laß uns jetzt etwas essen und den Rest mitnehmen.«

Sie nickten beide höchst aufgeregt, dann hielten sie an. Schließlich brach Barfi einen Finger ab und fing an, kräftig darauf zu kauen. Ladoo folgte seinem Beispiel. Barfi hatte nicht geglaubt, daß irgend etwas so abscheulich schmekken könnte. Es war trocken und bitter, und das krümelige Zeug hing an den hinteren Ecken der Zähne fest. Er dachte daran, was es einst gewesen war, fühlte sich zweimal halb erstickt, und dann kam dies und noch mehr ausgekotzt heraus. Ladoo ging es genauso. Sie husteten und riefen: »Wenn der Magen lacht, kotzt es der Körper aus.«

Der Katzenvater stand im Eingang, sie hoch überragend. Sie warfen sich in ihr Ausgespucktes, ihm vor die Füße.

»Bißchen stark für kleine Leute. Auf ... wer seid ihr?«

»Barfi und Ladoo«, erwiderte einer von ihnen.

»Ja, ich kenne euch. Ihr habt einen Süßigkeitenladen nahe dem Zuwaila-Tor.« Zu ihrer Überraschung fing der grimmige alte Mann an zu kichern und dann im Eingang Sprünge zu machen. »Und ihr habt gerade Mumiya gegessen? Es schmeckt nicht so gut, wenn man's so nimmt, nicht wahr? Es schmeckt besser, wenn man es in Alkohol löst. Und was hattet ihr hier gemacht?«

Barfi und Ladoo schoben die Füße hin und her.

»Na los. Ich bin nicht böse.« Tatsächlich schien es ihnen, als lächele er süß.

»Nach Schätzen gesucht.«

»Nach Schätzen suchen! Na gut, hier gibt's keine, aber ich werde euch einen Schatz geben, wenn ihr dafür etwas tut.«

Ladoo dachte, daß ein Schatz kein Schatz wäre, wenn man dafür etwas tun müßte, aber er sprach diesen Gedanken nicht aus.

»Wir werden tun, was immer Ihr befehlt.«
»Zunächst möchte ich, daß ihr versucht, euch zu erinnern. Ihr habt allerlei geredet. Die Geschichte ist durch ganz Kairo gegangen. Vor einigen Monaten ist nachts ein Mann zu eurem Laden gekommen und hat euch in ein Gespräch verwickelt. Ein fremder Mann zweifellos und einer, der sich bestimmt sehr sonderbar benommen hat. Er hat euch erzählt, daß er den Arabischen Nachtmahr habe. Ich möchte, daß ihr ihn mir mit so vielen Einzelheiten wie möglich beschreibt.«
»Wir haben nachts eine Menge Kunden. Unsere Süßigkeiten sind sehr populär. Unser Halwa gilt als ganz besonders gut. Die Leute kommen von anderen Vierteln, nur um unser Halwa zu kaufen. Und unsere Karamellen sind beinahe ebenso beliebt ...«
Ladoo unterbrach: »Einige unserer Kunden, das stimmt, sind ein bißchen sonderbar; schlaflose Leute, die zu uns kommen, ebensosehr, um mit uns zu reden wie um unsere Süßigkeiten zu kaufen. Wir müssen mit ihnen reden, um etwas zu verkaufen, aber wir finden es gewöhnlich nicht sehr nutzreich, uns an solche Plaudereien zu erinnern.«
Der Katzenvater trat ungeduldig mit dem Fuß auf.
»Aber natürlich«, nahm Ladoo seine Rede wieder auf, »wir erinnern uns daran, daß irgendein Typ uns erzählte, er hätte den Arabischen Nachtmahr. Nicht wahr?«
»Ja, aber ich kann mich nicht daran erinnern, wie er aussah.«
»Ich auch nicht.«
Der Katzenvater nahm das ziemlich leicht.
»Macht nichts. Diese Erinnerungen können wiedergefunden werden. Ich werde euch jetzt nach unten führen und einschlafen lassen. Alles, was ich von euch will, ist, daß ihr mir erzählt, was ihr geträumt habt, wenn ihr aufwacht; und dann werden Haufen von Geld neben eurem Bett warten.«
Sie gingen in die Kelleräume hinab. Der Katzenvater nahm Barfi am Ohr und, indem er es scharf zwickte, zwang er

ihn auf eines der Betten herunter. Ladoo stand da und sah zu.

»Leg dich hin«, sagte der Katzenvater zu Barfi, »und denk daran, daß deine Zehen einschlafen, dann deine Füße und Fußgelenke; jetzt, die Beine sind schon ganz schwer von Schlaf, deine Brust ... deine Augenlider sind zu schwer, um offengehalten zu werden. Du liegst da im Dunkel und siehst Dinge. Du bist nahe dem Zuwaila-Tor, und du wirst bald einen Mann treffen.« Er fuhr fort zu flüstern.

Das Chaos von Form und Farbe kam langsam in Ordnung. Barfi war nahe dem Zuwaila-Tor. Es war spät, und die Akrobaten und Gleichgewichtskünstler packten ihre Bänke zusammen. Ein paar Leute, die noch dablieben, hatten sich um einen redenden Affen gesammelt, der »Die Geschichte von den beiden Wahrsagern« erzählte. Barfi glaubte, daß sein Bruder Ladoo neben ihm war; aber er konnte ihn nicht sehen. Hinter seiner linken Schulter sagte eine Stimme: »Du bist Barfi, nicht wahr? Bitte, hilf mir. Ich denke, ich habe den Arabischen Nachtmahr.«

Barfi drehte sich um und starrte ungläubig. Es war der Katzenvater, vor Schmerz abgehärmt. Der Kopf des Vaters fiel ohne jeden deutlichen Grund von einer Seite zur anderen. Mit schwacher Stimme fuhr der Vater fort: »Ich brauche eure Hilfe. Lob sei Gott, daß ihr hier seid, aber wer hat dich geschickt?«

»Du selbst.«

Der alte Mann schien vor Schmerz unfähig, sich zu konzentrieren. »Ich? Aber ich bin nur ein Traum, so wie du. Wo war ich, als ich dich hierherschickte?«

Barfi dachte lange nach, ehe er erwiderte: »Draußen, außerhalb von allem, jenseits von all diesem. In deinem Haus, dem Haus des Schlafes. Du hast mich hierhergeschickt, um den Mann zu finden, der am Arabischen Nachtmahr leidet.«

Der Vater schien entmutigt und wußte nicht weiter. Er murmelte etwas zu sich selbst, und nur langsam wurde es hörbar.

»Doch wie kann ich träumen, wo ich niemals schlafe ... Na gut, du hast dann ja nicht viel Nutzen. Wach auf, ich könnte das niemals ertragen. Nein, es wäre ja entsetzlich. Nein, nein, nein, nein. Ich darf das niemals wissen, und du darfst es nie weitersagen. Du mußt mir schwören – aber nein, Eide, die im Traum geschworen werden, sind nicht bindend ... Hier liegt eine Schwierigkeit. Was sollen wir denn nun machen?« Er wiegte sich hin und her und verzerrte sein Gesicht vor Unentschiedenheit, und dann, mit einem traurigen Schimmer im Auge, holte er eine kleine Dose hervor und fuhr fort: »Diejenigen, die den Arabischen Nachtmahr haben, erinnern sich an nichts. Sich an nichts zu erinnern, ist süß. Möchtest du nicht in meine kleine Dose gucken?«

»Ich denke, wenn ich den Nachtmahr nicht schon hätte, würdet Ihr mir nicht die Dose zeigen«, und Barfi schüttelte heftig den Kopf. Er fand, daß sein ganzer Körper heftig bebte, und doch blickte er die ganze Zeit in die kleine Dose. Ihre tiefen Seiten fielen sehr steil nach unten hin ab und zogen das Auge nach innen. Im Mittelpunkt der Dose war ein kleines dunkles Objekt, das sich näher hin und dann weiter fort zu bewegen schien, aber die entferntere Stellung war immer näher und näher. »Wenn ich den Nachtmahr noch nicht hätte, würdest du mir die Dose nicht zeigen ... mir, mir, mir.« Er horchte auf das Echo seiner Stimme in der Dose. Es war faszinierend und abstoßend. Einer Ohnmacht nahe, blickte er näher hin, zitternd.

Das Zittern kam von außen. Er wurde im Keller des Hauses des Schlafes wachgerüttelt. Der Katzenvater und Ladoo standen über ihm.

»Na?« sagte der Katzenvater.

»Ich erinnere mich an nichts«, sagte Barfi.

»Überhaupt nichts?« Der alte Mann war grimmig. »Nun gut, meine Pläne sollen nicht vereitelt werden. Ich habe noch eine Sehne auf meinem Bogen. Ladoo, nimm den Platz deines Bruders auf dem Bett ein. Entspanne deine

Zehen, deine Gelenke, deine Füße ... deine Augen sind versiegelt. Laß die Visionen aufsteigen. Ich will, daß du in mein Haus gehst und nach mir fragst, oder, um es genauer zu sagen, nach meinem Traumbild, meinem *khayāl*. Mein *khayāl* wird dich dabei unterstützen. Zusammen werden du und es auf den Marktplatz gehen und den Mann treffen, der den Arabischen Nachtmahr hat. Mein *khayāl* wird dir sagen, was du sagen mußt, wenn du zu uns zurückkehrst. Du mußt es besser machen als dein Bruder.«

Ladoo fand sich in einer Straße im Ezbekiyya-Viertel zur Nachtzeit. Die Häuser sahen erst ein bißchen wacklig aus, aber bald erschien alles ganz natürlich. Ladoo driftete dem Haus des Schlafes zu. Er hatte keinen Willen; denn allen Träumenden fehlt die Willenskraft, und doch wurde er von seiner geheimnisvollen Mission weitergetrieben.
Er betrat das Haus des Schlafes. Das Tor ließ sich leicht aufstoßen. Es gab keinen Pförtner, und überall waren Zeichen von Verfall. Doch war eine Fackel am Tor entzündet und zeigte, daß der Innenhof mit Schaben bedeckt war. Ein paar räudige Katzen bewohnten noch immer die Stätte. Von Zeit zu Zeit sprang eine von ihnen auf eine Schabe und brach ihr mit ihren Klauen den Rücken. Ladoo stand da und kratzte sich den Kopf.
»Willkommen, Fremdling. Ich bin Satih.« Es glitt über die Steine der Pflasterung und über die Schaben hin zu ihm.
»Shiqq bewillkommt dich auch.«
Shiqq stand tief im Schatten, nur halb sichtbar, in einer steifen Pose von Aufmerksamkeit, wie ein Marabu.
»Friede, ihr Meister«, sagte Ladoo, »ich bin ausgeschickt, den Katzenvater zu finden. Ist er hier? Und wenn nicht, wo kann ich ihn finden?«
»Du bist ausgesandt? Wer hat dich geschickt?«
»Irgend jemand von draußen. Es ist schwierig. Ich kann mich nicht daran erinnern.«
»Es ist schwierig, hier zu denken. Dieses ist die Ratten-Ebene der Träume. Unsere Gedanken sind ver-

krampft. Alles ist klein, ganz klein. Sieh, wie niedrig der Himmel ist. Da alles hier klein ist, hast du noch gar nicht bemerkt, wie sehr selbst deine zwergenhafte Gestalt zusammengeschrumpft ist.«

Sie lachten. Satihs Lachen war leise und kehlig. Shiqqs war schrill.

»Du wirst den Katzenvater hier nicht finden«, fuhr Satih fort. »Er ist lange nicht hier gewesen. Wir fragen uns, ob er wohl krank ist oder Angst hat zu kommen. Vielleicht hat er Angst, er könnte selbst den Nachtmahr haben, oder vielmehr, der könnte ihn haben.«

»Ich denke, ich hab den auch«, wagte Ladoo unsicher zu sagen.

Sie lachten wieder.

»Jeder hat ihn, aber es ist etwas ganz anderes, ihn tatsächlich zu haben. Wir würden unseren alten Freund, den Katzenvater, gern einmal wiedersehen. Wenn du wirklich ein Freund von ihm bist, dann bring ihm diese Botschaft. Sag ihm, daß wir unser Bestes tun, sein Haus in Ordnung zu halten, aber daß wir auch warten. Erinnere ihn auch daran, daß eine der ältesten Geschichten in der *'Alam al-mithāl* die von dem magischen Ungeheuer ist, das der Kontrolle entwischte. Wir haben gern Gesellschaft und wir sind einsam; wir möchten gern wissen, was gerade passiert. Dir macht unsere Gesellschaft nicht viel Spaß, nicht wahr?«

»Mir macht die ganze Sache überhaupt keinen Spaß«, sagte Ladoo und strengte sich an, aufzuwachen. Als er die Augen auftat, fand er sich im Schatten einer Mauer, in das offene Gelände der Tataren-Ruinen starrend. Alles war leicht und luftig, zumindest im Vergleich mit der vorhergehenden Szene. Ein junger zerlumpter Fremder lag schlafend neben ihm. Ein Affe hockte über ihm.

»Dies ist die Seelenebene des Affen«, sagte der Affe, der beim Begrüßen grinste.

»Ich habe eine Botschaft«, sagte Ladoo. »Shiqq und Satih möchten den Meister des Hauses des Schlafes sehen, und sie wünschen ihm mitzuteilen, daß eine der ältesten Geschichten in der *ʿAlam al-mithāl* die von dem magischen Ungeheuer ist, das der Kontrolle seines Erfinders entwischte.«

»Eine der ältesten allerdings, aber nicht eine der besten«, sagte der Affe.

»Laß mich dir etwas Besseres erzählen.« Und er erzählte Ladoo Geschichten über wilde Kinder, finstere Ungläubige, wandelnde Lehmhaufen und Städte am Ende der Welt. Ladoo saß da und lauschte, während seine furchtbare Begegnung und seine Botschaft schnell aus seinem Geist verschwanden. Die Geschichten waren hinreißend, aber trotz des Sonnenscheins fand Ladoo, daß er zitterte und bebte, während er wachgerüttelt wurde.

Er wachte wieder im Keller des Hauses des Schlafes auf. Der Katzenvater und ein ganz beunruhigter Barfi standen neben seinem Bett.

»Na und?« sagte der Katzenvater.

»Ich hatte einen so wunderschönen Traum. Dieser Affe erzählte mir Geschichten. Da war eine über einen alten Juden, der etwas Lehm nahm und –«

Der Katzenvater spuckte.

»Ihr habt mich im Stich gelassen, ihr beide«, sagte er.

Gerade da rannte ein Sklave die Stufen herab und zog den Katzenvater am Ärmel. »Meister, kommt schnell. Wir haben den Engländer.«

Der Vater folgte dem Sklaven hinauf. Balians schlafender Körper war entdeckt und in den Torweg gebracht worden. Später, als Balian aufwachte, fand er sich an ein Bett gebunden. Es war schwierig, genau zu sehen. Die Sonne strömte durch die Fensterläden, und sonnenerfüllte Staubpartikelchen tanzten vor seinen Augen. Die niedrige Decke wies darauf hin, daß es wohl ein Raum im Obergeschoß war. Der Katzenvater und seine Assistenten waren alle geschlossen in einer entfernten Ecke des Zimmers zusammen, fast jenseits seines Blickfeldes – alle außer Vane, der jeden Schritt der Operation zu erklären hatte, wie sie sich abspielen würde.

Für den Augenblick ignorierte er seine Umgebung. Die tatsächliche Situation war erschreckend genug; doch die Melancholie, die auf ihm zu lasten schien wie eine auf seinem Magen schlafende dicke Katze war noch stärker. Er bemühte sich, ihren Ursprung auf die Träume zurückzuführen, die er gehabt hatte. Der Akt des Traum-Rückrufens brachte ihm den Anblick von Fischern zurück, die er an der Küste von Alexandria gesehen hatte, wie sie die Taue mit aller Kraft zogen, während sie das Netz einholten. Langsam kam das an die Oberfläche und wurde an Land gezogen. Ganz plötzlich floß das Wasser aus, und man konnte Tausende von silbrigen Elritzen drinnen flikkern sehen.

Er war mit Zuleikha im Gartenhäuschen gewesen. Sie hatten sich gestritten und waren einander böse.

»Das ist das Ende. Ich habe deine Träume satt«, hatte sie gesagt.

Und er hatte erwidert: »Aber du bist in meinem Kopf, mit all meinen Träumen, du und dieses Gartenhaus!«

»Nun, wenn du willst, aber es langweilt mich, immer in deinen Träumen zu sein. Es langweilt mich, was du träumst.«

»Ich kann aus diesem Gartenhaus hinausgehen, und du wirst für immer verschwinden.«

»Dieses Gartenhaus füllt dir den Kopf aus. Du kannst nicht aus deinem Kopf hinausgehen. Du kannst auch mich nicht verlassen. Ich bin ebenso sehr Teil von dir wie du. Du hast gedacht, daß du träumtest, du wärst ein Mann, der sich in einem Garten versteckt hatte. Tatsächlich hast du geträumt, daß du ein Garten wärest, der einen verborgenen Mann enthielt.«

»Aber wenn ich dich nicht verlassen kann, kannst du mich auch nicht verlassen.«

»Natürlich kann ich. Du kannst den Traum nicht verlassen, aber der Traum kann dich verlassen.«

»Aber du kannst mich nicht verlassen. Ich liebe dich.«

»Du liebst das Phantasiegebilde, das du geschaffen hast,

die einweihende Priesterin, die weise, goldherzige Prostituierte, die ihre Beine spreizt und dich zu den Mysterien zuläßt. Aber du gibst mir nichts. Du bist passiv. Du liegst hier und wartest darauf, unterhalten und belehrt zu werden.«

Das war der häßlichste Teil des Traumes, aber es war nicht der Anfang ihres Streites. Er war im Gartenhaus aufgewacht, wobei er an Khatun gedacht hatte, und das erste, was er gesagt hatte, war: »Das Abenteuer, das wir im Garten des Dawadars hatten, war ganz ähnlich wie eine Begegnung, die ich vorher mit einer anonymen Dame in Kairo im Wachzustand gehabt hatte.«

»Das ist natürlich. Träume sind wie Geschichten. Beide reiten auf dem Rücken des wirklichen Lebens. Träume nähren sich von Wirklichkeit.«

»Warum habe ich Emmanuel tot im Garten liegen sehen? Hast du ihn getötet?«

»Wir haben ihn getötet. Er hatte uns erkannt. Zumindest erkannte er meinen Meister.«

»Der Mann mit dem Affen; dein Meister ist –«

»Hast du jemals von einem geheimen Buch gehört, das heißt ›Die Gallione der Affen‹? Ich würde nicht erwarten, daß du je davon gehört hast. Es wird, so sagt man uns, sorgfältig bewacht von den Anhängern des Kultes der Lachenden Derwische im Glücklichen Tal. Aber Emmanuel hatte etwas von dem Inhalt dieses Buches gehört und hatte Mitglieder des Ordens getroffen, während er an den oberen Flußstrecken des Nils entlangreiste, und er erkannte einen von ihnen in jener Nacht und erriet unsere Absicht im Garten.

›Die Gallione der Affen‹ ist in erster Linie eine Studie über den Bau der Pyramiden und die Sphinx. Es demonstriert mit großer Mühe, was völlig klar ist – daß nämlich solche Wunder heute nicht mehr erbaut werden könnten; und überall zeugen ähnliche Ruinen von der früheren Größe des Menschen. Das Buch lehrt, daß einmal, vor Tausenden von Jahren, große und komplizierte Zivilisationen auf Er-

den bestanden und daß sie mit ihren genialen mechanischen Erfindungen die Himmel und die Meere beherrschten. Das Buch lehrt auch die Doktrin von der Vielzahl der Welten und behauptet, daß es andere Sterne gibt, die bewohnt sind. Weiterhin behauptet es, daß vor Jahrmillionen eine Flotte von Gallionen auf Erden erschien, die Affen von anderen Sternen trug. Sie stiegen zur Erde herab und vermischten sich mit den Menschen. Seit diesem unglückseligen Moment ist die Zivilisation immer weiter degeneriert. Die genialen mechanischen Erfindungen sind verlorengegangen. Standard und Norm sind aufgegeben worden, und der Affe im Menschen übernimmt es. Trivialität und Massengrausamkeit gibt es reichlich. Um in Bildern zu sprechen, der Affe beherrscht die Welt.
Der Mann mit uns im Garten war ein Lachender Derwisch, der die Lehre des Buches testen wollte, indem er herauszufinden suchte, ob Affen und Menschen sich tatsächlich fortpflanzen könnten, denn viele halten eine solche Rassenmischung für unmöglich. Es war unser Unglück, daß wir Emmanuel vor dich brachten – den einen einzigen Mann in ganz Kairo, der unseren Plan entdecken konnte und versucht hätte, ihn zu verhindern.«
»Diese Ideen sind absurd. Einen Mann deswegen zu töten, ist noch absurder. Die Lehre der Lachenden Derwische ist ein Spaß, eine Parodie wahren Wissens, das, wie der selige Niko von Köln lehrt, uns immer der Tugend zuführen sollte.«
»Etwas zu entdecken oder zu erfinden bedeutet, zwei wohlbekannte Dinge in einer unbekannten Art zusammenzusetzen, und das ist der Charakter des Witzes und auch des Rätsels.«
»Und wie weiß ich, daß ich nicht auch das Opfer irgendeines raffinierten Scherzes oder Experiments bin, das von deinem Kollegen ausgedacht ist?«
»Was für eine Antwort willst du haben?«
»Ich will die Wahrheit!«
Ihr Seufzer war wie ein langes, langsames Ausatmen.

»Du stellst zu viele Fragen.«
Und dann war der Streit persönlicher geworden. Es endete schließlich damit, daß sie wieder zu dem Thema Emmanuel zurückkehrten.
»Du siehst mich an, als ob ich eine Mörderin sei, aber du warst es, der ihm den Tod wünschte, und der Geist der *'Alam al-mithāl* handelt immer danach, deine Wünsche zu erfüllen. Du wußtest, daß er deine Beziehung zu mir mißbilligte und auch das, was da im Garten vor sich ging. Heimlich wünschtest du, er wäre tot; so ließest du uns ihn in deinem Schlaf töten.«
»Aber das war nur ein Traum!«
»So war es auch dein wahrster Wunsch.« Plötzlich wurde sie milder. »Du hast die Schlange immer noch zwischen den Augen, nicht wahr? Du hast in jener Nacht nie Entspannung erreicht. Es gibt einen Punkt, wo es ganz außerordentlich gefährlich ist, die Klimax zu verzögern.«
Sie lief mit ihren Fingern an seinem Penis entlang, als sei er eine Flöte.
»Du weißt, der Penis will sich nicht so sehr entleeren wie nach der Ausströmung ruhen.«
»Mein Penis hat keine Wünsche.« Sie ignorierte das.
»Ähnlich hat jede Geschichte ihren Todeswunsch, der voraneilt, um zu Schweigen zu werden. Und wiederum so ähnlich, begehren wir in Wirklichkeit nicht, was wir denken, daß wir es begehren, sondern das, was wir nicht begehren sollten.«
Noch einmal entrollte sich die Schlange. Die Knoten wurden hinweggeebnet, ein schmerzhaftes Auswickeln von Wissen und sexueller Frustration. Näher. Näher und näher. Der Moment stand unmittelbar bevor, aber als er nahekam, zog sich ohne seine Kontrolle etwas in ihm von Zuleikhas Manipulationen zurück. Er versuchte, sich an sie zu klammern, aber es war, als klammere er sich an die Seile des Windes. Eine falsche Klimax. Er lag da und horchte, wie der Katzenvater auf einem Wetzstein ein Messer schärfte. Vane saß neben ihm und erklärte.

Wie man Recht ausübt

Der Dreckige Yoll ist nicht mehr der Dreckige Yoll. Als er am Leben war, konnten seine Freunde ihn nie überreden – sei es, indem sie ihn neckten oder ihn einschüchterten –, mit ihnen zusammen in ein öffentliches Bad zu gehen. Es muß zugegeben werden, daß nicht nur der Affe an seinem schmutzigen Zustand schuld war. Nun, wo Yoll tot ist, konnten seine Freunde machen, was sie wollten. Es ist Sitte in jenen Gegenden, den ganzen Leichnam zu waschen. Christen und Muslime tun das gleichermaßen. Yoll dürfte also gründlich gewaschen worden sein. Ich kann nicht in sein Grab blicken; aber ich bin sicher, daß selbst seine Fingernägel makellos sauber sind.

Seit der Dreckige Yoll tot ist, habt ihr, dessen bin ich sicher, keine Träume gehabt, in denen er heraufgekrochen kommt, um euch mit seiner neuen Theorie über feuchte Träume zu belästigen. Ihr habt keine Visionen vom Dreckigen Yoll gehabt, wie er euch diese elenden halbverhungerten Hühner zeigt, die irgendein reicher Mann in Bulaq züchtet. Ihr habt keine geheimnisvollen, klappernden Geräusche in eurem Haus gehört. Die trockene Erde bricht nicht auf. Keine dumpfe Geschichte kommt aus dem Untergrund.

Der Punkt, dem ich in meiner üblichen schrägen Weise näherkomme, ist, daß nicht Yoll diese Geschichte diktiert. Yoll ist tot. Was wichtiger ist, Yoll hat diese Geschichte niemals diktiert. Es hat da einiges Durcheinander mit der Identität gegeben. Jetzt wird das klarer. Ich bin noch nicht bereit zu enthüllen, wer ich bin. Das werde ich am Ende der Geschichte tun. Offenkundig kommt dieser Augenblick bald. Der Leser fühlt mit seinen Fingern die geringer werdende Zahl von Seiten, die noch umgeblättert werden müssen, und richtet seine Erwartungen entsprechend ein. Der Leser sei gewarnt. Je mehr die Seiten abnehmen, desto mehr auch die Anzahl der möglichen Lösungen. Ich kratze mir den Kopf. Es gibt nichts, was ich dazu tun kann. Alles, was ich hoffen kann, ist, um zu dem Thema zurückzukehren, mit dem ich es eröffnet habe – daß es am Schluß unklar ist, wo die Last meines Buches endet und der Inhalt eurer Träume anfängt.

Im Augenblick müssen euer Schlaf und meine Selbstenthüllung noch warten. Manchmal wird ein Mann sich in einem Traum anstrengen, etwas Ernsthaftes zu tun, zum Beispiel eine Passage aus der Heiligen Schrift zu rezitieren oder etwas zusammenzurechnen. Er wird damit niemals Erfolg haben. Die Bewohner der *'Alam al-mithāl* werden ihn erniedrigen. Leset und werdet belehrt!

Es gab eine christliche und eine muslimische Theorie, die hinter der Operation standen. Vane benutzte Begriffe aus beiden, um Balian den Prozeß zu erklären. Niko von Köln und der Rheinischen Schule Geistiger Medizin zufolge gab es fünf Öffnungen in der Haut des Menschen, fünf leckende Wunden – der Penis, der Anus, die Ohren, der Mund und die Nase – und aus diesen Wunden flossen die Gallenflüssigkeiten ab – schwarz, gelb und weiß – die je nach ihrer Mischung das andeuteten, was in der *terra incognita* des Körpers nicht in Ordnung war. Die arabischen Ärzte akzeptierten das im Ganzen, lehnten aber die typologische Analogie ab, die Niko zwischen diesen fünf Öffnungen und den Zeichen der Passion Christi gezogen hatte. Sie wiesen darauf hin, daß die Öffnungen, genauer betrachtet, sechs an der Zahl waren (die Basrische Schule rechnete mit der Tatsache, daß es zwei Ohren gab) oder sieben (denn die Schule von Kufa stellte fest, daß es auch zwei Nasenlöcher gab). Aber die Weisen der Araber waren sich einig darin, die Eigenheiten der Nase zu betonen, denn »es ist mit der Nase, daß man den *rūh*, den Lebensodem, einatmet, und dieser schläft innerhalb der Nase« nach der Lehre des Ibn Umail.
Nach vielem Nachdenken war der Katzenvater zu dem Schluß gekommen, daß der Blutverlust, den Balian nach dem Schlafen erlitt, sich aus übergroßem Druck in der Vorderkammer des Gehirns ergab. Wie jedermann weiß, erhebt sich der Gedanke als Dampf aus dem Herzen und kondensiert sich im Hirn als dicke gelbe Flüssigkeit oder

Rotz, der, wenn er genügend konzentriert ist, nach sagen wir etwa zwölf Stunden regelmäßig Schlaf produziert. Wie der Katzenvater meinte, war es dieser überschüssige Rotz, Gelbgalle, der Druck auf das Blut in der Vorderkammer ausübte. Der Vater war nun bereit. Mit gefalteten Armen bewegte er sich auf das Ende des Bettes zu.
»Ich werde eine ganz einfache Heilmethode versuchen«, sagte er. Balian schrie kurz auf, ehe ein Diener ihm den Mund mit einem Stück aromatisch duftender Watte bedeckte. Dann reichte ein anderer einen glühendheißen Löffel in die behandschuhte Hand des Vaters. Den legte er auf Balians Nasenlöcher. Zuerst gab es nur Schmerz. Es fühlte sich an, als versuche der Vater, sein Gehirn mit einer rotglühenden Schere herauszuziehen. Dann lockerte sich etwas, und, zum sichtlichen Vergnügen des Vaters, begannen dicke Klumpen von gelber Flüssigkeit herauszukommen. Balian wurde ohnmächtig.
Als er wieder zu sich kam, dachte er, sie zeigten ihm die Galle ordentlich abgefüllt und verschlossen in kleinen Glasgefäßen.
»Weshalb habt ihr das getan?«
»Wir werden das Zeug verkaufen. Es gibt ungezählte Ursachen dafür, daß manche Leute nicht schlafen können. Der wichtigste einzelne Grund aber ist Angst vor Langeweile. Viele, die unter Schlaflosigkeit leiden, würden dich um deine lebhaften Träume beneiden. Ich werde deine Galle in eine Paste verarbeiten, und ich wäre überrascht, wenn ich dafür nicht einen guten Preis erzielte.«
»Und ich bin geheilt?«
»Zumindest sind die Symptome geheilt. Wirklich, die letzte echte Heilung liegt bei dir. Du mußt in den kommenden Jahren eine entschiedene Anstrengung unternehmen, nicht so viel zu denken. Du hast mehr Gedanken als Handlungen, und dies – wie jeder Schlafarzt dir sagen kann – erzeugt ungeheuren Druck in dir.«
»Du bist wie ein Kessel gewesen, der auf einem Ofen kocht«, warf Vane ein.

»Und ich habe nicht den Arabischen Nachtmahr?«
»Beim Barte des Propheten, nein! Es ist eines, zu träumen, daß du den Arabischen Nachtmahr hast, aber etwas ganz anderes, ihn tatsächlich zu haben.«
»Du weißt, daß Jean Cornu und seine Anhänger mich examiniert und mir gesagt haben, daß ich nicht nur den Arabischen Nachtmahr nicht habe, sondern, daß ich auch nicht der verheißene Messias bin.«
»Ja, ja. Das ist sehr gut. Ich vermute, daß du den Arabischen Nachtmahr weder haben noch der Messias sein wolltest?«
»Nein, natürlich nicht. Aber um Himmelswillen, warum habt Ihr und Euer Hausdämon mich dauernd quer durch Kairo verfolgt?«
Vane wandte ihm ein wölfisches Grinsen zu, und der Katzenvater schüttelte sorgenvoll den Kopf und sagte: »Du bist wirklich noch ein Kind. Du denkst, daß die Welt von deinen unnützen Selbstbetrachtungen umfangen wird und daß die Sonne sich um dich dreht. Du hast gedacht, daß Vane und ich dich jagten. Ich versichere dir, das war nicht so. Wie oft hast du uns denn wirklich getroffen? Außerhalb deiner Träume, heißt das. Ich habe den Verdacht, du kennst uns überhaupt nicht. Alles, was du weißt, ist von deiner Phantasie projiziert. Das mag für dich hart zu akzeptieren sein, aber ich versichere dir, daß du überhaupt keine Wichtigkeit in der weiteren Welt hast; du bist einfach ein Mann, der Behandlung für eine Krankheit brauchte.«
Damit ging der Katzenvater fort und Vane blieb zurück, nur um zu fauchen: »Halte dich für glücklich, daß du von uns behandelt worden bist. Einige Ärzte, besonders die Juden, hätten dir zunächst die Kehle durchgeschnitten und dann den Schädel aufgemacht, um deinen kostbaren Rotz zu extrahieren.«
Balian lag apathisch auf seinem Kissen. Sie hatten seine Fesseln noch nicht gelöst …

Der Dawadar träumte gerade von zwei Prinzessinnen, die oben auf einem Turm lebten. Der Turm hatte keine Treppe. Er war so auf Befehl des Sultans gebaut worden. Der Dawadar stand zu Füßen des Turmes, und als er hinaufsah, entdeckte er, daß die beiden Prinzessinnen in Wirklichkeit seine Töchter waren. Sie schrien zu ihm herunter und erklärten, daß sie eingesperrt seien, weil die Leute entdeckt hatten, daß sie ihre Seelen mit den Töchtern des Katzenvaters geteilt hatten. Die »Prinzessinnen« hatten das rein aus Freundlichkeit getan, aber die Leute hatten deswegen Angst vor ihnen und darum den Turm unter ihnen gebaut. Bei Tage gehörten ihre Seelen ihnen selbst, aber nachts nahmen die Töchter das Katzenvaters ihre Seelen und gingen mit ihnen auf den Straßen herum. Der Dawadar erhielt ein Bild seiner Töchter, die bewußtlos auf dem Dach des Turmes lagen, während geisterhafte Musik aus ihren offenen Mündern aufstieg. Er rief einen Wasserverkäufer herbei und fragte ihn, warum er seinen Töchtern nicht helfe. Der Wasserverkäufer murmelte etwas Obszönes.
»Meine Töchter – ist alles in Ordnung mit meinen Töchtern?« Der Dawadar merkte, daß er diese Frage an seinen Stellvertreter und an den Eunuchen des Schlafzimmers richtete. Sie waren zu aufgeregt, seiner verschlafenen Äußerung irgendwelche Aufmerksamkeit zu schenken.
»Wir haben die mörderische Dame gefangen, grade als sie im Begriff war, ein anderes Opfer mit ihrem Messer nahe dem Nilometer auf Roda anzugreifen. Sie heißt Fatima und behauptet, irgendwie mit dem Katzenvater verwandt zu sein. Der Sultan ruft Euch innerhalb einer Stunde zum *Dār al-'Adl*.«
»Wie spät ist es?«
»Noch nicht Zeit für das Morgengebet.«
Es war sehr kalt im *Dār al-'Adl.* Schläfrige Emire, aus dem Bett geholt, um die Tödliche Fatima anzusehen, wärmten sich die Hände um einen Ring von Messingbecken, während Sklaven rannten, um Mäntel und Teppiche für die beratschlagenden Höflinge zu bringen. Fatima stand noch

vor dem Sultan, als der Dawadar ankam. Sie wandte ihm kurz ihr überraschend weißes Gesicht zu, und der Sultan eröffnete die Verhandlung, sobald er sah, daß sein dienstältester Offizier angekommen war. Auf ein Zeichen des Sultans hin erzählte ein Offizier die Umstände von Fatimas Verhaftung, dann sprach Qaitbay.

»Mörderin, du solltest wissen, daß, obgleich das Tor der Gerechtigkeit dir jetzt offensteht, es töricht wäre, vorzugeben, daß dieses Verhör nicht ein vorherbestimmtes Ende hätte. Heute nachmittag wirst du hinausgeführt werden zum Zuwaila-Tor, um mit Melsemuth zu tanzen. Nun hast du das Ohr des Sultans und seines Konziliums; so sprich denn.«

Fatima sprach mit großer Schwierigkeit, und ihre Stimme war in der großen *majlis* fast verloren.

»Nein, du kannst mich nicht mit Melsemuth bedrohen. Die Verrücktheit meiner Schwester hat mich schon zerstört. Ich bin Fatima, die inzestuöse Tochter des Katzenvaters und seiner Tochter Zuleikha, einer Hure des Ezbekiyya-Viertels. Ich habe viele Männer und Frauen getötet, alles Kunden des Katzenvaters. Ich habe nur seine Kunden getötet und gehandelt wie ein Chirurg, der die Pestbeulen aus einem verpesteten Körper schneidet. Seine Schüler senden den Arabischen Nachtmahr in einer kleinen Büchse über die ganze Stadt, und er plant, Euren Staat zu ruinieren.«

»Jeden Tag hören wir von hundert oder mehr solcher Pläne. Wer wird deine Anschuldigung stützen?«

»Nicht einer spricht; doch sehe ich mehrere seiner Kunden hier.«

Obgleich sie langsam und ohne Nachdruck sprach, verdoppelten die Wachen rings um den Sultan ihre Aufmerksamkeit. Aber sie hatte nichts mehr zu sagen. Sie hob den Arm anklagend vor dem Sultan, der Arm fiel herunter und schlug in einer Staubwolke auf den Boden. Niemand rührte sich, als sie sich auflöste in einen Haufen von Lumpen und schnell zerfallenden Knochen. Schließlich wandte

sich einer der Khasskiya-Garden neben ihr um und stieß den Haufen prüfend an.
»Ein Phantasiegebilde.«
»Eine Schöpfung des Schlaflehrers.«
Weise Höflinge kommentierten das Wunder, und eine stockende Diskussion über das, was zu tun sei, begann. Der Sultan zögerte zu handeln, und der Dawadar zuckte nur die Schultern. Am Ende jedoch sprach der Sultan.
»Jahrhundertelang hat Ägypten zwei Regierungen gehabt. Ich halte das Schwert und den Stab der sichtbaren Regierung in diesem Land. Doch jeder Mensch weiß, daß es auch eine unsichtbare Regierung gibt, obschon niemand deren Natur kennt. Lasse man niemanden über das sprechen, was heute morgen hier passiert ist. Wir werden unsere Vorbereitungen treffen, und am Abend werden wir gehen, um die Geheimnisse des Hauses des Schlafes zu enthüllen. Nehmt diesen Abfall weg und laßt ihn verbrennen.«
Sie gingen auseinander.

Die Wasser der Fontäne rannen gurgelnd über die Fliesen im Innenhof im Haus des Schlafes.
An diesem Nachmittag wurde Balian von seinem Bett losgebunden. Der Katzenvater hieß ihn aufstehen.
»Wir haben den Leib geheilt; vielleicht wird Musik den Geist heilen. Willst du mit uns zusammen ein musikalisches Zwischenspiel besuchen?«
»Ich nehme an, ich habe keine Wahl?«
»Es ist wie du annimmst.«
Fast der ganze Haushalt war da, angeführt von Vane und Salim, dem Pförtner. Am Ende des Raumes saßen die drei Musikanten, flachgesichtige Männer aus Zentral-Asien, mit ihren Instrumenten, der Rohrflöte, der Rebeck und dem Tamburin. Ein Tanzjunge stand vor ihnen, dem ein Seidenschal verführerisch um seine von Silberhosen bedeckten Hüften hing.
Sobald die Rohrflöte ihre gewundenen Sehnsuchtsweisen

erklingen ließ, begannen sich diese Hüften hin- und herzuschieben. Dann kam die Rebeck, die einen rhythmischen Rahmen abgab, auf dem die Rohrflöte ihre Fäden zu weben hatte. Endlich, an einer besonderen Stelle, fügte sich die Trommel ein, deren Rhythmen die der Rebeck manchmal unterstrichen, manchmal kontrapunktierten. Die Rhythmen klangen hart und abscheulich für Balians Ohren von dem ersten ungeduldigen Versuch an, zu einem vorbestimmten Ende zu eilen und sich dann doch in melancholischen Wiederholungen und Refrains verzögernd; Verdoppelungen und Verdreifachungen von Strukturen, die sich um sich selbst drehten und sich selbst verzehrten, leidenschaftliche Widersprüche und Zusammenstöße, und durch all dies mäanderte die Rohrflöte mit pfeifender Klage. Der taube und stumme Knabe schimmerte und wiegte sich wie von dem dritten Ohr, dem Gleichgewicht, geleitet. Er war wie die Schlange, die die Musik des Schlangenbeschwörers nicht hört, sondern ohne Ohren den Bewegungen der Flöte mit den Augen folgt. Die Stimmen des Orchesters begleiteten ihn im melismatischen Sang. Der klagende Ton der Rohrflöte wurde tiefer. Der Junge hielt einige Male inne, währenddessen nur seine nackten Füße gegen die Fliesen schlugen, und er begann fast unmerklich zu vibrieren, als ob ein Faden vom Himmel zur Erde durch ihn gezogen würde, an dem gezupft wurde.
Unterhaltung brach aus und verbreitete sich. Vane machte die Bemerkung, daß sie etwas gehört hatten, das in Wirklichkeit eine Abendweise war.
»Es ist wie eine Geschichte, die zur Stunde des Mittaggebetes begonnen wird; die, die lauschen, wissen, daß der Geschichtenerzähler sie vor der Sperrstunde beenden muß.«
Der Katzenvater saß da, abgelenkt. Er lauschte auf etwas anderes. Draußen gab es Geräusche wie eine Balgerei. Die Unterhaltung hörte auf, und Salim eilte zum Fenster. Balian folgte. Dort unten war der Gang von Menschen gefüllt, und einige Leute aus der Menge sahen neugierig her-

auf. Andere schüttelten die Fäuste. Aber es war die andere Seite des Raumes, wo die Unruhe herkam. Plötzlich schnappte der Türbolzen, und die Tür schwang nach innen. Ein Paar der Mamlukengarde trat ein und hinter ihnen kam der Dawadar, elegant wie immer anzusehen und höchst amüsiert über den Effekt, den sein Eintritt gehabt hatte. Hinter ihm waren vielleicht ein anderes halbes Dutzend Mamluken.

»Grüße dem Meister dieses Hauses. Segen und Frieden über die, so in Gerechtigkeit wandeln. Ich bitte den Vater, mir zu glauben, wenn ich sage, daß ich nicht willentlich ihn oder seine Gäste« (und hier grüßte er sie hochachtungsvoll) »stören würde, aber ich habe hier einen Firman vom Sultan, der mich anweist, Euch zu der Zitadelle zu geleiten und innerhalb deren Mauern festzuhalten, so lange es ihm gefallen wird; und dem Willen des Sultans muß gehorcht werden von Euch und von mir.« Der Dawadar erhob die Augenbrauen in falschem Bedauern. »Kommt bitte mit mir.«

Der Vater rührte sich nicht.

»Indem man dem Willen des Sultans gehorcht, folgt man nur seinem eigenen echten Willen, so habe ich immer gefunden. Eine Einladung vom Sultan ist immer willkommen.« Die Stimme des Vaters war seidenweich. »Darf ich nach dem Grund dafür fragen, weshalb der Sultan meine Gegenwart benötigt?«

»Ein Offizier des Sultans wird niemals eine Bitte ablehnen, die so höflich vorgebracht wird. Eine gewisse Dame, eine Fatima (sie ist übrigens jetzt tot), wurde heute morgen vor den Sultan gebracht, vieler berüchtigter Mordtaten angeklagt. Im Laufe ihres kurzen Verhörs brachte sie Anklagen gegen Euch vor, die zweifellos absurd und gewißlich schwer zu verstehen waren. Das ist die Sache in Kürze. Wir erwarten Eure Hilfe bei der Auslegung ihrer Worte.«

»Oh, in diesem Fall –«. Der Katzenvater sah Salim an und schnappte mit den Fingern. Salim stürzte sich auf den Dawadar und wurde von einem der Gardisten abgewehrt. Sie

brachen zu einem ringenden Haufen auf dem Boden zusammen. Inzwischen hatte Vane sich auf einen anderen Gardisten geworfen. Während einige der Schüler rannten, um Waffen zu finden, verbreitete sich der Kampf durch den ganzen Raum und in die Kolonnade. Die Musikanten krochen in einem Winkel zusammen. Der Junge saß zitternd bei ihnen, die Hände über dem Gesicht. Der Vater stand ein wenig seitlich von Balian, einen Stock über das Haupt erhoben – ob als Drohung oder für magische Zwecke, war unklar. Keiner wagte, ihm näher zu kommen. Balian hörte ihn einem seiner Studenten zuschreien, wegzulaufen und Hilfe von Jean Cornu und seinen Anhängern zu holen.
Balian bemerkte diese merkwürdige und unerwartete Instruktion, ohne zu versuchen, sie sich zu erklären. Vielleicht hatte er den Vater falsch verstanden? Ohne Waffe fühlte Balian, daß er machtlos war, an dem Kampf teilzunehmen (und überhaupt, für wen sollte er kämpfen?). Vanes langes Messer war unter seinem Rattenfellmantel hervorgekommen, und er war der erste, der ein Opfer beanspruchen konnte. Plötzlich senkte sich seine freie Hand, und dann warf er ein offenes Säckchen voll Pfeffer in das Gesicht seines Gegners. Dann stürzte er hin, den geblendeten Mamluken auszuweiden. Bald war Pfeffer überall, denn Vane war nicht der einzige Schüler des Vaters, der ein solches Täschchen als Schutz gegen Straßenräuber mit sich trug. Die Geräusche waren entsetzlich – ein üblicher Trick war es, ganz nahe zu kommen und die Sitzflächen des Feindes aufzuschlitzen, und verschiedene Männer lagen oder saßen am Rand des Konfliktes schreiend in Agonie da. Zwei schwärzliche Antagonisten, die ihre Waffen verloren hatten, waren damit beschäftigt, rhythmisch zu versuchen, den Schädel des anderen an der Mauer zu zerschmettern. Nach dem ersten nervösen Angriff und wilden Kunstgriffen wurde das Gefecht langsamer. Der Kampf wurde zu einem Kampf der Ausdauer, und einige Männer konnten schon kaum noch ihre Waffen erheben

und standen da, einander vorsichtig ansehend und sich zuckend vorbeugend, um zu versuchen, wieder Atem zu holen.

Ein frischer Auftrieb kam in den Kampf, als die Aussätzigen ankamen. Die Tür schwang ein zweites Mal auf. Für einen Augenblick stand Jean Cornu da, in voller Rüstung, ausgenommen den Helm, und füllte den Eingang. Dann zog er sein Schwert und trat ein, und hinter ihm drängte sich eine Masse schorfiger und schrecklicher Krieger, die Aussätzigen Ritter und dazugehörige Mendikanten. Die Mamluken waren erschöpft und zahlenmäßig unterlegen, vor allem aber entsetzt über ihre neuen Gegner.

Selbst der Dawadar, der zunächst versucht hatte, persönlichen Kampf zu vermeiden, stand nun unter schwerem Druck und focht zögernd, um sein Leben zu verteidigen. Es schien, daß der Sieg schon in Reichweite des Katzenvaters – und Jean Cornus – war.

Dann, ganz plötzlich, trennten sich die Kämpfer. Man hörte den Atem in den Lungen erschöpfter Männer rasseln und das gelegentliche Schmerzgewimmer. Ein drittes Mal waren die Tore des Hauses des Schlafs aufgerissen worden, diesmal von den Offizieren des Sultans. Hundert oder mehr Mamluken ergossen sich in den Innenhof und verteilten sich durchs Haus. Erst ein Emir, dann ein anderer, machten sich mit Ellbogen ihren Weg frei in den Konzertraum, wo der Katzenvater und Jean Cornu jetzt Seite an Seite standen. Schließlich trat Qaitbay selbst in den Raum ein, und die Begleitmannschaft hinter ihm ergoß sich in den schon vollgedrängten Saal. Mamlukengarden mit gezogenen Schwertern stellten sich den Mauern entlang auf.

Der Sultan starrte den Katzenvater nur ärgerlich an.

Dann sagte der Vater: »Ich heiße Euch willkommen. Es bekümmert mich, daß der Sultan mein Haus in solcher Unordnung finden sollte.« Ein sterbender Mann klagte. »Wir waren nicht für Euren Besuch vorbereitet.«

»Und wir hatten nicht erwartet, daß Ihr die Einladung zu-

rückweisen würdet, die wir mit dem Dawadar geschickt haben.«
»Trotzdem, ich eile nun, seiner Aufforderung Folge zu leisten.«
»Es ist nicht notwendig, daß Ihr Euch Umstände macht. Wir werden Euer Verhör hier abhalten.«
»Mein Verhör? Wer hat mich angeklagt, und wessen bin ich angeklagt?«
»Als Fatima, eine Dame, des Mordes angeklagt, vor uns gebracht wurde, behauptete sie, daß eine Beziehung zwischen ihr und Euch bestünde, und klagte Euch der Verschwörung an, den Staat zu stürzen.«
»Bringt diese Zeugin, so daß ich ihre Lügen widerlegen kann.«
»Sie existiert nicht mehr.«
»Dann klagt man niemand an und ich bin nicht angeklagt.«
»Ihr seid unverschämt. Es gibt andere Beschuldigungen, und wir haben andere Zeugen gefunden.« Dann, zu den Mamlukengarden: »Laßt diese beiden nach unten in den Hof bringen.«
Alle gingen gemeinsam in den Innenhof hinunter, wo, von Khasskiya-Garden umgeben, eine Dame, verschleiert und schwarzgekleidet, vor einer schwarzen Sänfte stand, die auf den Schultern nubischer Sklaven ruhte. Der Dawadar deutete lässig auf die Frau: »Diese Frau hier klagt Jean Cornu, im Westen bekannt als Großmeister der Armen Ritter von St. Lazarus, des Mordes am Dreckigen Yoll an, eines Geschichtenerzählers, der in ganz Kairo berühmt war; aber sie klagt auch den Katzenvater an, den Affen auf Yolls Rücken gesetzt zu haben, welch letzterer Ausdruck, wie ich annehme, ein obskures Stück verbrecherisches Rotwelsch ist.«
Balian betrachtete prüfend die kauernde Gestalt und identifizierte sie als die von Yolls Schwester Maria. Der Dawadar fuhr fort: »Ihre Anschuldigungen werden unterstützt und erweitert durch einen anderen Zeugen, einen zwar verkrüppelten, aber doch von Gemeinsinn bewegten Bürger.«

Die Sklaven hatten die Sänfte niedergesetzt, und einer von ihnen öffnete jetzt die Tür. Satih kam taumelnd die Stufen herunter. Satih quietschte und babbelte und räusperte sich.

»Mord, und Menschen mit Tieren zu jagen, sind die geringsten ihrer Verbrechen«, sagte er schließlich. »Diese beiden Männer vor uns hatten beschlossen, daß Gottes Vorsehung sich etwas zu langsam bewegt, und konspirierten, ihr einen Schubs zu geben –«

Hier rief Vane in verängstigter Verwirrung auf: »Aber ich dachte, wir und die Aussätzigen wären auf verschiedenen Seiten?«

»Wir waren. Absolut.« Das war der Vater, resigniert.

»Auf verschiedenen Seiten und doch auf derselben Seite.« Das war Cornu.

»Auf verschiedenen Seiten und doch auf derselben Seite.« Satih stimmte zu. »Durch Zynismus träge gemacht, wandten sich diese beiden gelangweilten Intelligenzen dem Studium der Prophezeiungen und der Magie zu. Als sie noch jung waren, erfuhr jeder von ihnen von der Existenz und von dem Ruhm des anderen in solchen Künsten. Sie trafen sich heimlich in Jerusalem, und da schlossen sie einen Pakt, um eine Operation zu vollführen, die bei den Okkultisten als »Den Wind aufwecken« bekannt ist. Sie trennten sich und kehrten in ihre jeweiligen Heimatländer zurück, wo sie sich geduldig an die Arbeit machten, diese Operation vorzubereiten. Diese Operation (die noch niemals erfolgreich durchgeführt worden ist), enthält die Auswahl eines gewöhnlichen menschlichen Konfliktes durch mächtige Magier, die für ihre Armeen okkulte Hilfe rekrutieren und dadurch den Konflikt auf eine höhere Ebene erheben. Da sie die Geschichte des Menschen lang und ermüdend fanden, wünschten sie das Kommen des Antichrist herbeizuzwingen und das, was darauf folgen mußte: das Kommen des Messias und das Ende aller Dinge. Um ihre Langeweile zu befriedigen, wollten sie Armageddon vor den Pyramiden aufführen. Der Vater über-

nahm die Seite des Islam, Cornu die des Christentums. Der Vater rekrutierte Heiler, Cornu rekrutierte die Kranken. Der Vater rief Beistand aus der *'Alam al-mithāl* herbei, Cornu kämpfte gegen die Phantome der Traumwelt.«
»Welcher kämpfte für den Wahren Gott?«
Das war der Mönch, der in der gaffenden Menge um die Sänfte aufgetaucht war.
»Ihr großes Werk ist unvollendet und wird es bleiben. Kein Messias wird kommen. Wenn man nach den Zeichen und Vorbedeutungen urteilen kann, die sie erfolgreich hier unter uns in Kairo hervorbrachten, sollte man meinen, daß der Kampf im Universum zwischen zwei gleichermaßen bösen Mächten vor sich geht. Jedoch, die Operation hat keinen Erfolg gehabt. Daß nichts daraus geworden ist, ist größtenteils das Ergebnis der außerordentlichen List und Eitelkeit des Katzenvaters. Der Vater traute seinem Gegner nicht und verführte und korrumpierte viele von Cornus Anhängern, und dadurch brachte er die geistigen Kräfte aus dem Gleichgewicht. Andererseits ist der Vater in letzter Zeit nicht mehr imstande gewesen, seine eigenen Legionen zu kontrollieren.« Satih kicherte. »Widerliche Dinge sind aus der *'Alam al-mithāl* herabgekommen. Der Arabische Nachtmahr breitet sich aus. Der Vater selbst war die Quelle des Nachtmahrs, den er zu heilen vorgab.«
Satih gurgelte und hätte noch mehr gesagt, aber der Sultan gab ihm ein Zeichen zu schweigen und sprach selbst.
»Dies sind unglaubliche Beschuldigungen. Ich werde solche bizarren und weithergeholten Anschuldigungen gegen meinen alten Lehrer und Freund nicht leichthin akzeptieren. Was hast du zu sagen?«
»Ich will nicht des Sultans Ohr ermüden oder seine beschränkten Verständniskräfte belasten. Ich bin begierig wegzugehen,« sagte der Katzenvater.
Qaitbay erstickte fast. Wütend gestikulierend, ließ er Masrur, den Groß-Eunuchen, vortreten. Masrur zwang den Katzenvater auf die Knie und schlug ihm mit einem feinen professionellen Beilhieb den Kopf ab. Dies getan,

wandte er sich zu Cornu, der sich schon gesammelt hatte, um zu sterben, und schlug auch ihm den Kopf ab.
Satihs Kopf drehte sich, bis er dem Sultan gegenüber war. »Das war wohlgetan«, sagte er.
Vane, Balian, der Mönch und jetzt Bulbul standen an der Spitze der Menge von Schlafstudenten, Hausdienern, Aussätzigen und Bettlern. Qaitbay redete sie alle an. »Es scheint, daß ihr jeder und alle von euch mehr Gefoppte als Verschwörer gewesen seid.« (Vane blickte finster.) »Meine Leute werden euch zur Zitadelle geleiten, aber ihr dürft euch nicht als Gefangene betrachten, denn heute nacht sollt ihr meine Gäste beim Abendessen sein.«
Das Pferd des Sultans wurde in den Hof geführt, und er stieg auf. Dann kamen sie alle in langer Reihe hinter ihm her.

Wie man in Kairo gut ißt

Esset wohl und lebet wohl! Wie versprochen, werde ich am Ende dieser Schlußepisode erscheinen, aber das wird nur zu dem Zweck sein, das Ende unserer Gesellschaft anzuzeigen. So, falls ich es dann vergessen sollte, laßt mich schon jetzt sagen: Lebt wohl und schlaft wohl. Übrigens habe ich meine Stimme für die Banane abgegeben …

Bedenket die Banane. Bedenket ihre Haut, die ihre Tugenden gleich einem Schleier beschützt. Bedenket ihre Gestalt, ein weicher Bogen, gleich den Augenbrauen einer vornehmen Dame. Bedenket ihre Struktur in trinitarischen Segmenten, die getreulich die dreifache Dialektik der Natur spiegelt. Bedenket nun, wie die Banane das Dritte Auge nährt und reinigt.«

»Eher ist Reis doch das Maß aller Speisen. Er steht am Gleichgewichtspunkt innerhalb der Waage des Geschmacks – ganz allein durch die Verdienste des Reises wird es möglich sein, die Verdienste einer Mahlzeit richtig einzuschätzen. Ohne dieses Grundnahrungsmittel trieben wir ziellos dahin auf einem Meer gastrischer Phantasie.«

»Die Nuß verdient unsere Aufmerksamkeit aus viererlei Gründen, nicht zuletzt durch die in ihr sichtbare Polarität zwischen Nußkern und Schale; aber diejenigen, die von solchen Dingen sprechen, tun gut daran, sich zu erinnern, daß der Nußkern nicht notwendigerweise wahrer als die Schale ist.«

»Die Weisen werden die ganze Mahlzeit zu schätzen wissen, indem sie sorgfältig ihre verschiedenen Teile gegeneinander abwägen. Hier haben wir eine Abendmusik des Kochens: die rasche Abwechslung von Süßem und Saurem verschafft ihr den Rhythmus, der unsere Sinne berauscht.«

Licht kämpfte gegen Dunkel in dem höhlengleichen Bankettsaal. Pagen mit Fackeln schufen Muster reflektierten Lichts auf den Fliesen-Arabesken der Wände und den mattglänzenden niedrigen Bronzetischen. Die Speisenden

wie die Bedienenden bewegten sich durch grenzenlose Perspektiven von Hufeisenbögen unter ewigen Steinbögen. Der Palmhain der Marmorsäulen löste sich ihnen zu Häupten in Pfauenschwanzwölbungen auf, die bei weiterem Aufsteigen in Stalaktitenornament zerbrachen, und diese wiederum zerfiel in den obersten Bereichen in Würfel farbigen Kristalls, die wie göttliche Emanationen von den Zentren der Kuppel erstrahlten. Sterne, Tierkreiszahlen und die Namen Gottes löschten die Leere der Wände aus und suggerierten, daß in der Schatzhöhle des Sultans die Zeit aufgehoben sei.
Der Jaschnigir (Vorkoster), der Ustadar (Majordomo) und ein Regiment von Sakis (Schenken) standen da, um an der Tafel des Sultans zu dienen. Auf der steinernen Plattform hinter dem Tisch des Sultans waren Schlachttrophäen aufgereiht, die jüngst in Anatolien gewonnen waren, und in ihrer Mitte, in schwarze Seide gewickelt, ruhten die Köpfe des Katzenvaters und Jean Cornus auf bronzenen Präsentiertellern. Ganze Geleitzüge von Sklaven strömten in den Saal und trugen Schüsseln und Körbe – kleine Vögel, Kuskus, Khaschkhasiya, Mohnkuchen, Fett vom Fettschwanzschaf, persische Milchspeisen, afrikanische Früchte und Reis. Die Unterhaltung an den Tischen zeigte hohes Niveau.
»Ihr sagt, Christus habe niemals geschlafen. Es sind schon viele Jahre, daß ich diese wichtige Frage studiert habe, aber meine Lehrer, so erinnere ich mich, hielten diese Meinung für eine verwerfliche Ketzerei und eine Doktrin, die sowohl im allgemeinen als im einzelnen widerlegt werden könne.«
Der Mönch war unbewegt von Vanes Angriff.
»Dann widerlege es.«
Vane pochte sich in einer Parodie dienstbarer Ehrerbietung an die Stirn.
»Erstens, um den allgemeinen Einwand vorzubringen, Christus war sowohl Gott als Vollkommener Mensch, und als Vollkommener Mensch – muß er da nicht alle Qua-

litäten und Attribute des Menschen auf sich genommen haben? So ist es am sichersten zu glauben, daß Christus zwei Hände, zwei Augen, einen Mund und so weiter hatte, und weiterhin, daß er lachte, weinte, schlief und träumte wie ein Mensch. Dann, um den partikulären Artikel anzunehmen, auf den sich die orthodoxe Übereinstimmung festlegen muß, erzählen die Evangelien uns, daß Christus schlief; denn wird nicht im vierten Buch des Evangeliums nach Sankt Markus berichtet, daß Christus im hinteren Teil eines Schiffes auf dem See Genezareth schlief, als ein Sturm aufkam und es für seine Jünger notwendig war, ihn aufzuwecken, ehe er aufstand, um den Sturm zu beruhigen? Und da (wie Artemidor uns lehrt) Schlaf nichts anderes ist als ein Vehikel für Träume, müssen wir da nicht annehmen, daß Christus auf diesem Schiff und andererorts und zu anderen Zeiten geträumt habe? So ist es sicher, daß Christus schlief, und wahrscheinlich, daß er träumte.«

Vane grinste sein wölfisches Grinsen.

Der Mönch lächelte auch: »Du mußt als Grabräuber weiterleben, denn du wirst dir nie einen Ruf als Exeget erwerben. Du hast mir zwei Argumente vorgelegt, aber eine einzige Widerlegung untergräbt beide.

Schlaf ist nicht eine Qualität, sondern vielmehr die Abwesenheit einer solchen, nämlich des Wachens. Ebensowenig ist Träumen ein Attribut, sondern vielmehr die Verneinung eines solchen, nämlich der Rationalität. (Es ist, als ob man einen schwarzen Mann »farbig« nennen würde, was absurd ist, denn das, woran er tatsächlich leidet, ist die Abwesenheit von Farbe; denn wie der selige Niko uns lehrt, ist Schwarz keine Farbe.) Wie das Böse können Schlafen und Träumen, da sie nur Abwesenheit und Negation darstellen, ebensowenig als essentielle Qualitäten in der Menschheit angesehen werden wie Einbeinigkeit, Geistesgestörtheit, Blindheit oder Albinismus. Wenn Christus schlief, dann war Er nicht ein Vollkommener Mensch und deswegen weder Christus noch Gott, und wenn er

nicht Gott war, dann kann das Zeugnis seines Jüngers Markus gut und gern als wertlos angesehen werden. Dieses wäre sowohl absurd als auch der Rechtgläubigkeit widersprechend.
Doch wenn wir sagen – wie ich es tue –, daß Christus niemals auf diesem sturmgepeitschten Boot schlief; wie können wir dann das Zeugnis des Markus verstehen? Nun, wir erfahren aus eben diesem Kapitel von Markus, daß Christus nur in Gleichnissen sprach. Sollten wir Gott Ermüdung zuschreiben? Welcher vernünftige Mensch wird den Wind zurechtweisen? Sollten wir annehmen, daß der See Genezareth Ohren hatte?
Vielmehr ist es sicher, daß, wenn wir von Christus als einem Schlafenden lesen, wir von einem sichtbaren Ausdruck des Gleichnisses lesen. Der See, auf dem sie segelten, war kein wirklicher See, sondern das Meer der Träume, und der Sinn des Gleichnisses ist, daß es nicht Christus war, sondern seine Apostel, die da schliefen; und er brachte ihren Alptraum zum Schweigen. Schlafen heißt, kein Bewußtsein haben. Kann Gott ohne Bewußtsein sein? Nein. Träumen bedeutet, getäuscht zu werden. Kann Gott getäuscht werden? Nein. Träumen ist Täuschung. Wie Magie ist es ein Betrug, der dem Verstand und den Sinnen angetan wird, und das Christentum weist Träume und Magie gleichermaßen zurück.«
»Du verachtest Magie?« Satihs Speichel tröpfelte, und er schlabberte. Es war scheußlich, ihn essen zu sehen.
»Magie ist absurd. Es ist ein Denksystem, das nicht wirkt und nirgendwo hinführt«, sagte der Mönch.
»Es wirkt, aber es führt nirgendwo hin«, sagte Vane.
»Aber es ist sehr schön. Magie ist eine Kunst, die Auge und Ohr erfreut«, sagte Bulbul. »Da liegt Poesie im Pentagramm und der Anrufung. Sie scheinen unendliche Seligkeit zu versprechen, doch können sie das Versprechen nicht erfüllen.«
»Wie Yolls Geschichten«, sagte der Mönch seufzend. »Mir werden Yolls Geschichten fehlen.«

»Yoll ist tot, aber seine Geschichten leben«, erwiderte Bulbul. »Ich habe sie nach seinem Diktat niedergeschrieben. Ich habe das Manuskript genannt ›Tausend und eine Nacht, *alf laila wa laila*‹.«
Hier mischte sich ein Zigeuner ein, der am gleichen Tisch wie sie speiste. Er war heute nacht hier, erklärte er, weil er gehört hatte, irgend etwas Ungewöhnliches werde passieren.
»Selbst in Saragossa, wo ich herkomme, wußte man von Yolls Geschichten. Yoll war mehr als ein Geschichtenerzähler, und sein Leben bedeutete etwas darüber hinaus. Jeder Mensch trägt sein Geschick mit sich. Schicksal ist eine Geschichte, die in sein Herz, seine Leber und seine Knochen geschrieben ist, und sie wirft seine Zukunft vor ihm aus. Irgendwo innerhalb der Eingeweide des Menschen sitzt sein Schicksal, schmerzhaft wie ein Nierenstein. Es ist Kismet. Es ist eine Geschichte, die den Menschen schreibt. Die Geschichte mancher Menschen ergeben kleine Geschichten; andere wieder große Geschichten und Epen. Die großen Geschichten fressen die kleinen auf. Wir alle hier«, sagte er und blickte umher, »fast alle hier jedenfalls, sind Episoden in der Geschichte von irgend jemand anders.«
»Ich verstehe das nicht«, stöhnte Balian. »Es ist alles so fürchterlich und sinnlos. Die Dinge gehen immer wieder in Kreisen rundherum.«
Gerade da schrie jemand auf. Jedermann drehte sich um. Der Kopf auf einem der Präsentierteller sprach durch die Seidenhülle.
»Es ist immer ein Vergnügen, mit dem Sultan zusammenzusein«, sagte der Kopf des Katzenvaters, »auch wenn es nur teilweise ist.«
»Geist, dürfen wir Euch befragen?«
»Ihr dürft.«
»Geist, was ist Euer gegenwärtiger Zustand?«
»Ich habe mich nach Schlaf gesehnt, aber selbst im Tod habe ich ihn nicht gefunden.«

»Genau wie geschrieben steht: ›Wir werden nicht schlafen, doch wir werden alle verwandelt werden‹«, erwiderte der Mönch.
»Genauso.«
»Sag uns jetzt, was ist oder war der Arabische Nachtmahr?«
»Es ist eine Krankheit, ein Fluch, eine Furcht und ein Menschenfresser, all diese vier Dinge gleichermaßen.«
»Das mag wohl so sein. Doch kann es kaum irgendeines dieser Dinge der üblichen Bedeutung nach sein; denn es scheint möglich, unter seiner Knechtschaft nicht nur mit Gleichmut, sondern sogar in Glück und Wohlbefinden zu leben. Ist es nicht vielleicht eine Idee oder eine Metapher für eine Art und Weise zu existieren?«
Der Kopf war einen Augenblick still. Vane hatte sich inzwischen von der Tafel erhoben und begonnen, auf die Steinplattform zuzukriechen, auf der der Kopf ruhte. Dann nahm die gedämpfte Stimme das Wort wieder auf:
»Diese Fragen sind schwierig. Ihr seid kühn genug zu suggerieren, daß der Nachtmahr nur eine Idee ist. Ich möchte Euch nicht widersprechen. Doch denkt darüber nach, daß es eine Idee war, die getötet hat – falls es eine Idee ist.«
Der Sultan bebte. Vane schob sich zentimeterweise weiter vorwärts. Der Mönch gab den Angriff zurück.
»Hat der Nachtmahr den venezianischen Maler, bekannt als Giancristoforo Doria, getötet?«
»Der Maler, den du da nennst, starb durch die Hände seiner hartherzigen Mitverschwörer. Die Bedingungen seiner Einkerkerung in der Arqana haben ihn zerstört. Er ist infolge einer Verrücktheit, die schon in ihm lag, gestorben. Er hat Selbstmord begangen. Er wurde durch Zauberei getötet. Der Arabische Nachtmahr hat ihn mitgenommen. Sein Tod war vorbestimmt und mehr als vorbestimmt. Es gibt immer mehr Ursachen als Ereignisse in der *'Alam al-mithāl.* Dies führt zu großem Druck. Einige der Bestimmungen widersprechen sich. Ich kann nicht mehr sagen.«

»Warum ließest du den Engländer, als Balian bekannt, verfolgen und jagen, sobald er in Kairo ankam?«
Doch der Kopf schwieg. Vane hatte die Plattform erreicht. Er nahm die Seide ab und hob den Kopf an seinem schütteren Haar hoch, um ihn dem Saal zu zeigen.
»Die Toten sprechen nicht. Die Lippen sind versiegelt.«
Dann schrie er: »Der Alte ist wirklich tot!« und kickte den Kopf so hoch es ging über die Köpfe der schweigenden Menge in die dunklen Außenbereiche des Saales. Balian verfolgte seine Flugbahn, als irgend etwas in seinem Augenwinkel seine Aufmerksamkeit auf sich zog. Ein schmutziger weißer Turban. Er stieß den Mönch leicht an.
»Der Mann da drüben in dem schmutzigen weißen Turban, das ist der Bauchredner, von dem Yoll und ich gesprochen haben.«
Der Mönch zögerte nicht. Er stand auf und brüllte: »Haltet den Mann da! Da ist der Scharlatan, der für diesen Betrug verantwortlich ist!«
Aber alles war in Chaos, weil die Speisenden auseinanderfuhren, um den herunterfallenden Kopf zu vermeiden, und so konnte der Mann leicht entweichen. Als sie sich wieder hinsetzten, fanden sie, daß auch der Zigeuner verschwunden war. Der Mönch war ruhig.
»Fast sicher ein Streich der Lachenden Derwische. Laßt es gut sein. Jetzt –«
Hier unterbrach der Dawadar: »Wenn wir von den Lachenden Derwischen sprechen – meine Tochter Khatun hatte neulich nachts einen höchst ungewöhnlichen Traum. Sie träumte, sie würde intim umarmt von –«
Doch hier kam der Mönch ganz sanft dazwischen: »Man hat mich immer gelehrt, daß es schlechtes Benehmen sei, bei Tisch von Träumen zu sprechen oder besonders auch, den Namen einer Dame zu erwähnen. Warum ist das wohl so? Das möchte ich gern wissen.«
»Es könnte sein, daß Träume langweilig sind und Frauen deprimierend«, knurrte Vane, als er sich wieder zu ihnen setzte.

Der Mönch wandte sich zu Balian: »Jetzt, wo deine Abenteuer vorüber sind, was wirst du tun?«
Jemand auf der anderen Seite des Tisches ließ ein Glas fallen. Balian, abgelenkt, sah das Glas unbeschädigt auf dem Boden. Er fühlte sich unbehaglich. Er hatte nicht das Gefühl, daß der Höhepunkt seiner Geschichte schon erreicht war. Dann, nach einer langen Pause, zerbrach das Glas.
»Ich werde hingehen und nach Zuleikha suchen und sie bitten, mich zu heiraten«, erwiderte er. »Wenn nötig, werde ich zum Islam übertreten.«
»Zuleikha ist verrückt. Möchtest du nicht vielleicht meine Töchter statt ihrer oder auch außerdem heiraten?« fragte der Dawadar hoffnungsvoll.
»Nein.«
»Schade.«
Er war in Gedanken nicht mehr beim Dawadar. Irgend jemand schüttelte ihn wach. Die Hand, die ihn schüttelte, war merkwürdig unkörperlich.
»Wach auf«, sagte der Affe. »Ich will dir eine neue Geschichte erzählen. Aber erst gib mir einen Drink. Ich bin erschöpft.«

Kleines Glossar

'Alam al-mithāl: Die Welt der Ähnlichkeiten, eine Welt, die zwischen der menschlichen und der himmlischen Sphäre liegt und in der die künftigen Möglichkeiten auf Realisation warten

chukka: Eine Runde beim Polospiel (ca. zwölf Minuten)

dār al-'adl: »Haus der Gerechtigkeit«, Saal in der Zitadelle, wo Recht gesprochen wird

Dragoman: Vom arabischen *tardschumān*, »Übersetzer«, mit einer orientalischen und einer europäischen Sprache vertrauter Führer und Unterhändler

gallabiyya: Langes loses Gewand, wie es noch heute teilweise in Nordafrika und Ägypten getragen wird

ghūl: Ein bösartiger Wüstengeist, meist weiblich

Hand der Fatima: Ein handförmiges Amulett, das gegen den Bösen Blick und Verfluchung verwendet wird

harafisch: Gruppen von Männern niedriger Herkunft, die sich in den Dienst des einen oder anderen politischen Führers stellen und für ihn nach ihrem eigenen Ehrenkodex kämpfen

imsaak: Hinauszögerung des Orgasmus durch bestimmte Techniken

kaahin: Wahrsager (meist in vorislamischer Tradition)

khayal: Traumbild, Gedankenbild, Phantasie

Lautere Brüder von Basra: Eine Gruppe von Philosophen ismailitisch-schiitischer Richtung, die im 10. Jahrhundert eine umfassende Enzyklopädie aller Wissenschaften zusammenstellte

Mahound: Mittelalterliche, verstümmelte Form für Muhammad, der in anti-islamischer Literatur als Götze zusammen mit Apollyon und Tervagant erscheint

majlis: Versammlung, Sitzung

Marabut: Mystiker, Heiliger, im allgemeinen in Nordafrika

mashaliyat: Eigentlich »Fackelträger«; Henkersknechte, die vor einem Verurteilten herlaufen und seine Verbrechen verkünden; und dann auch Totenträger u. ä. in den niederen Schichten

maschrabiya: Erker, meist aus reichverziertem Holzwerk, im oberen Stock der Kairoer Häuser, von wo aus die Frauen das Straßenleben beobachten können

minbar: Der Predigtstuhl der Moschee, von wo aus der Prediger am Freitag spricht

muharram: Der erste Monat des islamischen Mondjahres, in dem das Gedächtnis an den Tod des Prophetenenkels Husain in der Schlacht von Kerbela, 680, gefeiert wird

mumiya: Mischung von mumifiziertem Fleisch, wie es aus den Pyramiden und anderen Gräbern geholt und zu hohen Preisen als Heilmittel in Ägypten, aber auch nach Europa verkauft wurde. Leichenfledderei zur Gewinnung von *mumiya* wird von den mamlukischen Quellen erwähnt

Mutanabbi: Gilt als der größte klassische Dichter des Islam (gest. 965)

Mu'tazz: Richtig Ibn al-Mu'tazz, abbasidischer Prinz und für einen Tag (908) Kalif, bekannt für seine feine lyrische Poesie

qass ¯as: Geschichtenerzähler

rak'a: Gebetseinheit aus Beugungen, Niederwerfungen, Knien und einer vorgeschriebenen Anzahl von Gebeten. Jedes der fünf täglichen Gebete besteht aus einer bestimmten Anzahl von rak'as

Rebeck: Kleines Saiteninstrument, mit dem Bogen gespielt

sirr: »Geheimnis«, hier speziell »Verzauberung«, »schwarze Magie«
sūq: Der überdeckte Markt, Bazar
tschawusch: Feldwebel; Pförtner, bewaffneter Aufseher
ulama: Die Gesetzesgelehrten
zellabies: Sehr süße Art von Gebäck

Zu den Bildern

Die Abbildungen sind dem Prachtwerk »Egypt & Nubia« des Malers und Zeichners David Roberts entnommen; bis auf das Motiv »Pyramiden von Gizeh, vom Nil aus« (1846) finden sie sich im dritten Band, London 1849. Er ist ein Meisterwerk viktorianischer Architekturzeichnung. Nicht von ungefähr gilt David Roberts, der von 1796 bis 1864 lebte, als »der schottische Canaletto«. In Stockbridge als Sohn eines Schuhmachers geboren und sieben Jahre von einem Hauslehrer im Malen und Zeichnen unterwiesen, faszinierten ihn von Anbeginn Bauwerke und Monumente, Strukturen und Ornamentik. Mit 21 schloß sich Roberts einem Wanderzirkus als Kulissenmaler an, tingelte mit ihm durch die Städte Schottlands und kam dann als Bühnenbildner in die Theater von Glasgow und Edinburgh, 1822 schließlich ans Drury Lane Theatre, London.

Als er 1838/39, längst ein berühmter Mann geworden, Ägypten und das Heilige Land aufsuchte, brachte er von dort so viele Entwürfe (*sketches*) mit, daß er für die nächsten zehn Jahre mit Arbeit eingedeckt war. Seine »Views in the Holy Land, Syria, Idumea, Arabia, Egypt and Nubia« (6 Bde., 1842–49) hat L. Hoghe in Chromo-Lithographien angefertigt. Speziell die drei Bände »Egypt & Nubia« widmete der Künstler dem französischen König Louis-Philippe. Die Kunst der malerischen Topographie, die in Ägypten seit Napoleons Feldzug 1798 aufblühte, kam damit an einen Höhepunkt und an einen Endpunkt zugleich.

Die Porträts der Bauwerke entsprechen nicht ganz der Stadtarchitektur zur Zeit des Mamluken-Sultanats. 1811 hatte Mohammed Ali die letzten Mamluken, die ungeachtet der seit 1517 währenden osmanischen Herrschaft noch die eigentlichen Herrscher waren, vernichtet. Doch die eigentümliche Stadtlandschaft Kairos und ihre Atmosphäre ist in Roberts' Bildern, über die Zeiten hinweg, bewahrt. Das Vorsatzblatt vorne im Buch zeigt die Zitadelle von Kairo, wie sie unter Mohammed Ali ausgebaut wurde; das Vorsatzblatt hinten die Stadt nach Westen hin, im Hintergrund die Pyramiden.

Die 14 Abbildungen im Buche selbst zeigen folgende Motive:

Blick von der Insel Roda zum Nil-Aquädukt (Innentitel); Zuwaila-Tor (S. 17); Markt der Seidenhändler (S. 25); Moschee El Muristan (S. 43); Nilometer auf der Insel Roda (S. 61); Ägyptischer Schreiber (S. 71); Pyramiden von Gizeh, vom Nil aus (S. 83); Minarets und Zuwaila-Tor (S. 89); Markt der Kupferschmiede (S. 127); Eingang zur Moschee des Sultan Hasan (S. 139); Grabmal der Mamluken (S. 193); Eingang in ein Kairoer Privathaus (S. 215); Tanzmädchen (S. 287); Grabmal der Kalifen (S. 305).